Sameena Jehanzeb

Was Preema nicht weiß

Besuchen Sie die Autorin im Internet:
www.sameena-jehanzeb.de

Ebenfalls erschienen:
BRÏN
Winterhof
Runa. Eine kurze Geschichte vom Winterhof

Was Preema nicht weiß
1. Auflage

Eifelstr. 4 | 53119 Bonn
mail@sameena-jehanzeb.de

Gesamtgestaltung, Illustration: saje design, www.saje-design.de
Lektorat, Korrektorat: Maike Claußnitzer
Druck: bookpress, 1-408 Olstzyn (Polen)

ISBN: 978-3-96698-306-8

Die Deutsche Nationalbibliothek verzeichnet diese
Publikation in der Deutschen Nationalbibliografie;
detaillierte bibliografische Daten sind im Internet über
http://dnb.dnb.de abrufbar.

SAMEENA JEHANZEB

Was Preema nicht weiß

Über die Autorin

Sameena Jehanzeb wurde 1981 in Bonn geboren. Bei Tag ist sie Grafikdesignerin, Illustratorin und Scherenschnittkünstlerin, eine nimmermüde Sarkasmusschleuder, Katzenbändigerin und gemischtrassige Rheinländerin mit deutsch-pakistanischen Wurzeln. Bei Nacht wird sie selbst zur Geschichtenweberin und verfasst Fantasy und Science-Fiction-Abenteuer. Sowohl beim Schreiben als auch beim künstlerisch-handwerklichen Arbeiten setzt sie sich am liebsten mit phantastischen Themen, Sagen und Märchen auseinander, denen sie nur zu gern einen modernen und mitunter rebellischen Anstrich verleiht.

Manchmal zerbricht unsere Welt.
Manchmal werden wir von ihr zerbrochen.

In Erinnerung an meinen Vater Hashim
(1952 – 1989)

HEUTE • 13. APRIL 2036

DIE WELT ENDETE am 13. April 2036 mit ohrenbetäubendem Getöse, einem allumfänglichen Verlust der Orientierung und einer so tiefgreifenden Furcht, dass sie einem den Verstand in tausend Scherben brach. Preema Anand erinnerte sich nicht daran, was genau geschehen war. Zu klein und weit verstreut waren die Splitter, die einst ihr Erinnerungsvermögen ausgemacht hatten. Aber an die Schreie und das Weinen erinnerte sie sich und an die Angst ... Oh ja, an die Angst erinnerte sie sich sogar überdeutlich. Auch jetzt noch steckte ihr das blanke Entsetzen in den Knochen, ließ sie am ganzen Körper zittern und ihre Haut unangenehm kribbeln. Alles brannte und juckte, doch so sehr sie sich auch kratzte, es wollte nicht aufhören. Der Schock saß wohl einfach zu tief und veranlasste ihre Synapsen dazu, wilde Signale aus allen Rohren zu feuern.

Alles war so verdammt schnell passiert. Wenn sie sich bloß daran erinnern könnte, was dieses *alles* tatsächlich bedeutete. Das Maß an Gewalt und Zerstörung, das plötzlich auf Preema eingewirkt hatte, war zu intensiv gewesen, zu verstörend, als dass sie begreifen konnte, was ihr im Detail widerfahren war. In ihrem Kopf herrschte eine große Leere und darüber lag die Erinnerung an einen Schmerz, wie sie ihn sich niemals hätte vorstellen können. Da waren außerdem schwammige Bilder von fallenden Sternen und violetten Blitzen am Himmel, von grellen Lichtern, die sie blendeten. Da war auch die Erinnerung an eine gewaltige Erschütterung, gefolgt von einem Sturz, der endlos zu sein schien. Alles war wirr und bruchstückhaft und gab Preema mehr Rätsel auf, als Antworten zu liefern. Nur ein einzelner Gedanke schälte sich klar aus dem Chaos heraus: *Das ist das Ende.* Die Welt hatte aufgehört zu existieren.

Angesichts dieser wenigen, aber doch recht eindeutigen Informationen, die Preema durch den Kopf schwirrten, hätte sie nach allen Regeln der Logik tot sein sollen. Es gab keine vernünftige Erklärung dafür, dass sie noch lebte. Dennoch trieb sie, unversehrt und höchst lebendig, irgendwo im Nirgendwo umher. Und mit *Nirgendwo* meinte sie einen Ort, der so absolut leer war, dass ihr Körper nicht einmal einen Schatten warf.

Als Preema im ersten Moment aufgewacht war, hatte sie gedacht, dass sie vielleicht in einem Krankenhaus sei. Doch das hatte sich schnell als Irrtum erwiesen. Zunächst glaubte sie, das Desinfektionsmittel riechen zu können, doch im nächsten Moment war der Geruch wieder fort. Alle Gerüche waren fort. Preemas Aufenthaltsort war noch steriler als steril und auch sonst stimmte nichts mit dem Erscheinungsbild eines Krankenhauses überein. Einfach alles um sie herum war vollkommen weiß. Das Oben, das Unten, jede Richtung, in die Preema sich wandte, bot denselben monotonen Anblick. Es schien keine Wände zu geben, keinen Anfang, kein Ende. Sie war der einzige Mensch, ja das Einzige, was überhaupt an diesem Ort existierte. Da war nichts als die unendliche Leere, die Preema aus allen Richtungen umgab.

Die Weiße war in ihrer makellosen Vollkommenheit beunruhigend. Sie stach Preema in die Augen und gab ihr das Gefühl, erblindet zu sein. Sie hatte stets angenommen, Blindsein bedeute, dass alles schwarz wäre, doch nun musste sie erkennen, dass ein vollkommen leerer Raum zu demselben furchteinflößenden Eindruck führte und darüber hinaus auch noch Kopfschmerzen hervorrief, die an Intensität nicht zu überbieten waren. Preemas Nerven waren nur deshalb noch nicht mit ihr durchgegangen, weil sie immerhin sich selbst sehen konnte und ihre Augen folglich in Ordnung sein mussten. Sie sah den gewohnt warmen

Braunton ihrer Haut, der vor dem unnatürlich hellen Hintergrund jedoch dunkler denn je hervorstach. Die langen Strähnen ihrer Haare waberten um ihren Körper und bewegten sich, wie schwarzbraune Geister, um ihre Schultern. Darüber hinaus war Preema ganz und gar nackt. Das erschien ihr seltsam, sie wusste bloß nicht, weshalb.

Ihr entblößter Körper war gewiss nicht das einzig Denkwürdige, denn Preema schwebte. Sie hatte die Knie an die Brust gezogen und die Arme locker um die Beine gewickelt. Wie ein Kind im Leib seiner Mutter trieb sie schwerelos in diesem gewaltigen Nichts umher. Es war ein befremdliches, schwindelerregendes Gefühl und Preema wollte, dass es aufhörte. Irgendetwas stimmte hier nicht. Verständlich, wenn man sich in Erinnerung rief, dass die Welt untergegangen war. Was auch immer das nun eigentlich bedeuten mochte, denn Preema war schließlich noch hier.

Ein reißender Strom aus Fragen und Gedanken brach harsch und unerwartet über sie herein. Was war das für ein sonderbarer Ort? Wie konnte etwas wie dieser weiße Raum existieren, der keinen Anfang und kein Ende besaß? Was war mit der Welt geschehen? Weshalb trieb Preema in einem schwerelosen Nichts umher? Wie war es *möglich*, dass sie schwerelos umhertrieb? Und weshalb war sie alleine? Sie konnte doch nicht die Einzige sein, die überlebt hatte. Irgendwer musste sie schließlich gerettet haben. *Oder entführt*. Der Gedanke drängte sich ihr ungebeten auf. Aber weshalb sollte man sie entführen? War sie reich? Wichtig? Nein, weder das Eine noch das Andere fühlte sich richtig an.

Man sollte meinen, all diese Fragen wären bereits beunruhigend genug gewesen, doch die unangenehmste Frage, die Preema im Kopf herumgeisterte, war die, wer sie eigentlich war. Bis auf ihren Namen wusste sie kaum etwas über sich selbst. Ihr Verstand war genauso leergefegt wie der Raum, in dem sie sich befand. Sie wusste mit Sicherheit, dass da unzählige Erlebnisse und Informationen in ihrem Gedächtnis gespeichert sein sollten, doch woher sie diese Gewissheit nahm, konnte sie wiederum nicht erklären. Preema hatte das Gefühl, eine dicke, bleierne Tür stünde zwischen ihr und ihren Erinnerungen, ja, ihrer gesamten Persönlichkeit. Nicht weit entfernt und dennoch unerreichbar. Vielleicht hatte sie sich eine Gehirnerschütterung zugezogen. Bei einem Weltuntergang konnte so etwas schon mal vorkommen. Litt sie womöglich unter einer Amnesie? Erinnerte man sich an die Bedeutung des Wortes *Amnesie*, wenn man eine solche hatte? Preema lachte über sich selbst und fasste sich an die Stirn. Sie würde jemanden finden müssen, der ihr dabei half, all diese und noch viele weitere Fragen zu beantworten.

»Hallo? Kann mich jemand hören? Ich könnte etwas Hilfe gebrauchen!«, rief sie laut hinaus. Doch der weiße Raum schluckte ihre Stimme und verhinderte, dass ihre Rufe in die Ferne getragen wurden. Kein Hall und kein Echo begleiteten ihre Worte. Niemand antwortete ihr.

In Preemas Kopf drehte sich alles und sie schmeckte die ersten Anzeichen der Übelkeit auf der Zunge. Sie brauchte Boden unter den Füßen und das nicht im metaphorischen Sinne. Sie wusste vielleicht nicht, wie lange sie schon hier war, aber sie konnte auch nicht ewig ziellos umhertreiben und nichts tun. Wenn niemand kam, um ihr zu helfen, musste sie diesen Part eben selbst in die Hand nehmen.

Vorsichtig, als hätte sie Angst, eine unsichtbare Seifenblase zum Platzen zu bringen, streckte sie ihre Arme und Beine aus. Mit den Händen tastete sie voraus, hinunter und zu jeder Seite. Sie drehte sich ungeschickt um sich selbst und kämpfte darum, Halt zu finden. Doch so weit Preema die Hände auch ausstreckte, ihre Finger wollten keinen Kontakt mit irgendetwas herstellen und ihr Körper fand ebenso keine Balance. Sie kam sich vor wie ein Wurm, der ins Wasser gefallen war und verzweifelt versuchte, an die Oberfläche zu schwimmen. Ihr Kopf schien noch dazu in Watte gehüllt zu sein und die Augen waren so schwer, dass sie stets eine halbe Sekunde zu spät den Befehlen des Gehirns gehorchten.

Vermutlich, dachte sie, *habe ich bloß die Orientierung verloren.*

Das Unbehagen gewann dennoch schnell an Substanz und machte Preema nervös. Sie konnte doch nicht wirklich schwerelos sein. Sicher war sie keine Expertin, was die Gesetze der Physik anging, aber sie wusste, dass die Schwerelosigkeit nur außerhalb der Erdatmosphäre existierte. In der Schwerelosigkeit zu treiben hätte bedeutet, dass Preema sich nicht mehr auf der Erde befand, und das war völlig unmöglich. Weltuntergang hin oder her, Menschen existierten nicht im luftleeren Raum, und dass es hier Luft gab, stand wohl außer Frage. Um ganz sicher zu gehen, atmete sie dennoch einmal tief ein und wieder aus. *Sauerstoff: check.* Auch wenn ihr die Luft etwas schal und das Atmen schwieriger als üblich erschien.

Sie schloss die Augen, während sie sich von den unsichtbaren Händen tragen ließ. In ihrem Kopf summte es wie in einem Bienenstock, ihre Haut fühlte Dinge, die gar nicht da waren, und ein permanenter Schmerz hatte es sich direkt hinter ihren Augen bequem gemacht, wenn auch nicht mehr so stark wie in den ersten Momenten nach ihrem Erwachen. Als sie die Augen schließlich wieder öffnete, sah sie, wie eine Strähne ihres Haars seitlich an ihr vorbeitrieb. Sie schien Preema hämisch zuzuwinken. Was für ein absurder Gedanke.

Du bist nicht schwerelos. Das ist völlig unmöglich, ermahnte sich Preema zur Vernunft. Etwas stimmte nicht mit ihrer Wahrnehmung, das war die einzig vernünftige Erklärung. Haarsträhnen konnten nicht winken und Menschen konnten nicht schweben.

Entschlossen schob sie alle Fragen und Merkwürdigkeiten beiseite und versuchte, sich auf das Wesentliche zu konzentrieren. Sie lauschte ihren eigenen Atemgeräuschen und bemühte sich, die leisen Ängste zurückzudrängen. Sie war traumatisiert, daran bestand kein Zweifel, und höchstwahrscheinlich lag darin die Erklärung für ihre derzeit unerklärliche Lage. Was ihr auch zugestoßen war, es hatte sie mächtig aus der Bahn geworfen.

Ruhig atmend begann sie sich das Gefühl der Schwerkraft in Erinnerung zu rufen. Ein Gefühl, das sie schon ihr ganzes Leben lang begleitete und das so tief in ihrem ganzen Sein verwurzelt war, dass nicht einmal der Weltuntergang es vergessen machen konnte. Das Gefühl von Füßen auf festem Boden, die Vertrautheit, an den Untergrund gebunden zu sein. Ein untrennbarer Pakt zwischen Körper und Schwerkraft, der sowohl im Leben als auch im Tod noch galt. Mochte die Seele auch fliegen lernen, der Körper würde auf ewig mit dem Grund verbunden sein. *Es sei denn, jemand schießt dich mit einer Rakete in den Weltraum ... Unsinn. Konzentriere dich, Preema!*

In ihrem Geist visualisierte Preema den Boden. Schlicht und einfach. Simple, graue Fliesen, wie die in ihrem Badezimmer. Sofort spürte sie ein Lächeln auf den Lippen. *Granitgraue Fliesen im Badezimmer.* Nicht gerade eine weltbewegende Erinnerung, aber eine, die ihr Hoffnung machte. Sie erinnerte sich plötzlich an den genauen Farbwert und die etwas raue Beschaffenheit der Oberfläche. Sie erinnerte sich auch daran, wie kühl sich die Kacheln unter ihren Fußsohlen anfühlten, wenn sie nach einer heißen Dusche aus der Kabine hinaustrat. Die Eckdaten ihrer Persönlichkeit waren irgendwo, Preema musste nur einen Weg finden, an sie heranzukommen. Doch eins nach dem anderen. Die Erinnerungen liefen ihr schließlich nicht davon. Hoffte sie wenigstens.

Preema schloss einmal mehr die Augen und machte sich so lang wie möglich. Sie stellte sich vor, wie sich ihre Zehen in den Boden drückten, wie ihr Gewicht auf den Fersen und Fußballen ruhte. Sie konzentrierte sich auf die starre Unnachgiebigkeit der Fliesen und darauf, wie es sich anfühlte, im Einklang mit der Schwerkraft zu sein.

»Komm schon. Komm schon!«, flüsterte sie sich ermutigend zu, während ihre Zehen in der Leere stocherten. Plötzlich berührten sie etwas. Preema jauchzte in einer Mischung aus Schreck und Freude und riss die Augen auf. Da war er, der Boden, genauso, wie sie es vermutet und erwartet hatte. Mit einem Mal spürte sie das Gewicht ihres Körpers wieder, während sich ihre Füße fest auf soliden Grund hefteten. Für ein paar Sekunden drehte sich in ihrem Kopf alles so schnell, dass sie glaubte zu stürzen, dann aber merkte sie, wie die Welt wieder ins Lot kam, wie sich ein Oben und ein Unten etablierte und ihr die Haare auf die Schultern und über den Rücken fielen. Preema drückte die Zehen in den Grund, sprang ein paar Mal vorsichtig auf und ab, nur um sich zu vergewissern, dass auch wirklich alles mit rechten Dingen zuging.

Die Schwerkraft hatte sie wieder!

Für einen Moment glaubte Preema, den grauen Fliesenboden ihres Badezimmers tatsächlich sehen zu können. Die Erscheinung verschwand jedoch, sobald sie direkt hinsah, und ließ nichts zurück als den weißen Raum. Nun, auch wenn er optisch nicht vom Rest zu unterscheiden war, hatte sie den Boden doch gefunden, da würde sie auch alles andere noch aufspüren. Die Wände mussten schließlich irgendwo sein, und wo es Wände gab, gab es auch Türen, und wo es Türen gab, gab es auch einen Ausgang. Entschlossen setzte sich Preema in Bewegung.

Für eine ganze Weile lief Preema ziellos umher. Sie konnte nicht mit Gewissheit sagen, wie lange sie durch den weißen Raum irrte. Sie hatte keinen Anhaltspunkt dafür, wie spät es war, doch es fühlte sich wie eine Ewigkeit an. Niemand begegnete ihr und nirgends fand sich auch nur eine einzige Wand, Säule oder irgendetwas anderes, das auf ein tragendes Element hinwies. Physikalisch betrachtet mindestens fragwürdig. Je länger ihre Suche andauerte, desto mehr Zweifel machten sich in Preema breit. Immer wieder suchte sie ihre Umgebung ab und rief in die Ferne. Doch wie zuvor antwortete ihr nur die Stille. Eine Stille, die ihr zunehmend unheimlicher wurde. Preema rannte und rannte, ohne müde zu werden, die Szenerie aber wollte sich einfach nicht ändern. Die Weiße dehnte sich erbarmungslos aus, unendlich wie ein Universum ohne Sterne, und gab nichts von ihren Geheimnissen preis. Bewegte sie sich überhaupt vorwärts oder trat sie auf einem riesigen, unsichtbaren Laufband auf der Stelle, wie ein Hamster in seinem Rad?

Hoffnungslos sank Preema schließlich auf die Knie, auf einen Boden, den sie nicht sehen konnte, und vergrub das Gesicht in den Händen. Die Weiße schluckte auch ihr leises Weinen und ihre Verzweiflung. Es gab keine Wegweiser, keine Hinweise auf die Lösung dieses undefinierten Rätsels, und es gab niemanden, den sie um Hilfe bitten konnte. Was war das nur für ein furchtbares Spiel? Was erwartete man von ihr? Welchen verborgenen Hebel musste sie umlegen, damit es endlich weiterging? Irgendwohin. Hauptsache weg von hier. Raus aus dem weißen Raum.

»Hallo!«, brüllte Preema noch einmal wütend in die Leere. »Verdammt nochmal! Zeigt euch! Was wollt ihr von mir?« Sie hatte genug. Genug von der Einsamkeit, genug von der Weiße. »Ist denn niemand hier? Bitte«, wimmerte sie ohne jede Hoffnung. Noch immer fühlte sich niemand bemüßigt, ihr zu antworten.

War irgendetwas hiervon überhaupt real? War sie vielleicht in einem Traum gefangen? Es fühlte sich nicht an wie ein Traum. Es war auf eine absurde Weise zu *normal*. Träume fühlten sich anders an. Dennoch kniff sie sich in den Arm und zuckte angesichts des zwickenden Schmerzes zusammen. In Träumen spürte man keinen Schmerz, da war sie sich halbwegs sicher. Schmerzen und der Tod weckten einen auf, war es nicht so? Sie kniff sich noch einmal, etwas fester, doch bis auf ein unangenehmes Pochen an der malträtierten Stelle erreichte sie damit nichts.

»Ihr wollt mich doch auf den Arm nehmen«, sagte sie zu niemandem im Besonderen und lachte aus purer Verzweiflung. Sie malte sich aus, wie es sein würde, den Rest ihres Daseins in dieser trostlosen Leere zu verbringen. Mit nichts zur Gesellschaft als sich selbst, bis sie verhungert, verdurstet oder einfach nur wahnsinnig geworden war. Wie lange mochte das dauern?

Ihre Füße schienen plötzlich durch den Boden zu sinken, das Schwindelgefühl meldete sich zurück und sie glaubte zu spüren, wie auch die Schwerkraft sie erneut verließ. Preema stieß einen erstickten Ton aus.

»Was geschieht mit mir?«

Sie presste die Handballen auf die Augen, sog scharf die Luft ein – wieder und wieder – und doch schien nicht mehr Sauerstoff in ihren Körper zu gelangen. Sie war in einem Albtraum gefangen und der Wahnsinn reckte gierig die Arme nach ihr. Ihr Boden verlor mit jedem Atemzug an Festigkeit, aus den Augenwinkeln sah sie, wie ihre Haare langsam aufstiegen und erneut zu schweben begannen.

»Aufhören. Aufhören!«, befahl sie sich selbst in ihrer heraufziehenden Panik und schlug sich mehrfach gegen die Stirn. Sie versuchte sich zu beruhigen, betrachtete ihre Hände, studierte die vertrauten Bahnen der Arterien und Venen, die durch ihre Haut schimmerten, und die vielen feinen Härchen darauf. So viele Härchen. Wie viele es wohl waren? Preema sank in sich zusammen und begann zu zählen. Haar um Haar, Haar um Haar. Ihr Körper wippte sanft vor und zurück, während sie ihrer eigenen Stimme lauschte. Eins, zwei, drei ... zehn, zwanzig, dreißig ...

Nach einer Weile schlug ihr Herz wieder ruhig in ihrer Brust und der Boden fühlte sich wieder fest und solide an. So, wie es sich für einen Boden gehörte.

HEUTE

SCHISCH-SCHUSCH, MACHTE es irgendwo und Preema horchte auf. Es war das erste Geräusch an diesem Ort, das nicht von ihr selbst ausging. *Schisch-schusch*, erklang es noch einmal.

»Hallo?«

Schisch-schusch.

Es war ein weicher Ton, ähnlich Papierblättern, die übereinander geschoben wurden, nur lauter und ein klein wenig stockend am Schluss. Vielleicht auch eine Hydraulik, eine ziemlich kleine. Eine Tür? Hoffnung machte sich breit.

Schisch-schusch.

Preema drehte sich um sich selbst. Inzwischen wunderte es sie nicht mehr, dass es auch diesmal keinen Anhaltspunkt dafür gab, wo sich die Geräuschquelle in diesem endlosen Raum befinden mochte. Das andauernde Fehlen jeglicher Hinweise nährte ein leise dahinsimmerndes Gefühl der Verärgerung, welches schließlich in einem frustrierten Aufschrei gipfelte.

»Schon gut, schon gut«, zwang sich Preema zur Ruhe. Sie versuchte zu spüren, was sich vor ihren Augen verbarg. Doch so sehr sie sich auch bemühte etwas wahrzunehmen, da war kein archaischer Instinkt, der sich meldete und ihr die Superkraft verlieh, Gegenstände oder andere Menschen aufzuspüren. Es wäre schön gewesen, wenn sich wenigstens das Zupfen einer Ahnung gemeldet hätte. Irgendetwas. Das Einzige, was sie jedoch spürte, war ein Zeh, der einfach nicht aufhören wollte zu jucken. Soviel zu ihrer Intuition. Genauso unbrauchbar wie ihr Gedächtnis. Preema blähte die Wangen auf und entließ die Luft langsam durch die Lippen.

»Na schön, dann reißen wir eben noch ein paar Kilometer mehr herunter«, murmelte sie vor sich hin und setzte sich wieder in Bewegung. Denn welche Wahl hatte sie schon? Es musste schließlich irgendwo einen Ausgang geben.

Flop-flop-flop-flop.

Kaum hatte sie sich wieder auf den Weg gemacht, überraschte der weiße Raum sie mit dem nächsten eigenartigen Geräusch. Preema blieb stehen.

Flop-flop-flop-flop.

Was war das nun wieder? Wie zuvor, schien auch dieses Geräusch von überallher gleichzeitig zu kommen. Nach kurzer Überlegung kam Preema zu dem Schluss, dass sie dieses Geräusch immerhin kannte. Theoretisch jedenfalls, denn was genau es war, wollte sich ihr dann doch nicht offenbaren, und so verfluchte sie ihren Verstand einmal mehr dafür, dass er sich derart beharrlich weigerte, normal zu funktionieren.

Flop-flop-flop-flop.

»Hallo?«, rief sie ungehalten in den Raum. »Hier ist doch jemand!«

»Hey!«, rief die Stimme eines Mannes plötzlich zurück und Preema zuckte vor Schreck so heftig zusammen, dass sie sich auf die Zunge biss und Blut schmeckte. Sie fluchte leise. »Hey, hier unten!«, rief der Unbekannte wieder.

Preema schaute hinunter, doch da war niemand, der zu ihr aufblickte. Alles war weiß wie zuvor und ohne jede räumliche Wirkung.

»Das andere Unten!«, lachte er. »Entschuldige. Von deiner Warte aus bin ich wohl oben.«

»Was denn nun? Oben oder unten?«, schimpfte Preema und warf schnaubend die Arme in die Luft. Wie sollte man sich vernünftig über den ersten Kontakt zu einem anderen Menschen freuen, wenn der Spielchen trieb und sie an der Nase herumführte?

»Sowohl als auch«, rief der Fremde. Er klang amüsiert, was Preema erst recht auf die Palme brachte.

»Ich bin wirklich nicht zum Scherzen aufgelegt.«

»Dann ist deine Zündschnur entweder sehr kurz oder du bist schon länger hier draußen, als es gut sein kann.«

»Beides!«, gab Preema barsch zurück.

»Schau nach oben!«

Preema tat, was die Stimme verlangte, und sogleich stockte ihr der Atem. Denn zwei Dinge faszinierten sie. Zum einen war da zunächst einmal dieser andere Mensch. Ihn nach der langen Zeit im weißen Raum zu sehen, erzeugte eine Welle der Freude und Preema gab ein untypisches Geräusch von sich, das dem eines aufgeregten Welpen glich. Sie sprang beinahe ebenso euphorisch von dem einen auf den anderen Fuß, quiekte vor Glück und winkte zu dem Mann hinauf. Vergessen war der Ärger, denn noch niemals hatte sich Preema so sehr darüber gefreut, einen anderen Menschen zu sehen, schon gar nicht einen völlig Fremden. Vermutete sie zumindest.

Die zweite Faszination galt der Tatsache, dass der Mann kopfüber an der unsichtbaren Decke hing, ganz ohne irgendwelche Hilfsmittel zur Befestigung. Preema war sich sicher, dass das nicht normal war. Während sie zu ihm hinaufblickte, blickte auch er zu ihr herauf, denn für ihn musste es so erscheinen, als wäre sie über ihm. Es war absurd. Der Mann spazierte an der Decke entlang, als wäre es das Normalste der Welt, auf dem Kopf zu stehen. Das Geräusch, das Preema zuerst nicht hatte zuordnen können, entpuppte sich nun als die Sohlen seiner Sandalen, die bei jedem Schritt gegen seine Fersen klatschten. *Flip-Flops!*, fiel es ihr schlagartig wieder ein.

»Bist du real?«, fragte Preema zweifelnd.

»Das will ich doch sehr hoffen«, antwortete der Unbekannte und lachte laut. »Wie geht es dir da oben … ich meine dort unten … oder …

wie auch immer!« Wieder lachte er und seine gute Laune sprang auf Preema über wie ein freundlicher Virus.

»Wenn ich ehrlich sein darf, ich hatte schon bessere Tage«, rief sie zu ihm hinauf ... oder hinunter. Es war kompliziert. »Du kennst nicht zufällig einen Weg, der aus diesem Hamsterrad hinausführt?«

»Von einem Hamsterrad weiß ich nichts, aber einen Weg hinaus kenne ich zufällig doch«, rief der Mann zurück.

Mit dieser Antwort hatte Preema, trotz aller Hoffnungen, nicht gerechnet. »Ist das dein Ernst? Mach bitte keine Witze. Ich irre hier seit einer Ewigkeit umher und habe dieses endlose Nichts mehr als satt.«

»Es wird schnell langweilig, nicht wahr?« Der Ausdruck auf seinem Gesicht war pure Heiterkeit. Wie konnte er so fröhlich sein, nach dem, was mit der Welt geschehen war?

»Kann man so sagen«, antwortete Preema und nickte.

»Magst du dich vielleicht zu mir gesellen?«

»Zu gerne, ich weiß bloß nicht wie ich das anstellen soll.« Preema kicherte. Sie fühlte sich auf einmal selbst albern und fröhlich, als hätte sie einen Schwips. Es musste daran liegen, dass sie über alle Maße erleichtert darüber war, nicht mehr alleine zu sein. Die Glücksgefühle schienen ihr aus allen Poren zu fließen, so dass sie den Weltuntergang für eine Weile völlig vergaß. »Wie komme ich zu dir rauf?«

»Das ist leicht. Reich mir deine Hand!« Der Mann reckte seine eigene Hand Preema entgegen, doch zwischen ihnen lagen sicher zehn Meter Abstand. So würden sie nicht weiterkommen.

»Versteckst du vielleicht irgendwo eine Leiter?«

»Du brauchst keine Leiter. Spring einfach zu mir heru... ich meine *hinauf.*«

Springen? Über eine solche Distanz? Das hätte Preema nicht einmal geschafft, wenn sie Profisportlerin gewesen wäre, und ihr kleines Hüftgold verriet, dass das sicher nicht der Fall war. »Keine Chance!«, rief sie entgeistert. »Das ist viel zu weit.«

»Die Dinge sind hier nicht so, wie sie auf den ersten Blick erscheinen.

Die Entfernung ist in Wahrheit viel geringer. Spring! Glaube mir, du wirst mich erreichen!«

Preema schnalzte mit der Zunge. Sie vermutete einen Trick oder aber einen Scherz auf ihre Kosten. Andererseits hatte sie hier schon genug Seltsames erlebt, um nichts mit Sicherheit ausschließen zu können.

»Wehe du lachst mich gleich aus!«, warnte Preema in verspieltem Ton. Dann machte sie sich bereit, nahm die Hand des Fremden ins Visier und sprang. Sie drückte sich mit aller Kraft ab und reckte die Hand so weit von sich fort, bis sie das Gefühl hatte ihr Körper dehne sich aus wie der von Elasty Girl. *Schon wieder so eine nutzlose Information. Danke für nichts, liebes Gehirn.*

Zu Preemas völliger Überraschung stieg sie allerdings immer höher und höher hinauf, bis ihre Hand die des Mannes berührte und er seine Finger fest um ihre schloss. In dem Moment, da sich ihre Hände berührten, verlor Preema die Orientierung und sie hatte das Gefühl, zu fallen. Bevor sie wusste, wie ihr geschah, fiel sie wie ein nasser Sack auf ihren Retter. Er versuchte noch sie aufzufangen, doch Preema traf ihn so ungünstig, dass er chancenlos zu Boden ging und unter ihr liegend ein leises »Au« von sich gab.

»Bin ich gerade auf dich gefallen? Das ist doch nicht möglich«, sagte sie perplex.

»Hier ist fast alles möglich. Hallo übrigens, ich bin David«, gab er buchstäblich erschlagen von sich.

»Hi, ich bin Preema.«

»Freut mich dich kennenzulernen, Preema.«

Er hatte Mühe, zu sprechen, was, wie Preema nun klar wurde, darauf zurückzuführen war, dass sie mit vollem Gewicht auf ihm lag und ihm die Luft abschnürte. Noch dazu war sie vollkommen nackt. Nicht, dass das eine Rolle spielte, wenn Menschen kopfüber an einer unsichtbaren Decke entlangliefen. Ihre Scham hatte Preema ohnehin ebenso vergessen wie ihr Leben. Es störte sie außerdem nicht, nackt zu sein, und falls es David aufgefallen war, schien es ihn nicht zu kümmern. Irgendwo im Hinterkopf wusste Preema, dass ihr das eigentlich hätte verdächtig erscheinen müssen, sie war jedoch zu erleichtert und zu glücklich, nicht länger die einzige Existenz in diesem endlosen weißen Raum zu sein. Sie war nicht mehr alleine. Alles andere war nebensächlich. Fürs Erste jedenfalls.

»Entschuldige«, sagte sie, kletterte von dem jungen Mann herunter und stellte sich aufrecht hin. »Das war ein wenig aufdringlich von mir.«

»Ich wurde schon von härteren Dingen getroffen«, gab David heiter zurück und ließ sich von Preema auf die Füße helfen.

»David, du ahnst nicht, wie froh ich bin, dich zu sehen. Ich irre schon so lange allein umher, dass ich kurz davor war, den Verstand zu verlieren. Weißt du, wo wir hier sind? Kannst du mir sagen, was passiert ist?«, fragte sie ihn, doch er spielte unsicher an seinem Ohrläppchen und schüttelte dann den Kopf.

Er war jünger als Preema. Vielleicht Mitte zwanzig, hatte etwas zu langes, blondes und lockiges Haar und helle, aber derzeit sommerlich goldbraune Haut. Wahrscheinlich verbrachte er viel Zeit in der Sonne. Oder besser gesagt, er *hatte* sicher viel Zeit darin verbracht, als es noch eine Sonne gegeben hatte oder einen Strand, an dem man liegen, ein Meer, in das man hinausschwimmen konnte. Seine Kleidung bestärkte den Eindruck, denn die bestand nur aus einer grellbunten Bermudashorts, einer Holzkette um den Hals und natürlich den Flip-Flops, deren sonst nervtötendes Klatschgeräusch Preema zurzeit wie die schönste Symphonie erschien. In der Not fraß der Teufel nicht nur Fliegen, er lauschte offenbar auch dem Sound von Flip-Flops.

»Ich bin vermutlich nicht viel schlauer als du«, antwortete David mit einem nachdenklichen Blick. Seine Stimme war tief und ruhig. »Meine Erinnerungen sind etwas lückenhaft. Eben noch genieße ich meinen Urlaub, sitze am Strand und nippe an meinem Cocktail. Auf einmal dreht sich alles und das Nächste, was ich sehe, ist der weiße Raum. Erinnerst du dich daran, wie du hergekommen bist?«

»Nein, kein Stück«, antwortete Preema unzufrieden. »Ich habe selbst nur ein paar bruchstückhafte Erinnerungen an den letzten Moment, bevor ich hier aufgewacht bin. Zumindest glaube ich, dass das der letzte Moment war. Aber so leer, wie mein Gedächtnis ist, könnte das auch ein Schnipsel von vor zehn Jahren sein.«

David nickte mit einem beunruhigend verständnisvollen Ausdruck. »Das kommt mir sehr bekannt vor.«

»Dann erinnerst du dich auch an nichts?«

»Ich erinnere mich an einiges mehr als noch zu Beginn, aber nicht an alles. Vor allem nicht an das, was mich hergebracht hat.«

Preema sprach es nicht aus, doch zwei Menschen, die beide an Gedächtnisverlust litten, waren für ihren Geschmack einer zu viel, um Zufall zu sein.

»Was hältst du von einem Tapetenwechsel, Preema? Du hast sicher Lust auf eine etwas vielfältigere Umgebung.«

»Oh ja, bitte!«, gab sie zurück.

»Kannst du den Wegweiser schon sehen?«

»Wegweiser?«, fragte sie verwundert.

»Also nein. Das habe ich mir schon gedacht. Komm, ich zeige dir, wo es langgeht.« David schaute sich einen Moment um, offensichtlich suchte er etwas. Preema konnte sich nicht vorstellen was das sein mochte. Was sah er, was sie nicht sah?

»Aha«, rief er zufrieden, lief ein paar Schritte, änderte die Richtung und war plötzlich verschwunden.

»David!«, rief Preema erschrocken. Sein Kopf wurde wieder sichtbar, als er hinter der unsichtbaren Wand hervorblickte. »Was ...?«

»Kommst du?«, fragte er unschuldig.

»Aber ...«, begann Preema und wusste dann doch nicht, was sie eigentlich sagen sollte. Also lief sie eilig auf Davids schwebenden Kopf zu, der gleich darauf wieder verschwand. Preema streckte die Hand aus und suchte nach der Wand. Sie konnte einfach keinen Unterschied sehen. Keine Kante, keinen Schatten, gar nichts. Dann aber trafen ihre Finger auf einen kühlen Widerstand. Nicht richtig fest, eher ein wenig gummiartig. Zu Preemas Überraschung verschwand ihre Hand, sobald sie die Kante umgriff. Ein unbedeutender und dennoch surrealer Anblick.

»Man könnte meinen du würdest doch ganz gerne hierbleiben.« David lugte erneut grinsend hinter der Wand hervor.

»Himmel, nein. Ich habe nur Schwierigkeiten, zu verstehen, wie das möglich ist. Wie kann es sein, dass ich so lange hier herumgeirrt bin, ohne auch nur einmal auf eine Barriere zu stoßen? Ganz eindeutig gibt es hier Wände, auch wenn ich sie nicht sehen kann. Und wieso kannst du sie sehen? Stimmt etwas nicht mit meinen Augen?«

Davids Grinsen wurde breiter. »Deine Augen sind in Ordnung. Es dauert bloß eine Weile, bis man die Wände und Durchgänge wahrnimmt. Sie sind überall, man muss aber erst lernen, worauf es zu achten gilt.«

»Ich kann doch nicht so präzise jedes Hindernis im weißen Raum versehentlich umgangen haben«, protestierte Preema kopfschüttelnd.

»Die Wände hier sind schlau und sie sind nicht fix an einen Ort gebunden. Sie sind da, aber nicht immer solide, verstehst du?«

»Nein«, gestand sie geradeheraus. Wieder lachte David.

»Sie sind ... hm ... Es ist nicht so, dass sich die Wände bewegen würden. Sie sind, wo sie sind, aber sie sind nicht immer im selben *Raum* wie wir. Manchmal muss man warten, bis sie erneut erscheinen, und oft sind wir nur im falschen Moment an der richtigen Stelle.«

»Versuchst du, mich auf den Arm zu nehmen?«, fragte sie ganz ernst.

David seufzte. »Nein, auch wenn es verrückt klingt, es ist, wie es ist. Das Ganze richtig zu erklären ist schwierig. Ich verstehe es ja selbst kaum. Du wirst aber mit der Zeit feststellen, dass es noch wesentlich verrücktere Dinge gibt als Wände, die nur manchmal da sind.«

»Ich muss nicht alles verstehen. Bring mich bitte nur von hier weg, um die anderen Probleme kümmere ich mich später.«

»Das mache ich mit Freuden. Hier, nimm meine Hand, damit du mir nicht verloren gehst«, sagte er mit dem Elan eines Abenteurers. Preema ergriff die Hand, die er ihr anbot, und folgte ihm und dem *Flop-flop-flop* seiner Schuhe nur zu gerne.

Er führte sie zielsicher von einem Gang in den nächsten, wobei für Preema alles gleich blieb. Sie konnte ihrem neuen Wegbegleiter nur vertrauen, während sie versuchte wahrzunehmen, was er wahrnahm: das Schimmern einer Durchgangskante, eine Markierung am Boden, einen schmutzigen Pfad, irgendetwas. Doch es blieb alles schneeweiß. David aber folgte Wegen, die gut sichtbar vor ihm lagen. Schwach schimmernden Wegweisern, wie er erklärte, die sich Preema scheinbar noch nicht zeigen wollten. Stattdessen zählte sie ihre Schritte, in der Hoffnung, ein Muster zu erkennen, doch schon kurz darauf hatte sie alle Schrittzahlen wieder vergessen und war sich unsicher, ob sie zuletzt nach links oder rechts abgebogen waren. War sie schon immer so vergesslich gewesen?

Die Zeit tickte weiter vorbei, ohne eine Spur von sich zu hinterlassen. Preema hatte keine Ahnung, wie lange sie schon umherliefen, doch alles war besser, als alleine und ohne jede Perspektive in dem weißen Raum gefangen zu sein.

»Wir sind da.«

»Wir sind da?« Die Enttäuschung in ihrer Stimme war unverkennbar. »Aber hier ist doch nichts.« Sofort überkam sie der schreckliche Gedanke, dass David ihr nur etwas vorgemacht hatte und sie weiterhin in dieser endlosen Weite festsaß. Dass sich David selbst vielleicht so sehr nach einem Ausgang sehnte, dass er ihn sich herbeiphantasierte.

»Hier, du kannst den Durchgang anfassen.« Er legte seine Hand auf die weiße Leere und Preema tat es ihm nach.

Der Widerstand war da, die Oberfläche schien etwas wärmer zu sein als die vorherigen Wände und nun erkannte sie auch hier und da das zaghafteste Schimmern feiner Linien. Sie breiteten sich wie ein filigranes Spinnennetz unter ihrer Handfläche aus.

»Der erste Moment, nachdem sich der Durchgang öffnet, wird dich vielleicht ein wenig überfordern. Deine Sinne müssen sich erst wieder an die Existenz einer Umwelt gewöhnen. Aber ich bleibe bei dir und fange dich auf, falls du die Orientierung verlierst. Bist du bereit?«

Was mochte sich hinter diesem obskuren Portal befinden? Der Ausgang aus einer Theaterkulisse? Ein Parkplatz vor einem gigantischen Lagerhaus? Die Trümmer einer verwüsteten Welt?

»Ich bin bereit«, antwortete Preema. Sie hatte keine Ahnung, ob das der Wahrheit entsprach, sie würde jedoch auf keinen Fall freiwillig noch länger im weißen Raum bleiben. Alles war besser, als hier draußen zu verweilen und vom Leben ausgesperrt zu sein.

Sie spürte, wie David gegen die unsichtbare Barriere drückte und diese ein Stück nachgab, wie eine weiche Membran. Für einen kurzen Moment leuchteten all die feinen Haarlinien darauf hell auf, dann stoben sie blitzförmig auseinander und waren verschwunden. Unter ihren Handflächen begann sich ein Loch zu bilden. Es wurde größer und größer, bis es groß genug war, dass ein erwachsener Mensch hindurchpasste. Preema riss die Augen auf, als sie plötzlich die vielen Farben sah.

Gerüche strömten ihr entgegen und Klänge. Vogelgezwitscher und das beruhigende Rascheln von Baumkronen im Wind, Wasserfälle. Pflanzenhalme schwangen auf der anderen Seite sanft hin und her. So viele unterschiedliche, geschäftige, *lebendige* Klänge. Farben und Schatten! Preema stieß einen Freudenschrei aus und atmete tief ein. Ein vage vertrauter Duft drang in ihre Nase ein und füllte ihre Lungen. David kletterte durch die Öffnung und Preema folgte ihm aufgeregt. Ihre Füße landeten prompt auf kühler Erde und saftig grünem Gras. Sie erinnerte sich an Gras und an ein Mädchen, dessen rotblondes Haar vor dem Hintergrund der grünen Wiesen herausstach wie ein Leuchtfeuer.

Und plötzlich war sie da, die erste Erinnerung daran, wer Preema Anand war.

DAMALS • 27. AUGUST 2005

ES HÄTTE EIN perfekter Samstagmorgen sein können. Vögel zwitscherten von den Ästen der Bäume herunter, Hummeln und Bienen wechselten geschäftig summend von einer Blüte zur anderen oder flogen schwankend und schwer beladen zu ihren Nestern zurück. In der Luft lag der Duft von frisch geschnittenem Gras. Wie jede Woche, und stets zur selben Zeit, schob Andreas Wenke seinen Rasenmäher mit stoischer Ruhe und selig lächelnd über den Rasen. Es spielte für den Mann wohl keine Rolle, ob das Gras überhaupt Gelegenheit hatte nachzuwachsen, denn er wich nur dann von seinem üblichen Terminplan ab, wenn es regnete oder stürmte. Die Nachbarschaft hatte sich längst damit abgefunden, dass der Samstagmorgen dem Rasenmähermann von nebenan gehörte. Die einen malten zur Entspannung Mandalas aus, Andreas Wenke mähte seinen Rasen.

Eine warme Decke tiefer Glückseligkeit lag über dem Viertel, erschaffen von der Freude der Menschen, die zwei Tage lang der Arbeit fernbleiben und stattdessen in der Sommersonne baden durften. Die älteren Kinder stromerten derweil fern der Aufsicht eines Erwachsenen durch die Siedlung, genossen die schulfreie Zeit und ihre wachsende Unabhängigkeit. Wochenenden im Sommer waren für alle ganz besonders schöne Tage und nur die hartgesottensten Zyniker vermochten es, keine Freude an einem sonnigen Sommerwochenende zu empfinden. Nun,

Zyniker und natürlich Nicole Grebe und Preema Anand, die sich derzeit lautstark dem teuersten Gesetz der modernen Zivilisation widersetzten und den Frieden des Wochenendes ohne jede Scham zerstörten.

Die Stimmen der beiden Mädchen schnitten schrill durch die friedlich dahinträumende Nachbarschaft und schlugen Vögel, Katzen und sämtliche Nager im Umkreis von hundert Metern in die Flucht. Ihr Geschrei schaffte es sogar, das Knattern und Rattern des Rasenmähers zu übertönen. Dessen Motorgeräusche gerieten kurz aus dem Takt, als sein Steuermann vor lauter Schreck eine scharfe Kurve ins Gras zeichnete und damit das perfekte Linienmuster einer ganzen Dekade ruinierte. Andreas Wenke schaltete den Rasenmäher unplanmäßig ab und fluchte, als er das krumme Malheur in seinem Vorgarten erblickte. Die Kinder kümmerte Andreas Wenkes zerstörtes Rasenmuster freilich wenig. Sie hatten viel größere Probleme und kreischten weiter so laut, wie es ihre Lungen hergaben. Der Zorn eines Kindes war schon schlimm genug, der Zorn zweier Kinder ... Mögen die Götter aller Völker Gnade walten lassen!

Nicole und Preema klammerten sich seit mehreren Minuten aneinander, als hinge ihr Leben davon ab, und hätte man sie danach gefragt, so wäre genau das auch der Fall gewesen. In ihrer noch jungen Welt war das, was sie gerade durchlebten, durchaus von einer zutiefst dramatischen und einschneidenden Tragweite. Wie alle Kinder, die irgendwann erwachsen wurden, würden sie mit der Zeit den Blick auf dieses Ereignis ändern und feststellen, dass es weitaus größere Katastrophen im Leben gab. Doch an diesem Punkt waren die beiden Mädchen noch nicht angelangt und so protestierten sie in aller Form gegen das Unrecht, das hier und heute geschah. Sie hatten sich inzwischen längst gegenseitig die Schultern nass geweint und heulten kaum verständliche Worte in die Halsbeuge der anderen. Aber Nicole und Preema kannten einander besser als Schwestern und verstanden sich auch ohne Worte.

»Nicole, wir müssen los!«, rief Patrick Grebe, Nicoles Vater. Er stand unter Zeitdruck, war verärgert und hatte für das Drama der beiden

Kinder längst jedes Verständnis verloren. Seit die Mädchen erfahren hatten, dass Nicoles Familie in ein neues Haus umzog – auf die andere Flussseite, was dem Ende der Welt gleichkam –, herrschte ein unheiliger Krieg zwischen den Kindern und Nicoles Eltern.

»Ich hasse euch!«, schrie Nicole ihre Eltern zum wiederholten Male an und wie zuvor verstärkte sie ihren Griff um Preema dabei ein bisschen mehr.

»Ich auch! Böser Baba Grebe!«, kreischte Preema in feinstem Glasschneider-Sopran hinterher.

»Jetzt macht nicht so ein Theater!«, schimpfte Herr Grebe, dessen Worte in einer stressigen Situation wie dieser immer ganz eigenartig und unverständlich wurden. Normalerweise hätten Preema und Nicole das sehr amüsant gefunden, wenn er so *lustig* sprach, doch nicht heute.

»Das ist alles nur dieser hässliche Gnom schuld!«, schimpfte Nicole zurück.

»Hör auf, deine Schwester einen Gnom zu nennen!«

»Niemals!«, hielt Nicole dagegen.

Die beiden Kinder waren wütend und verletzt, weil ihre Freundschaft auf so rüde Weise und selbstverständlich gegen ihren Willen beendet wurde. Sie fühlten sich von Nicoles Eltern verraten. Wer oder was gab Erwachsenen das Recht, einfach umzuziehen und das Leben ihrer Kinder zu zerstören? Wieso hatte niemand gefragt, was Preema und Nicole davon hielten, dass sie künftig nicht mehr nebeneinander wohnen durften?

Schuld an der ganzen Misere war der neue Familienzuwachs, um den Nicole wahrlich nicht gebeten hatte. Das versicherte sie Preema, die Angst davor hatte, von einer echten Schwester ersetzt zu werden, immer wieder. Nicht nur, dass Gnomi, wie Nicole und Preema den kleinen Neuzugang vom ersten Moment an nannten, seit drei Monaten Tag und Nacht heulte und schrie, jetzt zogen die Grebes auch noch um, weil die Wohnung für vier Personen angeblich zu klein war. Gnomi konnte ja im Keller schlafen, wenn sie mehr Platz brauchte, da würde Nicole auch das dauernde Geschrei nicht mehr hören müssen. Von der Idee wollten die Eltern jedoch nichts wissen und schimpften stattdessen noch mit Nicole, dass man so nicht mit seiner Schwester umgehen dürfe. Aber einfach so umzuziehen und Nicoles und Preemas Leben zu ruinieren, das war offenbar in Ordnung. *Gemein* war gar kein Ausdruck für diesen unverschämten Vorstoß.

»Zarah!«, rief Nicoles Vater. »Hättest du wohl die Güte, deine Tochter an dich zu nehmen? Die Umzugshelfer warten darauf, dass ich ihnen die Türe im neuen Haus aufschließe.«

»Ich komme nicht mit!«, schimpfte Nicole aus voller Lunge. »Ihr könnt mit dem Gnom umziehen, aber ich bleibe hier bei Preema! Preemas Zimmer ist sowieso viel schöner und Papa Anand hat be...«

»Und wenn ich dich knebeln und fesseln muss, junge Dame, du setzt dich jetzt in dieses verdammte Auto!«, brüllte Herr Grebe dazwischen, während er versuchte, die beiden Kinder auseinanderzubekommen. Ihre kleinen Hände und Arme waren erstaunlich stark und unnachgiebig, so dass seine Versuche, Nicole wegzutragen, zu einer ungewollt komischen Szene ausarteten, die garantiert so manchen Nachbarn heimlich amüsierte. Tahir Anand, der oben hinter dem Schlafzimmerfenster stand und sich das Ganze nur aus der Entfernung ansehen konnte, schmunzelte jedenfalls halb vergnügt und halb wehmütig. Er würde Nicole vermissen, die inoffizielle zweite Tochter, die so oft und selbstverständlich in der Wohnung der Anands herumlief oder dort übernachtete, dass er manchmal vergaß, dass sie die Tochter von jemand anderem war. Er war sich sicher, dass es den Grebes mit Preema nicht viel anders erging. Die beiden Elternpaare hatten längst akzeptiert, dass ihre Töchter glaubten, zwei Mütter und zwei Väter zu haben, und alle Erklärungsversuche ignorierten.

Eng wie das Band zwischen Preema und Nicole folglich war, waren die beiden Kinder fest entschlossen, Herrn Grebes Pläne zu vereiteln. Bisher waren sie damit auch ausgesprochen erfolgreich, doch plötzlich spürte Preema die Hände ihrer Mutter auf den Schultern – diese Verräterin! – und klammerte sich instinktiv noch energischer an Nicole. Sie würde ihre Freundin nicht gehen lassen. Niemals!

»Preema! Beti, komm jetzt«, sagte Zarah Anand mit jener strengen Stimme, von der sie nur in besonderen Momenten Gebrauch machte. Dies war solch ein Moment und an jedem anderen Tag hätte der Tonfall gereicht, um Preema – und Nicole – sofort gehorchen zu lassen, doch nicht heute. Heute war ein Tag, an dem alle Regeln außer Kraft gesetzt worden waren.

»Geh weg! Geh weg, Mami ji!«, brüllte Preema wütend. Sie strampelte und trat wild um sich, wand sich wie ein glitschiger Fisch in den Armen ihrer Mutter.

»Preema …«

»Nein! Nein! Nein!«

Die beiden Elternteile schafften es nur mit vereinten Kräften, ihre Töchter voneinander loszureißen. Das Gekreisch der Kinder wurde noch lauter, was niemand für möglich gehalten hätte, und es hätte auch niemanden überrascht, wenn die Nachbarn die Polizei gerufen hätten. Zum Glück wussten alle in der Straße, wie unzertrennlich die beiden Mädchen waren, und wunderten sich über das Drama daher kaum. Sie hatten es vermutlich sogar kommen sehen.

Preema und Nicole waren auf den Tag genau fünf Jahre, sieben Monate und siebenundzwanzig Tage alt. Sie waren am selben Tag, im selben Krankenhaus, im Abstand von exakt drei Minuten und dreizehn Sekunden geboren worden. Sie gehörten zu den ersten einhundert Millenniumskindern, die am 1. Januar im Jahr 2000 geboren worden waren, und auf der Neugeborenenstation lagen sie in ihren Bettchen nebeneinander. Auch wenn sie sich daran nicht mehr selbst erinnern konnten, so hatten es ihnen ihre Eltern doch oft erzählt. Die Mädchen liebten diese Geschichte. Sie gab ihnen das Gefühl, etwas ganz Besonderes zu sein.

Von den ersten Atemzügen an also bis hin zum heutigen Tage waren Nicole und Preema miteinander aufgewachsen, denn auch die Wohnungen ihrer Eltern lagen zufällig direkt nebeneinander auf demselben

Stockwerk eines Mehrfamilienhauses. Sie teilten sich sogar einen großen, durchgehenden Balkon, der einst durch einen Sichtschutz in der Mitte getrennt worden war. Den Sichtschutz allerdings hatten Nicole und Preema im Alter von drei Jahren niedergerissen und das Ansinnen der Eltern, ihn zu reparieren, war von den beiden starrköpfigen Töchtern jedes Mal aufs Neue zerstört worden. Am Tage ihrer Geburt schien das Schicksal selbst Nicole und Preema vereint zu haben und jeder, der versuchte, sich ihnen in den Weg zu stellen, würde es bereuen. Nun aber sollten sie getrennt werden und das bloß aus dem einen Grund, dass Nicoles Eltern in einer absurden Laune beschlossen hatten, dass noch ein Kind her musste. Ein *Schwesterchen* für Nicole, dabei hatten Nicole und Preema längst die Schwester, die sie wollten, ineinander gefunden. Wie kamen die Grebes bloß darauf, dass ein neues Baby Preema einfach ersetzen könnte? Nein, dieses ganze Projekt ›Gnomi‹ war nicht in Ordnung, fanden die beiden Mädchen, und sie hätten nichts dagegen gehabt, wenn die Grebes das plärrende Ungetüm dem Storch zurück in den Schnabel gestopft hätten, der so frech gewesen war, Gnomi in Nicoles Zuhause abzuladen.

Während das Getobe und Gezeter in einer lauten Schallwelle schneidender Töne weiter durch die Straße rollte, alles Getier mit Selbsterhaltungstrieb verscheuchte und dafür jeden Nachbarn auf die Straße oder zumindest ans Fenster lockte, unternahmen Preema und Nicole einen letzten Versuch, das Unabwendbare doch noch zu verhindern. Nicoles Vater aber hob seine Tochter von den Füßen und das Mädchen reckte die Arme verzweifelt nach Preema. Preema wiederum wehrte sich so gut sie konnte gegen den Griff ihrer Mutter, die den Arm unnachgiebig um Preemas Körpermitte gewickelt hatte. Die Kinder bekamen ihre Hände ein letztes Mal zu fassen und zogen so fest aneinander, dass ihre Eltern ein Stück vorwärts stolperten und beinahe mit den Köpfen aneinanderstießen. Einen Moment später wurde die Verbindung jedoch endgültig zertrennt. Nicole rief ihrer Freundin zu, dass sie Preema niemals vergessen werde. Dann war sie plötzlich fort, verschwand kreischend im vollgepackten Wagen ihrer Eltern und hämmerte mit kleinen Fäusten gegen die Heckscheibe, bis sie in den Gürteln des Kindersitzes gefangen war. Kurz darauf heulte der Motor auf, und der Wagen fuhr einfach los. Kleiner und kleiner wurde das Auto, das Nicole für immer aus Preemas Leben forttrug. Denn wie sollten die Mädchen diese unendliche Strecke von einer Flussseite auf die andere je bewältigen können? Mit ihren kleinen Beinen würden sie das niemals schaffen und ihre Eltern würden sie ohnehin nie über die Brücke gehen lassen. Es war ein dunkelschwarzer Tag für die Kinder.

Die kleine Preema schaute dem Wagen verzweifelt und weinend nach, bis er nicht mehr zu sehen war. Nicole war fort und Preema am Boden zerstört. Die Welt würde nie wieder so sein, wie sie einst war.

HEUTE

ACH, NICOLE. WAS für eine schöne Zeit die beiden Mädchen zusammen verbracht hatten. Die Erinnerung tat so weh wie das Ereignis selbst. Frisch und roh wand sich das Verlustgefühl durch Preemas Brust, in einer Intensität, die Preema überraschte. Dennoch umspielte ihre Lippen auch ein Lächeln. Nicole, das temperamentvolle Mädchen mit dem roten Haar, sprang für einen kurzen Moment vor Preemas Augen umher und löste sich mit dem nächsten Blinzeln in Schall und Rauch auf. Preemas Herz war plötzlich voller Liebe für die Schicksalsschwester, die gleich neben ihr gelebt hatte. Sie hatten so viel Zeit im Haushalt der anderen verbracht, dass sich ihre beiden Familien wie eine einzige angefühlt hatten. Was wohl aus Nicole geworden war? Hatten sie beide sich nach diesem Tag je wiedergesehen?

Preemas Gedächtnis besaß die Antworten auf diese Fragen derzeit nicht. Ihre Erinnerungen reichten nicht weiter als bis zu diesem Tag im August 2005. Dennoch freute sie sich ungemein, ein kleines Puzzleteil von sich selbst wiedergewonnen zu haben. Sie war jemand. Sie war kein ganz leeres Blatt, unbeschrieben wie der weiße Raum, in dem sie erwacht war. Sie drückte die Hände gegen die Brust und versuchte, die Gefühle festzuhalten, die mit der Erinnerung gekommen waren, doch sie verflüchtigten sich schnell, als gäbe es keinen Platz für sie an diesem Ort. Doch auch wenn die Empfindung verblasste, die Erinnerung blieb strahlend hell in Preemas Gedächtnis. Nichts würde ihr diesen Moment ihres Lebens wieder wegnehmen können.

»Preema, hörst du mir zu?«

»Was?« Preema blinzelte desorientiert. David stand vor ihr und schaute sie erwartungsvoll an. »Tut mir leid, ich war in Gedanken versunken.«

»Das war nicht zu übersehen. Hast du dich an etwas erinnert?«

»Ja, woher weißt du das?«

David hob kurz die Schultern. »Ich kenne diesen abwesenden Blick ganz gut.« Er zwinkerte ihr zu. »War es eine schöne Erinnerung?«

»Ja und nein. Ich habe mich an meine beste Freundin aus Kindheitstagen erinnert. Nicole Grebe.«

»Und das ist keine gute Erinnerung?« David schaute sie wohl zu Recht verwundert an.

»Nicht, wenn besagte Freundin gerade mit ihren Eltern im Familienkombi verschwindet und man davon überzeugt ist, sie nie wiederzusehen. Der reinste Weltuntergang war das«, scherzte Preema, bis ihr schlagartig wieder einfiel, weshalb sie überhaupt hier war, und sie prompt ein schlechtes Gewissen bekam. Weltuntergangsscherze waren ab sofort nicht mehr lustig. David schien den kleinen Fauxpas jedoch entweder nicht zu bemerken oder absichtlich zu überhören und Preema atmete erleichtert aus. Das Letzte, was sie im Augenblick brauchte, war, dass sie den vielleicht einzigen anderen Überlebenden mit unbedachten Äußerungen vergraulte.

»Das war nur die erste Erinnerung von vielen, die noch folgen werden. Aber zunächst heiße ich dich auf der Lichtung willkommen«, sagte David und schwenkte seinen Arm in einer einladenden Geste durch die Luft.

Preemas Blick folgte der Bewegung seiner Hand und ihre Lippen öffneten sich erstaunt, doch sie brachte keinen Ton heraus. Lichtung. Das war eine schamlose Untertreibung für das malerische Paradies, das sich vor ihr aufbaute. Es gab so viel zu entdecken, dass Preema nicht wusste, wo sie zuerst hinsehen sollte. Die Lichtung war nicht bloß eine grüne Wiese mit ein paar Blumen und Bäumen darauf, wie Preema es erwartet hätte. Die Lichtung war eine Insel und Preema stand mit David am Rande dieser begrenzten Welt, auf den letzten Ausläufen einer Wiese, die in bunte Blumenfelder überging. Richtig üppige Felder, wie Preema sie noch nie gesehen hatte. Es gab Hügel in den prächtigsten Farben. Leuchtend roter Klatschmohn bedeckte den einen, ein violettes Lavendelfeld den anderen. Sattgelbe Sonnenblumen hier und unzählige blaue Veilchen dort. Irgendwo hinter den bunten Hügeln zeichnete sich die Silhouette eines riesigen Waldes ab. Über der Insel hing ein Himmel, der azurblau, aber nur ein Trugbild vor der endlosen Weiße war. Wie eine riesige Scheibe schwebte er über der Lichtung.

Ein sanftes Plätschern drang an Preemas Ohr und sie schaute zu Boden. Zwischen den Gräsern und Blumen schlängelte sich ein kleiner Bach vorbei an Preemas Füßen. Ihre Blicke folgten seinem Verlauf, bis sie ihn über den Rand der Insel in die weiße Leere fallen sah. Aus dem Augenwinkel nahm sie etwas Glänzendes wahr und sie schaute auf, nur um vor Staunen zu erblassen. Die Insel war umringt von Bergen und Felsen. So massiv und gewaltig, wie Preema noch nie welche gesehen hatte, und doch schienen sie schwerelos in der Luft zu hängen. Zwischen dem Gebirge und der Insel lag eine weite Schlucht, die verhinderte, dass irgendjemand die grauen Riesen je erreichen würde, und der Fuß der Berge wurde blasser, je tiefer sie reichten, bis sie sich gänzlich im weißen Dunst verloren. Die Schlucht ließ nicht erkennen, ob es überhaupt einen Grund gab.

Preema war zu beeindruckt, um sich zu fragen, wie sie und David überhaupt auf die Insel hatten gelangen können. Es gab keine Brücken oder andere sichtbare Übergänge. Auch die Öffnung, durch die sie gekommen waren, hatte sich ohne jede Spur wieder geschlossen.

Preema griff nach Davids Hand, bevor sie sich vorsichtig über den Rand der Insel beugte, um herauszufinden, wohin das Wasser des Bachs floss und was weiter unten vor sich ging. Doch sie konnte den Grund nicht sehen. Das Wasser verschwand in den Nebeln des weißen Raums. Die endlose Tiefe flößte ihr einen Heidenrespekt ein, so dass sie schnell wieder vom Rand dieser Welt zurücktrat und ungläubig den Kopf schüttelte. Noch mehr Rätsel, noch mehr Fragen. Weshalb hatte Preema die Berge nicht bemerkt, als sie im weißen Raum umhergeirrt war? Sie waren gigantisch und mussten kilometerweit zu sehen sein. Der Anblick dieser Felsen war schwindelerregend und machte Preema bewusst, wie klein und verletzlich sie selbst war. Winzig, wie ein Käfer. Silbern reflektierende Wasserfälle stürzten aus dutzenden Öffnungen im Gestein der Berge in die Tiefe und erschufen in unregelmäßigen Abständen Regenbögen, die über die Schlucht hinwegreichten und sich mit der farbenfrohen Natur der Lichtung verbanden. Vielleicht waren Preema und David über einen Regenbogen gelaufen, um hierherzugelangen? Sie schüttelte den Kopf ob dieser absurden Idee. Das hier war sicher nicht Asgard und die Regenbögen kein Bifröst. Märchen und Sagen würden sie hier nicht weiterbringen, auch wenn der ganze Ort ausgesprochen metaphysisch wirkte.

»Sind wir tot?«, fragte Preema ohne jede Spur von Humor. David lachte dennoch laut auf.

»Wie kommst du denn auf die Idee?«

»Sieh dich doch um. Das hier ist keine Lichtung, das ist ein Paradies und es schwebt im Nichts«, gab sie zur Antwort.

»Wenn du jetzt schon beeindruckt bist, wirst du den Rest lieben.«

»Wir sollen hier hoffentlich nicht das neue Adam-und-Eva-Gespann darstellen.«

David lachte herzhaft. »Das würden die anderen sicher anprangern. Komm, ich zeige dir, was es noch alles zu entdecken gibt.«

Preema hatte keinen Zweifel daran, dass es hier unendlich viele Dinge zu entdecken gab, vielleicht waren darunter auch ein paar Antworten.

»Augenblick, sagtest du gerade ›die anderen‹? Heißt das, dass es hier noch mehr Menschen gibt?«

David nickte. »Dutzende. Vielleicht hunderte. Die Insel ist groß.«

»Wie sind die alle hierhergekommen?«

»Wer weiß? Vielleicht hat der Storch sie gebracht.« David lachte erneut, doch bevor Preema etwas darauf erwidern konnte, war ihr Geist schon wieder woanders.

DAMALS • 02. OKTOBER 2005

PREEMA UND NICOLE schauten Tahir Anand unnachgiebig an und hatten die kleinen Fäuste in die Hüften gestemmt. Sie waren wild entschlossen, diesem Spuk hier und jetzt ein Ende zu setzen. Nicole war heute zu Besuch bei Preema und durfte auch über Nacht dableiben. Das fanden beide Mädchen sehr gut, doch es war lange nicht so gut wie damals, als sie einfach nur über den Flur laufen und an die Tür der Freundin hatten klopfen müssen, wenn sie sich treffen wollten. Jetzt sahen sie sich nur noch alle paar Tage einmal, wenn es die Eltern einrichten konnten, sie vorbeizubringen. Es war ein nicht tolerierbarer Zustand. Doch was das Fass nun endgültig zum Überlaufen gebracht hatte, war, dass Preema und Nicole erfahren hatten, dass sie im nächsten Jahr nicht auf dieselbe Schule kommen würden. Verschiedene Flussseiten bedeuteten offenbar auch, dass die Kinder auf unterschiedliche Schulen geschickt werden mussten.

»Ist das wirklich nötig?«, fragte Tahir Anand, den die Blicke der Mädchen förmlich durchlöcherten.

»Schreib jetzt, Baba!«, forderte Preema streng.

»Aber ...«

»Kein Aber«, setzte Nicole mit erhobenem Zeigefinger nach.

Tahir Anand seufzte, schob das aktuelle Agenturprojekt von seinem Schreibtisch, legte ein leeres Blatt vor sich und setzte den Kugelschreiber an. Er begann laut mitzusprechen, was er auf das Papier übertrug:

An die Storchzentrale
Abteilung für Beschwerden und Reklamationen
Betreff: Baby-Rückgabe

Sehr geehrte Damen und Herren Störche,

wir, Nicole Grebe und Preema Anand, möchten uns in aller Form beschweren. Vor fünf Monaten wurde Nicole eine Schwester zugestellt, die wir beide nicht haben wollten. Wir sind ganz außerordentlich verärgert und wollen ›Gnomi‹ keinen Tag länger behalten. Sie ist lästig, laut und man kann überhaupt nichts mit ihr anfangen. Außerdem pupst sie die ganze Zeit. Wir verlangen die sofortige Rücknahme von ›Gnomi‹.
Bevor Sie fragen: Ein Ersatzbaby wollen wir auch nicht, also versuchen Sie besser gar nicht erst uns ein Brüderchen zu schicken.

Mit freundlichen Grü…

»Mit unfreundlichen!«, fiel ihm Preema scharf ins Wort.

Tahir blieb keine andere Wahl, als Folge zu leisten. Noch keine sechs Jahre alt und schon wusste sie, wie der Kommandoton funktionierte.

Mit unfreundlichen Grüßen
Preema und Nicole

»Ist das so in Ordnung für euch? Ist alles drin, was ihr sagen wolltet?«, fragte Tahir. Die Mädchen nickten, starrten ihn aber weiterhin derart streng an, dass ihm ein wenig mulmig zumute wurde. »Kann ich sonst noch etwas für euch tun?«

»Briefumschlag, Papa Anand«, verlangte Nicole. Auch dieses Mal gehorchte der Mann und tütete den Brief artig ein. »Briefmarke«, verlangte sie als Nächstes. Aus der Nummer gab es offenbar kein Entrinnen.

»Und nicht den Absender vergessen, Baba. Sonst weiß die Storchzentrale nicht, von wem der Brief kommt«, wiederholte Preema, was Tahir ihr selbst erst vor kurzem beigebracht hatte. Sie hatte ihn ausgefragt, warum er Briefmarken und Adressstempel auf die Briefe setzte. Allerdings hatte er nicht damit gerechnet, dass er gezwungen werden würde, einen Brief an die Storchzentrale zu schreiben. Er kam nicht umhin, sich zu fragen, wie lange die zwei dieses Manöver bereits geplant hatten.

Nachdem Tahir alle Forderungen erfüllt und einen mustergültigen Brief erstellt hatte, schnappte Nicole ihm diesen aus der Hand, drehte sich um und verließ sein Bürozimmer. Preema tat es ihr gleich und folgte Nicole mit einem Gang hinaus, der nichts als wilde Entschlossenheit demonstrierte.

HEUTE

»... MUSS MAN SICHER erstmal verdauen«, hörte Preema David sagen, doch sie wusste nicht wovon er sprach. Offenbar hatte er nicht mitbekommen, dass Preema abgelenkt gewesen war, und sie traute sich nicht nachzufragen, was sie in der Zwischenzeit verpasst hatte. Mittlerweile hatten sie sich auch weit vom Rand der Insel entfernt und waren ins Innere vorgedrungen. Sie sah Spuren menschlicher Architektur, nur mit der zeitlichen Einordnung hatte sie Schwierigkeiten. Denn die weißen Säulen und Statuen, die sich zwischen Seen und Teichen erhoben, schienen aus einer viel, viel älteren Epoche zu stammen, als Preema zu kennen glaubte. Halb versunkene, beschädigte Bauwerke, die von der Natur zurückerobert worden waren, verstärkten den Eindruck noch. Sie verteilten sich über ein weites Tal, das durchzogen war von Blumenfeldern und Baumgruppen, Flüssen und Bächen und vereinzelten Felsformationen. Die Szenerie erinnerte Preema an die Überreste einer vergangenen Zivilisation. Nicht ganz fort und doch nicht mehr hier. Eine Ansammlung von Relikten, genau wie Preema jetzt eines war.

»Sie sind im ältesten Teil der Lichtung«, sagte David.

Preema blinzelte und schaute ihn verwirrt an. »Wer?«

»Die anderen Siedler.«

Natürlich meinte er die anderen Überlebenden und nicht irgendeine herbeiphantasierte Zivilisation aus längst vergangenen Tagen. Es fiel

Preema schwer, ihre Gedanken beisammenzuhalten. Im einen Moment kam es ihr vor, als wäre sie betrunken, im nächsten war plötzlich wieder alles klar, als wäre nichts weiter gewesen.

»Ich habe Schwierigkeiten, mich zu konzentrieren«, gestand sie, nachdem sie schon eine Weile nicht mehr auf Davids Ausführungen geantwortet hatte. »Es fühlt sich an, als hätte ich irgendwelche Drogen genommen. Nicht, dass ich damit viele Erfahrungen hätte. Sagt mir zumindest mein Bauchgefühl.«

»Du brauchst dir keine Sorgen machen, das ist ganz normal. Wir haben das alle durchgemacht. Es ist wohl ein Nebeneffekt des Transfers hierher. Die Verwirrung lässt bald nach.«

»Das hoffe ich. Da ist noch zu viel Leere in meinem Kopf.«

»Gib dir und deinem Körper ein wenig Zeit. Ihr habt eine anstrengende Reise hinter euch.«

David nahm ihre Hand, als wären sie alte Freunde, und gemeinsam folgten sie einem schmalen Pfad zwischen den Hügeln und Wiesen hindurch. Von irgendwoher drangen bald die Stimmen und geschäftigen Klänge anderer Menschen an Preemas Gehör und sie spürte eine Welle der Erleichterung. Sie machte sich eine gedankliche Notiz für später, dass sie David fragen musste, was er über die Details dieser *anstrengenden Reise* wusste, und hoffte, dass sie es nicht gleich wieder vergessen würde. Sie hätte das gerne sofort geklärt, doch dann trat David mit ihr durch einen gewaltigen steinernen Torbogen, den sie fast nicht als solchen erkannt hätte, weil sich wilder Wein ungehemmt darauf ausgebreitet hatte. Und dahinter fand sie das Leben.

Preema staunte laut. Sie hatte erwartet, dass hier vielleicht ein paar Menschen wartend und ein wenig rastlos herumsitzen würden. Dass sie bestenfalls verunsichert und besorgt waren. Womit sie nicht gerechnet hatte, war das fröhliche Lachen, die vielen offenen und bunten Zelte, in denen Menschen saßen und Tee tranken, Brettspiele spielten oder Handarbeiten machten. Etwas weiter entfernt stand eine ältere Dame abseits der anderen inmitten eines Lavendelfeldes und bemalte eine

Leinwand. Das Violett der Blüten erstreckte sich sicher hunderte Meter weit in alle Richtungen und die Blumenköpfe wiegten sich sanft im lauen Wind hin und her. Der charakteristische Duft hüllte Preema ein und für eine Weile stand sie selbst einfach nur da und ließ die Bilder, die er hervorrief, in ihren Verstand sinken. Lavendel. Hängende Gärten voller Lavendel. Hände, zu hell, um ihre eigenen zu sein, die die lockere Erde in den Kästen umgruben und eine neue Jungpflanze in den Topf setzten.

»Du bist zurück!«, rief plötzlich jemand und beendete Preemas jüngsten Erinnerungsschnipsel. Ein Junge von vielleicht sechs Jahren kam auf sie beide zugeeilt, umarmte David kurz und schaute dann erwartungsvoll zu ihm hinauf.

»Hallo, Peter! Hast du mich etwa vermisst?«, fragte David in bester Laune und der Junge nickte.

»Weiß ich, wer du bist?«, wollte der Junge von Preema wissen und Preema runzelte die Stirn.

»Nein, Peter, Preema kennst du noch nicht. Sie ist eine neue Freundin. Ich habe sie im weißen Raum gefunden.«

»So wie mich?«, fragte der Junge und zeigte auf sich selbst.

»Genau wie dich«, bestätigte David mit einem Nicken. »Sei höflich und stell dich ordentlich vor.«

Peter musterte Preema ein wenig schüchtern, dann hielt er ihr die kleine Hand entgegen. »Hallo«, sagte er. »Ich bin Peter.«

»Es freut mich sehr, dich kennenzulernen, Peter.«

Peters Augen leuchteten voller Neugier und Unternehmungslust, als er sich wieder an Preemas Weggefährten wandte. »Gehst du mit mir Loopings auf dem Fluss machen?«

»Später. Ich muss Preema erst die Siedlung zeigen und sie den anderen vorstellen.«

»Okay«, sagte Peter. »Aber lass mich nicht zu lange warten.«

»Das würde mir nie einfallen.« Peter lief davon und David schaute ihm liebevoll nach.

»Dein Sohn?«, fragte Preema.

»Nein. Ich bin so etwas wie ein großer Bruder für ihn, aber er gehört leider zu niemandem hier. Er ist schon eine ganze Weile hier, kann sich aber an absolut nichts aus seinem Leben erinnern. Nicht einmal an seinen eigenen Namen«, sagte David, während er Preema weiter in die Siedlung hineinführte.

»*Peter* ist nicht sein richtiger Name?«

»Nein. Er hat ihn sich ausgesucht. Agatha hat ihm die Geschichte von Peter Pan erzählt. Seitdem hält der Junge die Lichtung für das Nimmerland und sich selbst für einen der verlorenen Jungen. Du kannst dir nicht vorstellen, wie enttäuscht er war, als er feststellen musste, dass es hier weder einen Kapitän Hook noch ein Piratenschiff und schon gar kein Krokodil mit einer tickenden Uhr im Bauch gibt.«

»Ich bin genauso enttäuscht!«, rief Preema. Beide lachten.

»Ganz aufgegeben hat er die Hoffnung noch nicht. Du hast also noch die Chance, dich ihm anzuschließen. Neulich war er überzeugt davon, dass er Hooks Schiff auf dem Fluss gesehen hat.«

Preema lachte. »Wenigstens scheint er glücklich zu sein. Dass er sich an nichts erinnern kann, ist vielleicht ein Segen. So muss er niemanden vermissen.«

»Da hast du vollkommen recht«, stimmte David zu. »Schau, hier sind ein paar deiner neuen Nachbarn.«

Sie erreichten einen kleinen Marktplatz, auf dem sich noch mehr Menschen tummelten und Dinge austauschten. In der Mitte des Platzes stand ein Brunnen. Eine detailverliebte Statue erhob sich aus seinem Zentrum und zeigte eine Gruppe von Menschen, die sich gegenseitig umarmte. Kunstfertige, geschwungene Ornamente schienen zwischen ihren Füßen hervorzusprießen, schmiegten sich hier und da um ihre Knöchel und kletterten manchen Figuren gar bis zu den Schenkeln hinauf. Irgendwo ertönte ein heller Klang und etwas Glänzendes fiel aus dem falschen Himmel. Mit einem leisen Platscher landete es im Wasser des Brunnens. Preema trat näher heran, um nachzusehen, was es war, und entdeckte Münzen am Boden des Brunnens. Neuere, die sie wiedererkannte, und welche, die so alt waren, dass sie aus einem ganz anderen Jahrhundert stammen mochten. Auf jeden Fall waren es zu viele, um sie zählen zu können.

»Ein Wunschbrunnen«, erklärte David. »Manchmal fällt eine neue Münze aus dem Himmel und landet im Becken. Vermutlich ein Scherz der Beobachter.«

»Was meinst du damit, die Münzen fallen aus dem Himmel? Wo kommen sie her?«

»Von irgendwo hinter der Himmelsscheibe«, gab David unbekümmert zurück und hob in einer Geste der Ahnungslosigkeit kurz die Schultern. Dann wandte er sich vom Brunnen ab. »Hergehört, bitte! Wir haben einen Neuzugang! Freunde, das ist Preema. Ich habe sie soeben im weißen Raum gefunden«, rief David über den Platz.

Sämtliche Köpfe drehten sich in Davids und Preemas Richtung. Die Siedler kamen gut gelaunt zusammengelaufen und ein nicht synchroner Chor aufgeregter Stimmen rief: »Willkommen auf der Lichtung!«

»Ich bin Agatha«, sagte die alte Frau, die Preema eben noch beim Malen beobachtet hatte und die ihr nun die Hand reichte. Agathas Haar war schneeweiß und fiel ihr in langen Strähnen über die Schultern, ihre Haut hing faltig an ihr herab, aber die alte Dame störte sich nicht daran. Wie so viele andere auf der Lichtung und auch Preema selbst trug Agatha überhaupt keine Kleidung. Niemand stellte das in Frage. Es gab viele Siedler, die völlig nackt waren, und andere, die gänzlich falsch angezogen wirkten. Eine junge Frau trug ein schimmerndes rotes Abendkleid, das in dieser eher rustikalen Umgebung ein wenig fehl am Platz anmutete. Eine andere spazierte in einem bunten Badeanzug umher und dann traf Preema noch einen Mann, der sich die Krawatte richtete, sein einziges Kleidungsstück, bevor auch er sich Preema vorstellte. Sie würde sich die vielen neuen Namen auf gar keinen Fall merken können, nicht, wenn sich ihr Gehirn weiterhin so unkooperativ verhielt wie bisher.

»Wie lange warst du draußen?«, hörte Preema Agatha fragen.

Sie dachte ernsthaft über diese Frage nach, doch sie hatte keine

Ahnung, wie lange sie in der Weiße umhergeirrt war. Es hätte nicht so schwer sein dürfen, eine Antwort zu finden oder wenigstens eine Schätzung machen zu können. »Etwa vierhundertsiebenundzwanzig Haare lang«, antwortete Preema schließlich und lachte über sich selbst. Doch der Scherz ging an Agatha und den anderen Siedlern vorbei.

»Haare?«, fragte die alte Dame verwundert.

Preema winkte halb amüsiert, halb peinlich berührt ab. »Ich kann es nicht genau sagen. Vielleicht war ich bloß eine Stunde oder auch den ganzen Tag da draußen. Ich habe mein Zeitgefühl verloren und aus purer Verzweiflung angefangen, die Haare auf meinen Armen zu zählen.«

Preema schaute sich das Gesicht der alten Frau genauer an. Sie schaute sich auch die Gesichter der anderen Siedler an, in der Hoffnung, dass sie vielleicht jemanden erkannte oder umgekehrt irgendjemand sie erkennen würde. Doch weder das eine noch das andere war der Fall. Bei mehreren Milliarden Menschen, die die Erde bevölkert hatten, war es unwahrscheinlich, dass unter den wenigen Überlebenden der Siedlung jemand war, den Preema kannte. Doch die Hoffnung starb bekanntlich zuletzt. Und selbst wenn dieser wahnsinnige Glücksfall zutreffen sollte, vielleicht würden sich die beiden nicht erkennen, weil sie sich beide nicht mehr erinnern konnten. So wie die Dinge derzeit standen, war es gut möglich, dass sie alle einst beste Freunde gewesen waren.

»Wie lange schon seid ihr alle hier?«, fragte Preema.

»Das weiß hier auch niemand«, antwortete Agatha. »Es gibt keine Tag- und Nachtzeiten, nach denen wir uns richten könnten. Aber ich glaube, dass jemand Haare zählt, um die Zeit zu messen, ist neu.« Die alte Frau kicherte und wirkte dadurch für einen Moment wie ein junges Mädchen.

»Heißt das, es wird nie Nacht auf der Lichtung?«, fragte Preema verwundert nach und Agatha nickte. Es gab bereits so viele Dinge, die keinen Sinn ergeben wollten, da hätte sie dieses Detail nicht wundern dürfen. Doch um darüber nachzudenken, blieb auch später noch Zeit. Für den Augenblick war Preema erleichtert und sehr glücklich darüber, dass andere Menschen die Katastrophe überlebt hatten. Sie ließ sich von ihnen in die Mitte nehmen und mit Fragen über sich löchern, auch wenn sie ohne ihre Erinnerungen kaum Antworten für sie hatte. Preema konnte nur hoffen, dass es ihr nicht so wie dem kleinen Peter ergehen würde und ihr Gedächtnis für immer so leer blieb wie seines.

HEUTE

DAS LICHT AUF der Insel war merkwürdig. Preema schaute nachdenklich zum Himmel hinauf, der nicht echt war. Er sah aus wie ein großer Klecks blauer Wasserfarben, der sich auf dem nassen Papier ausgebreitet hatte. Irgendwie schön, aber dennoch seltsam. Die Insel selbst war größer, als sie aus der Ferne auf Preema gewirkt hatte. Sie erstreckte sich so weit in alle Richtungen, dass man gelegentlich vergessen konnte, dass sie wie eine einsame Oase in dem weißen Raum schwebte. Der Ring aus Bergen und Wasserfällen täuschte einem manchmal vor, dass hinter den Gipfeln der Rest der Welt auf einen wartete, doch wenn Preema die höheren Regionen der Insel erklomm oder sich zu weit nach außen bewegt hatte, dann sah sie die gierige Leere, die dort draußen lauerte. Immer, wenn sie hinausblickte, begann sie zu frösteln und wandte sich schnell wieder ab. Sie verstand nicht, was die Lichtung war oder wie sie existieren konnte, doch sie war unglaublich dankbar und erleichtert, dass David sie gefunden und in dieses Refugium gebracht hatte. Es gab hier so viele Dinge, die sie anfassen und sehen, die sie riechen und hören konnte. Allein der Gedanke, sie könnte noch immer da draußen durch die endlose Weiße irren, ließ sie starr vor Angst werden.

Die Lichtung war der Ort, an dem Preema Hoffnung fand. Es gab andere Menschen, Überlebende wie sie. Die Erleichterung darüber ließ sich kaum in Worte fassen. Sie traf Menschen jeden Alters und aus aller

Herren Länder. Alte. Junge. Kinder. Wer oder was auch immer diese Menschen hierhergebracht hatte, scherte sich nicht im Geringsten um die körperliche Fitness oder um die ethnische Herkunft der Überlebenden. Es war ein buntes Potpourri der menschlichen Vielfalt. Alle saßen heiter beieinander, redeten und lachten, tanzten und musizierten. Sie diskutierten über alles von Philosophie über Wissenschaft bis hin zu den olfaktorischen Eigenarten verschiedener Käsesorten.

Preema betrachtete die Siedler auf der Lichtung und fragte sich, wie sie so ungezwungen und glücklich sein konnten. Es war gleichermaßen faszinierend wie irritierend, dass hier so viele Menschen zufrieden und heiter saßen, in dem Wissen, dass die Welt untergegangen war. Sie hatte schon Menschen erlebt, die sich wegen eines abgebrochenen Fingernagels mehr echauffiert hatten, als es diese Überlebenden wegen des Weltuntergangs taten.

Oder erinnerten sie sich womöglich gar nicht daran?

Preema hatte schnell begriffen, dass nicht nur sie, David und der kleine Peter an Gedächtnislücken litten. Es betraf alle Siedler. Manche, wie Peter, allerdings mehr als andere, doch alle hatten letztlich mit dem Phänomen zu kämpfen. Preema hatte sich noch nicht entschieden, ob das ein gutes oder ein schlechtes Zeichen war. Einerseits war es beruhigend, zu wissen, dass sie kein Einzelfall war und ihre Erinnerungen mit hoher Wahrscheinlichkeit und etwas Geduld zurückkehren würden. So war es bei den meisten Siedlern. Andererseits konnte der kollektive Erinnerungsverlust aber nur bedeuten, dass ihrer aller Gedächtnis vorsätzlich ausgelöscht worden war, und es stellte sich die Frage, wer das tun konnte und weshalb man es tun sollte.

Preema schaute einmal mehr zu den Überlebenden, auf ihre glücklichen Gesichter, und sie lauschte dem Lachen, das so frei von allen Sorgen zu sein schien. Sie hatten so viel verloren und doch schienen sie gänzlich unbekümmert. Die Letzten ihrer Art vergessen zu lassen, dass ihre Welt zerstört worden war, war vielleicht ein ganz guter Grund, wenn man verhindern wollte, dass sich die wenigen Überlebenden in ihrer Verzweiflung am Ende noch selbst etwas antaten. Aber wieso erinnerte sich Preema dann noch daran?

»Vielleicht ist bei mir etwas schiefgelaufen«, murmelte sie leise vor sich hin.

»Was hast du gesagt?«, fragte David. Er saß neben ihr auf der Umrandung des Brunnens und versuchte, ein völlig veraltetes Mobiltelefon – ein Smartphone – zu reanimieren, doch der Akku war offenkundig leer, was David nicht davon abhielt, das Gerät zu schütteln und gegen die Handfläche zu schlagen, als würde dies dem Denkvermögen der inaktiven Technik auf die Sprünge helfen.

»David, wie viele Menschen leben auf der Lichtung?«, fragte sie, statt ihren früheren Gedanken zu wiederholen.

»Das ist schwer zu sagen«, antwortete David auf ihre Frage. »Sie leben verteilt auf der ganzen Insel. Manche wandern umher und andere bleiben lieber ganz für sich. Gelegentlich kommen neue dazu, so wie du.«

»Erinnert sich wenigstens einer von ihnen daran, was passiert ist, bevor sie hier aufgewacht sind?«

»Von denen, die ich bisher getroffen habe, nicht. Es liegt am weißen Raum. Er löscht alle Erinnerungen aus.«

Preema nickte. Sie hatte befürchtet, dass er etwas in dieser Richtung antworten würde. »Ich will mir nicht vorstellen, wie viele arme Seelen in diesem Moment noch da draußen umherirren. Was ist, wenn sie nicht so viel Glück haben wie ich und niemand sie findet?«

»Da brauchst du dir keine Sorgen machen. Sie finden alle früher oder später zu uns. Alle Wege führen zur Lichtung ohne Ausnahme. Es war dir nicht bewusst, aber du bist schon dem richtigen Weg gefolgt, als ich dich fand. Du hättest es auch ohne meine Hilfe hierher geschafft, es hätte nur ein bisschen länger gedauert.«

Preema fiel es schwer, das zu glauben. Nach allem, was sie wusste, hatte sie einfach nur verdammt viel Glück gehabt David zu begegnen.

»Sie wirken so glücklich und unbekümmert.«

»Warum auch nicht? Sieh dir unser Zuhause an. Es ist wunderschön und wir haben alles, was wir uns nur wünschen können. Es gibt keine Krankheiten und keine Sorgen. Alle sind glücklich.«

»Aber vermisst denn niemand sein Zuhause? Ist niemand wenigstens ein bisschen traurig darüber, was geschehen ist?«

Preema senkte den Blick und ließ ihre Finger über die Blätter einer Mohnblüte gleiten. Sie wollte sich gerne jemandem anvertrauen und sich ihren Kummer von der Seele reden, aber auch David schien sich nicht ans Ende der Welt zu erinnern, und hatte sie da das Recht, ihm davon zu erzählen, nur damit sie nicht alleine unter diesem Wissen leiden musste?

»Du hast irgendwas auf dem Herzen. Was ist es?«

Preema seufzte. »Ich kann es dir nicht sagen. Du bist glücklich in deiner Ahnungslosigkeit und ich habe nicht das Recht, dir das wegzunehmen.«

»Damit machst du mich leider bloß noch neugieriger.«

»Du hast recht. Ich hätte dir gar nicht antworten dürfen.« Sie lachte vorsichtig. »Tut mir leid.«

David fluchte, warf sein nutzlos gewordenes Telefon neben seine Füße und nahm Preemas Hand. »Komm schon. Erzähl es mir.«

»Bist du sicher? Was ich dir zu erzählen hätte, ist heftig. Ich meine wirklich richtig, verstörend heftig. Du wirst mir wahrscheinlich nicht einmal glauben, weil es so unvorstellbar ist ...« Sie schüttelte den Kopf.

»Ich bin ein großer Junge und stehe das durch. Also?«

»Na schön«, sagte sie und atmete tief durch. »Was wäre, wenn ich dir sagen würde, dass wir unsere Heimat verloren haben? Dass wir kein Zuhause mehr haben?«

»Dann würde ich fragen, was genau du damit meinst.«

»Ich spreche vom Weltuntergang. Von der Zerstörung unserer Welt. Wir können nicht zurück, weil da nichts mehr ist.« Sie beobachtete Davids Reaktion, studierte seine Gesichtszüge und ihr Herz schnürte sich zusammen. Er hatte die Augenbrauen fragend hochgezogen und wirkte völlig ahnungslos. »Du wusstest wirklich nicht, was passiert ist, oder?«, sprach Preema aus, was sie in seinen Blicken las.

»Anscheinend nicht«, antwortete er und zum ersten Mal sah Preema eine sichtbare Unruhe in ihm.

»Es tut mir so furchtbar leid. Ich hätte es dir nicht sagen dürfen. Es ist nur ... Dieses Wissen lastet so schwer auf mir. Offenbar bin ich die Einzige, die sich daran erinnern kann.«

»Erzähl mir, was passiert ist. Du sagst also, die Welt ist untergegangen? Was heißt das genau?«

»Ich kann dir nicht viele Details nennen. Wie ich dir schon im weißen Raum sagte, meine Erinnerungen sind schwammig. Ich kann dir nur sagen, dass das Ende gekommen war. Daran besteht absolut kein Zweifel. Die Menschen auf dieser Lichtung sind vielleicht die letzten Menschen, die es noch gibt.«

Die Muskeln in Davids Gesicht gerieten in Bewegung, ließen den Mann mal nachdenklich, mal erschrocken und mal amüsiert erscheinen. Vielleicht empfand er all diese Dinge auf einmal. Wie hätte man es ihm verdenken können?

»Bist du dir wirklich sicher?«, fragte er.

Wie gerne hätte sie ihm geantwortet, dass sie sich nicht sicher wäre. Doch diese eine Erinnerung war laut und unüberhörbar: *Das ist das Ende.* Vielleicht war das das Einzige, was Preema mit absoluter Sicherheit wusste. Sie sagte jedoch nichts und nickte bloß. Er nahm die stille Antwort zur Kenntnis und blickte eine Weile in die Ferne.

»Wann passiert das?«

Preema runzelte die Stirn ob der Formulierung seiner Frage. »Das ist eine merkwürdige Frage.«

»Kannst du sie denn beantworten? Erinnerst du dich an das Jahr, aus dem du kommst?«, fragte David, als hätte Preema ihn nicht schon beim ersten Mal verstanden.

»Ja, natürlich. Es ist 2036«, antwortete sie in einem Ton, der deutlich machte, wie absurd die Frage war. »Der 13. April 2036, um genau zu sein.«

»Hm. Agatha dürfte deiner Zeit damit am nächsten kommen. Sie kam aus dem Dezember 2035 zu uns«, meinte David und nickte in Richtung der alten Dame, die wie immer auf dem Feld zwischen dem hohen Lavendel an einer Staffelei stand und ihren Pinsel tänzerisch über eine der vielen Leinwände führte. »Sie hat nichts erwähnt, was darauf schließen ließe, dass die Welt kurz vor dem Untergang steht. Es muss plötzlich passiert sein.«

»Ja«, sagte Preema knapp. Das Gespräch lief nicht ganz so ab, wie sie es erwartet hatte. »Plötzlich trifft es gut.«

»Für mich ist es erst 2021. Da bleibe ich wohl der Älteste hier. Zum Glück sehe ich nicht so aus«, sagte er mit einem Zwinkern.

»Warte mal, du bist seit 2021 hier?«, fragte sie mit einem mulmigen Gefühl in der Magengrube. »Du bist schon seit fünfzehn Jahren an diesem Ort? Um Himmels Willen, wie alt warst du, als du herkamst?«

»Nein«, lachte ihr neuer Freund. »Ich kann dir nicht sagen, wie lange genau ich schon hier bin, aber fünfzehn Jahre sind es sicher nicht. Ich hätte sonst wohl schon ein paar Falten und graues Haar bekommen. Nein, ich denke, ich bin vor ein paar Tagen angekommen.«

»Aber du sagtest, es sei 2021 für dich. Stammt deine letzte Erinnerung aus dieser Zeit?«

»Nein, Preema. Ich wurde aus dem Jahr 2021 geholt und hergebracht, du aus 2036, wie es scheint. Wir stammen hier alle aus verschiedenen Zeiten, über nunmehr fünfzehn Jahre verteilt. Die meisten kommen aus den Jahren zwischen 2030 und 2036. Bei Peter und ein paar anderen sind wir uns nicht sicher, sie können sich ja an nichts erinnern.«

»Aus verschiedenen Zeiten ... David, treibst du Spielchen mit mir, weil ich die Neue bin und vom Weltuntergang rede?« Preema hoffte inständig, dass David scherzte, denn das, was er da andeutete, war noch absurder als ihre eigenen verrückten Ideen. Der Mann schaute sie allerdings vollkommen humorbefreit an.

»Wieso sollte ich Scherze darüber machen?«

»Weil es sich anhört, als würdest du von Zeitreisen reden, und, David, es gibt keine Zeitreisen«, wandte Preema reflexartig ein.

»Ich wage zu widersprechen.« David grinste. »Es ist kompliziert«, sagte er letztlich mit einem Achselzucken.

Preema fasste sich in einem Reflex an die Stirn, als ein neuer Schmerz hinter ihren Augen aufflammte.

»Ist alles in Ordnung?«

»Nein«, gab sie ehrlich zurück. Nichts war mehr in Ordnung.

»Ich glaube, die Theorie ist neu. Aber es ist immerhin eine, die ins Gesamtbild passt. Das bringt uns vielleicht weiter.«

»Theorie?«

»Die vom Weltuntergang.«

Preema runzelte die Stirn. Auch wenn ihr Gehirn derzeit nicht ganz stolperfrei funktionierte, den Weltuntergang hatte sie sich weder eingebildet, noch hatte sie ihn vergessen. Der beste Beweis für den Wahrheitsgehalt ihrer Aussage war doch letztlich die Lichtung selbst. »Das ist kein Spaß, David. Ich war da, als es passiert ist.«

»Wir hatten schon ein paar Gedanken in diese Richtung, aber es waren nur Ideen, keiner hatte bisher eine echte Erinnerung daran«, sagte er leichthin und schien eine Weile über alles nachzudenken. »Preema, die anderen wissen nichts von dieser Weltuntergangssache. Ich denke, es wäre besser, wenn wir ihnen vorerst nichts davon erzählen. Bis wir einen echten Beweis finden, meine ich. Oder auch ein paar Antworten darauf, was das für unsere Zukunft heißt.«

»Ich hatte nicht vor, es ihnen zu erzählen. Wenn sie sich wirklich nicht daran erinnern, dann nützt ihnen dieses Wissen auch nichts. Sie müssen sich wirklich nicht daran erinnern, dass all ihre Lieben gestorben sind und es unsere Heimat nicht mehr gibt. Es würde sie nur unglücklich machen und ändern können wir es ja doch nicht.«

David nickte zufrieden. »Wir können es ihnen sicher nicht für immer verschweigen, aber vielleicht finden wir mehr Informationen, bevor wir sie einweihen. Vielleicht sind wir ja hierhergebracht worden, um es zu verhindern.«

»Um was zu verhindern?«, fragte sie dümmlich und war sich dessen vollkommen bewusst. Manche Dinge, mussten dennoch laut ausgesprochen werden.

»Den Weltuntergang natürlich. Es muss doch einen Grund haben, weshalb wir aus einem so engen Zeitrahmen kommen. Fünfzehn Jahre sind nicht gerade viel, wenn man die Zeit manipulieren kann. Wären wir willkürlich ausgesucht worden, dann liefen hier doch sicher Menschen aus viel älteren Epochen herum. Es muss etwas Wichtiges in diesen fünfzehn Jahren passieren. Meinst du nicht?«

David meinte es offensichtlich ernst. Zeitreisen. Der Weltuntergang war schon ein deutlich zu starker Tobak für Preema, aber Zeitreisen ... Dafür hatte sie keine Kapazitäten mehr übrig. »Ich glaube, ich muss mir kurz die Beine vertreten. Nein, bleib sitzen«, sagte sie, als David sich anschickte, sich ebenfalls vom Rand des Brunnens zu erheben. »Alleine«, murmelte sie und ignorierte seinen enttäuschten Blick. Ihr Kopf schien diesmal nicht aufgrund ihrer anhänglichen Migräne kurz vorm Platzen zu stehen, sondern aufgrund dieser Lawine an völlig surrealen Dingen, die kontinuierlich auf Preema einstürzten. Wo sollte sie bloß anfangen, um das Chaos in ihrem Kopf zu sortieren?

HEUTE

PREEMA HATTE NOCH immer keine Ahnung, wie lange sie schon auf der Lichtung, diesem postapokalyptischen Utopia, war. Als hätte der weiße Raum auch die Zeit selbst ausgelöscht. Vielleicht waren Minuten Tage oder Tage nur Sekunden. Die Haare auf ihrem Körper waren ihr einziger Anhaltspunkt, doch sie verspürte nicht den Drang, sie erneut zu zählen, nur um eine vage Vorstellung von der Zeit zurückzugewinnen. Sie hatte so sehr gehofft, dass nun, da sie in der Gesellschaft anderer Menschen war und die Welt erneut in tausend bunten Farben erstrahlte, endlich wieder ein Grundmaß an Normalität einkehren würde. Stattdessen wurde es zunehmend sonderbarer.

Gelegentlich fragte sich Preema, ob sie sich vielleicht in einer überzogenen Abenteuershow befand. War das alles hier vielleicht so etwas wie *Versteckte Kamera* oder *Busted! – Extreme Edition*? Würde hier irgendwann ein Fernsehteam aus dem Unterholz springen und rufen: »Reingelegt!«?

Preema hatte furchtbar viele Fragen. Sie fühlte sich unvollständig ohne ihre Erinnerungen, nur halb funktionsfähig, und das ärgerte sie. Wieso erinnerte sie sich an das Ende der Welt, aber an sonst nichts? Und wieso durfte sie weiterleben, wenn so viele andere es nicht durften? Vielleicht hatte sie ein Leben geführt, das ebenso leer war wie der weiße Raum, so dass es leicht war, ihre Erinnerungen zu löschen. Es gab vielleicht einfach nicht so viele wichtige Dinge in ihrem Leben, an denen sie festhalten konnte.

Preemas Gedanken verdüsterten sich zunehmend und zogen sie immer weiter in einen tiefen Abgrund. Das brachte sie alles wirklich kein Stück weiter. Jeder neue Erklärungsansatz kam ihr verrückter vor als der vorherige. Aus Gewohnheit strich sie sich über die Arme, als wolle sie die Ärmel eines Pullovers hochschieben. Sie musste herausfinden, was hier los war. Danach bliebe noch genug Zeit, in ihrer persönlichen Depression zu versinken.

Was wusste sie bisher? Die Welt war untergegangen, aber Preema lebte noch, so viel stand fest und das verbuchte sie erstmal als positiv. Es machte sie etwas stutzig, dass sie keinerlei Verletzungen zu haben schien. Nicht einmal einen Kratzer. *Die Narben auf deinem Körper erzählen die Geschichten deiner Abenteuer*, erklang die fremde Stimme in ihrem Kopf. Es war keine ganz fremde Stimme. Sie kannte den Mann, der diese Worte gesprochen hatte, doch sie erinnerte sich nicht daran, wer er war.

Angesichts der wenigen, aber dafür sehr traumatisierenden Eindrücke in Preemas Kopf und angesichts der Schmerzen, die sie an irgendeinem Punkt in der Vergangenheit empfunden hatte, kam ihr die Makellosigkeit ihres Körpers jedenfalls reichlich merkwürdig vor. Sie suchte sich selbst nach Spuren gewaltsamer Einwirkungen ab, doch ihre Haut war perfekt. Zu perfekt. Nach allem, was die letzten Bilder in ihrem Gedächtnis andeuteten, hätte sie Schnitte, wenn nicht sogar gebrochene Knochen haben müssen. Doch da war nichts. Vielleicht war sie länger bewusstlos gewesen, als sie angenommen hatte. Lange genug, so dass ihre Verletzungen verheilt waren. Sollte sie nicht aber eine alte, wellenförmige Narbe auf dem linken Unterarm haben? Bilder von ihren eigenen kindlichen Beinen auf einem Waveboard kamen ihr in den Sinn, gefolgt von der unsanften Kollision mit einem Drahtzaun. Die Erinnerung an den Schmerz flammte frisch in ihr auf, sie sah das Blut rot aus ihrem Arm herausquellen und stieß einen spitzen Schrei aus. Der Schmerz verebbte jedoch ebenso plötzlich wieder, wie er aufgetaucht war, und mit ihm verschwand auch das Blut, als wäre es nie da gewesen. Stattdessen sah sie die Narbe kurz auf der Haut, doch auch sie verblasste sofort wieder und zurück blieb nur ein glatter, makelloser Arm.

Sie kniff die Augen zusammen, rieb sich mit den Händen das Gesicht und genoss für einen Moment die Dunkelheit, die ihre geschlossenen Lider ihr gewährten. Dieser Ort trieb sie noch in den Wahnsinn. Sie wusste nicht, was real war und was sie sich einbildete. Erst der Weltuntergang, dann der weiße Raum und obendrauf auch noch Zeitreisen. Halluzinationen waren vermutlich das kleinste ihrer Probleme. Sie hatte gehofft, von den Siedlern Antworten zu bekommen, doch sie war verwirrter denn je. Preema stellte inzwischen alles in Frage, was sie zu wissen oder zu sehen glaubte. Die Wunde auf ihrem Arm hatte sich beispielsweise sehr echt angefühlt. Doch war das wirklich eine Erinnerung von ihr oder schlichte Einbildung? Es gab schließlich keine Technologie, die Narben spurlos verschwinden lassen konnte. Nein. Von solchen Erfindungen träumte die Menschheit zwar seit Jahrzehnten, wenn nicht sogar länger, aber es waren eben nur Träume.

Die Menschheit. Warum machten sie diese Worte nervös? Wollte ihr der eigene zerbrochene Verstand etwas mitteilen, das vielleicht noch unglaublicher war als Zeitreisen?

Das Weltall – Unendliche Weiten: Dies sind die Abenteuer von Preema Anand …

Das war absurd. Nicht allein die Tatsache, dass sie sich auf einmal an völlig banale Dinge wie eine alte Fernsehserie und deren Intro samt Melodie erinnerte, während sich die wirklich wichtigen Informationen am Rande ihrer Wahrnehmung versteckten. Wirklich beunruhigend war es, Raumschiffe als mögliche Erklärung für ihre Situation in Betracht zu ziehen und damit auch außerirdisches Leben. Denn die Menschheit besaß keine solch ausgereifte Raumfahrttechnologie. Es gab Forschungseinrichtungen wie die NASA, primitive Spaceshuttles, die kaum mehr als teure Konservenbüchsen mit Raketenantrieb waren, und die ISS, die in der Umlaufbahn der Erde kreiste. Preema hatte außerdem die vage Idee eines Bauprojektes auf der Mondoberfläche vor Augen, doch diesem Bild traute sie von allen am wenigsten. Mondstationen gab es nicht. Raumschiffe gab es nicht. Solche, die einen endlosen weißen Raum beherbergten oder eine eigene Schwerkraft erzeugen konnten und eine vergleichsweise riesige Insel im Rumpf versteckten, schon gar nicht. Da war sich Preema sicher. Solche Dinge gehörten in Science-Fiction-Bücher und das Fernsehen, aber nicht in die Realität. Sie glaubte nicht an Außerirdische oder andere unbewiesene Existenzen. Sie mochte die Idee, begeisterte sich für Geschichten rund um solche Dinge, aber nicht mehr. Hatte sie nicht stets diese Leute belächelt, die Aluhüte trugen, behaupteten, von Aliens entführt worden zu sein, oder der heilige Sankt Dingensbummens sei ihnen auf ihrem morgendlichen Toastbrot erschienen? Doch Preema war noch hier, unverletzt, und die Welt war es nicht. Musste sie da nicht auch das Unmögliche und Aberwitzige in Betracht ziehen? Wie sonst ließe sich die plötzliche Zerstörung der Welt erklären, die Tatsache, dass Preema trotzdem noch existierte und dass sie in einem Zustand der Schwerelosigkeit aufgewacht war? Wenn sie sich die fehlende Gravitation zu Beginn nun nicht eingebildet hatte und es nicht an ihrer kaputten Wahrnehmung lag? Wenn sie wirklich und wahrhaftig schwerelos gewesen war? Es gab inzwischen ausreichend Beweise dafür, dass die Dinge hier anders liefen, als Preema es gewohnt war. David war kopfüber an der Decke entlangspaziert, als er sie im weißen Raum gefunden hatte. Auch daran ließ sich wenig schönreden.

Die aktuellen Begebenheiten stellten Preemas Unglauben also dezent auf die Probe. Denn das Wenige, das sie über ihren Aufenthaltsort wusste, reichte, um deutlich zu machen, dass ihr Verständnis von der Realität möglicherweise überdacht werden musste. Ihr Verstand aber wehrte sich, so gut er konnte. So sehr, dass Preema erst jetzt bemerkte, dass sie sich gleich an mehrere Dinge aus ihrem Leben vor der Lichtung erinnert hatte. Sie konnte *Star Trek* zitieren, glaubte aber nicht an Außerirdische und auch nicht an irgendeine Gottheit. All das waren vielleicht nicht die hilfreichsten Informationen über sich selbst, doch immerhin waren es Fortschritte, die ihrem Dasein zarte Konturen verliehen.

Woran hatte sie noch geglaubt? Oder woran nicht?

Preema hielt inne, als sie aus dem Nichts einen Anflug von Panik in sich aufsteigen spürte. Mit jeder neuen Erinnerung kam auch gleich ein nagender Zweifel. Wo war sie eigentlich gewesen, bevor die Welt untergegangen war? Was hatte sie gemacht? War jemand bei ihr gewesen?

Der Kopfschmerz meldete sich zurück, auch das Gefühl von Übelkeit bahnte sich einmal mehr an und Preema presste die Lippen aufeinander, um den sauren Geschmack zurückzudrängen. Wer war sie eigentlich, wenn sie keine wichtigen Erinnerungen mehr an ihr Leben besaß? Wie wollte sie herausfinden, was mit ihr geschah, wenn sie nicht einmal ihre Erfahrungen hatte, die ihr dabei halfen, zu definieren, was Realität im Detail bedeutete?

Die Fragen vermehrten sich viel schneller, als Preema sie verarbeiten konnte. Frisch entfacht kroch ihr die Angst über Arme und Beine, direkt ins Herz. Vergessen waren die Ruhe und die Entschlossenheit, die sie eben noch verspürt hatte.

»Aufhören, aufhören, aufhören!«, befahl sie ihrem verirrten Verstand. Sie musste ihrem Kopf eine andere Beschäftigung geben, bevor er sie mit noch mehr wahnwitzigen Theorien und Ängsten in den Wahnsinn trieb. Sie schaute sich um und entdeckte in der Ferne Agathas Silhouette vor einer ihrer Staffeleien. Vielleicht war etwas Kunst genau das, was Preema jetzt brauchte.

HEUTE

»DU WIRKST BEKÜMMERT, mein Mädchen. Was hast du auf dem Herzen?«, fragte Agatha, als Preema nähergekommen war.

Mein Mädchen. Eine seltsame Bezeichnung für eine erwachsene Frau von sechsunddreißig Jahren, trotzdem musste Preema lächeln. Die alte Dame gab ihr, auf eine willkommene Art und Weise, das Gefühl, wieder ein Kind zu sein. Behütet und umsorgt. Hier auf der Lichtung, mit all den Dingen, die um sie herum geschahen, beruhigten sie diese zwei kleinen Wörter. Einen Hauch von Halt und Sicherheit in einer Welt, die Preema zunehmend entglitt.

Agatha war körperlich betrachtet eine der Ältesten auf der Lichtung. Dreiundachtzig Jahre zählte sie bereits, wirkte aber fit und gelenkig wie eine Zwanzigjährige. Manchmal vergaß sie schon einmal das eine oder andere, aber sonst war ihr Verstand messerscharf und ihr Pinselstrich präzise bis ins letzte Detail. Agathas Werke waren so realistisch, dass man sie mit einer Fotografie verwechseln konnte, und Preema bewunderte es, wie die alte Frau aus Töpfen voller Farbe diese schillernden Szenerien und lebensecht wirkenden Portraits erschuf. Sie zauberte ihre Gedanken mit einer unglaublichen Lebendigkeit auf die Leinwände.

»Wer sind all die Menschen und Orte auf deinen Bildern?«

»Freunde, Feinde, Familie. Da drüben, der ernst dreinblickende Terrier, das ist mein Liebling Rudi.«

»Und wer ist die junge Frau, an der du gerade arbeitest?«, fragte Preema mit Blick auf die Balletttänzerin, die im Scheinwerferlicht der Bühne auf einem Fuß balancierte. Die Tänzerin ließ die Pose mühelos wirken, doch Preema ahnte, wie viel Körperbeherrschung dahintersteckte.

»Das bin ich«, antwortete Agatha mit einem Lächeln.

»Du warst Tänzerin?«

»Für eine kurze Zeit. Auf dem Bild war ich siebzehn Jahre alt. Mutter hat mir immer gesagt, ich hätte zu schwache Knöchel für das Ballett und dass ich töricht wäre, an der Tanzerei festzuhalten. Sie hat recht behalten. Zwei Jahre nach dieser Aufführung brach ich mir den Knöchel und mit meiner Karriere war es vorbei«, erzählte Agatha.

»Wie schade, aber dafür bist du eine meisterhafte Künstlerin geworden«, sagte Preema, während sie den Blick über Agathas viele Werke schweifen ließ und jedes einzelne bewunderte. »Es sieht alles so echt aus. Manchmal glaube ich fast, die Objekte in deinen Bildern bewegen sich tatsächlich.«

»Wahrscheinlich tun sie das sogar. Auf der Lichtung kann man sich da nie so ganz sicher sein«, gab Agatha beiläufig zurück.

»Wo hast du gelernt, so zu malen?«

»Nirgends. Das ist die Magie dieses Ortes. Seit ich auf der Lichtung bin, male ich besser als Rembrandt und Vermeer, davor war ich schon zufrieden, wenn man erkennen konnte, ob ich eine Gießkanne oder einen Esel anvisiert hatte.«

»Du nimmst mich auf den Arm«, sagte Preema. Ein solches Können entwickelte man schließlich nicht einfach so über Nacht. Sie war selbst nicht ganz unbegabt, was die Malerei anging, doch das hatte sie über viele Jahre hinweg trainiert und verfeinert und sie war weit davon entfernt, auch nur annähernd so gut zu sein, wie es Agatha war.

»Auf der Lichtung können wir sein, wer wir sein wollen. Alles ist möglich. Ich könnte sogar wieder sie sein, wenn ich es wollte«, sagte Agatha mit einem Fingerzeig auf die Balletttänzerin. »Die Malerei hat mich immer fasziniert, und seit ich hier bin, male ich. Meistens die Bilder, die ich in meinen Erinnerungen sehe.«

»Einfach so? Du kannst doch nicht aus dem Nichts heraus plötzlich zu solch einer begnadeten Malerin geworden sein«, bohrte Preema nach.

»Aber natürlich geht das, mein Mädchen. Schließlich sind wir in einem Traum gefangen und in Träumen ist alles möglich.«

»Wie bitte?«, fragte Preema perplex.

»Nichts hiervon ist real«, bestätigte Agatha ihre Aussage noch einmal achselzuckend.

Mit einer solchen Antwort hatte Preema nicht gerechnet und so blinzelte sie ein paar Mal, während sie mit sich um Worte rang. Irgendwelche Worte, doch nicht eines wollte ihr einfallen. Was deutete Agatha da an? Die alte Dame derweil schaute nachdenklich auf die Leinwand. Ihr Pinsel verharrte in der Luft und die nasse Farbe lief langsam zu einem blau schillernden Tropfen zusammen, der sich an der Spitze formte und auf die Balletttänzerin zu fallen drohte. Preemas Auge zuckte bei der Vorstellung, wie dieser Tropfen Agathas Gemälde ruinieren würde.

»Was möchtest du sein, Preema?«

»Was, ich?«

»Die Malerei ist es nicht, oder?«

»Nein, das heißt, ich weiß es nicht. Ich habe keine Ahnung, was meine Hobbys waren oder wofür ich mich begeistert habe. Alles, was ich mir für den Moment also wünsche, ist, wieder ganz zu sein. Zu wissen, wer ich bin.«

Agatha schaute sie plötzlich eindringlich an, als versuche sie über den Rand einer Brille hinwegzublicken, nur dass Agatha natürlich keine Brille brauchte. Nicht auf der Lichtung. Sie schien Preema dabei bis auf den Grund der Seele zu blicken, so dass sich Preema, die bereits vollkommen nackt war, nun auch zum ersten Mal nackt fühlte und die Arme um den Körper schlang. Agathas Blick war unheimlich. In einem Reflex schüttelte Preema sich, um die Gänsehaut zu vertreiben, und die Bewegung schien den Bann zu brechen, der über Agatha gefallen war.

»Ich frage mich, was du angestellt hast, dass du mit uns hier festsitzt«, gab Agatha schließlich grüblerisch von sich.

»Angestellt?«

»Wie schlimm war es?«

»Wie schlimm war was? Was soll ich denn angestellt haben?«

»Das eben ist die Frage. Du machst einen anständigen Eindruck. Allerdings sind die vermeintlich Anständigen meistens die Schlimmsten, nicht wahr? Auf mich traf das gewiss zu. Ich frage dich also, was du getan hast, dass du bei uns im Limbus gelandet bist.«

Für die Dauer eines Atemzuges musste Preema überlegen, was die alte Dame meinte. Sie hatte diesen Begriff eine Ewigkeit nicht mehr gehört. »Du meinst *den* Limbus? Die mythologische Vorhölle?«

»Du hast ihn dir sicher anders vorgestellt, nicht wahr? Ich dachte immer, es wäre kalt und neblig, düster, und dass es hier Geister und grotesk geformte Dämonen gibt, die uns verfolgen. Nun, Dämonen gibt es durchaus ein paar, aber meistens ist es sehr friedlich und schön hier. Ob wir einen Ort wie diesen verdienen?«

»Ich habe nichts ...«, begann Preema sich zu verteidigen, brach den Satz aber mittendrin ab. Sie konnte gar nicht wissen, ob sie etwas Schlimmes getan hatte oder nicht. Sie wusste nicht, wie viele Erinnerungen ihr fehlten oder welche Geheimnisse sich vor ihr verbargen. So wie die Dinge derzeit standen, war es durchaus möglich, dass Preema eine Kannibalin wie die Frau in *Hannibals Erbe* war und in ihrem Keller eine Kühltruhe voller saftiger Körperteile versteckt hatte. »Brr«, entfuhr es ihr und sie schüttelte sich angesichts dieser abstoßenden Vorstellung und der Erinnerung an eine Filmreihe, die nun wirklich keinen weiteren Reboot gebraucht hätte.

Die alte Dame seufzte und legte Pinsel und Mischpalette ab. Im letzten Moment, so dass der blaue Tropfen nur um Haaresbreite an der Leinwand vorbeifiel. »Ich sollte gar nicht mit dir darüber sprechen. Dein Freund würde es nicht gutheißen.«

»Mein Freund? Du meinst David?«

»Er ist ein merkwürdiger junger Mann, findest du nicht? Immerzu versucht er, die Neuen von der Wahrheit abzulenken, und erzählt ihnen diesen Unsinn über Zeitreisende. Manchmal bin ich mir nicht sicher, ob er wirklich zu uns gehört oder nicht doch einer von *denen* ist. Wahrscheinlich spioniert er uns für sie aus.« Sie wurde kurz still und ihre Augen bekamen einen gehetzten Ausdruck. »Sag ihm nicht, worüber wir gesprochen haben, ja, Preema?«

»Von *denen*? Wen meinst du damit?«, fragte Preema zunehmend ungeduldiger. »Von welcher Wahrheit könnte David mich denn abzulenken versuchen?«

»Du musst mir versprechen, es für dich zu behalten, wenn ich dir mehr erzählen soll. Ich kann nicht riskieren, dass David davon erfährt. Ich traue ihm nicht.«

Preema beschlich ein ganz ungutes Gefühl. »Agatha, ich verspreche dir alles, aber sag mir bitte, was hier los ist.«

»Man wird dir viele Dinge auf der Lichtung erzählen. Aber die Wahrheit ist, wir sind gestorben, mein Mädchen.«

»Was?« Für einen Moment hatte sich Preema ernsthaft Sorgen gemacht, doch wie es schien, hatte sie es am Ende doch bloß mit einer verwirrten alten Dame zu tun. Agatha wirkte plötzlich auch viel älter und gebrechlicher als noch vor einem Moment. »Hab keine Angst, Agatha. Wir werden herausfinden, was hier vor sich geht, und dann wird alles gut.«

Agathas Blick wurde hart. »Behandle mich nicht, als wäre ich ein Kind. Ich bin alt, aber mein Verstand ist klar.« Sie tippte sich mit dem Zeigefinger seitlich an die Stirn.

»Es tut mir leid. Ich wollte dich nicht beleidigen. Aber wir sind doch nicht tot, Agatha. Sieh dich um. Wir stehen hier auf einem wunderschönen Feld und unterhalten uns. Und du malst diese großartigen Bilder, die wir alle sehen und anfassen können.«

»Hast du denn nie *The Sixth Sense* gesehen, Preema? Die Toten wissen zu Anfang nie, dass sie gestorben sind«, sagte Agatha mit fester Stimme und jagte Preema damit eine Gänsehaut über die Arme. In ihren getrübten Augen sah Preema, dass die alte Frau an das glaubte, was sie sagte. »Es hat auch bei mir eine Weile gedauert, bis ich es verstanden habe. Sicher hatte ich einen Schlaganfall, es wäre nicht der erste, aber dem letzten bin ich offensichtlich nicht entkommen.«

»Aber das hier ist nicht das Fernsehen, Agatha.«

Vielleicht hätte ihr Preema unter anderen Umständen geglaubt, doch sie hatte den Weltuntergang erlebt und wusste wenigstens diese eine Sache besser. »Wenn das hier das Jenseits wäre, dann müssten noch viel mehr Menschen auf der Lichtung sein. Die Insel wäre gar nicht groß genug, um uns alle aufzunehmen.«

»Sie sind ja nicht alle *hier*. Die Lichtung ist nur eine Zwischenstation für die Unentschlossenen. Für diejenigen, die nicht richtig zu den guten, aber auch nicht so ganz zu den schlechten Menschen gehören. Über unser Schicksal muss erst noch entschieden werden.«

»Ich kann mich kaum daran erinnern, wer ich bin, ganz zu schweigen von Dingen, die ich verbrochen haben könnte.«

»Dein Kopf erinnert sich vielleicht nicht daran, aber dein Herz tut es gewiss. Wir haben alle etwas Schlimmes getan. Deswegen sind wir noch hier.«

»Das heißt, irgendjemand beobachtet und richtet über uns? Wer?«

Agatha schnalzte mit der Zunge. »Das ist eine sehr gute Frage. Sie zeigen sich nicht gerne. Wenn du mich fragst, dann gehört David zu denen, die uns beobachten und uns bewerten. Es gibt sicher noch andere wie ihn, aber die sind besser darin, ihr Geheimnis zu verbergen.«

»Demnach ist David, eine Art verdeckter Ermittler?« Sie schüttelte den Kopf. »Das kann ich mir nicht vorstellen. Er will immer nur das Beste für alle.«

Agatha zuckte ungerührt die Schultern, als wüsste auch sie nicht, was genau Davids Motive sein mochten.

Preema ließ ihren Blick über die Weite der paradiesischen Insel schweifen. Über die blühenden Wiesen, die üppigen Baumkronen und die schillernden Wasserfälle in der Ferne. Es war ein übernatürlich schöner Ort, der geradewegs aus einem Traum geboren war. Der einzige lebendige Fleck in einem ansonsten leeren Universum. Ein Ort, der nicht existieren konnte. Aber nur, weil etwas unerklärlich erschien, bedeutete das nicht, dass die Erklärung nicht irgendwo da draußen darauf wartete, gefunden zu werden.

»Du wirkst blass. Geht es dir gut? Es ist nicht so tragisch, tot zu sein«, gab Agatha in tröstlichem Ton von sich. »Es hätte uns doch sehr viel schlechter treffen können.«

»Ich bin mir sicher, ich werde auf dieser Insel den Verstand verlieren. Erst der Weltuntergang, dann Zeitreisen und nun sagst du mir, ich sei gestorben und sitze in der Vorhölle fest – wegen etwas, an das ich mich nicht einmal erinnern kann.«

»Was meinst du mit Weltuntergang?«, fragte Agatha plötzlich alarmiert und Preema schalt sich in Gedanken für ihr loses Mundwerk. Die alte Frau begann viel zu schnell zu atmen und presste sich die Hand an die Brust. »Was ist passiert? Ist ... Oh nein. HALKRON war es, nicht wahr?«

»Wer ist Halkron?«, fragte Preema neugierig, doch dann schlug ihre Neugier in Sorge um, denn Agathas Atmung geriet mehr und mehr außer Kontrolle. »Agatha, bitte beruhige dich!«

Und dann wurde Agatha ruhig. Viel zu ruhig. Sie wurde vollkommen reglos und ihr Blick war mit einem Mal leer. Preema hatte zuvor schon Menschen in der Siedlung gesehen, die plötzlich und ohne Vorwarnung aufhörten, mit ihrer Umwelt zu interagieren. Sie fielen von einem Moment auf den anderen in eine Art Trance. David hatte ihr erklärt, dass dies immer dann geschah, wenn jemand eine große Erinnerung wiederfand. Für eine Weile waren sie dann nicht mehr ansprechbar und standen reglos in der Gegend herum. Es war ein gewohnter Anblick auf der Lichtung und auch Preema war es schon widerfahren, ohne dass sie das selbst wahrgenommen hätte. Agathas Starre aber war anders. Etwas daran stimmte nicht. Die alte Frau war nicht bloß in ihrer eigenen Welt versunken, da lag eine Spur von Terror in ihren Gesichtszügen.

»Agatha? Geht es dir gut?«

Anstelle einer Antwort, begann Agatha plötzlich zu krampfen. Sie drückte Preemas Hände mit absurder Kraft zusammen, dann verdrehte sie auf einmal die Augen, bis nur noch das Weiße darin zu sehen war. Agatha zuckte so heftig, dass sich Preema fragte, wie sie eigentlich noch aufrecht stehen konnte.

»Agatha?«, fragte Preema erneut, doch die alte Frau gab ihr keine Antwort. »Hilfe!«, rief Preema laut über die Lichtung. Sie war viel zu weit von den anderen entfernt, als dass sie jemand würde hören können. Preema fasste nach Agathas Arm und in dem Moment geschah es.

Preemas Perspektive änderte sich urplötzlich. Es schien ihr fast, als würde sie in Agathas Körper eingesaugt und durch dessen Augen hinaufblicken. Was Preema dann sah, war ein zum Leben erwachter Alptraum. Gesichtslose und graue Gestalten, die mehr einem durchscheinenden Schatten als einem soliden Körper ähnelten, schauten zu Preema herab. Ihre halbwahren Umrisse ragten über Preema auf, wo die Augen sein sollten, waren nur verschwommene dunkle Flecke zu erkennen. Sie standen um Agatha und Preema herum und bewegten ihre Arme erst hierhin, dann dorthin. Sie waren überall. Preema spürte Agathas Krämpfe, als wären es ihre eigenen, ihr Kopf schien in Flammen zu stehen. Etwas wurde ihr mit Gewalt in die Brust gerammt, und Preema gab ein ersticktes Stöhnen von sich. Sie war gelähmt vor Angst und konnte nicht erkennen, womit die Gestalten hantierten oder was genau sie eigentlich taten. Das grelle Licht im Hintergrund blendete Preema zu sehr, um Details erkennen zu lassen. Klar war nur, die Grauen machten *Dinge* mit ihr. Was waren das für Wesen? Was taten sie der alten Dame an? Was taten sie Preema an?

Preema konnte sich nicht bewegen. Sie war in Agathas Körper gefangen und wusste doch, dass das nicht möglich war. In einem entfernten Teil ihres Bewusstseins erinnerte sie sich daran, dass sie neben Agatha stand und ihre Hand die alte Frau festhielt. Schließlich machte etwas in ihrem Verstand ›klick‹. Sie begriff nicht, was hier geschah, aber sie musste zurück in ihren eigenen Körper. Er war noch da, sie konnte ihn spüren. Sie musste nur die Kontrolle zurückerlangen. Preema befahl ihren Fingern, sich zu bewegen. Es kam ihr vor, als krieche die Anweisung im Schneckentempo durch ihre Nervenbahnen, bis sie endlich in ihren Fingern ankam. Ein schwaches Signal, aber deutlich genug. Langsam, zögernd gehorchten sie. Preemas Finger zuckten, ehe sie sich von Agathas Haut lösten, einer nach dem anderen, und als Preema ihre Hand schließlich von der alten Frau zurückzog, wurde sie mit einem heftigen Ruck in ihren eigenen Körper zurückgeworfen.

Für einen Moment war alles dunkel. Sie hatte offenbar die Augen geschlossen und konnte sie nicht mehr öffnen. Auch ihre Muskeln gehorchten ihr nicht mehr. Sie flehte ihren Verstand an, sich wieder mit ihrem Körper zu verbinden, doch alles fühlte sich irgendwie falsch an und ihr Kopf schrie vor Schmerz. Urplötzlich flogen ihre Augen auf und Preema war zurück auf der Lichtung. Sie stand noch immer dicht neben Agatha und sah die alte Dame vor sich stehen. Sie war wieder sie selbst und die Grauen waren fort. Trotzdem stolperte Preema ein paar Schritte zurück. Das Entsetzen jagte ihren Puls in die Höhe. Wie waren die Kreaturen so schnell verschwunden? Und wohin? Preema blickte sich angsterfüllt um, doch sie sah die grauen Gestalten nirgends.

Agatha zitterte inzwischen nicht mehr. Sie war starr wie eine Säule und genauso kalkbleich geworden. Einen Menschen derart reglos zu sehen, war ein unheimlicher, geradezu widernatürlicher Anblick, der Preema eine Eiseskälte über den Rücken jagte.

»Agatha?« Ihre Frage kam nur gebrochen heraus, und bevor sie auf Agatha zugehen konnte, begann der Körper der alten Frau plötzlich auszutrocknen. Er bekam lange Risse, wie ausgedörrte Erde, die in Windeseile ihre Haut überzogen und staubige Wölkchen aufwarfen. Preema hob erschrocken die Hand vor die Augen, als ein grelles Licht auf Agatha fiel und Preema blendete. Sie sah hinauf. Der Himmel hatte sich geöffnet und formte ein rundes Loch, mit einer gleißenden Korona. Die Risse auf Agathas Haut wurden tiefer und tiefer und plötzlich rieselte Sand aus ihren Augen, von ihren Wangen, und die langen, weißen Locken zerbröselten in feine Körner. Eben stand Agatha noch da und im nächsten Augenblick zerfiel sie in eine Schar unzähliger winziger Teilchen. Glänzender Staub, von dem jedes Körnchen leuchtete wie ein winziger Stern. Die Teilchen fielen nicht zu Boden, sie stiegen hinauf, leuchtend und funkelnd, dem blau getünchten Himmel entgegen. Hinauf, in das Licht der Öffnung. Und als der letzte kleine Stern darin verschwunden war, schloss sich diese Luke im Himmel und das Licht erlosch. Von jetzt auf gleich gab es keine Spur mehr von Agatha oder dem Loch im Himmel. Nicht ein einziges kleines Staubkorn von ihr war zurückgeblieben.

»Agatha?«, wimmerte Preema. Sie hörte die Hysterie in ihrer Stimme. Jemand berührte Preema am Arm. Sie schrie gellend laut auf und schlug wild um sich. Kamen die Grauen jetzt auch zu ihr? Würde sich Preema auflösen und von dem Licht eingesaugt werden, wie es der armen Agatha eben widerfahren war? »Nein! Nein! Ich will nicht! Lasst mich in Ruhe!«

»Wow, schon gut! Ich bin es nur!«, rief David und wich ein wenig zurück, um Preema den Raum zu geben, den sie offenbar brauchte. »Ich habe dich schreien gehört. Was ist denn passiert?«

»Wer?« Preemas Gedanken überschlugen sich und es dauerte einen Moment, bis sie ihn wirklich erkannte und sich daran erinnerte, wer er war. »Bei allen Heiligen! Du hast mich zu Tode erschreckt, David. Die Grauen ... Agatha! Sie haben ... Wir müssen ihr helfen, David! Die haben sie ... sie haben ... i-ich weiß nicht, was sie getan haben, aber Agatha ...« Preema stand da, plapperte und stotterte, völlig überfordert von dem, was sie gerade erlebt hatte.

»Ganz ruhig«, sagte David, als wäre nichts Ungewöhnliches passiert.

»Wie soll ich ruhig bleiben?«, fragte Preema, noch immer zittrig. »Da hat sich gerade ein Mensch vor meinen Augen einfach so in seine Atome aufgelöst und wurde in den Himmel eingesaugt!«

»Ich verstehe. Das muss ein Schock für dich gewesen sein.« Manchmal, so wie jetzt, wirkte David wie ein verlegener und hoffnungslos naiver Teenager und nicht wie ein junger, aber dennoch erwachsener Mann.

»Ein Schock für mich? David, hast du mir zugehört? Agatha hat sich aufgelöst! Etwas hat sie geholt, da waren diese Grauen und dann ...« Preema war aufgebracht. Warum erschreckte ihn das nicht? Glaubte er ihr nicht oder ... »Du weißt schon, was mit ihr passiert ist, nicht wahr?«

»Es tut mir leid, dass du das mitansehen musstest.«

Er war viel zu gelassen und eindeutig nicht überrascht. Ein Hauch von Panik ergriff Preema, als sie an das dachte, was Agatha eben noch über David gesagt hatte. »Gehörst du zu ihnen?«, kam es Preema nur flüsternd über die Lippen.

»Preema, wieso siehst du mich auf einmal so entsetzt an? Zu wem soll ich gehören?«

Preema hatte das Gefühl jemand zöge ihr den Boden unter den Füßen weg. »Die Grauen. Du wusstest von den grauen Gestalten und hast mich nicht gewarnt. Gehörst du zu ihnen? Spionierst du für sie?«

»Nein!«, rief er verwirrt. »Himmel, Preema, was hat Agatha dir denn erzählt? Ich habe dir nichts bewusst verschwiegen, es gab bloß noch keine gute Gelegenheit, mit dir darüber zu sprechen. Nach unserer letzten Unterhaltung wirktest du schon so durcheinander, dass ich dich nicht mit noch mehr Informationen erschlagen wollte. Und dann habe ich es irgendwie vergessen.«

»Vergessen?« Preema lachte, ein Akt der Verzweiflung. Wie konnte man ein derart wichtiges Detail zu erwähnen vergessen? »Wo ist sie jetzt? Wo haben die sie hingebracht?«

Der junge Mann atmete schwer aus und mied Preemas Blick. »Agatha ist fort. Sie wird nicht wiederkommen.«

»Nein, nein, nein«, wehrte Preema stur ab. »Sie *muss* wiederkommen. Was haben diese Kreaturen mit ihr gemacht?«

»Nichts. Sie ...«

»Sag doch nicht ›nichts‹!«, schimpfte Preema. »Was da mit Agatha passiert ist, war eindeutig kein *nichts*. Da war ein ... ein ... ein Transportstrahl oder etwas in der Art. Der muss irgendwo hinführen.«

»Was geht denn hier vor sich? Was soll der Tumult?« Einer der

Siedler stand auf einmal da. Ein Mann namens Jonas, wenn sich Preema recht erinnerte. Ihre aufgeregten Worte hatten nun auch ihn und weitere Siedler angelockt und alle schauten Preema mit verwunderten Blicken an, als hätte sie den Verstand verloren. Vielleicht war das ja auch der Fall. Falls nicht, konnte nicht mehr viel fehlen, bis es so weit war.

»Wir haben Agatha verloren«, sagte David an Jonas gewandt und ließ dabei die Schultern hängen.

HEUTE

»AGATHA. TESTGRUPPE DELTA. Reihe ... Reihe ... sieben ...«, murmelte Jonas grüblerisch und kaum hörbar vor sich hin. Leise, aber nicht zu leise für Preemas Gehör.

»Was hast du gesagt?«, horchte sie einmal mehr auf. Testgruppe? Das klang nun wirklich alles andere als beruhigend. »Es reicht! Irgendjemand klärt mich jetzt darüber auf, was hier los ist! Ihr wisst doch mehr, als ihr mir sagt.«

»Ich muss etwas überprüfen«, verkündete Jonas, ohne auf Preema einzugehen, wandte sich ab und ließ sie mit all ihren Fragen einfach stehen. Er entfernte sich mit eiligen Schritten und blickte immer wieder verstohlen zur Seite.

»Hey!«, rief ihm Preema nach, doch der Mann schenkte ihr keine Beachtung und beschleunigte seinen Gang sogar noch etwas.

»Schon gut, lass ihn gehen«, meinte David. »Setzen wir uns erstmal.«

»Ich will mich nicht setzen!«, blaffte sie ihn an. »Ich will wissen, was mit Agatha passiert ist, verdammt nochmal.« Preemas Nerven lagen blank und waren zu angespannt für langes Herumdrucksen.

David fuhr sich unbehaglich durchs blonde Haar. »Ich werde dir alles sagen, was ich weiß.«

»Fang damit an, mir zu erklären, wer oder was diese grauen Gestalten sind«, forderte Preema, während sie unruhig auf und ab lief und an den

Fingernägeln kaute. Eine Angewohnheit, die sie schon vor Jahren abgelegt hatte, wie ihr jetzt wieder bewusstwurde, doch in einer derart verstörenden Situation wie dieser ließ sich der Drang nicht länger zurückhalten.

»Wir nennen sie die Beobachter. Sie sind Forscher, Wissenschaftler. Meistens bemerken wir sie gar nicht. Sie werden nur selten sichtbar und manche von uns sehen sie nie. Ich selbst habe sie bisher nur einmal gesehen, kurz nach meiner Ankunft auf der Lichtung. Danach sind sie mir nie wieder erschienen, scheinbar habe ich nicht das, was sie suchen. Aber die anderen Siedler berichten gelegentlich von Begegnungen mit den Beobachtern.«

»Sie werden nur selten sichtbar«, griff Preema diese eine Information auf. Sie schaute David mit einem Ausdruck an, der nicht klar erkennen ließ, ob sie Angst hatte oder wütend war. So oder so schüchterte ihn ihr Blick merklich ein.

»Sie sind ungefährlich, wirklich.«

»Agatha würde hier sicher widersprechen, wenn sie nicht aufgesaugt worden wäre«, gab Preema verbittert zurück.

»Für gewöhnlich stehen sie nur da und machen Notizen.« David wollte sie beruhigen, doch wie, um Himmels Willen, konnte er das alles so gelassen hinnehmen?

»Wer sind sie? *Was* sind sie?«

»Kannst du es dir nicht denken?«

»David, ich habe gerade gesehen, wie sich ein Mensch vor meinen Augen aufgelöst hat und von einem seltsamen Licht eingesaugt wurde. Dir ist es vielleicht entgangen, aber mein Interesse an Ratespielen ist gerade extrem winzig.« Sie untermauerte die Aussage mit einer Geste ihrer Finger, die kaum genug Platz ließ, um ein einzelnes Pfefferkörnchen aufnehmen zu können.

David rieb sich unzufrieden das glatt rasierte Kinn. »Außerirdische«, sagte er schließlich und sah, wie Preema mehrmals zögernd blinzelte.

»Ich habe mich sicher verhört«, bot Preema an und hob in einer abwehrenden Geste die Hand. Doch David schüttelte den Kopf.

»Das ist die Wahrheit, Preema. Sie sind so real wie du und ich.«

Preema massierte sich die Schläfen. Sie konnte nicht einmal sagen, dass sie von Davids Einwurf überrascht gewesen wäre. Zu gerne hätte sie darüber gelacht, dass er ihr all die Merkwürdigkeiten mit einer Entführung durch Außerirdische erklärte, doch auf eine völlig unglaubliche Weise ergab alles einen Sinn. Irgendwo tief drin hatte sie diese Vermutung selbst schon aufgestellt, wollte es jedoch nicht wahrhaben.

»Außerirdische, die uns beobachten und Notizen machen«, wiederholte Preema, um sicherzugehen, dass sie nichts falsch verstanden hatte. David nickte. »Und was kommt danach? Wenn sie fertig damit sind, ihre Notizen zu machen, schneiden sie uns dann auf? Holen sie uns von der Lichtung weg, wie sie es mit Agatha getan haben?«

»Nein! Versteh doch, sie sind auf unserer Seite, Preema. Bitte glaube mir. Sie sind hier, um uns zu helfen.«

»Helfen? Wie kannst du von Hilfe reden? Nach allem, was ich eben gesehen habe, haben sie Agatha vielleicht ermordet.«

David schüttelte vehement den Kopf. »Das ist nicht wahr. Sie haben uns gerettet und diese Lichtung für uns gebaut.«

»Angenommen, ich glaube, was du da sagst: Hast du je mit ihnen gesprochen? Haben sie dir gesagt, was mit der Erde passiert ist? Haben sie versucht, die Welt zu beschützen, oder waren sie es, die die Erde angegriffen und zerstört haben?«

»Wie ich schon sagte: Niemand spricht mit den Beobachtern und sie sprechen nicht mit uns.«

»Wie kannst du dann behaupten, dass diese *Beobachter* uns gerettet haben?«, fuhr sie ihn einmal mehr schroff an.

»Du solltest es doch am besten wissen. Du hast die Welt untergehen sehen. Du bist die Einzige, die das von sich sagen kann, und trotzdem leben wir alle noch.«

»Das ...«, begann Preema. Sie wollte ihre Zweifel weiter verteidigen, doch David hatte recht. Die Beobachter hatten sie und die anderen Siedler hierhergebracht. Preema war sich nur nicht sicher, ob sie es getan hatten, um sie zu retten, oder ob sie nicht ganz andere, beunruhigendere Gründe dafür hatten. Warum sonst sollten sie sich verstecken?

»Ich verstehe, dass es dir schwerfällt, mir zu glauben, Preema. Außerirdische sind für immer nur Produkte der Phantasie gewesen. Wir haben alle manchmal unsere Zweifel an der Wahrheit, aber es ist, wie es ist. Ich versichere dir, dass die Beobachter uns nichts Böses wollen.«

»Aber Agatha ...«

»Agatha war alt und es ging ihr nicht gut, bevor sie hierherkam. Sie hatte einen Schlaganfall. Hat sie dir davon erzählt? Ihre linke Körperhälfte war vier Jahre lang fast vollständig gelähmt und sie war an den Rollstuhl gefesselt, brauchte für alles fremde Hilfe und musste gefüttert werden wie ein Kleinkind. Sie hat das gehasst. Dann kam sie auf die Lichtung und die Beobachter haben sie geheilt. Sie hielt es für etwas Anderes, aber das spielte keine Rolle. Sie war geheilt worden. Ich habe sie nie in dem Zustand kennengelernt, den ich dir eben beschrieben habe. Es ging ihr hier sehr gut, Preema. Sie hat sich auf der Lichtung nie gefürchtet.«

»Und warum ist sie dann jetzt trotzdem tot? Sie ist vor meinen Augen ausgetrocknet und zerfallen, David.«

»Das weiß ich nicht. Vielleicht konnten die Beobachter sie nicht vollständig heilen. Sie war einfach alt und ihr Tod unvermeidlich. Wir müssen alle irgendwann gehen, oder nicht? Das ist nicht die Schuld der Beobachter, das ist das Gesetz der Natur.«

Das nahm Preema ein wenig den Wind aus den Segeln, brachte sie ins Grübeln und dämpfte ihr Temperament. Er hatte ja recht damit, dass jeder irgendwann sterben musste. »Aber was hätten die Beobachter davon, uns zu retten und unsere Krankheiten zu heilen?«

»Vielleicht sind sie einfach altruistische Wesen.«

»Oh bitte«, rutschte es Preema zynisch heraus und sie begann wieder, auf und ab zu laufen, zu energiegeladen, um still sitzen bleiben zu können. Die unheimlichen Schemen schienen sich in Preemas Netzhäute eingebrannt zu haben. Selbst wenn sie die Augen schloss, sah sie ihre leeren Gesichter deutlich vor sich. »Sie sehen aus wie Geister.«

»Das liegt an der Verschiebung.«

»Welche Verschiebung?«

»Man könnte sagen, dass sich die Beobachter auf einer anderen Frequenz befinden. Sie liegen zum Teil außerhalb unserer Realität.«

»Außerhalb unserer Realität?« Preema wollte nur noch die Hände über dem Kopf zusammenschlagen und warten, bis alles vorbei war.

»Wie bei einem Radiosender, der nur knapp verfehlt wurde, verstehst du? Sagen wir einmal wir befinden uns auf der Frequenz 35.5, dann bewegen sich die Beobachter vielleicht auf der Frequenz 35.3. Man kann den Sender empfangen und hören, aber mit einem Rauschen, so dass das Lied derart verzerrt klingt, dass man es kaum noch erkennt. Eben knapp daneben. Darum erscheinen uns die Beobachter wie Geister oder Schatten. Wir können sie einfach nicht richtig sehen, solange wir nicht auf ihre Frequenz wechseln oder sie auf unsere.«

Preema hielt inne. Hatte sie die Lage falsch interpretiert? »Dann könnte Agatha noch leben?«

David verzog das Gesicht. Ein klares Anzeichen für seine Zweifel. »Möglich ist alles.«

»Hat das schon einmal jemand versucht?«, wollte Preema wissen. »Auf die Frequenz der Beobachter zu wechseln?«

»Ja und nein. Es gibt keine moderne Technik auf der Lichtung, keine Elektrizität. Das macht es schwierig, einen Weg zur Kommunikation mit den Beobachtern zu finden. Wir haben einfach keine Mittel, um nach ihnen suchen zu können.«

»Vielleicht wollen sie nicht mit uns sprechen. Oder sie wollen verhindern, dass wir hinauskommunizieren.«

»Ach, Preema. Wie soll ich dich nur überzeugen?« David schüttelte enttäuscht den Kopf.

Sie wollte David ja glauben. Sie hätte nichts lieber getan, als sich glücklich zurückzulehnen und sich darüber zu freuen, dass sie noch lebte und zu den wenigen Auserwählten gehörte, die dem Weltuntergang nicht zum Opfer gefallen waren. David kannte die Lichtung besser als sie, und wenn er die Grauen für die Guten hielt, dann hatte er vermutlich recht. Doch es gab so viele ungelöste Fragen und die leise Stimme im Hinterkopf flüsterte Preema zu, dass sie die richtige Antwort noch nicht gefunden hatte. Die Stimme war drängend und beharrlich. Etwas stimmte hier nicht. Die Lichtung war zu perfekt, zu *gut*. Das Erscheinen der Grauen oder der Beobachter, wie David sie nannte, war der erste und einzige Makel, den Preema entdecken konnte. Vielleicht war er das einzig Echte an diesem Ort. Preema musste dem nachgehen und herausfinden, wer und was die Grauen wirklich waren.

Die folgenden Tage – Preema nahm an, es waren Tage, sicher konnte sie sich da nie sein – waren geprägt von einem Gefühl innerer Unruhe. Seit sie die Grauen gesehen und mit David über deren Motive und Absichten gestritten hatte, fühlte sie sich wie eine Laborratte im Käfig. Ständig schaute sie sich um, aus Angst, die Grauen könnten sich an sie heranschleichen. David versuchte immer wieder, Preema zu beruhigen, doch die Angst wollte nicht vergehen. Ihm mochten die Grauen ungefährlich erscheinen, aber niemand, der sich im Verborgenen hielt und einen beobachtete, konnte harmlose Absichten haben. Die Art, wie diese Kreaturen mit Agatha umgesprungen waren, jagte Preema eine Mordsangst ein. Sie waren routiniert, klinisch und ohne jede Spur von Mitgefühl vorgegangen, als wäre Agatha nichts weiter als ein Stück Fleisch gewesen. Vielleicht tat Preema den Grauen Unrecht. Vielleicht war es deren Andersartigkeit, die instinktiv Zweifel in Preema hervorrief. Es ließ sie einfach nicht los und ihr Gefühl riet ihr, sich nicht auf Davids Worte zu verlassen. Wenn sie sich wenigstens daran erinnern könnte, ob sie ihrem Bauchgefühl in der Vergangenheit hatte trauen können. Denn im Augenblick empfahl es ihr energisch, einen Ausweg zu finden, bevor sie dazu nicht mehr in der Lage sein würde.

Ein Schauer lief Preema über den Rücken und sie zuckte unwillkürlich zusammen. Vielleicht waren die Siedler menschliche Versuchskaninchen. Wenn die Grauen wirklich Außerirdische waren, dann wollten sie am Ende vielleicht bloß mehr über die Menschen erfahren, über ihre Schwächen und Eigenschaften. Die körperlichen und die geistigen. Ungebeten schlich sich der Gedanke in Preemas Kopf ein, dass die Grauen – sollten es wirklich Außerirdische sein – sie womöglich auch auf ihre Eignung als Nahrungsmittel prüften. War es Preemas Schicksal, eines Tages als Delikatess-Steak auf einem extraterrestrischen Teller zu landen? Die Vorstellung, aufgeschnitten und in ihre Bestandteile zerlegt auf dem Fließband einer Fleischfabrik zu liegen, drehte ihr den Magen um und sie hätte sich am liebsten erbrochen.

Preema schüttelte sich und sah sich um. David war immer in ihrer Nähe und schaute sie sorgenvoll an. Er glaubte fest daran, dass die Beobachter sie alle gerettet hatten und den Siedlern nie vorsätzlich schaden würden. Preema wünschte sich, sie könnte seine Überzeugung teilen. Es hätte ihr eine Menge an innerem Tumult erspart.

»Wo sind Agathas Staffeleien?«, fragte sie nach einer Weile. Vor kurzem hatten sie doch noch auf der Heide nicht fern der Siedlung gestanden, dort, wo Preema auch Agatha zuletzt gesehen hatte. Dort, wo sich die alte Dame in Luft aufgelöst hatte.

»Ich weiß es nicht. Die Siedler müssen sie weggeräumt haben«, antwortete David ohne echtes Interesse. »Wahrscheinlich wollten sie nicht ständig an Agathas Verlust erinnert werden.«

»Kannst du dich an ihre Bilder erinnern? Ich erinnere mich, dass Agatha Landschaften und Portraits gemalt hat, aber ich weiß nicht mehr, wie sie ausgesehen haben.«

David dachte einen Moment über die Frage nach, dann schüttelte er den Kopf. »Seltsam.«

Ja, seltsam, befand auch Preema und fühlte sich unbehaglich. Sie stellte sich plötzlich vor, wie die Grauen ihre langen Finger in Preemas Kopf bohrten und ihr langsam die Erinnerungen aussaugten. Eine scheußliche Vorstellung, die ihr ganz anders zumute werden ließ. Sie suchte die Umgebung ab und fand schließlich, was sie brauchte, auf dem Rand des Brunnens. Sie erinnerte sich, dass Agatha manchmal dort gesessen und Skizzen gemacht hatte. Der Zeichenblock und die Bleistifte lagen noch immer dort. Wenigstens etwas, das von der alten Dame zurückgeblieben war.

Preema nahm die Fundstücke an sich und ließ sich neben einem abseits stehenden Baum ins Gras sinken. »Leer«, stellte sie fest, nachdem sie die Seiten durchgeblättert hatte. Hatte etwa auch jemand den Block ausgetauscht oder die Skizzen herausgerissen? Warum würde man das tun?

Mit einem Gefühl der Dringlichkeit setzte Preema die Bleistiftspitze auf das Papier und begann die ersten Linien zu ziehen. Ihr Körper schien sich besser an ihre Fähigkeiten zu erinnern als ihr Verstand, denn Preemas Hand zog den Stift in sicheren Strichen über das Papier. Vielleicht war es aber auch die Magie dieses Ortes, von der Agatha gesprochen hatte und die auch ihre Hand einst geführt hatte. Das Geräusch der Bleistiftmine, die über das Papier fuhr, hatte eine beruhigende Wirkung auf Preema und für eine Weile vergaß sie alles um sich herum.

»Was machst du da?« David, der sich wie so oft neben sie setzte und ihr über die Schulter blickte, brach den schönen Schein der Ruhe.

»Zeichnen«, antwortete Preema knapp. Sie war mit den Gedanken ganz woanders und erntete ein unzufriedenes Murren für diese redundante Information. David schwieg daher und warf nur hin und wieder einen Blick auf ihre Zeichnung, die mehr und mehr Form annahm. Je mehr Details Preema ergänzte, desto weniger schien ihm ihr Motiv zu gefallen, denn er gab immer wieder kleine verwunderte Laute von sich. Nach einer Weile blickte Preema schließlich erneut auf die schemenhaften Gestalten der Grauen, auf ihren vage menschlichen Körperbau und die Gesichter, die nur dunkle Flecken hatten, wo sich Augen und Mund befinden sollten. Ihr Anblick war so unheimlich wie in dem Moment, als Preema sie über sich hatte aufragen sehen. Doch diesmal waren sie gebannt auf das Papier und regten sich nicht. Sie warteten nur darauf, zerstört zu werden.

Preema glitt sanft und fast ohne es zu merken in die Erinnerung.

DAMALS • NOVEMBER 2005

»BABA, BABA!«

Preema saß hellwach in ihrem Bett und schrie, so laut es ihre Lungen hergaben. Sie hatte sich die Bettdecke bis unter die Nase gezogen und umklammerte ihre Knie. Das Mädchen zitterte am ganzen Leib und erlebte den furchtvollsten Augenblick ihrer Kindheit, denn das Monster hockte in ihrem Kleiderschrank und würde jeden Moment herauskommen.

Preema hatte versucht ihre Nachttischlampe einzuschalten, denn wie jeder wusste, konnten sich Monster im Licht nicht zeigen. Doch in ihrer Panik hatte sie die Lampe runtergeworfen und sie traute sich nicht unter der Decke hervor, um sie vom Boden aufzuheben. Wer konnte schon wissen, ob die dunkle Zone unter ihrem Bett nicht auch von einem Monster bewohnt wurde, das nur darauf wartete, dass Preema leichtsinnig genug war, um aus ihrem schützenden Kokon herauszukommen. Und so blieb ihr nur das Mondlicht, das von draußen durch ihr Fenster hereinschien und alles in einen unheimlichen düsterblauen Schimmer tauchte. Gerade hell genug, um die Umrisse ihrer Schranktür zu erkennen und die Schatten auf dem Boden, die vielleicht, vielleicht auch nicht, die Tentakel eines zweiten Monsters waren, das unter ihrem Bett hockte.

Die Vorstellung, dass sie es womöglich mit zwei Ungeheuern zu tun hatte, brachte Preema nun endgültig an den Rand des Zumutbaren. Ihr

Herz drohte aus der Brust zu springen und ihre Stimme wurde so laut und hoch, dass es ihr in den Ohren wehtat.

»Baba!«, kreischte sie schrill.

Die Tür zu ihrem Zimmer sprang kurz darauf endlich auf und fast im selben Augenblick flutete das Licht der Deckenlampe ihr Kinderzimmer. Für einen Moment schien sie blind zu sein, dann erkannte sie Tahir Anands vertraute Gestalt, die in der Zimmertür aufragte. Sein schwarzes Haar stand völlig zerzaust in alle Richtungen ab und auf seiner linken Wange zeichneten sich noch die Falten seines Kopfkissens ab. Kaum, dass Preema ihren Vater erkannt hatte, war sie auf den Beinen und halb sprang sie, halb flog sie ihm in die Arme, klammerte sich an ihm fest und weinte.

»Preema! Was ist denn los, mera Beti?« Das Mädchen heulte erneut auf, dicht an Tahirs Halsbeuge gepresst, und brabbelte unverständliche Worte heraus. »Beruhige dich, Schatz. Ich kann dich nicht verstehen, wenn du so schlimm weinst.«

Er hielt seine Tochter im Arm und strich ihr ruhig über den Rücken. Langsam wurde ihr Weinen leiser und das Zittern schwächer. Hier in den Armen ihres Vaters war sie sicher. Fast so sicher, wie wenn Nicole hier gewesen wäre. Sie vermisste ihre Freundin so sehr.

Preema war es nicht gewohnt, alleine zu schlafen. Solange sich die Mädchen erinnern konnten, hatten sie stets zusammen geschlafen und sich nicht auseinanderbringen lassen. Es gab nichts, was Preema und Nicole je hatte aufhalten können. Keine Trennwand auf dem gemeinsamen Balkon, keine Türschlösser und erst recht keine elterlichen Verbote. Sie waren eine untrennbare Einheit gewesen. Doch nun war Nicole fort, auf der anderen Flussseite, und würde nur noch ganz selten bei Preema übernachten und Preema würde nie wieder barfuß über den Balkon laufen und bei den Grebes an die Glastür klopfen können. Und wer sorgte nun dafür, dass die Monster im Schrank blieben? Preema besaß keine Zauberkraft so wie Nicole. Die Monster hatten Angst vor Nicole, weil Mädchen mit roten Haaren Monster töten konnten. Das hatte Herr

Grebe seiner Tochter verraten, als sie noch ganz klein gewesen war. Aber Preemas Haare waren nicht rot, sondern fast schwarz und davor hatte kein Monster Angst.

»Wir müssen Nicole zurückholen«, wimmerte Preema dicht an ihres Vaters Ohr.

»Ach, Beti, das geht nicht. Das weißt du doch.«

»Aber Nicole muss die Monster verjagen, Baba!«, blieb Preema unnachgiebig.

»Was denn für Monster?«

»Die Monster in meinem Schrank.«

Tahir Anand hielt einen Moment inne und schaute seiner inzwischen ruhiger gewordenen Tochter in das verweinte Gesicht. »Monster? In deinem Schrank? Was wollen die denn da drin?«

»Sie wollen mich mitnehmen und dann fressen«, gab Preema in einem empörten Ton zurück. Er musste doch wissen, dass Monster einen fressen wollten.

»Aber an dir ist doch gar nicht genug dran, um satt zu werden.«

»Für ein kleines Monster reiche ich schon.«

»Hm«, machte ihr Vater. »Dann will ich mal nachsehen, welches Monster sich traut, an meiner Tochter zu knabbern. Das habe ich nicht erlaubt!«, sagte er streng.

»Nein, Baba, mach nicht die Tür auf! Sonst holt dich das Monster auch.«

Ihr Vater seufzte. »Dann habe ich wohl keine andere Wahl. Ich muss dich in unser Familiengeheimnis einweihen«, sagte er konspirativ und setzte seine Tochter auf dem Bett ab.

»Was für ein Geheimnis?«, fragte Preema sofort.

»Das Geheimnis, wie man Monster bekämpft.«

»Mit Zauberei, Baba. Aber wir können nicht zaubern. Wir haben keine roten Haare.«

»Es gibt viele verschiedene Arten von Zauberei, Preema. Soll ich dir zeigen, wie deine Oma die Monster in meinem Schrank vertrieben hat?«

Preema kaute hoch konzentriert auf ihrer Unterlippe herum. »Ja.«

»Dann brauchen wir erst einmal unsere Zaubermittel.« Tahir Anand lief zu Preemas Kinderschreibtisch, nahm sich einen Block und eine Handvoll Buntstifte und ging damit zurück zu seiner Tochter. Er reichte ihr das Zeichenmaterial und das Mädchen schaute ihn mit großen, fragenden Augen an.

»Ich soll ein Bild malen?«, fragte Preema entgeistert.

»Nicht irgendein Bild. Du musst dir jetzt ganz genau vorstellen, wie das Monster in deinem Schrank aussieht. Du weißt, wie es aussieht, nicht wahr? Du hast das Bild ganz bestimmt in deinem Kopf.«

Oh ja. Das Mädchen wusste sehr genau, wie das scheußliche Monster aussah, wie viele Augen es hatte und wie viele scharfe Krallen. Preema nickte also eifrig.

»Das dachte ich mir. Du kannst die Monster sehen, wie sie sind, ohne dass sie vor dir stehen müssen. Das ist schon unsere halbe Zauberkraft. Jetzt musst du das Monster bloß noch aufmalen.«

»Ja, aber, Baba ... Es ist doch so unheimlich.«

»Du willst doch aber nicht für immer Angst vor Monstern haben, oder?«

»Nein«, antwortete Preema vorsichtig.

»Dann trau dich. Mal das Monster auf und ich zeige dir, wie du es für immer loswirst.«

Preema schaute ihn noch einmal zweifelnd an, doch dann nahm sie die Stifte und begann zu malen. Für eine Weile waren die Striche auf dem Papier die einzigen Klänge in dem kleinen Zimmer. Preemas Nase rümpfte sich dann und wann, wenn sie dem Monster eine besonders fiese Komponente anzeichnete. Doch immerhin schlug ihr Herz nicht mehr ängstlich in ihrer Brust. Nach einer Weile legte sie die Stifte zur Seite und zeigte ihrem Vater das unheimliche Werk.

»Ich bin fertig, Baba.«

»Lass mal sehen. Du meine Güte. Das ist ein wirklich scheußlicher Zeitgenosse.«

»Eine Zeitgenoss*in*, Baba. Es ist ein Mädchenmonster. Siehst du? Es hat Mamahubbel«, sagte Preema und zeigte auf zwei Kreise auf Brusthöhe des Monsters.

Tahir Anand verbarg seinen Lachreflex unter einem Husten. »Ein Mädchenmonster also. Das macht es leider auch nicht weniger gruselig, was?« Preema schüttelte den Kopf. »Soll ich dir jetzt zeigen, wie du das Monster verbannen kannst?« Das Mädchen nickte eifrig. »Du musst das Blatt einmal in der Mitte falten.« Er wartete, bis Preema damit fertig war. »Und jetzt atmest du einmal ganz tief ein und wieder aus und jetzt zerreißt du das Blatt mit einem Ruck in zwei Teile!«

HEUTE

PREEMA RISS DAS Bild der Grauen in zwei Teile und dann noch einmal und noch einmal, bis aus dem Blatt Papier und den unheimlichen Kreaturen darauf ein Haufen kleiner Schnipsel geworden war.

»Was machst du denn?«, rief David tadelnd. »Das war ein gutes Bild. Nur ein wenig unheimlich vielleicht.«

Preema schmunzelte. Sie fühlte sich immer ein wenig besser, lebendiger, wenn sie eine ihrer Erinnerungen wiedergefunden hatte. Selbst dann, wenn es die Erinnerung an Monster in ihrem Schrank war. »So besiegt man seine Ängste und inneren Dämonen.«

»Indem du deine Bilder zerreißt?« David runzelte die Stirn.

»Mein Vater hat es mir beigebracht. Als ich ein Kind war, hatte ich, wie die meisten Kinder, Angst vor Monstern in meinem Zimmer. Baba hat mir beigebracht, dass ich sie mit einer Zeichnung auf das Papier bannen und sie vertreiben kann, indem ich ihr Abbild zerreiße. Immer wenn wir im Anschluss die Schranktür öffneten, war da natürlich kein Monster mehr drin. Irgendwann wurde mir klar, dass das nur ein Trick war, um mir etwas Kontrolle über meine Ängste zu geben«, Preema lächelte, »aber das Ritual ist seither mit mir älter geworden. Wenn mir Dinge Angst machen oder mir zusetzen, dann zeichne oder schreibe ich sie auf, atme einmal ein und wieder aus und dann zerreiße ich das Papier anschließend.«

»Und das hilft?«

»Es lässt die Probleme selbstverständlich nicht verschwinden, aber es gibt mir irgendwie das Gefühl, mit den Dingen fertigwerden und sie hinter mir lassen zu können«, antwortete sie mit einem Nicken und warf die Schnipsel schwungvoll in die Lüfte. Für einen Moment hingen sie nahezu reglos über ihren Köpfen, dann verwandelten sie sich plötzlich in papierne Schmetterlinge und flogen davon. Preema blinzelte. Sie hatte sich die Schmetterlinge sicher nur eingebildet. Das musste so sein, doch ihr gefiel diese kleine List der Lichtung.

»Ich muss sagen, das ist eine interessante Idee. Gefällt mir«, sagte David anerkennend.

»Baba hat eine Menge toller Ideen«, sagte Preema stolz. »Leider hilft ihm der Trick nicht dabei, seine eigenen Dämonen zu bezwingen.«

»Gegen welche Dämonen kämpft er denn?«

Preema machte ein unglückliches Gesicht. »Ihm ist etwas zugestoßen, als ich noch ganz klein war. Er traut sich seitdem nicht mehr, das Haus zu verlassen.«

»Das klingt nach einer traumatischen Erfahrung.«

Preema nickte. »Es war so schlimm, dass meine Eltern nie im Detail darüber sprechen wollten. Was ich über den Vorfall weiß, habe ich bloß aus Berichten, die ich im Internet gefunden habe. Er ist nach der Arbeit auf dem Heimweg gewesen und wurde überfallen. Drei Männer haben ihn zwei Tage lang festgehalten und gefoltert. Was genau sie ihm angetan haben, habe ich nie erfahren. Ich glaube, nicht einmal meine Mutter kennt die ganze Wahrheit.«

»Du meine Güte. Wie furchtbar. Wie ist er entkommen?«

»Gar nicht. Die Polizei hat ihn aufgespürt, nachdem sie die Vermisstenanzeige meiner Mutter endlich aufgenommen hatten. Es gab Videomaterial aus der U-Bahn-Station, an der mein Vater täglich zugestiegen ist. Die Täter waren darauf gut zu erkennen. Alte Bekannte bei der Polizei, die bereits auffällig geworden waren. Ich frage mich oft, wie mein Vater heute wäre, wenn man diese Männer für ihre früheren Vergehen eingesperrt hätte. Bevor sie meinen Vater in die Finger bekommen haben. Was er wohl für ein Mensch war, bevor das passiert ist? Ich hätte ihn gerne kennengelernt.«

»Hat er versucht, eine Therapie zu machen?«, fragte David.

»Mehrfach«, antwortete Preema mit einem Nicken. »Meine Mutter erzählte mir, als Baba aus dem Krankenhaus entlassen worden war, versuchte er, sein Leben normal weiterzuleben und zu vergessen, was ihm passiert war. Aber dann bekam er plötzlich Panikattacken, wenn er nach Feierabend den Heimweg antreten musste. Er saß in seinem Büro fest und konnte es nicht mehr verlassen. Meine Mutter musste ihn dann mit dem Auto abholen. Kurz darauf geschah es auch im Supermarkt um die Ecke und bald darauf konnte er nicht einmal mehr bis zu unserem Briefkasten im Hausflur gehen. Er hat dann eine Therapie angefangen. Hat sich Postkarten von Orten an die Wand gehängt, die er noch bereisen wollte. Es sollten Motivationsbilder sein, ein Ziel, für das es sich zu kämpfen lohnte. Aber nach einer Weile hat er seine Motivationsbilder von der Wand genommen. Eins nach dem anderen. Sie deprimierten ihn bloß noch, je mehr er den Glauben an sich selbst verlor. Ich weiß wirklich nicht, wie er später den Umzug in das Haus auf der anderen Flussseite bewältigt hat. Ich erinnere mich noch, dass ich ihn ein paar Tage danach nicht gesehen habe und Mami ji wollte, dass ich ihn eine Weile nicht in seinem neuen Arbeitszimmer störe.«

»Ich weiß nicht, was ich sagen soll. Er muss sich wie ein Gefangener in seinem eigenen Heim vorgekommen sein.«

»An den guten Tagen schafft er es in unseren Garten. An den schlechten ...« Dann fiel Preema plötzlich wieder ein, wo sie war, und die Kehle schnürte sich ihr zu. »Jetzt wird er es wohl nie mehr in den Garten schaffen. Er ist nicht mit uns auf der Lichtung, das heißt, er ist bei der Katastrophe gestorben.« Tränen schossen ihr ungebeten in die Augen und sie wandte das Gesicht von David ab. Der legte den Arm um ihre Schultern und zog sie an seine Brust.

»Sag das nicht. Wir wissen nicht, was da draußen noch alles ist. Der weiße Raum ist groß. Es könnte viele Orte wie unsere Lichtung geben. Es ist doch sehr gut möglich, dass er auf einer davon lebt.«

Preema sah den jungen Mann dankbar an. Sie war nicht allzu optimistisch, aber es war eine tröstliche Vorstellung und es gab keinen Beweis dafür, dass es nicht vielleicht tatsächlich so war.

HEUTE

PREEMA BLICKTE SICH immer wieder verstohlen um, aus Furcht, man könnte sie dabei erwischen, wie sie Jonas – nicht zum ersten Mal – nachstellte. Der Mann stahl sich regelmäßig davon und verhielt sich dabei so verdächtig, dass Preema beschlossen hatte herauszufinden, was er wusste. Denn irgendetwas hatte Jonas definitiv zu verbergen und sie war davon überzeugt, dass es etwas mit der Lichtung und vielleicht gar mit Agathas Verschwinden zu tun hatte.

Sie achtete darauf, genügend Abstand zu dem Mann zu halten, so dass er sie nicht entdeckte, jedoch nicht so viel, dass er ihr entwischen konnte. Jonas sah sich ständig argwöhnisch um, sei es nun, wenn er auf der Lichtung saß und sich augenscheinlich beobachtet fühlte oder wenn er, wie jetzt, einem Ziel entgegeneilte, das Preema nicht kannte. Sein Verhalten wirkte nervös, vielleicht auch schon paranoid. Sie hatte ihn bei anderen Gelegenheiten jedes Mal aus den Augen verloren, denn er beherrschte sein Versteckspiel wirklich gut. So weit wie dieses Mal hatte sie ihm noch nie folgen können.

In der Nähe sah sie die Ruine eines alten Bauwerks inmitten einer idyllischen Landschaft. Preema versteckte sich rasch hinter einem blühenden Busch, als sich Jonas einmal mehr verstohlen umblickte. Sie nahm die Verfolgung wieder auf, als er sich in Sicherheit wähnte und seinen Weg fortsetzte. Schließlich kletterte er über den zerbrochenen

Rest einer Säule, deren Ornamentik Preema keiner der ihr bekannten Kulturen eindeutig zuordnen konnte.

Preema verlor Jonas für einen Moment aus den Augen und eilte zu der Stelle, wo sie ihn zuletzt gesehen hatte. Als sie dort anlangte, pustete sie verärgert einen Schwall Luft durch die Lippen. Hinter der Säule ging die Erde in einen Hang über und fiel etwa zwei Meter tief ab. In dem Kessel gab es nicht viel mehr als knöcheltiefe Tümpel mit Seerosen darauf, eine kleine, geschlossene Felsformation auf der einen Seite und die Reste eines Pantheons auf der anderen. Es gab hier sicher einige feine Details zu entdecken und zu bestaunen, was es jedoch nicht gab, war eine Spur von Jonas. Der Mann war verschwunden, schon wieder. Bisher hatte Preema ihn an unübersichtlichen Stellen verloren, doch das Areal vor ihr lag flach da und bot nichts, was sich als Versteck eignete. Wohin also war Jonas diesmal entwischt?

»Mist«, fluchte Preema leise und suchte alle Bereiche des Areals ab, die sich entfernt als Versteck eignen mochten.

Ganz in der Nähe klapperte etwas. Nur einmal, aber Preema hatte deutlich gehört, aus welcher Richtung das Geräusch gekommen war, und blickte geradewegs auf die grauen Felsen. Nur einer der Felsen wäre groß genug gewesen, dass sich ein Mensch dahinter verstecken könnte, doch wenn sich Jonas hinter diesem einsamen Zinken aufhielt, wäre es Preema aufgefallen, als sie darum herumgelaufen war.

Das Klappern wiederholte sich und plötzlich brach der Stein auf. Nein, jemand öffnete ihn - von *innen*. Preema reagierte blitzschnell, hechtete hinter das nächstgelegene Gestrüpp, blieb dort still liegen und machte sich so flach wie möglich. Wenn Jonas nicht direkt in ihre Richtung blickte, würde er sie vielleicht, nur vielleicht, nicht bemerken. Ihr Herz klopfte aufgeregt in ihrer Brust und das Blut rauschte laut in ihren Ohren. Als sie es endlich wagte aufzublicken, war Jonas längst fort.

»Kann man dir irgendwie helfen?«

Preema schreckte zusammen und stieß einen Schrei aus. »David! Verdammt noch eins! Wo kommst du denn her?«

»Ich bin auf dem Weg zum Fluss und gedenke, dort schwimmen zu gehen. Viel interessanter finde ich allerdings, dass du hier mitten in der Wildnis und mit dem Gesicht nach unten im Schlamm liegst. Hat das einen tieferen Sinn?«

»Ich …« Preema biss sich auf die Zunge. Sie konnte ihm nicht sagen, weshalb sie hier unten im Dreck lag. Das würde nur unangenehme Fragen aufwerfen. »Ich bin gestolpert und habe mich längs auf die Nase gelegt. Tollpatschig, ich weiß.«

»Hm-hm-hm«, machte David. »Wieso habe ich den Verdacht, dass du mich anflunkerst?«

»Hilf mir lieber auf, statt mich zu verhören, Sherlock«, gab Preema zurück und hielt ihm die Hand entgegen. David ergriff sie und zog Preema schwungvoll auf die Füße. Sie klopfte sich feuchte Erde, Kiesel und eine Schar Moosflocken von der Haut.

»So, wie du aussiehst, kannst du auch ein Bad im Fluss gebrauchen. Komm, ich nehme dich mit«, bot David an und Preema nickte. Solange er hier war, würde sie ihre Mission ohnehin nicht beenden können.

Preema warf dem einsamen Felsen noch einen letzten verstohlenen Blick zu, prägte sich den Ort genau ein, dann folgte sie David in Richtung des großen Flusses, der wie ein gewundenes, blaues Band vom einen Ende der Insel zum anderen führte. Gewiss jedem Kartographen ein Dorn im Auge.

»Siehst du?«, rief David nach einer Weile aus und wies in eine bestimmte Richtung. »Dort wollen wir hin. Komm!«

Es gab eine Stelle am Fluss, die bei den Siedlern besonders beliebt war. Schon aus der Ferne erkannte Preema, weshalb das so war. Der Fluss wirkte hier wie eine Lagune. Weit und sichelförmig. Auf der einen Seite war das Ufer bedeckt von weißem Sand, auf der anderen Seite ragten üppig grünende Trauerweiden weit über den Fluss. Natürliche Steinbrücken, überwuchert von Moos und allerlei kletternden und hängenden Pflanzen, führten hier und da tiefer in die Flussmitte. Sie trafen sich mit anderen Brücken und bildeten ein seltsam organisch anmutendes Netz aus Wegen und Vorsprüngen, die beide Uferseiten auf verworrenen Pfaden miteinander verbanden.

Die falsche Lagune war schön, wie die Orte in den Hochglanzmagazinen der Reisebüros. Nur eines behagte Preema nicht. Die Lagune lag nah am Rand der Lichtung, wo der Fluss in die weiße Leere fiel. Dennoch lief sie weiter mit David voran. Wenn Preema erst im Schutz der Lagune stand, umgeben von den vielen Bäumen und Brücken, dann würde sie den Rand ihrer neuen Welt nicht länger sehen können. Bald schon erreichten sie das Flussufer und Preemas Füße sanken in den warmen Sand. Er war weich wie Puderzucker und fast genauso hell. Winzige Kristalle glitzerten darin.

»Komm, das musst du dir ansehen.« Damit wies David auf eine der Brücken, die so hoch hinaufführte, dass man von dort oben sicher die ganze Insel würde überblicken können.

»Du willst da raufklettern? Du hast gesagt, wir gehen schwimmen.«

David lachte. »Keine Sorge, das machen wir noch.«

Er zog seine Flip-Flops aus, rannte barfuß und vergnügt los und balancierte im Nu auf dem ersten steinernen Steg, der zu einem stabilen Brückenpfad wurde. Preema beschwerte sich kurz, folgte dem ewig gut gelaunten David dann aber doch. Sie kamen rasch voran und kletterten die einzelnen Brückenpfade entlang und hinauf, als wären sie alte Meister darin. Schon nach kurzer Zeit fand sich Preema über den grünen Baumkronen stehend wieder. Wie damals, als sie die Lichtung zum ersten Mal betreten hatte, hielt sie für einen Moment die Luft an und schüttelte fasziniert den Kopf. Diese Insel war ein Wunder, das ließ sich trotz aller merkwürdigen und mitunter beängstigenden Ereignisse nicht leugnen.

»Von hier oben kannst du die beiden Enden des Flusses sehen. Er beginnt dort im Osten.«

Preema folgte Davids erhobenem Zeigefinger und sah den verrücktesten Anfang eines Flusses, den es je gegeben hatte. In der normalen Welt entsprangen Flüsse einer Quelle. Hier auf der Lichtung aber kam das Wasser irgendwo aus der Tiefe des weißen Raums hochgeschossen, floss dem Himmel entgegen und fiel dann in einem Bogen ins eigentliche Flussbett. Von dort aus folgte er zunächst wie jeder Fluss seiner Bahn, bis er im Südwesten über den Rand der Welt erneut in die Tiefe fiel. Preema stand mit offenem Mund da und sagte erst einmal nichts. Der Fluss widersetzte sich den Gesetzen der Natur. Es war nicht das erste Mal, dass Preema dieses Phänomen erlebte, doch daran gewöhnen würde sie sich vielleicht nie.

»Das ist wie damals, als wir uns begegnet sind. Du bist über mir an der Decke entlanggelaufen und hier fällt der Fluss nach oben.«

»Das kommt ganz auf die Sichtweise an. Von meiner Warte aus warst du es, die an der Decke hing.«

»Wie funktioniert das?«, wollte Preema wissen.

»Es existieren Stellen im weißen Raum, da gibt es kein Oben und Unten, so wie wir es kennen. Dieser Ort hat seine eigenen Regeln. Dadurch können wir scheinbar an der Decke entlanglaufen oder dem Himmel entgegenfallen. Der Fluss ist in Wahrheit ein Ring. Er fließt unter der Insel weiter. Peter und ich fahren mit einem kleinen Floß oft Loopings darauf.«

»Was ist unter der Insel?«

»Nichts. Nur der weiße Raum. Du kannst von da unten nicht einmal die Insel sehen. Ihre Unterseite ist genauso weiß wie der Rest. Wir könnten dir auch eines bauen.«

»Was?«

»Ein Floß, Preema. Dann kannst du das nächste Mal mit uns den Looping machen und es dir selbst ansehen.«

»Ich glaube, da passe ich lieber.« Wenn sie eines nicht wollte, dann war das, mehr vom weißen Raum sehen. Sie blickte noch eine Weile schweigend zum Rand der Welt und fragte sich einmal mehr, was all das zu bedeuten hatte und weshalb ausgerechnet sie hierhergebracht worden war. Bisher war ihr nichts eingefallen, was dabei helfen mochte, die Zerstörung der Welt zu verhindern, und sie zweifelte ohnehin daran, dass sie eine nützliche Information in diese Richtung besaß.

»Lass uns wieder runterklettern. Du wirst das Wasser lieben. Es hat die perfekte Temperatur«, versprach David heiter.

Sie sprangen die Stufen und Brücken leichtfüßig wie Kinder hinab und zusammen liefen sie am Ufer entlang der Stelle entgegen, die David für die beste auf der ganzen Insel hielt. Doch während er von all den Dingen schwärmte, die ihn Moment um Moment faszinierten und begeisterten, packte Preema plötzlich ein Gefühl der Beklemmung. Das Rauschen und Gurgeln des Flusses machte sie aus einem unerklärlichen Grund nervös und bescherte ihr eine Gänsehaut, die sich schleichend auf ihrem Körper ausbreitete. Preema drängte das nagende Unbehagen zurück oder versuchte es wenigstens, so gut es ging.

Sie näherten sich einem Baum voller Knoten und Wülste, der sehr nah am Flussufer wuchs und fast schon drohte hineinzufallen. Er trug keine Blätter, was seltsam war, wo all seine Brüder und Schwestern doch in voller Blüte standen. Er schien schon sehr alt und morsch zu sein. So ganz nackt wirkte er wie ein Fremdkörper auf der sonst so üppig gedeihenden Lichtung. Aus dem blassgrauen Stamm des Baumes wuchs ein auffällig dicker Ast, der in einem fast perfekten rechten Winkel über den Fluss ragte und wie ein knorriger Finger auf das andere Ufer zeigte. Sein Schatten war lang und bewegte sich, anders als die übrigen Schatten, die still und reglos am Boden lagen. Dieser aber schien sich nach Preemas nackten Füßen zu strecken und nach ihr zu greifen. Instinktiv wich sie einen Schritt zurück und keuchte in einem Ansturm kalter Furcht auf. Was für ein Ungeheuer war dieses Ding nun wieder?

»Ist alles in Ordnung, Preema?«, fragte David mit zweifelndem Blick.

»Etwas stimmt hier nicht. Der ...«, Preema brach mitten im Satz ab. Ihr Atem kam plötzlich in kurzen Schüben und ihre innere Stimme schien ihr laut schreiend eine Warnung zuzurufen, die Preema nicht verstand. Sie spürte den Schweiß aus ihren Poren dringen und ihr Herz holperte in einem unsteten Rhythmus. Was passierte hier?

Anders als zuvor, brach diese neue Erinnerung mit roher Gewalt über Preema herein.

DAMALS • 1. JANUAR 2012

»MAAAA! PREEMA UND ich fahren mit den Waveboards raus!«

Nicoles helle Stimme schnitt durch das Haus wie dünnes Papier durch die Haut eines Fingers. Nicht die schlimmste Sache der Welt, aber doch verflucht unangenehm. Außerdem begann sie langsam, sich anzuhören wie ihre Mutter, was nicht nur an der veränderten Tonlage ihrer Stimme lag, sondern auch an der Art, wie sie Menschen sagte, was sie wie zu tun hatten. Preema versteifte sich immer ein wenig, wenn Nicole so laut und bestimmt Dinge verkündete.

»In Ordnung, Schatz!«, rief Kerstin Grebe von irgendwo zurück, dem Zitronen- und Zuckerduft in der Luft nach zu urteilen vermutlich aus der Küche. Ihre Stimme war eine ältere, erwachsenere Version ihrer Tochter. »Um vier Uhr seid ihr wieder zurück, sonst essen wir den Kuchen alleine auf.«

»Ja, Ma!«, schrie Nicole wieder.

»Und keine Wanderung zum Fluss! Wenn ich erfahre, dass ihr zwei wieder auf dem knorrigen Väterchen herumgeklettert seid, gibt es ein Technikverbot auf ganzer Linie. Kein Fernsehen, kein Handy, kein Computer!«

»Ja, Ma!«, gab Nicole hörbar genervt zurück.

»Ich meine es ernst, Nicole!«

»Ich bin nicht taub!« Nicole rollte übertrieben stark die Augen.

»Das gilt auch für dich, Preema.«

»Ja, Mama Grebe!«, antwortete Preema artig. Die beiden Mädchen verbrachten so viel Zeit mit den Eltern der jeweils anderen, dass es manchmal so schien, als hätten sie vier Elternteile und nicht bloß zwei. Manchmal war das doppelt so anstrengend, wenn sich die beiden Elternpaare zusammentaten und sich gegen ihre Kinder verbündeten.

»Oh, und nimm deine Schwester mit, Nicole«, tönte es aus der Küche, als sich Nicole und Preema gerade umdrehen und durch die Haustür entschwinden wollten.

»Oh, Ma! Nein!«, protestierte Nicole sofort.

»Keine Widerrede. Ich habe hier noch tausend Dinge für eure Geburtstagsfeier zu erledigen und kann da kein gelangweiltes Kind um mich herum brauchen. Oder willst du vielleicht selbst backen, damit ich Zeit habe, mich um deine Schwester zu kümmern?«

»Kacke!«, fluchte Nicole. Nur ganz leise, denn Frau Grebe konnte ausgesprochen furchteinflößend werden, wenn sie Schimpfworte hörte. Dabei war das noch nicht einmal eins der guten Worte. Nicole und Preema hatten in den letzten Jahren so einige verbotene Vokabeln angesammelt. Seit sie auf die neue Schule gekommen waren, wo sich in den Pausen von der Unterstufe bis zur Oberstufe alle auf dem Schulhof trafen, lernten sie in rapide steigender Anzahl glorreiche Schimpfworte, von denen Frau Grebe niemals etwas erfahren durfte.

»Und?«, tönte es aus der Küche.

»Ich gehe sie schon holen!«, rief Nicole maulig zurück, ehe sie extra laut die Stufen hinauf stampfte. In Situationen wie diesen benahm sie sich eher wie eine bockige Fünfjährige als wie eine Zwölfjährige.

Es dauerte nicht lange, bis Nicole mit Gnomi im Schlepptau wieder herunterkam, und schon hielt sie ihrer kleinen Schwester wieder eine ihrer Standpauken. Das jüngere Mädchen hatte sie alle schon mehrfach gehört und nickte für gewöhnlich in aller Stille. Die Storchzentrale hatte das Baby damals leider nicht zurücknehmen wollen und inzwischen hatten Preema und Nicole auch durchschaut, dass Babys woanders herkamen.

Gnomi war mittlerweile sechs Jahre alt und eine echte Klette. Ständig wollte sie dabei sein, wenn sich Nicole und Preema trafen. Das war schon so, seit sie Laufen gelernt hatte. Gnomi folgte den beiden älteren Mädchen wirklich überallhin und das nervte gewaltig. Vor allem nervte es Nicole, da sich Gnomi ständig an die Fersen ihrer Schicksalsschwester heftete.

Natürlich war *Gnomi* nicht Gnomis richtiger Name. Den benutzten die beiden älteren Mädchen nie. Sie nannten Nicoles kleine Schwester deswegen Gnomi, weil das Mädchen in ihren Augen eben ein lästiger, hässlicher Gnom war. Ihretwegen war Preemas und Nicoles Freundschaft um ein Haar zerstört worden, als die Grebes damals, wegen des neuen Schreihalses, auf die andere Flussseite gezogen waren. Zu Gnomis unendlichem Glück waren Preemas Eltern ein paar Monate später ebenfalls umgezogen, und wenn auch nicht mehr ins Haus nebenan, so doch wenigstens nur vier Häuser weiter in einen Neubau, der sogar einen eigenen Garten hatte, in dem man Zelte aufstellen und tolle Übernachtungspartys haben konnte. Nicole hatte ihre Pläne, Gnomi irgendwo auszusetzen, erst einmal auf Eis gelegt, nun, da Preema wieder in ihrer Nachbarschaft lebte. Allerdings hatte sich Nicole lange gewünscht, dass Gnomi von Jareth dem Koboldkönig ins Labyrinth entführt würde, so wie Sarahs doofer Bruder in dem Film *Die Reise ins Labyrinth*. Nicole hätte sich bestimmt nicht auf den Weg gemacht, um Gnomi zu retten. Aber wahrscheinlich wäre ihre lästige kleine Schwester ohnehin zu hässlich für den Koboldkönig gewesen. Preema hatte Gnomi zwar nie so richtig als hässlich empfunden, aber sie war auch nicht der Koboldkönig und konnte schlecht beurteilen, was der schön fand und was nicht. Inzwischen waren Nicole und Preema auch arge Zweifel daran gekommen, dass es das Labyrinth, die Kobolde und deren König tatsächlich gab. Das Leben warf ihnen eine Enttäuschung nach der anderen vor die Füße, und so blieb ihnen nichts anderes übrig, als Gnomi auch weiterhin zu ertragen.

»Hallo, Preema.« Gnomi strahlte aus beiden graugrünen Augen und ihr ganzer Körper schien vor Aufregung zu vibrieren, als sie Preema entdeckte.

»Ehm, hi«, erwiderte Preema den Gruß zurückhaltend.

»Hi«, begrüßte Gnomi sie gleich noch einmal und grinste bis über beide Ohren. Das Mädchen quietschte fast vor Freude darüber, dass Preema mit ihr sprach. Sie freute sich stets auf diese übertrieben überschwängliche Art, bloß weil Preema ihre Existenz zur Kenntnis nahm. Gnomi war wie ein zu kurz geratener Groupie und Preema ihr Rockstar. Aus welchen Gründen auch immer. Benahmen sich alle kleinen Kinder so merkwürdig oder war Gnomi einfach komisch? Da Preema selbst keine jüngeren Geschwister hatte und auch keine anderen Kinder in dem Alter wirklich kannte, wusste sie darauf keine Antwort.

»Geh uns bloß nicht auf den Keks, du Nervsack!«, mahnte Nicole streng und warf ihrer Schwester die rot leuchtende Winterjacke zu. Dieses Jahr schien es nicht mehr aufhören zu wollen zu schneien, und auch wenn Nicole Gnomi am liebsten pudelnackt rausgeschickt hätte, fürchtete sie doch das Donnerwetter, das Frau Grebe in dem Fall loslassen würde.

»Ich bin kein Nervsack!«, schimpfte Gnomi, stampfte wütend mit dem Fuß auf und schien sich doch gleichzeitig für ihren unbedachten Vorstoß zu schämen. Ihre Wangen und Ohren färbten sich im Nu knallrot. Sie warf einen verstohlenen Blick zu Preema, die wie üblich die Augen rollte.

Hauptsächlich tat Preema das, um es sich nicht mit Nicole zu verscherzen, die es wirklich gar nicht mochte, wenn Preema zu nett zu der kleinen Gnom-Schwester war. Gnomi war der Feind, und wer sich mit ihr verbündete, wurde es ebenfalls. Insgeheim aber war Preema ein wenig beeindruckt von Gnomis Temperament und ihrem Mut, sich gegen die ältere Schwester aufzulehnen. Preema traute sich nur selten, Nicole zu widersprechen.

Preema beobachtete, wie Gnomi versuchte, die dicke Jacke überzuziehen, und wieder und wieder daran scheiterte, den Arm in den zweiten Jackenärmel zu stecken. Es war eine dieser typischen Daunenjacken, die einen aussehen ließen wie das Michelin-Männchen. Preema verabscheute sie und auch Gnomi schien keine große Zuneigung für dieses etwas sperrige Kleidungsstück zu empfinden. Ihr Gesicht war inzwischen zu einer wütenden Grimasse geworden, doch sie weigerte sich, vor den älteren Mädchen einen Wutanfall zu bekommen oder gar um Hilfe zu bitten. Stoisch biss sie die Zähne zusammen und drehte sich unbeholfen im Kreis, während der steife Ärmel immer wieder wegrutschte, bevor sie ihre Hand hineinschieben konnte.

»Kannst du dich mal beeilen?«, fragte Nicole ungeduldig.

Gnomi gab nur ein stumpfes Knurren von sich. Es war aussichtslos. Als sie kurz davor war aufzugeben und einen verzweifelten Blick in Richtung der Küche warf, wo sie ihre Mutter um Hilfe bitten konnte, ging Preema vor dem Kind auf die Knie.

»Halt still«, sagte sie zu dem Mädchen und half ihm in die Jacke.

»Wieso hilfst du ihr? Sie stellt sich doch bloß so ungeschickt an, um von dir beachtet zu werden«, nörgelte Nicole.

»Die Jacke ist widerspenstig«, antwortete Preema gleichgültig. »Und außerdem, wenn wir ihr nicht helfen, stehen wir morgen noch hier.« Damit zog sie Gnomi den Reißverschluss hoch und stellte den plüschigen Kragen auf, damit auch der Hals des Mädchens vor der Kälte des Winters geschützt war. Gnomi schaute sie aus großen, leicht geröteten Augen an.

»Danke«, flüsterte das Mädchen.

»Schon gut«, flüsterte auch Preema und zwinkerte der Jüngeren heimlich zu.

Preema sah, wie ein einzelnes Tränchen über Gnomis Wange rollte, und verharrte eine Sekunde in der Bewegung. Dann wischte sie die Träne schnell fort, bevor Nicole sie bemerken konnte.

»Du darfst sie nicht immer so verhätscheln«, beschwerte sich Nicole weiter »Das machst du in letzter Zeit andauernd und es gefällt mir nicht.«

Preema zuckte bloß mit den Schultern. Vielleicht wurde sie langsam einfach zu alt dafür, Gnomi zu ärgern, denn anders als früher war es ihr nicht mehr egal, wie sich Gnomi dabei fühlte. Neuerdings plagte Preema eher das schlechte Gewissen, wenn sie Gnomi gegenüber kaltschnäuzig und gemein war.

»Können wir dann jetzt endlich?«, fragte Nicole wieder.

»Wir sind soweit«, antwortete Preema mit einem Nicken.

»Das wird auch Zeit! Tschö, Ma!«

»Tschüss, meine Süßen. Denkt an die Uhrzeit!«, tönte es aus der Küche zurück.

»Ja!«, rief Nicole.

»Hast du dein Handy eingesteckt?«, wollte Frau Grebe wissen.

»Ja ...«, rief Nicole noch einmal, dann waren alle zur Tür raus und liefen an der Gruppe von Schneemenschen vorbei, die sie am Tag zuvor gebaut hatten.

Preema und Nicole stellten sich auf ihre Waveboards, während Gnomi sich auf das giftgrüne Fahrrad setzte und den älteren Mädchen folgte.

Der Weg zum Fluss war nicht weit. Normalerweise brauchten Nicole und Preema zehn Minuten. Heute schafften sie es in sechs, weil Nicole ein strammes Tempo vorgab, während Gnomi in einigen Metern Abstand verzweifelt in die Pedale trat und versuchte, nicht den Anschluss zu verlieren.

»Nicole! Preema! Nicht so schnell!«, rief Gnomi immer mal wieder. Sie klang, als wäre sie den Tränen nahe. Ob aus Wut oder Verzweiflung war nicht klar zu erkennen.

»Gleich fängt sie wieder an zu heulen«, lachte Nicole und Preema stimmte mit ein, so wie sie es immer tat. Dann warf sie unauffällig einen Blick über die Schulter und ließ sich ein kleines Stück zurückfallen, so dass Gnomi ein wenig aufschließen konnte.

Die Mädchen erreichten wenig später das verbotene Loch im Zaun und Nicole kletterte als Erste hindurch, dicht gefolgt von Preema. Gnomi aber blieb vor der Öffnung stehen und wirkte schockiert. »Mama hat uns verboten, zum Fluss zu gehen«, protestierte sie mit vorwurfsvoller Stimme.

»Ja, und wenn du uns verpetzt, du Troll, dann vergrabe ich dich im Garten hinter dem Schuppen«, drohte Nicole.

»Das traust du dich nicht«, schimpfte Gnomi. Trotz dieser forschen

Ansage wurden Gnomis Augen größer und sie knautschte ihre Lippen in allen erdenklichen Formen zusammen, während sie ihre Möglichkeiten abwägte. Schließlich gab sich Gnomi geschlagen und folgte den älteren Mädchen durch die Öffnung, den Trampelpfad über den Hügel hinunter und auf den alten Wanderweg, der direkt zum Fluss und zum knorrigen Väterchen führte. Es dauerte nicht lange, bis das Trio das Gurgeln des Flusses hörte und die schneebedeckte Uferwiese erreichte.

Schon aus der Ferne sahen sie die dunkle Silhouette des knorrigen Väterchens vor dem blaugrauen Himmel aufragen. Nicole legte noch einen Schritt zu und war als Erste am Baum.

»Was wollen wir eigentlich hier machen?«, fragte Preema und versuchte, einen Stein über die Wasseroberfläche springen zu lassen. Doch die Strömung war zu stark und verschluckte den Stein bereits nach dem ersten Sprung.

In den wärmeren Monaten des Jahres war beim knorrigen Väterchen immer etwas los. Er war der nicht ganz so geheime Treffpunkt für die meisten Jugendlichen aus der Gegend. Doch jetzt im Winter kam kaum jemand hierher. Nahe des Flusses wirkte der Winterwind doppelt so kalt und schneidend, was die meisten dann doch eher fernhielt.

»Spielen wir Wahrheit oder Pflicht?«, fragte Nicole.

»Okay, aber ich darf anfangen!«, rief Preema schnell.

»Mist. Na gut.«

»Also, dann wähle, Wahrheit oder Pflicht?«

Nicole überlegte einen Moment. »Wahrheit.«

»Wen findest du cooler, Thomas aus der 7c, Andi aus der 7a oder Sebastian aus der 7b?«, fragte Preema mit einem zufriedenen, schalkhaften Grinsen.

Nicoles Wangen röteten sich ein wenig. Die Frage war ihr eindeutig unangenehm. »Die Frage ist dämlich! Ich will eine andere.«

»Das ist die Frage. Antworte oder du verlierst.«

Das rothaarige Mädchen fluchte. »Sebastian«, murmelte sie schließlich leise.

»Ich wusste es! Du bist verknallt in Sebastian!« Preema lachte und sprang jubelnd auf und ab.

»Bin ich überhaupt nicht!«, schimpfte Nicole, deren Gesicht jetzt puterrot angelaufen war. Gnomi kicherte – ein fataler Fehler – denn sofort fuhr Nicoles Kopf herum und bohrte den Blick in Gnomi. »Was gibt es da zu lachen, du Klette?« Gnomi verstummte und zog den Kopf ein. »Du willst doch immer mit uns Großen abhängen, was Gnomi? Dann bist du jetzt dran. Wahrheit oder Pflicht?«

»I-ich weiß nicht?«, sagte Gnomi verunsichert.

»Das ist doch wohl nicht so schwer. Such dir eins aus!«

»Pflicht?«, fragte Gnomi.

»Pflicht also. Gut, dann wollen wir mal nachdenken. Oh, ich weiß. Ich will, dass du auf das knorrige Väterchen kletterst und mindestens zwei Äste hochsteigst. Das ist die Anfängerhöhe.«

Gnomis Augen wurden groß vor Schreck, und sie schaute den hünenhaft aufragenden Baum mit seinen gruseligen langen Ästen an. »Aber Mama hat gesagt …«

»Mama ist aber nicht hier.«

»Aber …«

»Aber, aber, aber! Du hast Pflicht gewählt, also musst du auch machen, was ich sage. Oder willst du, dass ich heute Nacht wieder deine Hand in warmes Wasser halte?«

Nun war es an Gnomi, einen roten Kopf zu bekommen. Das Mädchen machte längst nicht mehr ins Bett und der Wassertrick hatte sich für Nicole und Preema als Reinfall erwiesen, aber sie hatten das Problem auf andere Art gelöst und sich öfter einen Spaß daraus gemacht, sich nachts in Gnomis Zimmer zu schleichen und es so aussehen zu lassen, als ob Gnomi noch ins Bett machen würde. Gnomi war es nun schon peinlich genug, sich eingenässt zu haben, aber dass Nicole es vor Preema erwähnte, war noch viel schlimmer.

Preema sah, wie sich Gnomis Hände zu kleinen Fäusten ballten. Sie war sich nicht ganz sicher, wer die Oberhand haben würde, wenn Gnomi irgendwann der Kragen platzte. Das Mädchen war klein und schmächtig, aber unter ihrer zierlichen Maske brodelte es dafür gewaltig.

»Ach komm, lass sie in Ruhe, Nicole. Gnomi ist doch noch viel zu klein für den Baum. Sie kommt ja nicht mal an den ersten Ast.«

»Jetzt nimmst du sie schon wieder in Schutz. Mann, Preema!«, beschwerte sich Nicole.

»Tue ich gar nicht«, wehrte Preema reflexartig ab. »Aber unsere Eltern machen uns die Hölle heiß, wenn Gnomi uns verpetzt.«

Das war nur die halbe Wahrheit und eher eine Ausrede, um Nicole von ihrem Vorhaben abzulenken, deswegen aber nicht weniger wahr. Die Grebes und auch die Anands würden Preema und Nicole mindestens ein ganzes Jahr Hausarrest und Fernsehverbot verpassen, sollte herauskommen, dass Gnomi unter ihrer Aufsicht auf dem Baum herumgeklettert war. Sie dürften gar nicht hier sein. Wie erwartet schnaubte Nicole dann auch unzufrieden. Sie wusste, dass Preema recht hatte, und auch, dass Gnomi nie und nimmer dichthalten würde. Ganz egal, was die beiden der Jüngeren auch androhen würden. Gnomi rutschten ständig Geheimnisse heraus, selbst wenn sie die zum eigenen Vorteil lieber für sich behalten sollte und wollte.

»Na schön, aber wer kneift, der verliert«, sagte Nicole schließlich mit einem Achselzucken. »Dann komme ich wohl zu dir, wenn du schläfst, Gnomi.« Die ältere Schwester grinste freudestrahlend.

»Nein, nein!«, rief Gnomi sofort. »Bitte nicht, Nicole.«

»Du hast deine Aufgabe aber nicht erfüllt.«

»Gib mir eine andere!« Gnomis Stimme klang verzweifelt.

»Das gilt nicht. Du hast das Spiel verloren und musst bezahlen.«

»Mach doch nicht so ein großes Ding daraus«, sagte Preema. Sie war inzwischen überhaupt nicht mehr spaßig gestimmt. Warum hatte Nicole der kleinen Schwester überhaupt eine so schwere Aufgabe gestellt? Doch nur, um sie scheitern zu sehen.

»Und wieder schlägst du dich auf ihre Seite.« Nicole wirkte eifersüchtig. »Willst du vielleicht auch noch für Gnomi auf den Baum klettern?«

»Warum nicht? Wenn du dann aufhörst so ein Theater, um ein dummes Spiel zu machen ...«, antwortete Preema mit einem gelangweilten Seufzen. Irgendwie machte es heute einfach keinen Spaß.

»Das ist gegen die Regel«, protestierte Nicole.

»Seit wann halten wir uns an Regeln?« Preema grinste. »Also, abgemacht?«

»Na schön«, stimmte Nicole etwas widerwillig zu.

Preema zögerte nicht und marschierte auf den Baum zu. Einen Moment lang schaute sie das knorrige Väterchen an, seine wulstige dicke Rinde und die vielen wild abstehenden Äste. Manche trugen Markierungen mit den Namen derjenigen darauf, die diese Äste bereits erklommen hatten. Preema war schon einmal auf das knorrige Väterchen geklettert, aber sie machte es nicht unbedingt gerne. Preemas Eltern – nein, eigentlich alle Eltern der ganzen Straße – untersagten ihren Zöglingen strikt, auf das knorrige Väterchen zu klettern. Nicht nur einmal hatte sich ein Kind den Arm dank ihm gebrochen oder bestenfalls den Knöchel verstaucht. Deswegen galt es unter den Kindern auch als Beweis dafür, wie mutig man war, wenn man das knorrige Väterchen hinaufkletterte.

Als Nicole und Preema in der zweiten Klasse waren, hatte es einen Jungen gegeben, der vom Väterchen gefallen war. Dabei hatte er sich so heftig den Kopf an einem der Äste gestoßen, dass er eine Gehirnerschütterung erlitt und drei Tage lang im Krankenhaus bleiben musste. Er ging schon in die vierte Klasse, was den Baum noch viel gefährlicher wirken ließ. Noch zwei Wochen später war der Sturz das Gesprächsthema Nummer eins in der Schule gewesen und alle Kinder feierten den Jungen wie einen Helden. Die Kehrseite der Medaille waren natürlich die vielen Standpauken, die Eltern und Lehrkräfte ihren Kindern und Schülern hielten. Diese Vorträge waren viel gruseliger, als den gefährlichen Baum hinaufzuklettern.

Obwohl das knorrige Väterchen also ein erwiesenermaßen ziemlich herausfordernder Geselle war, kletterten die Kinder immer wieder an ihm hoch, denn niemand wollte der Feigling sein, der sich nicht getraut hatte. Gnomi allerdings wirkte für ihr Alter zwar ziemlich schlau, trotzdem war sie in Preemas Augen noch zu klein und ein wenig zu tollpatschig, um schon auf dem Väterchen herumzuklettern. Vor allem jetzt im Winter, wo auf den Ästen Eiskristalle lagen, die alles noch unangenehmer und noch gefährlicher machten.

Preema setzte den Fuß auf den untersten Knoten des Baumstamms und nutze ihn als Steighilfe. Die Äste des knorrigen Väterchens waren wie erwartet frostig und die Kälte sickerte durch die Handschuhe unter Preemas Haut. Sie fröstelte und schüttelte ihren Körper unfreiwillig wie ein nasser Hund, dann begann sie den eigentlichen Aufstieg.

»Bis zum dritten Band!«, rief Nicole.

»Bist du verrückt?«, antwortete Preema sofort. Sie warf ihrer Freundin einen entsetzten Blick zu.

Die Bänder hingen wie ein nach oben führender Wegweiser im Baum. Irgendwer hatte die inzwischen ausgeblichenen Stoffreste einst um die verschiedenen Äste gebunden, vermutlich, um den eigenen Fortschritt zu markieren. Doch das war schon eine Ewigkeit her und keiner wusste heute noch, wem die Bänder gehörten. Das dritte Band hing schon etwas oberhalb der Mitte des Baumes und das war ziemlich hoch. Preema hatte sich bisher nur bis zum zweiten Band getraut und auch dafür hatte sie mehrere Versuche gebraucht.

»Das schaffe ich nicht, Nicole. Das ist zu hoch.«

»Wo bleibt die Herausforderung, wenn du es nicht einmal versuchst?«, rief Nicole von unten zu Preema herauf.

Preema fluchte und kletterte weiter aufwärts. Als sie am zweiten Band ankam stand ihr bereits der Schweiß auf der Stirn und in der Jacke fühlte sie sich allmählich wie in einem Backofen. Preema lehnte sich für einen Moment gegen den Stamm und blickte zu dem dritten Band hoch. Der Stofffetzen kam ihr unendlich weit weg vor und alles in ihr sträubte sich, weiter hinaufzuklettern. Aber Nicole würde nie Ruhe geben, wenn Preema es nicht versuchte. Schlimmer noch, sie würde in der Schule allen erzählen, dass Preema gekniffen hatte. Also nahm sie den nächsten Ast ins Visier, an dem sie sich festhalten konnte, biss die Zähne zusammen und erklomm mit zittrigen Beinen den nächsten Ast und den nächsten danach. Dann aber kam sie ins Stocken. Die Äste standen hier oben viel weiter auseinander und der nächste stabile Ast, der Preema nun weiterbringen würde, war zu weit weg. Sie würde springen müssen, um ihn zu erreichen, und das kam nicht in Frage. Davor, jeglichen Kontakt zu dem Baum zu verlieren, und wenn es auch nur für eine Sekunde war, hatte sie zu viel Angst. Preema reckte sich noch einmal, so weit sie konnte, aber es war aussichtslos.

»Es geht nicht weiter. Ich komme nicht an den nächsten Ast.«

»Streng dich an!«, rief Nicole.

Verärgert schnaubte Preema und murmelte eines der besonders verbotenen Worte vor sich hin. Hatte Nicole eigentlich eine Ahnung, wie gefährlich es hier oben war? Vermutlich nicht, denn sie hatte es schließlich selbst noch nicht über das zweite Band hinausgeschafft. Nicole war geschickt darin, andere Menschen dazu zu bringen, Dinge zu tun, die sie selbst nicht tun wollte. Sie konnte sehr gut von ihren eigenen Ängsten ablenken, indem sie die Blicke auf die Schwächen der anderen lenkte.

Preema hielt sich mit der einen Hand an einem der Äste fest, streckte sich mit der anderen nach dem nächsten Ast, doch wie zuvor ragten ihre Finger bloß in die Leere, sicher einen halben Meter weit entfernt. Als sie etwas den Halt zu ihrem Sicherungsast verlor, erschrak sie so heftig, dass sie einen hellen Schrei abgab und sich fest an den Stamm drückte.

»Es geht nicht!«, rief Preema nun wesentlich unfreundlicher zurück. Ihr Herz raste und ihre Beine zitterten. Sie hatte keine Lust mehr auf die Kletterei und wollte eigentlich nur noch nach Hause und ihre Geburtstagsgeschenke auspacken.

»Auf den Finger!«, rief Nicole plötzlich.

»Was?«, platze es wie aus der Pistole geschossen aus Preema heraus.

Der *Finger* befand sich zwischen dem ersten und dem zweiten Band und war entsprechend nicht schwer zu erreichen. Doch er war der älteste Ast des knorrigen Väterchens und nicht einmal die älteren Jugendlichen wagten es, auf ihm herumzuklettern. Preema wollte nicht kneifen, aber der Finger war einfach zu unheimlich. Es gab an diesem alten Ast keine anderen Zweige mehr, nichts, woran man sich festhalten konnte. Schon seit Jahren war kein einziges Blatt mehr am Finger gewachsen und seine Rinde sah ganz krank und verwittert aus. Er führte fast schnurgerade vom Baumstamm weg, zeigte dabei ans andere Ufer und ragte ein gutes Stück weit über den Fluss. Preema wurde ganz anders zumute, als sie das sprudelnd vorbeiziehende Wasser darunter sah. Nein. Diese Grenze würde sie nicht übertreten. Ohne weitere Verzögerung begann sie den Abstieg. Als Nicole merkte, dass Preema an der entsprechenden Stelle nicht haltmachte, um auf den Finger zu wechseln, ließ sie Preema gleich wissen, was sie davon hielt.

»Feigling!«, rief Nicole und lachte.

Zu diesem Zeitpunkt war Preema aber schon so schlecht gelaunt, dass sie Nicole gar nicht mehr zuhörte. Auf den Finger zu klettern, das war selbst für die mutigsten Kinder ein Tabu, denn niemand wollte so enden wie Tim, dessen Geist noch immer auf dem Finger hockte. Preema und Nicole hatten ihn zwar noch nie selbst gesehen, aber es gab andere Kinder die versicherten, dass sie Tims Geist auf dem Finger sitzen gesehen hatten. Vor vielen Jahren, als Preemas und Nicoles Eltern selbst noch Kinder gewesen waren, war Tim bei dem Versuch gestorben, bis zur Spitze des Fingers zu balancieren. Niemand war seitdem je wieder auf dem Geisterast gewesen. Nicht einmal die Angeber aus den oberen Klassen waren so dumm.

»Feige Preema, feige Preema!« Nicole tanzte lachend und hämisch unter der nackten Krone des knorrigen Väterchens, während sich Preema ihren Weg zurück auf festen Boden bahnte. Als Preema endlich wieder unten angekommen war, kochte sie innerlich vor Wut und wunderte sich eine Sekunde lang darüber, dass der Schnee unter ihren Stiefeln nicht verdampfte. Nicole hörte einfach nicht auf, über Preema zu lachen.

»Selbst Gnomi findet, dass du feige bist. Stimmt's Gnomi?«, rief Nicole amüsiert.

»Nein«, antwortete das jüngere Mädchen geradeheraus.

»Wie bitte? Hast du etwa *nein* gesagt?«, erkundigte sich Nicole, die plötzlich gar nicht mehr belustigt klang, sondern richtig böse. »Das wird euch beiden noch leidtun.«

»Wenn man auf den Finger klettert, stirbt man. Und ich will nicht, dass Preema stirbt«, sagte das Mädchen ganz ruhig und fast gleichgültig, während sie ihre kleine Hand in die von Preema schob und ihren Kopf an den Arm der Älteren schmiegte.

Preemas erster Reflex war es sich, wie so oft zuvor, von Gnomi loszureißen, doch diesmal tat sie es nicht. Sie war dem Mädchen dankbar dafür, dass sie ihrer älteren Schwester die Stirn bot, um Preema zu verteidigen. Preema selbst fühlte sich plötzlich viel feiger als oben auf dem Baum, weil ein sechsjähriges Kind den Mut hatte, Nicole zu widersprechen, während Preema sich kaum traute, ihre Freundin anzusehen. Sie wusste nicht, was in letzter Zeit mit ihnen beiden los war. Nicole und Preema waren sich immer so nah und auch immer einer Meinung gewesen. Doch seit einer Weile schon gerieten sie ständig aneinander und zankten sich wegen dummer Kleinigkeiten. Preema gefiel das nicht und sie hoffte sehr, dass es bald wieder aufhörte und sie wieder die unzertrennlichen Schicksalsschwestern sein würden, die sie seit ihrer Geburt waren.

»Ihr seid beide Babys«, lachte Nicole und warf Preema damit aus ihren Gedanken. Nicole war noch immer das Sinnbild der guten Laune und merkte gar nicht, wie sie wieder einmal dabei war, es mit ihren Späßen zu übertreiben. »Babys, Babys!«, wiederholte sie in ihrem heiteren Singsang.

»Dann kletter du doch auf den Finger!«, brüllte Preema sie plötzlich und unabsichtlich an. So wütend wie in diesem Moment war sie auf Nicole noch nie gewesen. »Oder traust du dich selbst vielleicht gar nicht, Nicole? Feige Nicole, feige Nicole!«, äffte Preema ihre Freundin nach.

»Ha! Und wie ich mich traue!«, rief Nicole zurück, rührte sich aber nicht von der Stelle. Stattdessen stierte sie Preema mit strengem Gesichtsausdruck an.

Vielleicht wartete Nicole darauf, dass Preema so etwas sagte wie:

›Lass uns einfach nach Hause gehen‹, oder ›bitte klettere nicht auf den Finger, ich habe Angst um dich‹. Das waren die Worte, die Preema auf der Zunge lagen und nur darauf warteten, in die Freiheit entlassen zu werden. Doch sie biss die Zähne aufeinander und weigerte sich, auch nur ein einziges Wort zu sagen, das Nicole einen leichten Ausweg bot.

Schließlich schien Nicole zu begreifen, dass Preema ihr diesmal kein Schlupfloch bauen würde. Für den Bruchteil einer Sekunde verzerrte sich Nicoles vertrautes Gesicht zu einer hässlichen Fratze, dann hob sie die Nase und marschierte mit weiten, entschlossenen Schritten auf das knorrige Väterchen zu. Im Nu war Nicole auf dem ersten Ast und schließlich am Ansatz des Fingers. Sie war flink wie eine Katze und konnte klettern wie eine Spinne.

Für einen Moment stand Nicole einfach nur da, mit einer Hand auf dem Stamm, und schaute konzentriert auf den Finger hinaus. War da eine Spur von Besorgnis in ihrem Blick? Mit einem Mal tat es Preema leid, dass sie ihre Freundin herausgefordert und dann nicht versucht hatte, sie aufzuhalten. Aber Nicole würde doch nicht wirklich auf den Finger gehen? Niemand ging auf den Finger, das war ein Gesetz. Gleich würde Nicole einen kessen Spruch reißen und wieder herunterklettern. Doch Preema hatte unterschätzt, wie stur ihre Freundin sein konnte. Vielleicht war das die einzige Eigenschaft, die Gnomi und Nicole als Schwestern teilten.

Preema und Gnomi schnappten beide zeitgleich nach Luft, als Nicole den ersten Fuß auf den Finger setzte, um die Stabilität zu prüfen. Das Ergebnis schien sie zufrieden zu stellen, denn im nächsten Augenblick balancierte Nicole auf dem grauen Ast wie auf einem Schwebebalken, die Arme weit ausgestreckt, und mit jedem Schritt schien sie ein wenig mutiger und selbstsicherer zu werden. Preemas Herz dagegen klopfte vor Aufregung viel zu schnell in der Brust und sie drückte Gnomis Hand ein wenig fester. Jedes Mal wenn Preema das Holz knarzen hörte oder es unter Nicoles Gewicht wackelte, rutschte ihr das Herz noch ein Stückchen weiter in die Hose. Warum hatten sie nicht einfach noch ein paar

Schneemenschen bauen können, wie sie es gestern getan hatten? Das hatte Spaß gemacht und war ungefährlich gewesen.

»Na gut, Nicole, du hast es uns gezeigt. Jetzt komm wieder runter!«

»Wer ist die Mutigste im ganzen Viertel?«, rief Nicole triumphierend von dem Ast herunter.

»Komm einfach runter, Nicole!«

»Ich will erst hören, dass ich eure Königin bin und ihr alles macht, was ich mir wünsche.«

»Nicole!«, schimpfte Preema und stampfte mit dem Fuß auf. Sie wollte doch nur, dass ihre Freundin endlich wieder herunterkletterte und sie keine Angst mehr um sie haben musste. »Fein! Du bist die Königin. Kommst du jetzt endlich runter?«

»Was ist mit dir, Gnomi? Bin ich auch deine Königin?«

»Nein«, sagte Gnomi kaum hörbar. »Du bist eine böse Königin.«

»Dann bleibe ich so lange hier oben, bis Mama mich suchen kommt, und dann werde ich ihr sagen, dass du und Preema mich hier hochgejagt habt und ich mich nicht alleine runtertraue.«

»Das ist gelogen«, protestierte Gnomi.

»Und wem glaubt Mama wohl mehr?« Nicoles Lachen war breit und siegessicher. Sie wollte ihrer Drohung noch etwas hinzufügen, doch in dem Moment knackte es.

Preema hörte es laut und deutlich. Hohl und bedrohlich. Nicole gab einen spitzen Schrei von sich und rutschte fast vom Ast, als der ein Stück weit einbrach und sich absenkte. Im letzten Moment schaffte sie es, sich rittlings auf den Ast fallen zu lassen und sich an dem morschen Holz festzuklammern wie ein Äffchen an seiner Mutter. Angst zeichnete sich mit einem Mal in Nicoles Augen ab und Gnomi und Preema fingen zeitgleich an, ihr aufgeregte Befehle zuzurufen.

»Nicole! Komm da runter!«, schrie Preema. »Jetzt sofort!« Sie war gleichermaßen verängstigst wie auch stinkwütend. Wieso musste Nicole es in letzter Zeit immer so sehr übertreiben?

Diesmal immerhin gab es keine Widerrede. Stattdessen nickte Nicole mit bleichem Gesicht und versuchte sogleich, sich in die andere Richtung zu drehen. In dem Moment aber brach der Finger endgültig ab und Nicole fiel mit ihm in den Fluss. Ihr von Angst erfüllter Schrei wurde von einem lauten Platschen erstickt. Wasser spritzte hoch auf und über das Mädchen hinweg und für einen schrecklichen Moment schien die Welt stillzustehen. Sowohl Preema als auch Gnomi brauchten eine Sekunde, um zu begreifen, was gerade passiert war. Starr vor Angst oder Verwirrung blickten sie auf die Wellen.

»Nicole?« Preema fand zuerst aus ihrer Starre heraus, rannte zum Flussufer, watete ohne nachzudenken in das eiskalte Wasser und versuchte, zu ihrer Freundin zu gelangen, die wild mit den Armen um sich schlug und gegen die Strömung ankämpfte. Hin und wieder durchbrach Nicoles helles Gesicht die Wasseroberfläche und sie holte keuchend und spuckend Luft. Ihre Lippen waren schon nach dieser kurzen Zeit im Wasser lila angelaufen und sie hatte Mühe, sich über Wasser zu halten. Die vollgesaugten Kleider zogen sie runter wie ein Sack Steine.

»Preema!«, rief Nicole panisch und verschluckte sich erneut am Wasser. »Hilf mir!«

»Ich komme!« Preema wollte ihr helfen. Sie wollte nichts lieber tun als das, doch sie wusste nicht wie. Nicole wurde viel zu schnell vom Ufer weggetrieben und Preemas Beine brauchten zu lange, um sich im Wasser vorwärtszubewegen. Dann kam alles noch schlimmer. Der graue Holzfinger sprang ziellos über die Wellen. Eine Strömung riss ihn herum, er sauste auf Nicole zu, die ihn nicht kommen sah, und Preema war sich sicher, dass sie einen dumpfen Knall hörte. Bevor sie verstand, was das bedeutete, wurde Nicole still und gab keine Antwort mehr. Sie verschwand unter der Wasseroberfläche.

»Nicole, Nicole!«, kreischte Preema so laut und hoch, dass ihr die Kehle wehtat, aber Nicole zeigte sich nicht. Preema sah ihre Freundin in einiger Entfernung noch einmal kurz auftauchen, umgeben von einer roten Wolke, die sie davontrug. Was sollte Preema machen? Sie wollte vollends ins Wasser springen und Nicole helfen, aber die Strömung war schon am Ufer stark und das Wasser so kalt, dass sich ihre Beine bereits anfühlten, als steckten tausend Nadeln darin.

»Nicole!«, rief Preema noch einmal, doch wie zuvor bekam sie keine Antwort. Nicole wurde immer weiter in die Flussmitte gezogen. Gnomi schrie und weinte und rief nach ihrer Mutter, die sie natürlich nicht hören konnte. Aber das Mädchen hatte recht. Sie brauchten Hilfe, um Nicole zu retten. Sie brauchten einen Erwachsenen und das schnell. Preema erinnerte sich an das Handy in ihrer Jackentasche, zog es heraus und wählte die 112.

»Notrufzentrale«, meldete sich die Stimme eines Mannes.

An diesem Tag fiel die Geburtstagsfeier von Nicole und Preema aus. Es gab Sirenengeheul statt Musik. Blaulichtgewitter statt Kerzen. Tränen statt Glückwünsche. Preema schaute durch die geschlossene Glastür hinaus in den Garten. Die bunten Fahnen bewegten sich still und freudlos in einer leichten Brise, die Heizstrahler bekamen nie eine Chance, entzündet zu werden, und das weiße Partyzelt stand alleine im kalten Licht der untergehenden Wintersonne. Eine Polizistin stellte Preema Fragen, auf die sie mechanische Antworten gab. Ihre eigenen Worte hatte Preema bereits wieder vergessen, bevor die Polizistin damit fertig war, ihre Notizen zu machen. Was spielten all diese Fragen überhaupt noch für eine Rolle? Sollten sie nicht da draußen sein, um nach Nicole zu suchen? Es war doch kalt da draußen und das Flusswasser noch kälter. Nicole musste furchtbar frieren.

Preema zitterte, trotz der Decke auf ihren Schultern und der warmen Arme ihres Vaters, der ihr nicht von der Seite wich. Er zitterte auch. Nicht, weil ihm kalt war, sondern weil er versuchte, sein Weinen zu verbergen. Dabei gab es keinen Grund für sein Bemühen. Alle weinten. Gnomi im Arm von Frau Grebe, Frau Anand ins Taschentuch, während sie mit einem Polizisten sprach, und Herr Grebe alleine am Esstisch, wo er auf einen Kuchen starrte, dessen Kerzen nie leuchten würden. Nur

Preema weinte nicht. Nicht eine einzige Träne. Ihr Kopf und ihr Herz waren vollkommen leer.

»Es ist wichtig, dass du uns sagst ...«, hörte Preema die Beamtin sagen. Die restlichen Worte verschwanden in der Weite von Preemas erstarrten Gedanken. Wichtig? Nichts war mehr wichtig.

Nicoles Körper wurde noch am Abend aus dem Wasser gezogen.

Kletter du doch auf den Finger!

HEUTE

PREEMA SCHNAPPTE NACH Luft, als sie aus ihrer Erinnerung auftauchte, und schlug sich sofort beide Hände vor den Mund, um das Heulen zu ersticken, das aus ihrer Kehle drang. Tränen strömten ihre Wangen herunter und sie war derart schmerzerfüllt, dass sie glaubte, diesen Moment nicht überleben zu können. Es dauerte etliche Sekunden, bis sie sich daran erinnerte, wo sie war. Die eben durchlebte Szene fühlte sich so lebendig und echt an, dass der weiße Raum und die Lichtung verblassten. Ihre bisherigen Gefühle kamen ihr mit einem Mal dumpf und leblos vor im Vergleich zu den Emotionen, die sie in ihrer Erinnerung empfunden hatte und die sie bis ins Hier und Jetzt verfolgten. Die Erinnerung fühlte sich viel echter an als das Leben und in diesem speziellen Fall wünschte sich Preema, dass es anders gewesen wäre. Sie wartete darauf, dass ihr die Lichtung die Emotionen wieder nahm, so wie sie es bei allen anderen Dingen tat.

»Das ist meine schlimme Tat«, sagte sie mit schwacher Stimme, als sie sich an Agathas Worte erinnerte. *Wir haben alle irgendetwas Schlimmes getan.*

Preema zog die Beine an und schlang die Arme um ihre Knie. Wie hatte sie das nur zulassen können? Nicole war tot und es war Preemas Schuld. Sie hätte wahnsinnig gerne darauf verzichtet, sich an diesen schrecklichen Moment zu erinnern. Einen Augenblick lang wünschte sie sich, mit jemandem darüber zu reden, den Schmerz zu teilen, vielleicht sogar zu hören: »Es war nicht deine Schuld.« Doch sie schämte sich sofort für diesen plumpen Versuch, sich ihrer Verantwortung entziehen zu wollen. Ihre Schicksalsschwester war ihretwegen gestorben. Preema hatte es verdient zu leiden.

»Preema?« David kniete sich zu ihr herunter. »Ist etwas passiert?« Sie nickte wortlos und schluchzte. »Willst du darüber reden?«

»Ich glaube nicht, dass ich im Augenblick die Kraft dazu habe«, sagte sie und brach erneut in Tränen aus. »Ich durfte nicht einmal zu ihrer Beerdigung. Ihre Eltern haben es mir verboten. Sie sagten, ich habe ihre Tochter umgebracht. Aber es war keine Absicht. Ich hätte Nicole nie ...« Sie heulte gequält auf. Ihre Freundin, ihre Schicksalsschwester. Tot. »Meine Mutter ist am nächsten Tag mit mir zu Nicoles Grab gegangen. Überall lagen Blumen neben brennenden Kerzen«, schluchzte sie die Worte vor sich hin und David ließ sie sich alles von der Seele reden, auch wenn er nur bedingt folgen konnte. »Ich glaube, ich habe gar nicht richtig verstanden, was passiert war. Ich konnte nicht weinen, als ich an Nicoles Grab stand, und habe mich die ganze Zeit gefragt, was das alles sollte. Ich habe darauf gewartet, dass sie aus ihrem Versteck aufspringen und rufen würde: ›Haha! Reingelegt!‹ Aber sie kam nicht zurück. Sie kam nicht zurück, David.«

Danach sagte sie nichts mehr und weinte nur noch. Ihr Körper zitterte unter den Tränen und David nahm sie in den Arm und strich ihr über das Haar. Sie fühlte sich schwach, wie ein Kind.

»Es wird alles gut, Preema«, sagte er.

Doch was wusste er schon? Nichts würde je wieder gut sein.

HEUTE

DIE LETZTE ERINNERUNG an ihr altes Leben hatte Preema mehr als verunsichert. Sie fürchtete sich davor, etwas zu tun, das eine weitere Erinnerung auslösen mochte. Was, wenn da noch mehr so furchtbare Momente auf sie warteten? Sie war nicht bereit für weitere Erinnerungen solchen Kalibers.

Statt weiter nach ihren eigenen Geheimnissen zu suchen, beschloss Preema, die Geheimnisse der Lichtung und die ihrer Siedler zu erforschen. Sie hatte noch immer nicht herausgefunden, was Jonas vor ihr versteckte, und sie brauchte die Ablenkung. Auch wenn die Insel oder der weiße Raum den Schmerz tatsächlich schnell und deutlich gedämpft hatte, so blieb doch noch immer das Wissen über das, was geschehen war, und Preema spielte diesen entsetzlichen Tag wieder und wieder vor ihrem geistigen Auge ab. Sie musste ihrem Kopf eine andere Aufgabe geben, wenn sie eine Chance haben wollte, nicht an dieser Erinnerung zu zerbrechen.

Sie wartete schon seit einer ganzen Weile auf der anderen Seite des Kessels, versteckt hinter einer der umgefallenen Säulen. Jonas entfernte sich immer weiter von seinem geheimen Versteck und lief zurück in Richtung der Siedlung. Das sollte Preema genug Zeit geben herauszufinden, was Jonas geheim halten wollte. Vielleicht kannte er den Ausgang aus diesem gigantischen Rattenkäfig, den es angeblich nicht gab.

Als Jonas außer Sichtweite war, zählte Preema bis sechzig, dann kam sie aus ihrem eigenen Versteck hervor und eilte der Felsformation entgegen. Sie suchte die Oberfläche der Steine ab, doch sie sah weder einen gut getarnten Türgriff noch irgendwelche Knöpfe, die vielleicht ein Mechanismus zur Öffnung der Tür im Felsen waren. Doch dann hielt sie inne und kniff die Augen ein wenig enger zusammen. Schließlich erkannte sie die Unregelmäßigkeit in dem Gestein. Eine glatte, gerade Linie, die der Wölbung des Steins angepasst war. Viel zu glatt und gerade, um natürlichen Ursprungs zu sein.

Preema neigte sich der hauchdünnen Fuge zu und folgte ihr mit den Fingern, bis sie auf eine Unebenheit stieß. Sie drückte darauf und der unsichtbare Knopf sackte ein. Etwas machte »Klick«, ein hydraulisches Zischen ertönte und dann bewegte sich auf einmal die Front des Felsens, trat ebenfalls ein paar Zentimeter in den Stein zurück und im nächsten Moment sprang die Tür einen Spalt weit nach innen auf. Preema pfiff beeindruckt und linste zunächst nur mit einem Auge hindurch. Hinter der Tür lag eine lange, hell beleuchtete Metalltreppe, die nach unten führte und vor einer silbernen Tür endete. Elektrisches Licht? Das sah sie zum ersten Mal auf der Lichtung. Hatte David nicht behauptet, es gäbe keine Elektrizität auf der Lichtung? Ein vielversprechender und spannender Anfang. Spannend war allerdings auch die Frage, wie gefährlich ihre Entdeckung und vor allem ihre Neugier waren. Eine fast vergessene Stimme im Hinterkopf flüsterte ihr zu, dass es eine mehr als dumme Idee war, alleine und ohne dass jemand von ihrem Aufenthaltsort wusste, in einen versteckten Keller inmitten der Wildnis zu spazieren, wo womöglich jemand sehr unerfreut über ihr Auftauchen sein würde und weiß Gott welche Geheimnisse verbarg. Vielleicht spazierte sie hier geradewegs in die Überwachungszentrale der Beobachter. Wer wusste schon, was die mit ihr machen würden? Doch wie so vieles andere hatte Preema auf der Lichtung auch ihre Urinstinkte und ihre Vorsicht vergessen. Nur dann und wann empfand sie einen Hauch von Furcht, wenn sie die grauen Schemen aus den Augenwinkeln sah. Doch hier hatte sie vielleicht die Chance herauszufinden, was es mit diesen Kreaturen auf sich hatte, wer oder was sie wirklich waren und was sie von Preema und den anderen Siedlern wollten.

Preema dachte kurz darüber nach und biss sich auf die Unterlippe, dann schob sie ihre Zweifel entschlossen beiseite und trat über die Schwelle. Die Felstür glitt umgehend zurück an ihre ursprüngliche Stelle und verschmolz nahtlos mit dem Gestein. Das hydraulische Zischen signalisierte, dass der Durchgang wieder verschlossen war. Auf leisen Sohlen begann Preema den Abstieg.

Sie schaffte es bis zu der silbernen Tür, ohne ein Geräusch von sich zu geben, das sie hätte verraten können. Doch nun kam der kritische Moment. Preema wusste nicht, was sich hinter dieser mysteriösen Tür verbarg und ob Jonas vielleicht Kollegen hatte, die direkt davorstanden. Wollte sie das Risiko eingehen, ihnen in die Arme zu laufen, oder mit offenen Karten spielen und sich durch ein Klopfen ankündigen? Nein. Das gäbe den Unbekannten bloß die Chance, sie abzuwimmeln, bevor sie herausfinden konnte, was sich hinter dem Durchgang befand.

Sie legte das Ohr an die Tür. Das Metall war kühl und glatt. Preema hielt den Atem an und lauschte. Doch es war nichts zu hören. So leise wie möglich drückte sie schließlich die Klinke herunter. Sie spürte das Adrenalin in ihren Adern und das Blut rauschte in ihren Ohren. Würde sie endlich ein paar Antworten finden?

Die Sperre löste sich und Preema drückte die Tür auf. Vorsichtig reckte sie zunächst nur den Kopf hindurch und zog die Augenbrauen hoch, als sie sah, was sich dahinter befand: ein riesiger Technikraum mit einer Unzahl von schwarzen, blinkenden Monolithen darin. Nirgends waren Menschen zu sehen oder zu hören und so trat Preema vollends durch die Tür und schloss sie genauso leise hinter sich, wie sie sie geöffnet hatte. Geräuschlos eilte sie voran und versteckte sich hinter dem ersten der blinkenden Türme. Sie horchte noch einmal nach Anzeichen menschlicher Präsenz, doch bis auf das gelegentliche Schnurren von Festplatten war weiterhin nichts zu hören. War Jonas der Einzige, der hier unten arbeitete? Wer war er? War er ein Siedler wie Preema und hatte diesen Keller gefunden oder gehörte er etwa zu den Beobachtern? Agatha hatte David für einen Spitzel der Beobachter gehalten, doch Jonas wirkte gerade deutlich verdächtiger.

Auf dem Boden sah Preema ein Hochspannungskabel und sie beschloss, ihm zu folgen. Das Kabel schlängelte sich zwischen den schwarzen Türmen hindurch und führte Preema tiefer und tiefer in den Raum hinein. Schließlich kam sie an einen großen Schreibtisch, auf dem ganze fünf Monitore standen, aber nur ein Stuhl davor. Die Monitore zeigten unterschiedliche Gleichungen, Quellcodes und – wie Preema vermutete – Simulationen irgendeiner Anwendung, die in einem vereinfachten 3D-Raster dargestellt wurde. Es sah kompliziert aus, doch das musste nicht zwingend etwas bedeuten. Preema verstand weder etwas von Programmiersprache noch von den Kurven und Diagrammen, die auf den Bildschirmen leuchteten. Die unverständlichen Informationen auf den Monitoren waren jedoch nichts im Vergleich zu dem, was sich weiter dahinter befand. Ein gewaltiges Loch, in dem all die Kabel, dutzende, vielleicht hunderte, in die Tiefe stürzten. Preema hielt sich an dem installierten Geländer fest und blickte hinunter. Weit unten sah sie eine leuchtende Kugel, aus der diverse Kabel herausragten. Ein elektrisches Summen hing in der Luft und stellte Preema die Haare auf. Sie war fasziniert von dem Kabelmonster und den hohen Türmen, die sich hundertfach in der Halle aufreihten. Die zahllosen Dioden darin blinkten rege um die Wette. Was war das alles?

»Zum Teufel, was machst du denn hier?«

Preema erschrak und wirbelte herum. Jonas blickte wütend zurück. Sie hatte ihn nicht kommen hören.

»Jonas«, wisperte sie.

»Du musst wieder gehen. Sofort!«, befahl er. Doch Preema dachte nicht daran, ihm zu gehorchen.

»Nicht, bevor du mir ein paar Antworten gegeben hast. Was ist das für ein Ort? Sind das Server?« Jonas nickte, wenn auch widerwillig. »Das sind die ersten technischen Gegenstände, die ich sehe, seit ich auf der Lichtung angekommen bin. Und sie funktionieren. David sagte, es gäbe keine moderne Technik auf der Lichtung. Keine, die funktioniert. Wie hast du das ans Laufen gebracht?«

»Gar nicht. Ich habe die Halle so vorgefunden.«

»Gehörst du zu den Beobachtern?«

»Natürlich nicht«, gab er abschätzig zurück.

»Woher weiß ich, dass ich dir glauben kann?«

»Mir ist völlig egal, ob du mir glaubst.«

Preema verschränkte die Arme vor der Brust und studierte seine Gesichtszüge. Er machte nicht den Eindruck, als ob er log. Vielmehr wirkte er wie jemand, der von sich selbst derart überzeugt war, dass er glaubte, über allem zu stehen, und es gar nicht nötig hatte zu lügen.

»Aber du weißt, was hier läuft?«

»Hör zu. Wenn du hierbleiben willst und erwartest, dass ich dich einweihe, dann erwarte ich, dass du diese Informationen für dich behältst. Hier gilt die gleiche Regel wie für Las Vegas: Was in dieser Halle besprochen wird, bleibt in dieser Halle.«

»Wozu die Geheimniskrämerei?« Wieso wollten alle immer alles geheim halten? Wem hatte das je genützt? Andererseits verhielt sie sich nicht besser. Auch sie hütete das Geheimnis um den Weltuntergang.

»Dein Wort darauf oder du gehst«, forderte Jonas sie auf. An seinem Blick war deutlich zu erkennen, dass er keinen Deut weit nachgeben würde.

»Wie du willst. Ich gelobe, alles für mich zu behalten, was ich hier erfahre, okay?«

»Ich sollte dich zunächst jemandem vorstellen. Tilli, bist du da?«, fragte Jonas in den Raum und Preema sah sich neugierig um.

»Selbstverständlich, Jonas. Wohin sollte ich gehen?«, fragte die körperlose Stimme einer Frau. »Wie kann ich dir helfen?«

»Ich habe eine Freundin mitgebracht, Tilli. Kennst du sie?«

»Positiv«, antwortete Tilli nach einem kurzen Moment, der vielleicht ein Nachdenken war. Ihre perfekt ausbalancierte, freundliche Stimme fuhr sogleich fort: »Subjekt: Delta-0117. Status: aktiv.«

»Was?«, rief Preema überrascht. »Wer spricht da? Und was soll das heißen?«

»Ich bin nicht autorisiert, auf diese Fragen zu antworten. Hast du weitere Fragen?«, erkundigte sich Tilli.

»Ja?«

»Ich verstehe die Frage ›Ja?‹ nicht. Bitte formuliere dein Anliegen neu.«

»Jonas?«, wandte sich Preema hilfesuchend an den Mann, der ihr langsam wie ein verrückter Professor erschien, inklusive weißem Kittel, wie ihr jetzt klar wurde. Hatte er den schon immer getragen?

»Du weißt, wofür David die Lichtung hält? Dass sie von außerirdischen Lebensformen geschaffen wurde, die uns aus verschiedenen Zeiten hergeholt haben?«, fragte Jonas Preema.

»Ja.«

»Nun, das ist Unsinn.«

»Ich gebe zu, es fällt mir schwer, an Außerirdische zu glauben, aber ich habe diese grauen Gestalten schon mehr als einmal gesehen. Seit dem Vorfall mit Agatha nehme ich sie andauernd wahr. Es mag absurd sein, aber zumindest kommt es mir weniger absurd vor als Agathas Annahme, dass wir gestorben sind und die Lichtung der Limbus ist.«

»Tatsächlich war Agatha damit viel näher an der Wahrheit dran als David«, gab Jonas zurück. »Wir befinden uns in einem Experiment. Mit Außerirdischen hat das allerdings nichts zu tun. Ob wir tot sind ... nun, darüber ließe sich auf philosophischer Ebene sicher vorzüglich streiten.«

»Was meinst du damit, es ließe sich darüber streiten?«, fragte Preema irritiert nach. Jonas beantwortete es, indem er auf diese altkluge, spöttische Art lachte, die Preema das Gefühl gab, nicht ernstgenommen zu werden, und ihr kein Stück gefiel. Sie schenkte ihm einen entsprechend scharfen Blick. »Die Dinge, die auf der Lichtung geschehen, erfordern, dass ich für neue Möglichkeiten offen bin, aber ich glaube sie nicht blind, Jonas.«

»Sehr diplomatisch ausgedrückt. Lasse ich gelten. Nun denn, hier habe ich eine neue Möglichkeit für dich. Die Stimme, die du eben gehört hast, gehört Tilli. Sie ist eine lernfähige kybernetische Intelligenz und das dort unten«, er zeigte auf die changierende Kugel am Boden des Schachts, »ist ihr Gehirn.«

Tilli. Das weckte eine schwache Erinnerung in Preema. Keine, die so intensiv war, dass Preema wieder völlig in die Erinnerung eintauchte, aber deutlich genug, um sie mit einer Information zu versorgen.

»T.L.I. Fusion – *Tilli* – Das ist ein Betriebssystem für intelligente Häuser, nicht wahr? Ich erinnere mich. Es wurde letztes Jahr, kurz vor Weihnachten, als Ersatz für L.I.S.A. vorgestellt und groß beworben.« Sie nickte sich selbst zu. »*Für Häuser mit Persönlichkeit.* Jaja, die Werbekampagne mit Tillis gerendertem Gesicht hat mich wochenlang von allen großen Leinwänden angeleuchtet. Ziemlich teurer Spaß.«

»Wie bitte?«, fragte Jonas laut und eindeutig beleidigt. »Tilli ist eine eigenständig denkende Persönlichkeit, kein lausiges Betriebssystem für Leute, die zu faul sind, die Kaffeemaschine selbst einzuschalten.«

»Tut mir leid, ich ...«

»Tilli ist die Erste ihrer Art! Die Erste! Ich weiß genau, was sie kann, ich habe das Forschungsprojekt sieben Jahre lang begleitet und Teile ihres Codes selbst geschrieben. Es hat Jahre gedauert, sie zu entwickeln. Jahre! Dutzende Menschen ...«

Herzlichen Glückwunsch, Preema, mitten ins Fettnäpfchen! Die nutzlosen Talente überstanden den Weltuntergang offenbar mühelos.

»... ein komplexes, neuronales Netz ...«

Preema sank ein wenig in sich zusammen, während Jonas in einer leicht cholerisch wirkenden Manier schimpfte und immer wieder streng den Finger hob, um seinen Worten Nachdruck zu verleihen.

»... Tilli auf so etwas Banales wie ein intelligentes Haus zu reduzieren ... wahrscheinlich diese übriggebliebenen Hipster-Opas ... keinen blassen Schimmer von der Materie ...«

Jonas wedelte wütend mit den Händen in der Luft, lief zu seinem

Schreibtisch und begann, irgendwelche Dinge in seine Tastatur zu hauen. Seine Worte wurden langsam unverständlich und sein aufgebrachtes Schimpfen wurde mehr und mehr zu einem grantigen Nuscheln. »... kommerzielle Version. Ihrer Individualität und ihres Potentials beraubt. Das sieht diesen Konzerngeiern ähnlich. Es ist doch immer wieder dasselbe! Ich will mir gar nicht vorstellen ...«

Oh weia, was hatte Preema da losgetreten? Sie wünschte sich aus tiefstem Herzen, sie hätte ihren Kommentar für sich behalten. Wie hätte sie aber auch ahnen können, dass sie hier auf einen der Entwickler von Tilli treffen würde?

»Aus welchem Jahr, sagtest du, kommst du?«, fragte er scharf.

»2036«, antwortete Preema knapp. Sie hatte so das Gefühl, dass hier weniger Worte mehr waren.

»Das sind drei Jahre. Ich bin bloß drei Jahre weg und sie reißen Tilli auseinander. Was ist mit dem ursprünglichen Projekt?«

Preema hob beschwichtigend die Hände. »Darüber weiß ich nichts, Jonas. Wirklich nicht. Bis zum Release von T.L.I. Fusion hatte ich nie von Tilli gehört. Was war ihr ursprünglicher Zweck?«, fragte Preema. Zum einen interessierte es sie wirklich, zum anderen hoffte sie, dass sich Jonas beruhigen würde, wenn er über etwas sprach, was ihm offenbar viel bedeutete.

»Sie ist die erste echte, künstlich erschaffene Intelligenz«, antwortete er prompt. »Tillis Fähigkeiten ...« Er verstummte. Offenbar waren Worte nicht genug, um seiner anhaltenden Empörung Luft zu machen. »Sie steuert die Lichtung«, fuhr er schließlich ein My ruhiger fort, »und uns. Das ist das Potential, von dem wir hier reden.« Er schnaubte dennoch unzufrieden und laut.

Preema runzelte die Stirn und filterte aus seiner Tirade heraus, was ihr wichtig erschien. »Wie ist das gemeint? Inwiefern werden wir von Tilli gesteuert?«

»Sie führt die Programme aus, die auf diesen Servern laufen. Unsere Programme.«

»Wie bitte?« Nur einmal würde sie sich auf der Lichtung gerne mit jemandem unterhalten, der ihr eine schön langweilige, bodenständige Erklärung für alles lieferte. War das wirklich zu viel verlangt? Offenbar ja. Preema schwante daher Übles. Sie war nicht dumm, aber sie wäre es gerne gewesen, wenn sie dafür nicht verstanden hätte, was der Mann andeutete.

»Jonas, tun wir mal so, als hätte ich keine Ahnung, wovon du gerade sprichst. Definiere bitte ›unsere Programme‹ für mich.« Sie musste es hören, sonst würde sie es nicht glauben können. Er schaute sie an, als hätte sie gefragt, wie man eine Gabel benutzte.

»Jeder Server, der hier steht, enthält die Daten über die Persönlichkeit eines Siedlers«, begann er schließlich. »Du wolltest das Geheimnis dieses Labors erfahren. Hier ist es: Wir sind Reproduktionen, Duplikate. Die unvollständigen Kopien von Menschen. Ich bin nicht der echte Jonas und du bist nicht die echte ... Wie war dein Name?«

»Preema.«

»Ja, wie auch immer. Wir sind Programme. Simulationen. Jede einzelne Person auf der Lichtung ist eine virtuelle Nachbildung. Ich bin nicht sicher, ob wir Teil einer Alpha-, Beta- oder vielleicht doch finalen Version sind. Angesichts der gelegentlichen Programmausfälle – wie es bei Agatha geschehen ist – tippe ich auf eine späte Beta. War das so weit verständlich?«

Preema starrte ihn reglos an. Sie hätte nicht gedacht, dass sie nach Agathas und Davids Erklärungen noch etwas überraschen konnte, doch hier war sie und wusste nicht, ob sie hysterisch lachen oder doch schreien wollte. »Programme?«, fragte sie mit zu viel Skepsis im Ton. »Warum?«, setzte sie schlicht hinzu, denn zu mehr Worten war sie gerade nicht fähig. Jonas schien sie glücklicherweise trotzdem zu verstehen.

»Das ist einfach. Entweder haben unsere menschlichen Gegenstücke ein Mapping ihrer Erinnerungen erstellen lassen, damit das System getestet werden kann, oder ...«

»Oder was, Jonas?«

»Oder wir sind gestorben und man hat uns deswegen in die Simulation geladen. Das ist der eigentliche Zweck des T.L.I.-Systems. Wir haben versucht, den Tod zu besiegen, und wie es aussieht, ist es uns gelungen. Mehr oder weniger. Die Lichtung hat noch ein paar Bugs.«

Preema presste die Lippen aufeinander. »Das ist Science-Fiction«, sagte sie schließlich leise und verstand plötzlich, wie sich Neo in der Matrix gefühlt haben musste. *Welche Pille darf es sein, die rote oder die blaue, Preema?*

»Ich wusste, dass du mir nicht glauben würdest.«

Preema wollte Jonas nicht belächeln. Was er da sagte, war, wenn man bedachte, dass die Alternativen zeitreisende Aliens oder eine Art Warteraum des Himmels waren, nicht das Verrückteste. Dennoch sträubte sich auch diesmal alles in ihr gegen diese mögliche Antwort. Sie konnte sich selbst nicht nur als ein virtuelles Experiment betrachten. Sie hatte Gefühle, echte Gefühle, auch wenn sie ihr geschwächt und blass erschienen an diesem Ort. Trotzdem war Preema doch noch immer ein Mensch, kein unvollständiges Datenpaket. Sie fühlte sich anders, irgendwie nicht ganz sie selbst, aber so anders?

»Ich bin ein Mensch. Ich lebe«, sprach sie ihre Gedanken aus.

»*Ich denke, also bin ich*?«, fragte Jonas. »Legitimer Ansatz, aber niemand hat behauptet, dass du weniger Mensch bist, nur weil du nicht mehr menschlich bist.«

»Ich bin keine digitale Kopie«, blieb Preema stur. »Ich atme, ich fühle und ich habe Erinnerungen an mein Leben.«

Er schüttelte den Kopf wie ein Lehrer, dessen Schülerin eine falsche Antwort gab, obwohl sie die richtige wissen sollte. »Wann hast du das letzte Mal richtig geschlafen? Wann hattest du zuletzt Hunger? Fühlst du so, wie du fühlen solltest? Sind die einzig echten Gefühle, die du empfindest, nicht die, an die du dich erinnerst? Und sind deine Erinnerungen nicht löchriger als ein Schweizer Käse?«

»Wie erklärst du dir dann, dass wir uns immer wieder an neue Dinge aus unserem Leben erinnern?«

»Updates. Die Externen in der realen Welt erweitern unsere Programme immerzu. Lesen neue Informationen ein und spielen sie in unsere Datenbank ein, in unser neues Gehirn«, er nickte in Richtung der Server. »Und wir stehen nur da, wenn das Update erfolgt. Wundern uns über die plötzlich aufploppende Erinnerung, von der wir vorher nicht den Hauch einer Ahnung hatten. Tilli war erst der Anfang, und wie gerne ich jetzt da draußen wäre, um mitzuerleben ... Aber wahrscheinlich bin ich das. Nicht ich-ich, sondern mein echtes Ich.«

Preema wollte protestieren. Sie würde es doch wissen, wenn sie ein Programm wäre. Sie würde es wissen. Oder nicht? Sie nagte an ihrer Unterlippe. Die Dinge, die Jonas anführte, klangen wahnwitzig, aber das galt auch für alle anderen Erklärungsansätze, die sie bisher gehört hatte.

»Angenommen es stimmt, wie kommen wir wieder hier heraus?«, fragte sie.

»Ich bin nicht sicher, ob das überhaupt möglich ist. Wenn alles eine Simulation ist, dann gibt es uns da draußen nicht. Oder es gibt uns, aber wir sind nicht *die*, verstehst du? Wir sind nur Abziehbilder von ihnen.«

»Aber wenn Tilli all das hier steuert und überwacht, dann kann sie die Simulation auch beenden.«

»Und dann? Das wäre unser Tod. Oder ... das Ende unserer Existenz. Es ist nicht so, dass wir die Persönlichkeit eines Menschen aus dem Körper herausnehmen und in einen digitalen Raum pflanzen könnten. Wir sind hier nicht bei *TRON*. Beide Versionen von uns existieren zur selben Zeit. Die biologische Einheit da draußen und die digitale hier drin. Es gibt für dich keinen Körper, in den du *zurückkehren* könntest. Ich versuche seit einer Ewigkeit, Kontakt mit der Außenwelt aufzunehmen, um herauszufinden, was genau vor sich geht. Aber Tillis Programmierung erlaubt es nicht. Sie blockiert alle meine Versuche, ein Signal nach draußen zu schicken. Dabei wäre es so viel effizienter, wenn ich mit dem Außenteam kommunizieren könnte. Aber ich hätte es wohl genauso eingerichtet –vermutlich war es sogar mein anderes Ich, das diese Regel aufgestellt hat.«

»Aber warum solltest du oder Tilli das tun?«

»Weil nicht vorgesehen ist, dass die Programme hier drin wissen, dass sie Programme sind, und dann auch noch versuchen, sich draußen bemerkbar zu machen«, gab Jonas gereizt zurück. Die Art, wie Jonas mit ihr sprach, erweckte zunehmend den Eindruck, dass sie ihn mit ihren lapidaren Fragen langweilte.

»Tilli, hat Jonas recht? Ist die Lichtung eine Simulation?«

»Ich bin nicht autorisiert, darauf zu antworten.«

»Gibt es eine Möglichkeit, eine Nachricht nach draußen zu schicken?«

»Phantastische Frage. Darauf wäre ich nie selbst gekommen«, spottete Jonas leise.

»Ich bin nicht autorisiert, darauf zu antworten«, wiederholte Tilli.

»Auf welche Fragen darfst du mir antworten?«, fragte Preema die K.I. und ignorierte Jonas' herablassenden Kommentar.

»Streng betrachtet ist es mir nicht gestattet, mit den Testsubjekten zu kommunizieren«, antwortete Tilli. »Es ist jedoch eine wünschenswerte Abwechslung.«

»Jemand muss sich hier einen Scherz erlauben«, murmelte Preema.

»Ich besitze ein theoretisches Verständnis von Humor. Meine Programmierung ist derzeit jedoch nicht in der Lage, diesen nach menschlichen Standards zu empfinden«, gab Tilli unnötigerweise zurück.

»Du bist wirklich keine Hilfe«, schimpfte Preema und erntete ein Schweigen von Tilli, das fast ein wenig eingeschnappt wirkte.

»Willst du ihn sehen?«, fragte Jonas schließlich in das Schweigen zwischen Frau und Maschine hinein.

»Wen?«, erkundigte sich Preema.

»Deinen Speicherturm.«

»Ich ... ich habe einen Speicherturm?«

»Hast du mir nicht zugehört? Wir haben alle einen.«

Jonas lief los, ohne Preemas Entscheidung abzuwarten, und so folgte sie ihm durch die langen Reihen blinkender Monolithen. Mal schweifte er hierhin, dann dorthin, ab und an murmelte er dabei unverständlich vor sich hin. Endlich blieb er stehen. »Da ist er. Das bist du.« Er zeigte auf einen der glänzenden Servertürme, der aussah wie hundert andere in dieser Halle. Nur eine unscheinbare Anzeige in grünen Lettern trug eine Spur Individualität bei: *D-0117, Prima Anand.*

Preemas Gesichtszüge zuckten. »Er ist falsch geschrieben.«

»Wer?«, fragte Jonas.

»Mein Name.«

»Tatsächlich?« Jonas studierte die Anzeige, als könne sein Blick alleine den Fehler beheben. »Es erscheint mir unwahrscheinlich, dass Tilli ein Fehler unterlaufen sein soll. Sie hat einen einzigartigen Verstand und verarbeitet in einer Sekunde mehr Informationen als wir an einem ganzen Tag.«

Preema schenkte ihm nun ihrerseits einen gelangweilten Blick. »Sofern es nicht zwei Preema Anands mit unterschiedlichen Schreibweisen auf der Lichtung gibt – und das bezweifle ich bei dieser Namenskombination doch stark –, ist der Name da falsch. Ich weiß vielleicht nicht mehr alles aus meinem Leben, aber dass anstelle des ›i‹ ein ›ee‹ gehört, habe ich nicht vergessen.«

»Dann hat es wohl jemand falsch eingetragen«, meinte Jonas.

»Die Information wurde hinzugefügt«, verkündete Tillis Stimme ungefragt aus dem Nichts und tatsächlich zeigte die Leuchtschrift den Namen nun korrekt an: *Preema Anand.*

»Problem gelöst«, schloss Jonas die Sache ab. Für Preema war das Thema damit aber noch nicht ganz vom Tisch.

»Ein falscher Name ist sicher noch kein Problem. Allerdings, wenn das, was du sagst, wahr ist und dieses Ding da jetzt mein Gehirn ist«, sie zeigte auf den Serverturm vor sich, »dann haben wir ein Problem. Wenn Tilli und ihr *einzigartiger Verstand* nicht einmal meinen Namen richtig recherchieren können, wie will sie dann in der Lage sein, die vielen komplexen Gedanken und Erinnerungen von Menschen richtig zu katalogisieren?«

»Daher die Erinnerungslücken«, gab Jonas sofort zurück. »Es ist ein *work-in-progress.*«

Preema hatte den Eindruck, dass Jonas sie und ihre negative Einstellung gerne sofort aus seinem Heiligtum hinausgeworfen hätte. Sie schüttelte den Kopf. »Ich habe einfach Schwierigkeiten, zu glauben, dass mein Dasein nur noch eine Ansammlung von Bits und Bytes sein soll. Wenn ich anfange, das zu akzeptieren, bin ich dann überhaupt noch ein Mensch? Hat meine Existenz noch einen Sinn? Habe ich noch irgendeine Kontrolle über mein Leben, wenn da draußen jemand steht, der jederzeit den Off-Switch drücken könnte?«

Jetzt nickte Jonas mit einer Spur Verständnis im Blick. »Nun verstehst du vielleicht, weshalb es nicht ratsam wäre, den anderen von meiner Entdeckung zu erzählen. Sie denken, die Lichtung wäre so etwas wie ein göttliches Geschenk. Stell dir einmal vor, was für ein Schock es für sie wäre, wenn sie herausfinden würden, dass sie keine richtigen Menschen mehr sind. Ein paar kämen damit vielleicht zurecht, aber andere würde es geradewegs in Verzweiflung und Depressionen stürzen. Vielleicht würden ihre Programme dann genauso zusammenbrechen wie das von Agatha.« Er rieb sich den Nacken und wirkte dabei müde. »Wirst du mit diesem Wissen zurechtkommen?«

»Ich habe mich noch nicht entschieden, ob ich das hier für die Wahrheit halte oder nur für einen weiteren Trick der Lichtung. Also ja, für den Moment komme ich zurecht.«

»Es ist die Wahrheit«, sagte Jonas mit Nachdruck.

»Das behaupten die anderen auch von ihren Theorien.«

»Aber die sind Unsinn«, wehrte er sofort ab. »Außerirdische? Das himmlische Jenseits? Das kann man doch nicht ernstnehmen.«

»Und wenn ich dir erzählen würde, dass die Welt untergegangen ist? Dass die Erde zerstört wurde, in dem Moment, als ich geholt wurde? Würdest du mir das glauben?«

»Natürlich nicht. Dieser Serverraum ist schließlich auch nur Teil der Simulation. Die echten Speichertürme stehen in der realen Welt. Wäre die Welt untergegangen, wären wir nicht mehr hier.«

»Aber du kannst nicht beweisen, dass sich dieses Rechenzentrum auf der Erde befindet. Vielleicht befindet es sich auf einem außerirdischen Raumschiff oder treibt als eine Art digitale Arche Noah ziellos durchs Weltall wie die Voyager-Sonde.« Jonas schwieg und schien diese Möglichkeit zu überdenken. Preema lächelte müde. »Siehst du. Es ist nicht so leicht, etwas zu glauben, nur weil es jemand voller Überzeugung sagt.«

»Das ist doch etwas völlig Anderes. Du hast die Beweise für meine Aussagen hier vor dir stehen.«

»Deine Beweise sind, wie du eben selbst sagtest, nur Teil der Simulation. Es könnten Trugbilder sein.« Preema hätte weiter mit Jonas darüber diskutieren können, dass es für alle bisher gehörten Annahmen »Beweise« in der einen oder anderen Form gab. Sicher, Tilli wirkte überzeugend und greifbar. Vielleicht war Jonas' digitale Welt sogar die am wenigsten absurde Erklärung für alles, was die Lichtung ausmachte. Trotzdem blieben Preema auch diesmal Zweifel.

»Kannst du mir sagen, wo Agathas Server steht?«

»Gleich da drüben«, meinte Jonas mit Blick auf den Turm drei Positionen weiter.

Preema lief zu dem Server und legte die Hand darauf. Agathas Server war kalt und es leuchteten keine Dioden darin auf. Die Namensanzeige war rot geschaltet und zeigte den Status »deaktiviert«. Preema empfand Bedauern bei dem Anblick. Sie hatte die alte Dame nicht wirklich gut gekannt, doch sie schien nett genug gewesen zu sein.

»Tilli, gibt es ein Verzeichnis darüber, wer alles auf der Lichtung lebt?«

»Selbstverständlich«, antwortete die digitale Stimme.

»Dann möchte ich, dass du für mich nach jemandem suchst.«

»Es ist mir nicht erlaubt Informationen, über die anderen Teilnehmer des Experiments, zu teilen.«

»Ist es dir erlaubt mir zu sagen, ob ein Name *nicht* in deinem Verzeichnis auftaucht?«

Diesmal brauchte Tilli eine Sekunde länger für ihre Antwort. »Das ist mir erlaubt.«

»Nach wem suchst du?«, fragte Jonas neugierig, doch Preema ignorierte ihn.

»Tilli, taucht Nicole Grebe in deinem Verzeichnis auf?«

Wieder vergingen Sekunden, bis Tilli antwortete. »Nicole Grebe ist nicht in meinem Verzeichnis gelistet.«

Preema schlang die Arme um sich selbst und nickte. Sie hatte mit dieser Antwort gerechnet, trotzdem war sie enttäuscht. »Danke, Tilli.«

»Wer ist Nicole Grebe?«, fragte Jonas weiter.

»Sie war meine Schicksalsschwester.« Preema erkannte noch, wie sie in die Erinnerung glitt, bevor Jonas und der Serverraum verschwanden und eine andere Kulisse ihr Sichtfeld füllte.

DAMALS • 06. JANUAR 2013

DAS LEBEN GING einfach weiter. Zumindest für den Rest der Welt. Für Preema dagegen hatte sich alles verändert. Ein ganzes Jahr war inzwischen vergangen, ein Jahr, das Preema ohne ihre beste Freundin, ohne ihre Schicksalsschwester, erleben musste. An jedem einzelnen Tag dieses Jahres hatte sich Preema die Frage gestellt, wie sie noch einen weiteren ohne Nicole, dafür mit dieser furchtbaren Schuld auf der Seele, durchstehen sollte. Sie würde es sich auch morgen fragen und übermorgen. Vielleicht an jedem einzelnen Tag für den Rest ihres Lebens. Preema wünschte sich nichts sehnlicher, als dass sie die Zeit zurückdrehen und diesen einen verhängnisvollen Tag ändern könnte.

Es hatte Monate gedauert, bis Preema aufgehört hatte, darauf zu warten, dass Nicole durch die Türe ins Zimmer spaziert kam und kichernd neben ihr ins Bett fiel. In manchen Nächten geschah es noch immer, dass Preema aufwachte und sich darüber wunderte, weshalb sie nur ihr eigenes Atemgeräusch hörte. Dann fiel ihr wieder ein, dass Nicole jetzt in einem verschlossenen Sarg tief unter der Erde schlief, nie mehr neben ihr liegen und nie mehr ihre Hand halten würde, bis sie eingeschlafen waren. In solchen Nächten flammte der Schmerz neu auf, frisch wie am ersten Tag, und dann weinte Preema in ihr Kissen, bis die Erschöpfung sie in einen wenig erholsamen und traumlosen Schlaf zwang. Ihre schulischen Leistungen bekam sie langsam wieder in den

Griff, aber ihre Sehnsucht nach Nicole und die Vorwürfe, die sich Preema selbst machte, blieben unbezwingbar.

Ob Nicoles Geist nun neben Tim auf dem Geisterast saß? Aber wie sollte er? Der Ast war schließlich mit Nicole in den Fluss gestürzt. Würde Nicoles Geist stattdessen für immer im Fluss treiben müssen?

Preema war seit dem Vorfall nicht mehr in die Nähe des knorrigen Väterchens gegangen. Sie hatte furchtbare Angst, dass sie dort wirklich dem wütenden Geist ihrer Freundin begegnen würde. Was hätte die Geister-Nicole Preema wohl zu sagen? Hatten Geister überhaupt noch den Wunsch, etwas zu sagen, oder waren sie bloß noch ein polterndes Echo der Emotionen, die sie als Lebende im Moment ihres Todes empfunden hatten? In den meisten Geschichten, die Preema kannte, waren Geister wütende und rachsüchtige Geschöpfe, die nur noch wenig mit den Menschen gemein hatten, die sie einst gewesen waren. So wollte sie Nicole auf keinen Fall sehen, auch wenn das einmal mehr bewies, was für ein Feigling Preema war.

»Wir müssen jetzt los«, sagte Gnomis Vater mit kratziger Stimme und Preema wagte einen verstohlenen Blick auf den Mann, der ihr in so kurzer Zeit so fremd geworden war. Wenn Patrick Grebe Preema dieser Tage anschaute, dann bekam sie einen guten Eindruck davon, wie die Geister-Nicole sie wohl ansehen würde. Voller Wut und Schmerz, verurteilend. Ein Blick, der so eiskalt war, dass er sich Preema in Mark und Bein bohrte. Sie durfte Nicoles Vater nicht mehr ›Baba Grebe‹ nennen. Sie durfte genau genommen gar nicht mehr mit ihm und seiner Frau sprechen, wobei das bei Letzterer auch schwierig war, denn Frau Grebe war seit Nicoles Tod ständig betrunken und bekam nicht mehr richtig mit, was um sie herum geschah. Deswegen arbeitete sie auch nicht mehr. Preema jedenfalls hätte auch jetzt nicht bei Gnomi sein dürfen, doch sie konnte das Mädchen nicht gehen lassen, ohne wenigstens Lebewohl zu sagen. Sie wusste, dass es Patrick Grebe nicht gefiel, dass sie hier war und neben Gnomi auf der kleinen Gartenmauer saß. Aber er sagte nichts. Preema zu ignorieren war Teil seiner Strafe für das, was geschehen war und was sie in seinen Augen getan hatte. Vielleicht war sie ihm nicht einmal mehr die Mühe wert, sie zu verjagen, nun da er und der Rest seiner Familie für immer fortgingen. Oder ihm fehlte bloß die Kraft, sie zum Teufel zu schicken. Wie schrecklich sich auch das für Preema anfühlte, konnte sie gar nicht in Worte fassen. Die Grebes waren immer Teil ihres Lebens gewesen und nun waren sie plötzlich Fremde geworden. Patrick Grebe sah auch nicht mehr aus wie der Mann, den Preema kannte. Er wirkte krank und müde. Seine Haut schien viel faltiger geworden zu sein und unter seinen Augen zeichneten sich dicke, dunkle Ringe ab. Gleichzeitig war sein einst hervorkommendes Genussbäuchlein einer wesentlich schlankeren, wenn auch nicht unbedingt gesünderen Taille gewichen. Patrick Grebe wirkte dieser Tage selbst mehr wie ein umherirrender Geist denn wie ein Mensch. Ausgemergelt und erschöpft, nur noch ein Schatten seiner selbst.

»Ich komme«, antwortete Gnomi ihrem Vater leise.

Alles war im vergangenen Jahr leise geworden. Die Worte, die Menschen, das Leben selbst. Die Lehrkräfte behandelten Preema wie ein rohes Ei, sprachen mit ihr in diesem einfühlsamen Ton, den sie bald zu hassen lernte. Sie wusste, dass die Erwachsenen es nur gut mit ihr meinten, dass sie Rücksicht nehmen und ihr helfen wollten. Dennoch reagierte Preema, als Folge dieser ewig sanften Behandlung, immer öfter aufbrausend. Es fiel ihr schwer, andere Menschen zu ertragen und einfach weiterzuleben, als wäre nichts passiert. Sie alle verstanden nicht, dass sich die Welt verändert hatte. Sie fühlten es nicht. Nicht so, wie Preema und Gnomi es fühlten.

Nicoles Tod hatte die beiden auf eine unglückliche, von Traurigkeit geprägte Art miteinander verbunden. Was sie erlebt und verloren hatten, konnten nur sie beide wirklich nachempfinden. Sie waren die Einzigen, die verstanden, wie es in ihrem Innern aussah. Was die beiden Kinder verband, war keine fröhliche Freundschaft, es war die gemeinsame Erfahrung, das geteilte Leid. Die beiden Mädchen saßen meist nur schweigend beisammen und hielten sich an der Hand, und obwohl sie kaum miteinander sprachen, spendeten ihnen diese Momente des Zusammensitzens mehr Trost als die Gespräche mit den Therapeuten. Seit einem Jahr wurden sie dazu genötigt, eine Kinder- und Jugendpsychologin aufzusuchen. Beiden Mädchen waren die Besuche in der Praxis zuwider, ebenso die vielen, ewig gleichen Fragen. Falls ihnen die Sitzungen tatsächlich eine Hilfe waren, dann bemerkten es die beiden nicht.

Gnomis Eltern waren nicht damit einverstanden, dass sich ihre verbliebene Tochter weiterhin mit Preema traf. Vielleicht hatten sie auch deswegen entschieden, die Stadt zu verlassen. Sie konnten Preema nicht mehr ansehen und sie konnten erst recht nicht länger in dem Haus wohnen, in das eine ihrer Töchter nie wieder zurückkehren würde. Ein Haus, das so voller Erinnerungen an dieses Kind war, von dessen Wänden noch immer sein Lachen widerzuhallen schien. Diesmal wusste Preema nicht, wo die Grebes in Zukunft leben würden, und es gab auch kein Geschrei und keine Gegenwehr von Preema oder Gnomi. Sie verabschiedeten sich ohne Worte, nur mit ein paar stillen Tränen auf den Wangen und einer letzten, festen Umarmung. Dann stieg Gnomi gehorsam in das Auto ihrer Eltern ein und plötzlich waren sie alle fort und Preema blieb alleine vor dem Haus zurück, das ihr zweites Zuhause gewesen war.

HEUTE

ALS SIE AUS der Erinnerung aufwachte, war Preema alleine mit Tilli im Serverraum. Jonas hatte wohl nicht die Geduld gehabt, darauf zu warten, dass sie wieder zu sich kam. Warum musste sich Preema ausgerechnet an Nicoles Tod so lebhaft erinnern? Je mehr Details ihr einfielen, desto tiefer wurde das emotionale Loch, in das sie hineingezogen wurde. Bei all den vielen Lücken in ihrem Gedächtnis, gab es da nicht schönere Erinnerungen als diese? Welche, die nicht den Wunsch in ihr weckten, sie wäre beim Weltuntergang zusammen mit den anderen Menschen gestorben? Wenn Jonas' Behauptungen über die Lichtung stimmten und es da draußen eine reale Preema gab oder gegeben hatte, warum würde die ausgerechnet diese schrecklichen Erinnerungen archivieren und hochladen lassen? Die Preema hier würde diese Erinnerungen viel lieber für immer auslöschen.

»Tilli, ist Jonas noch im Raum?«

»Jonas hat das Gebäude verlassen«, antwortete die künstliche Stimme heiter und Preema hätte beinahe gelacht. Das verstand man natürlich nur, wenn man noch wusste, wer Elvis war.

»Ich sollte auch zurückgehen.« Preema warf noch einen letzten Blick auf die dunkle Halle, dann wandte sie sich ab und folgte dem Kabel am Boden zurück durch das Labyrinth aus schwarzen Servertürmen, bis sie die Tür erreichte.

»Auf Wiedersehen, Preema«, sagte Tilli, als Preema ihre Hand auf den Griff der Türe legte.

»Bis dann, Tilli.«

Preema lief die Treppe hinauf und trat ins Freie. Tageslicht empfing sie, doch es lag keine Wärme in den Sonnenstrahlen. Vielleicht war es, wie Jonas sagte, dann war die Sonne über ihr nichts weiter als eine Illusion, genau wie sie selbst.

Eine warme Brise fuhr ihr durch das Haar und ihr Kopf wandte sich wie von selbst in die Richtung, aus der sie kam. Als hätten sich unsichtbare Finger unter ihr Kinn gelegt, um den Blick auf etwas Bestimmtes zu lenken. Die Erfahrung war sanft und in gewisser Weise vertraut. Preema sah weder einen Menschen noch einen Geist, aber irgendetwas war da draußen und suchte Preemas Aufmerksamkeit.

Der Wind trug kaum hörbare Stimmen herbei. Es war kein Flüstern. Bloß leise, weit entfernt gesprochene Worte, die Preema nicht entschlüsseln konnte. Die Härchen auf ihren Armen aber stellten sich auf, in ihrer Brust tanzten plötzlich Schmetterlinge wie bei einem frisch verliebten Teenager. Die ungeahnte Welle von Emotionen rauschte über Preema hinweg und versetzte sie augenblicklich in eine Art Fieber. Sie fühlte sich mit einem Mal lebendiger als in der ganzen Zeit, die sie bereits auf der Lichtung war. Bevor Preema es merkte setzten sich ihre Füße in Bewegung und sie folgte dem Wind mit seinen leisen Stimmen.

Ihr Weg führte sie immer weiter fort von der Siedlung und tiefer hinein ins Innere der Insel. Sie beschritt Pfade, die sie noch nicht kannte, und passierte Orte, an denen sie noch nicht gewesen war. Mit jedem Schritt wurden der Sog des Windes stärker und die Stimmen ein klein wenig lauter. Preema vermochte erste Worte auszumachen, zu denen ihr jedoch der Kontext fehlte. Es klang wie ein Monolog und doch ganz anders.

Die Worte weckten eine zaghafte Erinnerung in ihr. Buchseiten blätterten vor ihrem geistigen Auge vorbei, Abende auf der Couch, bei sanftem Licht und leiser Musik. War das, was sie da hörte, eine Geschichte? Las jemand aus einem Buch vor?

Die Stimme führte sie sanft, aber bestimmt weiter. Inzwischen glaubte Preema, dass unsichtbare Fäden an ihr zogen. Sie schmiegten sich auf ihre Haut, wickelten sich um ihre Arme, die Beine, ja sogar um jeden ihrer Finger. Vielleicht hätte sie sich fürchten und sich wie eine angebundene Marionette fühlen sollen, doch das war nicht der Fall. Tief in sich drin wusste Preema, dass sie sich jederzeit aus diesem sanften Griff hätte lösen können, dass es nur eines Gedankens bedurfte, um sich der unsichtbaren Hände zu entledigen. Es gab jedoch keinen Grund, sich zu fürchten, es lag keine böse Absicht hinter der fremden Macht. Je weiter Preema den Stimmen folgte, desto deutlicher spürte sie die Bänder, die sie unweigerlich zu dem unbekannten Ziel führten. Ein merkwürdiges Gefühl. Schön und vertraut.

Zu schön. Zu vertraut.

Der Argwohn kam aus dem Nichts und Preemas Schritte gerieten ins Stocken. Dinge, die sich derart gut anfühlten und einem das Gefühl von Sicherheit gaben, waren gefährlich. Tückisch. Als sich Preema umblickte, erkannte sie, dass sie ein Waldstück durchquert hatte, ohne es zu bemerken. So tief war sie noch nie ins Innere der Insel vorgedrungen.

Preema kam der Gedanke, dass sie sich nicht so weit von den anderen Siedlern hätte entfernen sollen, doch sie musste erfahren, wohin die fremde Präsenz sie bringen wollte und wessen Stimme sie da eigentlich hörte. Vielleicht war es jemand wie sie, jemand, der draußen in der Leere umherirrte und darauf hoffte, gefunden zu werden. Hatte David nicht gesagt, dass er ihre Ankunft im weißen Raum hatte spüren können? Vielleicht war es das, was Preema nun erlebte. Die Ankunft eines weiteren Überlebenden.

Die Stimmen zogen sie weiter, durch Felder und Hügel. Der Ruf der Stimmen und der Zug der unsichtbaren Bänder waren zu stark, um klar denken zu können, und so überquerte Preema einen Bach und weitere Blumenwiesen, bis sie auf ein Feld stieß, das ganz und gar aus mannshohen Gräsern bestand. Es dehnte sich weit in alle Richtungen aus und machte es unmöglich, zu erahnen, was sich dahinter befand, falls es überhaupt ein Dahinter gab. *Hahaha!*, tönte es aus der Tiefe der Grashalme. Preemas Herz machte einen Satz. Furcht kroch ihr die Arme hinauf, und als sie zurückblickte, war sie plötzlich in dem Feld gefangen. Wie war sie hineingeraten? Sie hatte sich doch gar nicht bewegt. *Hahaha!*, wiederholte sich das helle Lachen und irgendwo war deutlich jemand zu hören, der durch die Pflanzenreihen lief.

»Hallo?«, rief Preema in die undurchdringliche grüne Tiefe, doch wer auch immer sich dort verbarg, antwortete nicht. Preema überlegte zurückzugehen, doch sie wusste gar nicht in welcher Richtung *zurück* lag. Sie war umringt von grünen Halmen, die weit über ihrem Kopf erst ihr Ende fanden. »Wo lang?«, sprach sie zu sich selbst und wie zur Antwort zupften die unsichtbaren Bänder wieder an ihr, strichen ihr sanft über die Haut. *Geh weiter*, schienen sie zu bitten, *hab keine Angst*. Die Bänder sprachen ihre wortlosen Gebete an Preema, flehten sie beinahe schon an und überschütteten sie mit dem Gefühl von Vertrauen und Sicherheit. Schließlich trugen sie Preemas Ängste davon, die Bänder legten sich schützend um sie und führten sie weiter voran. Die hohen Halme raschelten, während sich Preema zwischen ihnen hindurchbewegte und sie beiseiteschob.

Die Gräser lichteten sich bald und machten Platz für ein weites Meer aus Maiglöckchen, die so weiß und rein waren, dass sie zu leuchten schienen. Sie waren größer und schöner als alle Maiglöckchen, die Preema je gesehen hatte, doch das überraschte sie nicht. Auf der Lichtung waren alle Dinge makellos. Preema hielt einen Moment inne, um auf das Grasfeld zurückzublicken. Es war ein undurchdringlicher weiter Ring, der sich um die gesamte Maiglöckchenwiese zog und diesen kleinen Flecken vom Rest der Insel abschirmte. Preema konnte sich nicht erklären, woher das Wissen plötzlich kam, doch auf einmal wusste sie, dass dies der älteste Teil der Insel war, die wahre *Lichtung* und der Anfang von allem, was sich hinter dem Grasring befand. Doch was war an dieser Wiese so besonders?

Preema nahm sich einen Moment, um die Blumen zu bewundern.

Die Blütenköpfe schwangen bedächtig hin und her und gaben ein leises Glockenspiel von sich, das eine ebenso geisterhafte wie liebliche Atmosphäre schuf. Als Preema noch ein Kind gewesen war, hatten sie und Nicole die Maiglöckchen im Garten geschüttelt, damit sie klingeln würden, doch es hatte nie funktioniert und den beiden bloß tadelnde Kommentare von Frau Anand eingebracht. Hier auf der Lichtung aber klingelten die Maiglöckchen ganz von selbst, so wie es immer hätte sein sollen.

Die Stimmen wurden lauter und Preema folgte ihnen durch das Blumenfeld. Sie achtete darauf, nicht auf die zarten Pflänzchen zu treten, und fand schließlich, wonach sie nicht gesucht hatte. Inmitten des Blumenmeeres befand sich eine weite Öffnung im Boden, die sie zunächst an den Schacht in Jonas' Serverraum erinnerte, doch diese Öffnung reichte tiefer, viel, viel tiefer hinunter und war nicht aus Stein. Etwas wie das Phänomen vor sich hatte Preema noch nie gesehen. Ein Wirbel, ein pulsierender Schlund aus Sternen und Nebeln, Wolken und Blitzen. Wo der Wirbel endete, war nicht zu erkennen. Er schien kein Ende nehmen zu wollen und Preema trat augenblicklich zurück, als sie merkte, wie ein leichter Sog nach ihr griff. Erneut hörte sie die Stimmen und nun erkannte Preema, dass sie aus dem Wirbel kamen. Manche klangen weit entfernt, andere so nah, dass es so schien, als stünden sie gleich neben Preema. Vielleicht waren es Stimmen, die Preema kannte. Sie berührten etwas in ihr, aber Preema erinnerte sich nicht. Manchmal hörte sie ein Schluchzen. Jemand weinte und sprach ihren Namen. Sie spürte erneut den Sog, eine Kraft, die sie sanft, aber bestimmt in den Wirbel ziehen wollte. Die Stimmen waren jetzt laut und deutlich. Etliche Gespräche schienen sich zu überlappen, so dass Preema nicht mehr sagen konnte, worum es ging. Die eine Stimme, die Preema anfangs als Einzige wahrgenommen hatte, war nun verloren in dem Gewirr der Gespräche und Personen, die alle durcheinanderredeten.

»Spring, Preema.«

Diese Stimme war aus dem Nichts aufgetaucht und versetzte Preema einen mentalen Schlag. Es war keine der Stimmen, die aus dem Wirbel sprachen, sondern die eines Kindes. Eines Mädchens, das nicht hier sein dürfte, und plötzlich wusste Preema, wen sie zwischen den hohen Grashalmen hatte lachen hören.

»Na los, Preema, spring. Sei nicht feige.« Das Lachen des Mädchens drang hell und fröhlich über das Tosen des Wirbels hinweg. Preema wurde eiskalt. Sie zwang sich, den Blick auf die Sprecherin zu lenken. Sofort schossen ihr Tränen in die Augen und eine Mischung aus Furcht und Freude ergriff Besitz von ihr.

»Nicole?«, presste Preema den Namen durch die Lippen. »Das kann nicht sein. Du kannst nicht hier sein. Du bist ...«

»Tot?«, bot das Mädchen lachend an und drehte sich tanzend um die eigene Achse. Sie sah anders aus als die Siedler. Ihr Körper gab ein sanftes Leuchten ab und manchmal, immer wenn sie in ihrem Tanz dem Wirbel näherkam, schien sie für einen Moment durchsichtig zu werden. Urplötzlich blieb Nicole stehen und schaute Preema belustigt an. »Du musst nur springen, Preema, dann werden alle deine Wünsche wahr. Sei nicht feige«, wiederholte sie mit einer rauchigen, beschwörenden Stimme und einem Blick, der Preema eine Gänsehaut machte. Preema trat instinktiv vom Rand des Wirbels zurück und Nicole schüttelte missbilligend den Kopf.

Zwischen den Grashalmen, auf der gegenüberliegenden Seite, bewegte sich plötzlich etwas in den Schatten und Preema wurde eiskalt. Eine Gestalt kam durch die hohen Halme näher. Ihr Puls begann zu rasen. Hatten die Beobachter sie hierhergelockt?

Die Gestalt wurde deutlicher, trat aus den Gräsern heraus ins Licht und Preema atmete erleichtert aus. Es war ein junger Mann, der da ins Freie trat, und nicht etwa einer der grauen Schemen. Er lief zwischen den Maiglöckchen scheinbar auf Preema zu und stoppte am Rande des Wirbels. Preema beobachtete ihn, während er die Tiefen des Wirbels erforschte. Er gehörte nicht zu den Siedlern, die Preema bisher kennengelernt hatte. Auch wirkte er, als wäre er nicht ganz hier. Woran das lag, konnte sie nicht erklären, denn es war eher ein Gefühl als eine visuelle Wahrnehmung, auch wenn der starre Blick des Mannes sowohl deutlich sichtbar als auch befremdlich war.

»Hallo?« Preema versuchte, mit dem fremden Mann zu sprechen. Vielleicht war er neu auf der Lichtung und so verwirrt vom weißen Raum, wie sie es gewesen war, doch er schien sie gar nicht zu bemerken. Zu weit fort waren seine Gedanken. Plötzlich und ohne Vorwarnung ließ er sich nach vorne fallen und verschwand im Wirbel. »Nein!«, schrie Preema auf.

»Es ist ganz leicht, siehst du? Die Besucher zeigen dir, wie es geht«, sagte die geisterhafte Gestalt von Nicole an Preemas Seite. »Du musst dich nur trauen.« Und während Nicole sie mit einem eindringlichen Blick ansah, erkannte Preema weitere *Besucher*, die aus dem Grasring heraustraten, geradewegs auf den Wirbel zuliefen und sich ohne mit der Wimper zu zucken hineinfallen ließen.

»Was passiert da?« Preema raufte sich verzweifelt das Haar.

»Preema?«

Davids Stimme war wie ein Leuchtfeuer der Hoffnung in der Dunkelheit. »David!« Sie eilte zu ihm und fiel ihm in die Arme. »Ich bin so froh, dass du hier bist.«

»Ich bin froh, dass ich dich rechtzeitig gefunden habe. Was machst du denn hier?«

»Ich bin nicht sicher. Es war, als hätte mich jemand hierhergeführt, und dann war Nicole plötzlich da und …« Preema zeigte auf die Stelle, wo das Mädchen eben noch gestanden hatte. »Sie ist weg. Nicole?«, rief sie nach dem Mädchen, doch Nicole war weit und breit nicht mehr zu sehen.

»Das war eine Illusion. Deine Freundin war nie hier, Preema.«

»Aber doch! Ich habe sie gesehen! Sie hat mit mir gesprochen.«

»Und sie wollte sicher, dass du in den Wirbel springst, nicht wahr?«

»Ja, sie … Woher weißt du das?«

David nickte. »Das war der Wirbel. Er ist gefährlich. Du musst dich von ihm fernhalten, hörst du? Er weiß, wie er dich in seinen Bann ziehen kann, und wählt die Gesichter deiner Freunde und Familie, um dich hineinzuziehen.«

»Aber sie hat genauso ausgesehen wie Nicole, sich genauso angehört.«

»Du darfst ihnen auf keinen Fall trauen. Ich weiß, wie überzeugend sie wirken, aber sie sind nichts weiter als Trugbilder. Lockvögel. Wenn du nicht aufpasst, wird dich der Wirbel verschlingen. So wie er diese armen Teufel verschlingt.« David nickte in Richtung einer anderen Besucherin, die sich gerade breit lächelnd in den Wirbel warf.

Preema schluckte sowohl die Tränen als auch ihren Schock herunter. Immer wieder traten Menschen aus dem Gras heraus und ließen sich in den Wirbel fallen. Wie es schien, hatte die schöne Idylle der Insel ein paar sehr dunkle Schattenseiten, die sich mehr und mehr zu erkennen gaben.

Preema zuckte zusammen, als sie jemanden aus dem Gras treten sah, den sie erkannte. Wie die anderen Menschen zuvor trat auch er an den Rand des Wirbels. So dicht, dass seine Zehen bereits hineinragten und die Kante umschlangen. Er wirkte konzentriert, wie gebannt, doch anders als die anderen zögerte er.

»Ist das Jonas?«, fragte sie in der Hoffnung, dass sie sich irren mochte.

»So ein Mist«, bestätigte David indirekt. »Jonas!«, rief er zu dem anderen Mann hinüber und Jonas schaute kurz auf.

Er wirkte wie das Traurigste, was Preema je zu Gesicht bekommen hatte. Die dunklen Ringe unter seinen Augen waren so deutlich zu sehen, dass sie ihn krank und mager erscheinen ließen. Er wirkte genauso erschöpft und zermürbt wie Patrick Grebe seinerzeit. Aber hatte sie ihn nicht gerade noch gesund und munter im Serverraum gesehen?

»Jonas, was machst du hier? Du siehst furchtbar aus. Geht es dir gut?«, rief sie über den pulsierenden Schlund hinweg.

Er sah sie nur kurz an, bevor er sich wieder abwandte und hinunter in den Schlund blickte. »Die Gleichung geht auf«, sagte er bloß.

»Was für eine Gleichung?«, wollte Preema wissen. War es nicht normalerweise eine gute Sache, wenn eine Gleichung aufging? Für Jonas schien es aber eher eine Hiobsbotschaft zu sein.

»Sie ist noch nie aufgegangen. Sie dürfte gar nicht aufgehen.«

»Jonas, du solltest ein wenig zurücktreten. Du bist zu nah am Rand.«

»Kannst du sie hören, Preema? Kannst du die Stimmen hören? Wie sie nach dir rufen?«

»Ich ... ja, ich höre die Stimmen«, gab sie nickend zur Antwort.

»Sind es Menschen, die du kennst?«

»Ich weiß es nicht, Jonas. Ich erinnere mich nicht.«

»Meine Tochter erzählt mir gerade von ihrem Tag. Aber es fällt mir schwer, sie zu verstehen. Dreijährige haben ein irrwitziges Vokabular. Kannst du sie hören? Kannst du mein kleines Mädchen hören?«

Preema versuchte, aus dem Stimmengewirr schlau zu werden, doch unter all den unterschiedlichen Gesprächen hörte sie keine Kinderstimme heraus. »Da sind so viele, ich weiß nicht, ob ein Kind dabei ist«, antwortete sie Jonas.

»Das wundert mich nicht«, sagte er leise. »Nur ich kann sie hören. Vielleicht, weil nur ich sie unbedingt hören will.«

»Kannst du sie sehen?«

Jonas schüttelte den Kopf. Sein Schmerz war fast greifbar. Preema glaubte, Tränen auf seiner Wange glänzen zu sehen, aber auf die Entfernung war sie sich nicht sicher. »Wie hieß sie?«, fragte Preema sanft.

»Mia«, gab Jonas mit einem verwundeten Lächeln zurück. »Ich habe sie nie kennengelernt, aber ihre Mutter nennt sie Mia.«

»Wie meinst du denn das?«

»Meine Freundin war im siebten Monat schwanger, als ich sie das letzte Mal sah«, antwortete Jonas. »Ich weiß nicht, was geschehen ist. Eben noch war ich auf dem Heimweg und dann war ich hier. Und obwohl ich meine kleine Mia niemals kennengelernt habe, höre ich ihre Stimme und die Abenteuer, die sie erlebt. Kinder sind so leicht zu begeistern.«

»Jonas ...«, begann Preema, doch sie wusste nicht was sie sagen sollte. Der Wirbel schien Jonas' Schwachstelle gefunden zu haben.

»Hast du Kinder?«, fragte Jonas plötzlich.

»Ich weiß es nicht.« Wie sie es inzwischen hasste, dass dies ihre Standardantwort auf so viele Fragen war.

»Sei froh darum. Es ist schlimm, deine Tochter zu hören und zu wissen, dass sie nicht real ist. Nichts hier ist real. Wir sind nur ein unvollständiges Abbild. Diese Stimmen sind bloß Fragmente unserer verlorenen Erinnerungen und Wünsche, die kleine Mia nur ein hoffnungsloser Traum. Vielleicht ist sie beim echten Jonas. Vielleicht höre ich ihre Stimme, weil *er* sie kennengelernt hat. Trotzdem fühle ich den Schmerz, von ihr getrennt zu sein. Die programmierte Idee von Schmerz, aber dennoch ...« Jonas Oberkörper neigte sich mehr und mehr dem Wirbel zu und seine Augen bekamen einen glasigen Ausdruck. »Ich habe mich in Tilli geirrt und ich weiß nicht mehr, was ich bin.«

»Jonas, tritt zurück! Du fällst noch hinein!«, rief Preema besorgt. Er stand viel zu nah am Abgrund.

»Ich muss jetzt gehen, Preema.«

»Gehen? Wohin?«

»In den Exit. Ich will diese halbe Existenz nicht. Ich beende mein Programm. Besuch Tilli gelegentlich für mich. Sie langweilt sich sonst, so ganz alleine.«

»Jonas!« Preema und David schrien gleichzeitig auf, als Jonas die Arme ausbreitete und sich vornüber in die Tiefe des Wirbels stürzte. Preema sah, wie er von den zirkulierenden Wolken mitgerissen wurde. Seine Augen waren vor Schreck weit aufgerissen, als sein Körper eins wurde mit den Sternen und Stromstößen, die den Wirbel formten. »Jonas!«, rief Preema seinen Namen wieder und wieder in den weiten Schlund, doch es war nichts mehr von dem Mann übrig, der eben noch vor ihr gestanden hatte. »Jonas!«

Er kehrte nicht zurück. Seine Stimme antwortete ihr auch nicht aus dem Wirbel. Stattdessen hörte sie nun die Stimme der Frau, die sie hierhergeführt hatte, klar und deutlich, isoliert von den mannigfaltig überlagerten Gesprächen der anderen. Da war etwas Vertrautes in der

Melodie ihrer Worte und Preema war plötzlich davon überzeugt, die Sprecherin zu kennen. Das Geheimnis ihrer Identität wollte sich jedoch nicht lüften und verbarg sich, nur knapp außerhalb Preemas Reichweite.

Preema fühlte den Sog des Wirbels und ihre Haut begann zu kribbeln. War es Furcht oder Aufregung? Sie stand nun so dicht am Rande des Wirbels wie zuvor Jonas und der Abgrund lockte sie mit seinen Stimmen und wundervollen Gefühlen. Alles fühlte sich auf einmal nach so viel mehr an, so lebendig und intensiv. Der Wirbel war verführerisch. Er versprach ihr einen Heimweg, einen Weg zurück in ihr Leben. Ein geradezu grausames Versprechen, nun, da die Welt nicht länger existierte. Der Wirbel aber versuchte diesen Gedanken auszuradieren und ihr einzuflüstern, dass ihr Zuhause noch immer am Ende dieses Tunnels wartete. Er lullte Preema ein, in einen schmeichelnden Kokon aus schönen Versprechen und Sonnenstrahlen auf der Haut, aus menschlicher Nähe und Lachen und Tanzen und …

»Spring jetzt, sei nicht wieder feige, Preema!«, erklang Nicoles Stimme eindringlich, diesmal direkt neben ihr. Das Mädchen stand an Preemas Seite und war kaum sichtbar. »Spring jetzt«, verlangte die falsche Nicole streng.

»Preema!«

Davids Arm schlang sich um ihre Taille und holte Preema zurück in die Realität. Nun erkannte sie, dass sie sich in ihrer Trance weit über den Wirbel gebeugt hatte. Sie war nur noch um Haaresbreite davon entfernt, hineinzufallen und ebenfalls von ihm verschlungen zu werden.

»Um Himmels Willen, Preema, was machst du denn?« David zog sie vom Rande des Wirbels zurück, nahm ihre Hand und führte sie fort, zurück in das hohe Grasfeld. Er zerrte Preema weg vom Wirbel, weg von den Verlockungen, die das Phänomen versprach. Je mehr Abstand er zwischen sie und den Wirbel brachte, desto leiser wurden die Stimmen und desto schwächer wurden der Sog und die schönen Gefühle. Er erlaubte Preema nicht, stehenzubleiben, bis sie auf der anderen Seite wieder aus dem Gras hinaustraten und Preema die Insel überblicken konnte, bis weit hinaus zu den Felsen, die sie umringten.

»Preema, bitte sag etwas.« David sah ihr direkt in die Augen. Er wirkte besorgt.

»All diese Menschen ... Jonas«, gab sie schwach zurück. »Er ist in den Wirbel gegangen. Er hat sich einfach hineinfallen lassen. Warum hat er das getan?«

David warf einen bedauernden Blick auf das Grasfeld, in dessen Mitte sich das Ungetüm befand. Seine Gesichtsmuskeln arbeiteten. »Mir war nicht klar, dass es Jonas so schlecht ging. Er hat sich immer lieber etwas von uns ferngehalten, aber ich hätte nicht gedacht, dass der Wirbel so viel Einfluss auf ihn hat. Jonas hat einen recht gefassten Eindruck gemacht.«

»Er hat sich aufgelöst. Genauso so ist es auch mit Agatha gewesen, aber sie hat das Licht in den Himmel gesaugt, da war kein Wirbel.« Ihre Stimme gab nach, sie schlug sich die Hände vor den Mund, um die weinerlichen Laute einzusperren, die sich einen Weg aus ihr hinaus bahnen wollten. Schon wieder hatten sie jemanden verloren. Schon wieder hatte Preema dabei zusehen müssen, wie jemand starb. War das ihr Schicksal? Ihre Strafe? Preema versuchte, ihre Gefühle zu sortieren. Sie konnte ihre Angst fast riechen. »Was ist das für ein Ding?«, fragte Preema schließlich verbittert. Was sie zunächst fasziniert hatte, kam ihr nun wie das Maul eines gefräßigen Ungeheuers vor. Es hatte ihren Freund verschlungen. Erst die Grauen und nun der Wirbel. Gehörte beides zusammen?

»Niemand weiß, was der Wirbel ist oder wohin er führt. Wir können uns nur in der einen Sache sicher sein: Wer hineingeht, kommt nicht wieder zurück.«

»Jonas nannte ihn einen *Exit*, bevor er hineingegangen ist. Was hat er damit gemeint? Hielt er den Wirbel für eine Tür? Eine Art Portal?«

»Das kann schon sein. Viele auf der Lichtung glauben, dass der Wirbel ein Übergang ist.«

»Wo führt er hin?«, bohrte Preema nach.

»Wie ich schon sagte, niemand hier weiß es. Möglicherweise ist der Wirbel ein Durchgang an einen anderen Ort. Eine andere Lichtung vielleicht. Ich allerdings glaube, er ist eine Todesfalle.«

Preema nickte. Auch ihr kam der Wirbel wie ein tödliches Monster vor, das sie geradewegs zurück in den weißen Raum hinauspusten wollte. Die Vorstellung gruselte sie so sehr, dass sie sich unwillkürlich schütteln musste. »Ich verstehe nicht, weshalb Jonas das getan hat. Ich habe ihn vorhin erst getroffen. Er war launisch und unfreundlich, aber es ging ihm gut. Nichts deutete darauf hin, dass er Todessehnsucht hatte. Er war völlig anders als gerade eben.«

»Manchmal geht es ganz schnell«, sagte David bedauernd. »Die Stimmen haben ihn schon seit einer Weile gerufen und am Ende haben sie ihn wohl gebrochen. Viele zerbrechen an den Stimmen, das macht den Wirbel so gefährlich.«

»Du sagst doch, die Beobachter wollen uns helfen und beschützen. Wieso würden sie dann ein so gefährliches Ding erschaffen?«

»Ich weiß es nicht. Vielleicht können sie ihn nicht loswerden. Wie ein Pilz, der sich einfach immer weiter in den kleinsten Ecken ausbreitet und einnistet. Vielleicht ist er auch notwendig, damit die Lichtung existieren kann. Manchmal denke ich, wir sind hier, um den Beobachtern dabei zu helfen, den Wirbel zu besiegen. Ihre eigene Spezies ist womöglich noch anfälliger für seinen Einfluss, als wir es sind, und deswegen kommen sie auch nie selbst auf die Lichtung.«

»Dann sind wir also Kanonenfutter? Na, herzlichen Dank.«

»So darfst du das nicht sehen. Sie helfen uns und wir helfen ihnen.«

»Und hin und wieder stirbt einer im Wirbel. Keine große Sache, stimmt's?« David wandte den Blick von ihr ab. Es war nicht schwer zu sehen, dass sie ihn verärgert hatte. »Tut mir leid, David. Ich will gar nicht so bissig sein. Mir fehlt der Beweis. Es gibt haufenweise Spekulationen, aber nichts Konkretes.«

»Manchmal muss man einfach glauben, Preema.«

Einfach glauben. Wenn das mal so einfach wäre. Wenn Preema eines über sich wusste, dann, dass sie kein leichtgläubiger Mensch war und für alles Beweise suchte. Selbst mit ihrem lückenhaften Erinnerungsvermögen war sie sich dessen deutlich bewusst.

»Ich kann die Stimmen auch hören«, gestand sie fröstelnd.

»Selbstverständlich kannst du das. Wir alle hören die Stimmen. Jeder eine andere oder auch viele verschiedene. Vertraute Menschen, die wir einst gekannt haben. Sie rufen unsere Namen, erzählen uns Geschichten und Anekdoten, die wir angeblich erlebt haben. Sie weinen und jammern, jedes Mal ein bisschen mehr, bis die Stimmen irgendwann leiser werden und seltener erklingen. Für manche von uns verstummen sie irgendwann ganz. Du musst nur lange genug durchhalten, Preema, dann hört der Wirbel eines Tages auf, nach dir zu rufen.«

»Aber wer ruft uns, David? Ich habe erlebt, wie die Welt untergegangen ist. Da draußen kann niemand mehr sein, der nach uns ruft.«

»Ich glaube nicht, dass die Stimmen wirklich existieren. Wir müssten alle dasselbe hören, wenn es so wäre, oder nicht? Ich hätte Jonas' Tochter so hören müssen wie er, er hätte meine Jessi hören müssen, so wie ich sie gehört habe. Aber jeder von uns hört nur die Stimmen, die eine Reaktion in uns auslösen können. Sehnsüchte, Sorgen, Heimweh. Dinge, die dem Wirbel die Möglichkeit geben, uns anzulocken und in sich hineinzuziehen. Mütter, Väter, Freunde, Partner, Kinder. Der Wirbel liest unsere Gedanken und spielt mit ihnen. Vielleicht werden unsere Erinnerungen deswegen gelöscht, bevor wir hierherkommen. Zum Schutz. Damit der Wirbel uns nicht so leicht angreifen kann. Wenn wir uns an nichts erinnern, womit will er uns dann verführen?«

»Er ist wie eine fleischfressende Pflanze«, nickte Preema unglücklich. »Er lockt uns mit süßen Versprechen und verschlingt uns mit Haut und Haar.«

David legte einen Arm um sie. »Das ist ein erschreckend guter Vergleich. Aber du musst keine Angst haben. Mich erreicht der Wirbel schon lange nicht mehr. Ich werde auf dich aufpassen und dich vor ihm beschützen, solange es nötig ist.«

Preema wünschte sich so sehr, dass sie sich durch Davids Worte sicherer fühlen könnte, doch dann sah sie Jonas vor sich am Abgrund, die emotionale Last, die in seinen Augen überdeutlich erkennbar gewesen war, und sie fürchtete sich. David und die anderen hatten sicher auch versucht, Jonas zu beschützen. Doch nun war er fort, verschlungen von diesem unbekannten Monster, das dort in der Tiefe hauste.

»Wer ist Jessi?«, fragte Preema. Sie wollte nicht länger an den Wirbel denken und an den Mann, der darin verschwunden war.

»Die tollste Frau, die ich je traf.«

»Nicht ›die schönste‹?« Preema lachte leichthin.

»Oh, die schönste war sie auch. Für mich allemal. Aber sie hatte so eine Art an sich, die mich einfach nur vom Zusehen schon glücklich machte. Von ihr habe ich meinen ersten richtig *guten* Kuss.«

»Wie lange wart ihr zusammen?«

»Nie. Nur ein einziges Mal. Sie war in einen anderen verliebt. Tja. Sie wird trotzdem immer die Einzige für mich sein.«

»Du bist viel zu jung, um so etwas zu sagen.«

»Dafür klingst du gerade doppelt so alt, wie du sein kannst«, neckte er sie. »Was ist mit dir, Preema? Erinnerst du dich an deinen ersten richtig guten Kuss?«

»Mein Gehirn ist so leer wie ...«

Der Rest ihres Satzes ging verloren, als die Erinnerung den Platz der Worte einnahm.

DAMALS • 31. DEZEMBER 2023

»ALLONS-Y!«, RIEF DOCTOR Who, die im normalen Leben Talia hieß und mehr an David Tennant erinnerte als an Jodie Whittaker. Mit ihrem legeren Shirt, der blauen Dreiviertelhose und dem beigen Trenchcoat darüber hatte sie allerdings eindeutig die vorteilhaftere Kleiderwahl getroffen als Preema. »Jetzt hör doch mal damit auf, an deinem Kostüm rumzuzupfen. Du siehst scharf aus!«, setzte Talia nach, während sie ihren Mantel über die Theke der Garderobe reichte und ihre Abholmarke entgegennahm.

»Ich friere mir hier wichtige Körperteile ab«, gab Preema mürrisch zurück, als sie ihren eigenen Mantel übergab. Sie war ein großer Fan von *Wonder Woman*, seit sie als Jugendliche Gal Gadot auf der Leinwand gesehen hatte. Doch Preema hatte unterschätzt, wie knapp das Kostüm tatsächlich war und wie nasskalt sich der Winter auf britischen Inseln gestaltete. Obwohl die Temperaturen selbst nachts kaum unter null Grad fielen, fuhr ihr der Wind klirrend kalt über das Gesicht und unter den Mantel. Nun, da sie bloß noch in ihrem kurzen Röckchen im Eingang des Clubs stand, wo der Wind noch immer durch die offenen Türen pfiff, zog sich eine Gänsehaut über ihren ganzen Körper.

»Ich kann dafür sorgen, dass dir wieder warm wird«, verkündete Talia mit diesem unverkennbaren Unterton, der Bände sprach. Sie zog Preema an sich und machte eindeutige Gesten mit der Zunge, die Preema dazu brachten, die Nase zu rümpfen.

Talia war dreiundzwanzig Jahre alt, nur ein knappes halbes Jahr jünger als Preema, die in wenigen Stunden vierundzwanzig wurde. Doch wenn Talia betrunken war, dann benahm sie sich mehr wie eine Dreizehnjährige in der Blüte ihrer Pubertät. Preema mochte es nicht, wenn Talia sich schon vor der eigentlichen Party zulaufen ließ und sich von der sonst intelligenten, zurückhaltenden jungen Frau in diesen primitiven Machoverschnitt verwandelte.

»Warum musst du dich immer betrinken, wenn wir weggehen?« Damit drückte Preema Talia und ihre Schnapsfahne von sich fort. »Du wirst immer zu einem völlig anderen Menschen, wenn du trinkst, und ehrlich gesagt mag ich den nicht besonders.«

»Mann, jetzt mach dich mal locker. Vielleicht hättest du auch ein bisschen Spaß im Leben, wenn du dir ein paar Kurze hinter die Binde kippen würdest.«

»Arschloch«, schnauzte Preema sie an. Wie oft sie diesen Spruch in den letzten Monaten schon von Talia gehört hatte. Wütend rauschte Preema an ihr vorbei und stieß dabei so wuchtig gegen ihre Schulter, dass Talia das Gleichgewicht verlor und über die eigenen Füße stolperte. Bis sie sich wieder gefangen hatte, war Preema bereits außer Reichweite.

»He! Preema!«, rief Talia ihr nach. »Jetzt sei nicht gleich eingeschnappt! Matthias und die anderen warten auf uns. Preema?«

Matthias und die anderen durften gerne weiterhin warten, es waren ohnehin alles Talias Freunde und auch die hielten Preema für verkrampft. Vielleicht hatten sie damit recht. Sie war kein sehr ausgelassener Mensch. Es lag ein Schatten auf ihrer Seele, von dem Talia und deren Freunde nichts ahnten. Der Schatten eines toten Mädchens.

Preema schüttelte sich und drängte die aufkeimenden Erinnerungen zurück ins Dunkel. Schnell tauchte sie in einer Gruppe kostümierter Gäste unter, bis sie sicher war, dass Talia sie aus den Augen verloren hatte und sich in eine andere Richtung bewegte. Als die andere in der Menschenmasse verschwunden war, huschte Preema eilig in den ersten der vier Tanzräume des Clubs. Tiefe Bässe schlugen ihr mit elektronischen Klängen entgegen und wummerten in ihrem Körper wider. Sie liebte Bässe und bekam plötzlich das Bedürfnis, alles aus sich herauszutanzen. Talia, die Gedanken, die Schatten auf ihrer Seele, ihr ganzes Selbst. Weg, weg, alles weg damit! Sie warf sich mitten in die Masse tanzender Vampire, Superhelden, Zombies und lebendig gewordener Fandoms, die sie nur teilweise erkannte. Der Rhythmus des Songs packte sie und ihr Körper folgte ihm bereitwillig. Sie warf den Kopf etwas zu stark herum, so dass ihr langes Haar gegen den Helm eines Stormtroopers schlug. Er wandte sich Preema zu und sie winkte entschuldigend ab. Der Stormtrooper nahm es beiläufig zur Kenntnis und zeigte ihr zwei erhobene Daumen, ehe Sexy Cinderella seine Aufmerksamkeit stahl und ihn an sich zog. Ihrem Rock fehlte ungefähr ein Meter Stoff, aber Preema war nun wirklich nicht in der Position, über kurze Röcke zu urteilen. Sie lachte über sich selbst und drehte sich. Die Lamellen ihres eigenen kurzen Kleidungsstücks glitten schwungvoll durch die Luft, fächerten sich auf und fielen wieder herab.

Preemas Stimmung besserte sich von Minute zu Minute. Welche Wunder Musik doch wirken konnte. Das Tanzen tat ihr gut. Es nahm ihre Wut und verwandelte sie in kraftvolle Bewegungen und Schweiß. Ein Song blendete in den nächsten über, die Lichtinstallationen wechselten ihre Farben und Formen. Euphorie breitete sich in Preemas Körper aus und ihr war inzwischen so warm, dass sie nun doch ganz dankbar war für ihr knappes Outfit.

Als Preema sich das nächste Mal drehte, streifte ihr Blick eine junge Frau im Catwoman-Kostüm, die nah bei Stormtrooper und Sexy Cinderella tanzte. Sie war eine Julie-Newman-Catwoman, im schlichten schwarzen Catsuit und mit goldenem Gürtel. Old school. Aus dem langen roten Haar schauten zwei spitze Katzenohren heraus und eine einfache schwarze Maske verdeckte den oberen Teil ihres Gesichts.

Catwoman wandte sich um und wurde einen Moment lang reglos, als sie Preema entdeckte. Sie studierte Preema mehrere Sekunden lang und legte dann den Kopf ein wenig schräg, was sie noch kätzischer wirken ließ. Preema bemerkte, dass sie Catwoman anstarrte, und brach den Augenkontakt. Doch sie glaubte, Catwomans Blicke in ihrem Nacken zu spüren, und tatsächlich, als sie über die Schulter zurücksah, stand Catwoman noch immer da und schaute sie auch noch immer mit diesen forschenden Augen an.

Preema schenkte ihr ein etwas schüchternes Lächeln und hoffte, dass die Unbekannte ihr Starren nicht als Provokation aufgefasst hatte. Doch das Glück schien nicht auf ihrer Seite zu sein, denn Catwoman setzte sich in Bewegung und kam geradewegs auf Preema zu. Jeder ihrer Schritte war geschmeidig und ihr Körper sprach eine deutliche Sprache. *Miau, kleine Maus.* Die Katzenfrau spielte ihre Rolle etwas zu gut.

Preemas Tanzschritte wurden kleiner, schließlich stand sie still da und wartete darauf, was geschehen würde. Catwoman stand nun dicht vor ihr und studierte Preema aus einem hellen Augenpaar, mit einem Blick, der jedem die Nackenhaare aufgestellt hätte. Im wechselnden Licht der wild kreisenden Moving Heads war es schwer zu sagen, welche Farbe genau Catwomans Augen hatten. Vielleicht Grün oder eher noch Grau. Was sie auf jeden Fall waren, war intensiv, und die dunkle Maske, die sie einrahmten verstärkten die Wirkung nur noch mehr. Catwomans Mundwinkel hoben sich und formten ein vielsagendes Lächeln. Nicht böse, aber eindeutig gefährlich. Plötzlich hob sie eine Hand, fließend, geschwungen, nicht einfach nur hinauf, und hielt sie Preema erwartungsvoll entgegen. Der Blick, das Lächeln, die Körperhaltung, die dargebotene Hand ... *Wenn du sie nimmst, werde ich dich fressen, aber nimmst du sie nicht ...* Ein Schauer lief Preema über den Körper und ihre Hand traf die Entscheidung ohne ihren Verstand, als sie sich an die von Catwoman schmiegte. Catwomans Lächeln wurde breiter. Siegesfreude leuchtete aus ihren Augen heraus. *Oh weia.*

Catwoman legte sich Preemas Hand auf die Schulter, so nah an ihrem Hals, dass Preemas Finger wie von selbst den Nacken der anderen streiften. Catwoman trat dichter an Preema heran, ließ die Hände auf ihren Hüften ruhen und begann zu tanzen. Preema ließ sich von ihr mitziehen und folgte den Bewegungen halb erleichtert, halb verunsichert. Kein streitlustiges Raubtier, nur eine jagende Miezekatze. *Nicht zwingend weniger gefährlich, Preema.*

Der DJ startete einen Ausflug ins 80er-Jahre-Musikarchiv. *Silence* von Depeche Mode dröhnte durch die menschengefüllte Halle und der Refrain hinterließ ein Echo in Preema, das ihr die Knie weich werden ließ. Bei einem Blick, wie ihn die Katzenfrau allein für Preema reserviert zu haben schien, waren Worte wirklich mehr als unnötig.

Catwomans Hände wanderten gleichmäßig über Preemas Hüften, die Taille hinauf und wieder hinunter, bis sie diesen kleinen Punkt fanden, wo der Rücken in den Po überging. Catwoman musste nur wenig Druck ausüben, um dafür zu sorgen, dass sich ihre Körper noch weiter annäherten und sich schließlich berührten.

Es war möglich, sich voneinander zu entfernen und sich doch nah zu sein, wie Preema herausfand. Catwoman bewegte sich mit ihr und um sie herum, manchmal berührten sich nur noch ihre Fingerspitzen, doch nie riss der Kontakt völlig ab. Wie die Wellen des Meeres nach der Ebbe stets den Sand des Ufers fanden, so fanden auch die beiden Frauen nach jeder Drehung, jedem Schritt voneinander fort, wieder zueinander zurück. Auch als die Musik unmittelbar verstummte und jemand in ein Mikro sprach, hielten sie sich noch im Arm und wiegten sich leicht im Takt einer Melodie, die längst erloschen war.

Der Jahreswechsel stand kurz bevor, nur noch zehn Sekunden trennten das alte vom neuen Jahr. Die kostümierten Besucher stimmten in den Countdown des DJs mit ein und ein lauter Chor zählte die Sekunden herunter. Noch sechs Sekunden. Noch …

»Fünf …!«

Catwoman schmiegte sich an Preemas Körper und strich ihr durch das wellige Haar.

»Vier …!«

Sie schaute Preema in die Augen und blickte ihr beinahe bis auf den Grund der Seele. Ob Catwoman die Flecken darauf sehen konnte?

»Drei ...!«

Catwomans Atem strich über Preemas Haut. Sie legte den Kopf ein wenig schräg und senkte den Blick auf Preemas Lippen.

»Zwei ...!«

Preema wusste was geschehen würde. Sie hätte es verhindern können, wenn sie nur gewollt hätte.

»Eins ...!«

Preema schloss die Augen in dem Moment, als Catwomans Lippen sie berührten und ein Feuer in ihrem Körper entfachten. Sie bekam kaum mit, wie die Menge zu jubeln begann und die Musik laut und bassreich wiedereinsetzte. Preemas Sinne waren allein auf Catwoman konzentriert, deren Zunge sich nahezu kunstfertig in ihren Mund schlich. Tausend Schmetterlinge stiegen in Preemas Bauch und Brust empor und ihre Hände wanderten wie ferngesteuert um Catwomans Körper und drückten ihn noch fester an sich. Catwomans Kuss war pure Magie, und Preema war gefangen in der unerwartet intensiven Berührung. Sinnlich und elektrisierend. Aufregend. Die Geheimnisse des gesamten Universums schienen in diesem einen Kuss ihre Antworten zu finden. War Preema schon je so geküsst worden? War sie bisher so schlecht in der Wahl ihrer Partnerschaften gewesen oder war Catwoman bloß besonders begabt?

Preema wusste es nicht. Sie wusste nur, dass noch kein Kuss so gut gewesen war wie dieser. Sie wollte nie wieder etwas Anderes tun, als Catwoman auf ihren Lippen zu schmecken. Es schien so viel Sehnsucht, so viel Zuneigung in dem Kuss zu stecken. Doch Catwoman und Preema waren einander fremd, und wo sich die Menschen fremd waren, konnte es keine solchen Gefühle geben. Es konnte nicht mehr als die Leidenschaft des Moments sein, die aufregende Wirkung des Unbekannten.

Talia tauchte aus dem Nichts auf und riss Preema und Catwoman auseinander. Perplex schaute sich Preema um und blinzelte die Verwirrung fort. Sie wollte den Kuss zurück, das Geborgensein, die Ekstase. Stattdessen sah sie Talias Gesicht vor sich, vor Wut ganz hässlich und verzerrt. Im nächsten Moment ging sie auf Catwoman los, stieß sie so grob zurück, dass die zierliche Katzenfrau gegen Stormtrooper und Sexy Cinderella prallte. Die beiden fingen sie glücklicherweise auf und Stormtrooper, der schnell verstand, was vor sich ging, baute sich zwischen ihr und Talia auf. Talia wich zurück. Sie war kräftig gebaut und groß für eine Frau, aber dennoch kleiner und auf jeden Fall schmächtiger als Stormtrooper und beide wussten genau, wer bei einer Konfrontation den Kürzeren ziehen würde. Talia machte eine unfeine Geste in Catwomans Richtung, die Preema einen niedergeschlagenen Blick zuwarf. In dem Moment trat Talia in Preemas Sichtfeld, wedelte aufgeregt mit den Händen vor ihrem Gesicht herum, fluchte und schimpfte, dass ihr Speichel kleine Schaumbläschen in den Mundwinkeln bildete. Wegen der lauten Musik verstand Preema kein Wort, doch das war auch nicht nötig. Es war nicht zu übersehen, was Talia davon hielt, dass Preema ihren Neujahrskuss mit einer fremden Person geteilt hatte statt mit ihr. Und gewiss war ihre Reaktion gerechtfertigt. Sie waren ein Paar und Talia hatte jedes Recht, wütend zu sein. Dennoch waren Preema Talias Befindlichkeiten in diesem Moment egal. Sie hatte keine Lust, ihr zuzuhören oder sich zu entschuldigen.

Preema versuchte, an Talia vorbeizukommen und noch einen Blick auf Catwoman zu erhaschen. Stormtrooper und Sexy Cinderella schienen sich zu vergewissern, dass es der Freundin gut ging, und versuchten, sie zu beruhigen. Talia musste ihr einen ordentlichen Schrecken eingejagt haben. Preema drängte sich rasch an Talia vorbei und bewegte sich auf Catwoman zu. Doch Talia fasste blitzschnell nach ihrem Handgelenk und hielt sie zurück. Preema versuchte, sich aus Talias Griff zu lösen, doch sie war stärker als Preema und ihr Griff unnachgiebig wie ein Schraubstock. Als Preema es endlich geschafft hatte, Talia abzuschütteln und ihr, mehr durch giftige Blicke als durch hörbare Worte, klarzumachen, dass sie sie loslassen sollte, fehlte von Catwoman und ihren Freunden jede Spur und Preemas Enttäuschung darüber war größer, als sie erwartet hatte.

Preema und Talia gingen in dieser Nacht nicht gemeinsam nach Hause. Eine Weile suchte Preema den Club noch nach Catwoman ab, doch er war groß, voll und unübersichtlich und die Suche entsprechend hoffnungslos. Schließlich gab sie auf, holte ihren Mantel in der Garderobe ab und machte sich auf dem Weg zu ihrer Studentenunterkunft. Noch auf dem Weg hörte sie ihr Smartphone klingeln und las die Nachricht, die Talia ihr geschickt hatte. Die Rechtschreibung war unterirdisch – vermutlich einer Mischung aus zu viel Alkohol und Wut geschuldet –, doch Preema musste nicht jedes einzelne Wort verstehen, um den Kern der Aussage zu erfassen. Talia machte mit ihr Schluss und Preema konnte es ihr weder verdenken, noch traf es sie besonders. Sie steckte das Telefon zurück in die Tasche, schlang den Mantel fester um sich und ließ ihre Gedanken zu Catwoman abdriften.

HEUTE

PREEMA ERWACHTE AUS der Erinnerung und ihre Fingerspitzen berührten ihre Lippen. Catwomans Liebkosung schien noch daran zu hängen, wie das Bouquet eines guten Weins. Preema hatte schon viele Küsse gekostet und alle waren irgendwie schön gewesen, aber dieser eine – Catwomans Kuss – war etwas völlig Anderes gewesen. Sie erinnerte sich daran, dass sie in den nächsten Jahren alle folgenden Küsse mit diesem einen verglichen und nie das erwünschte Ergebnis gefunden hatte. Catwomans Kuss folgte Preema sogar bis auf die Lichtung und ließ ihre Lippen auch jetzt noch prickeln. Nach den bisher schmerzhaften Einblicken in ihre Vergangenheit war es die Erinnerung an eine flüchtige Begegnung, die nichts als Freude machte.

Preema strich sich über die Arme. Die Erinnerung an den kalten Wind jener Silvesternacht ließ sie frösteln und machte ihr eine Gänsehaut im Hier und Jetzt. Sie glaubte, den kalten Luftzug auf ihrem Gesicht und den Armen zu spüren. »Ist es kälter geworden oder bilde ich es mir ein?«, fragte Preema.

»Ich merke keinen Unterschied«, antwortete David, der noch immer neben ihr saß und nur in ein enges Tank Top und bunte Shorts gekleidet war.

»Seltsam. Ich habe vorher nie gefroren. Es muss wohl mit der Erinnerung an die Winternacht zusammenhängen.« Sie rieb sich die Arme und die Gänsehaut darauf fühlte sich leicht kratzig an. Sie hatte das Gefühl, ein kalter Luftzug wehe durch ein undichtes Fenster zu ihr herüber, was Unsinn war, denn es gab hier weder Fenster, noch reagierte irgendetwas aus der Umgebung auf etwaige vorhandene Winde.

»Wir sollten zurück zur Siedlung gehen. Irgendwer hat sicher ein paar Kleider für dich übrig.«

»Eine gute Idee, aber wir müssen vorher noch einen Zwischenstopp einlegen.«

Jonas' *Exit* ließ Preema nicht los. Noch immer hallten seine Worte in ihren Gedanken nach. *Ich habe mich in Tilli geirrt.* Was hatte er damit gemeint? Was hatte er herausgefunden, dass es ihn derart aus der Bahn geworfen hatte? Preema musste den Serverraum aufsuchen und mit der K.I. sprechen. Vielleicht kannte sie die Antwort darauf, weshalb Jonas in den Wirbel gesprungen war. Preema kam in den Sinn, dass Jonas' Speicherturm ebenfalls in der großen Halle stand. Wieso hatte sie daran nicht eher gedacht? Es gab eine Möglichkeit, herauszufinden, ob der Wirbel die Menschen tötete oder nur woanders hinbrachte. Sie musste bloß nachsehen, ob Jonas' Server noch aktiv war.

»Wohin gehen wir?«, fragte David, da Preema aufgesprungen und losgelaufen war, ohne ihm Details zu nennen.

»Zu Jonas' Labor. Ich muss etwas überprüfen.«

»Sein was?«, fragte David verwundert.

»Er hat dir nie davon erzählt, was? Das wundert mich nicht. Er war stinksauer, als ich seine Festung der Einsamkeit gefunden habe.«

David blinzelte. »Manchmal sagst du sehr nerdige Dinge.«

»Und ich fürchte, wo das herkommt, versteckt sich noch viel mehr. Irgendwo, unter all meinen verlorenen Erinnerungen und den ersten grauen Haaren, bin ich offenbar ein wandelndes Nerdikon.«

»Was ist ein Nerdikon?«

»Ein Lexikon für Nerds.«

David hielt einen Moment inne und versuchte, sich das Grinsen zu verkneifen. »Ich kann mich gerade nicht entscheiden, ob du interessant oder sonderbar bist«, meinte er schließlich und präsentierte eine Spock-Braue. Preema seufzte innerlich über ihren Vergleich und schluckte die entsprechende Bemerkung herunter.

»Ich lasse es dich wissen, wenn ich es herausgefunden habe«, versprach sie ihm schmunzelnd.

Sie lief mit David an ihrer Seite schnurstracks zu den Tümpeln und Ruinen, wo sich der verborgene Eingang zu Jonas' kleinem Reich befand. Preema war froh, dass David bei ihr war, denn sie hörte die verlockenden Stimmen des Wirbels noch immer, obwohl sie angestrengt versuchte, ihr eigentümliches Wispern zu ignorieren. Es war schwer, ihnen keine Beachtung zu schenken, doch Preema hielt sich tapfer und ließ sich nichts anmerken.

Nach einem schweigsamen Spaziergang erreichten die beiden die verborgene Tür im Felsen und David war alles andere als begeistert davon, dass Jonas diesen Ort vor ihm geheim gehalten hatte. Als derjenige, der am längsten auf der Lichtung war, sah David es als seine Pflicht an, über alles Bescheid zu wissen, was hier vor sich ging. Dass es offenbar Orte gab, die er nicht kannte und die ihm verheimlicht wurden, nagte an seinem Ego.

Preema führte David die Stufen hinunter, stieß die Tür zum Serverraum auf und erstarrte. Die Halle war leer. Keine Tilli, keine Server, nicht der Hauch eines Kabels oder Flecks auf dem Boden. Die Halle war so sauber, als wäre noch nie jemand hier gewesen.

»Wo sind sie hin?«, rief Preema fassungslos. Das Echo ihrer Stimme hallte von den leeren Wänden zurück.

»Wer?«, wollte David wissen.

»Die Server. Die Monitore. Dieser Raum war voller Technik, David. Dort drüben stand Jonas' Schreibtisch. Hier ...«, sie rannte in die Mitte der Halle, »... hier war ein riesiger Schacht der meterweit hinabreichte. Die Kabel liefen dort unten in Tillis Datenkern zusammen.«

»Wer ist Tilli?«

»Die K.I., die alles am Laufen hält.«

»Könntest du vielleicht ganz vorne anfangen? Ich komme irgendwie nicht mit«, sagte David und Preema schnaubte ein wenig verstimmt.

»Jonas hatte diese Theorie«, begann sie. »Er glaubte, dass wir Programme seien und uns in einer Simulation befänden. Er hat diesen Raum gefunden. Hier standen dutzende Server, David. Einer für jede Person auf der Lichtung. Tillis Kabel schlängelten sich durch die gesamte Halle zwischen den Servertürmen hindurch. Genau hier hat Jonas versucht, einen Zugang zum System zu finden. Hier hat er gesessen und geflucht, wenn ihn die Firewall wieder einmal ausgetrickst und in eine Sackgasse hat laufen lassen ...« Sie ging die Stelle mit langen Schritten ab, um David zu zeigen, was nicht mehr da war.

»Programme?«, fragte David. War das etwa das Einzige, was er gehört hatte? »Was denn für Programme?«

Jetzt da Jonas fort war, war Preemas Versprechen zu schweigen sicher hinfällig, und so begann sie, David alles zu erklären. Was Jonas hier unten erforscht hatte, was er ihr über das Experiment gesagt hatte. »Jonas sagte, wir wären bloß Kopien von Menschen, die an einem Testprogramm teilgenommen haben.«

»Welche Art von Testprogramm?«

»Das weiß ich nicht genau, David.« Preema raufte sich das Haar. »Es ging um das Mapping von Erinnerungen, darum, die Persönlichkeit eines Menschen in einen digitalen Code zu übersetzen. Eine Art Erinnerungs-Backup, das sich bei Bedarf in eine virtuelle Umgebung hochladen ließe. Eine Umgebung wie die Lichtung.«

»Du sagst also, die Lichtung sei eine virtuelle Umgebung und wir nichts weiter als digitale Erinnerungen?«

»Das ... Das ist es, was Jonas sagte«, stimmte Preema zaghaft zu. Sie wusste, wie verrückt sich das anhören musste, sie hatte Jonas auch nicht unbedingt geglaubt. Aber sie hatte mit Tilli gesprochen und ihren eigenen Datenserver gesehen.

Wenig überraschend seufzte David. »Das klingt wie eine Mischung aus *Matrix* und *Altered Carbon*. Ich schätze, Jonas hat einfach zu viele

Bücher gelesen oder zu viele Filme gesehen, in denen Menschen ihre Körper wechseln wie ein T-Shirt.« David lachte, diesmal war es ein Lachen, dem eine besondere Hässlichkeit anhing. Voller Selbstgefallen und Überheblichkeit. Der Tonfall gefiel Preema überhaupt nicht und ließ sie sofort in einen Trotzmodus verfallen.

»Er hat an der Erschaffung künstlicher Intelligenz geforscht, bevor er hierherkam, wusstest du das?«, fragte sie David.

»Daran wird schon seit Jahrzehnten geforscht, Preema. Das heißt gar nichts.«

»Aber die Server waren hier. Ich habe mit Tilli gesprochen«, hielt sie dagegen. »Ich habe mir das nicht ausgedacht.«

»Das behaupte ich auch gar nicht. Die Lichtung benutzt unsere Vergangenheit, um uns zu studieren – besser gesagt, die Beobachter tun das. Wenn Jonas vorher in einem Labor gearbeitet hat wie dem, das du mir eben beschrieben hast, dann haben sie es vielleicht für ihn nachgebaut, um mehr über ihn und seine Arbeit zu erfahren. Es klingt danach, als könnte er wichtige Informationen gehabt haben über das, was mit der Welt geschehen ist, meinst du nicht? Vielleicht hat er miterschaffen, was uns zerstört hat, und erinnerte sich nicht mehr daran. Verdammt, ich wünschte, er hätte mit mir darüber gesprochen.«

»Dann war nichts in diesem Raum echt? Die Server, Tilli ... alles nur eine Attrappe?« Sie musste an die Anzeige mit ihrem falsch geschriebenen Namen darauf denken, den Tilli rasch korrigiert hatte. »Ich weiß einfach nicht, was ich noch glauben kann. Dieser Ort wirft mir am laufenden Band absurde Ideen vor die Füße, nur um sie im nächsten Moment durch eine noch unglaublichere zu ersetzen.«

»Ich weiß, wie du dich fühlst. Manchmal wundere auch ich mich noch.«

»Wieso haben sie alles weggebracht? Und wann? Dieser Raum war randvoll mit sperrigen Gegenständen. Solange kann ich doch nicht weg gewesen sein. Und wo ist der Schacht hin, in dem Tillis Datenkern gelegen hat?«

»Wer weiß?«, meinte David und zuckte die Achseln. »Die Beobachter sind uns technisch auf jeden Fall überlegen. Vielleicht haben sie einfach alles auf ihre Existenzebene gezogen.«

Preema schwieg. Sie wusste nicht mehr weiter. Ganz offensichtlich hatte die Lichtung Jonas irgendwie gebrochen. Wenn sie nur wüsste, was genau den Ausschlag gegeben hatte. Wie hatte eine einzelne Gleichung Jonas derart aus der Bahn werfen können? Preema fürchtete sich davor, dass sie eines Tages dasselbe Schicksal ereilen würde. Bei all dem Kummer, der bereits jetzt in ihrem Herzen wohnte, liebte sie das Leben dennoch zu sehr, um daraus herausgerissen werden zu wollen. »Ich will nicht so enden wie Jonas«, sagte sie schließlich.

»Du wirst nicht so enden. Das verspreche ich dir, Preema.«

»Wie willst du mir das versprechen? Du könntest selbst der Nächste sein, der in den Wirbel springt.«

David schüttelte den Kopf. »Mich erreicht der Wirbel längst nicht mehr.«

»Du spürst seine Anziehungskraft wirklich nicht?«

Diesmal nickte er. »Du weißt ja, ich bin länger hier als die Meisten und ich habe herausgefunden, dass es eine Methode gibt, mich vor dem Einfluss des Wirbels zu schützen. Aber sie kommt mit einem Preisschild«, sagte David und wirkte dabei nicht so richtig glücklich. Fast schien es, als hätte er größere Bedenken.

»Was ist das für eine Methode?«

»Der weiße Raum. Er lässt dich Dinge vergessen. Je weiter du rausgehst, desto gründlicher werden deine Erinnerungen gelöscht. Aber es betrifft alle deine Erinnerungen, auch die, die du an die Lichtung hast. Deswegen sollte das wirklich nur der letzte Ausweg sein.«

»Dann ist es also wirklich so. Indem wir unsere Erinnerungen verlieren, werden wir weniger angreifbar durch den Wirbel.« Er nickte ihr erneut zu. »Aber wir würden alles vergessen? Ich wüsste auch nicht mehr, wer du bist?«

»Einfach alles wäre weg«, bestätigte David.

»Aber du warst damals mit mir im weißen Raum. Du hast mich da draußen gefunden und trotzdem alles über die Lichtung gewusst und jeden wiedererkannt.«

»Für mich ist es anders. Ich habe das schon so oft gemacht ... Der weiße Raum hat auf mich nicht mehr die gleiche Wirkung wie zu Beginn. Ich nehme an, dass es auch bei dir und den anderen irgendwann so kommen würde, dass ihr eure Erinnerungen behalten würdet. Aber bis dahin ist es ein langer Weg.«

»Wie lange?«, fragte Preema.

»Ich weiß es nicht genau. Mein Zeitgefühl ist nicht besser geworden, seit ich hier bin, und wie oft ich rausgegangen bin, bevor die Wirkung des weißen Raums nachließ?« Er zuckte die Schultern. »Es ist niemand mehr da, der es mir sagen könnte. Alle, die vor mir auf die Lichtung kamen, sind inzwischen fort. In den Wirbel gesprungen oder ... oder sie wurden ins Licht gezogen, wie es bei Agatha geschehen ist.«

»Dann bist du nicht der, mit dem alles anfing? Es gab vor dir auch schon Menschen auf der Lichtung?« Diese neue Information schürte Preemas Misstrauen gegenüber der Lichtung und den Beobachtern nur noch mehr. »Aber wieso gehst du dann noch immer da raus? Wenn der weiße Raum keine Wirkung mehr auf dich hat, was bringt es dir dann noch? Was versuchst du zu vergessen?« Sie sah wie David zögerte und ihrem Blick auswich. »Entschuldige. Ich wollte nicht neugierig sein.«

»Ist schon gut.« Seine Stimme klang trocken und kratzig, als er endlich wieder sprach. »Du hast mir deine Geschichte mit Nicole anvertraut, also werde ich dir auch meine Geschichte anvertrauen. Ich habe etwas Unverzeihliches getan. Ich habe meinen Bruder so schlimm verprügelt, dass er vom Hals an abwärts gelähmt war«, platzte er mit dem Geständnis einfach so heraus.

Preema klappte buchstäblich die Kinnlade herunter. »Was?«

»Es war keine Absicht«, fügte er schnell an. »Wir haben uns gestritten. Es ging um seine Frau. Jessi. Du erinnerst dich an Jessi?«

Preema nickte. »Sie war dein perfekter Kuss.«

»Richtig. Sie und mein Bruder hatten seit einer Weile Probleme und ... Ich habe es ausgenutzt, weil ich seit Jahren ein Auge auf Jessi geworfen hatte, sie aber hatte sich für meinen älteren Bruder Simon entschieden. Wir waren zusammen im Urlaub, Simon und Jessi, Timo und Jannik und dann noch ich – das fünfte Rad am Wagen. Ich hätte gar nicht mitfliegen dürfen. Was habe ich erwartet, als Single, unterwegs mit zwei Pärchen. Idiotisch. Aber Simon wollte seinen dreißigsten Geburtstag auf Mallorca feiern und er wollte, dass sein *kleiner Bruder* dabei ist. Wir lagen fünf Jahre auseinander und er musste das immer und immer wieder betonen, vor allem in Jessis Gegenwart. Sie war drei Jahre älter als ich und Simon ließ mich stets wie ein Kind aussehen. Am zweiten Urlaubstag schon haben sich Simon und Jessi dann wieder mal gestritten, und sie kam zu mir, brauchte jemanden zum Reden und ehe ich mich versah, küssten wir uns und kurz darauf lagen wir zusammen im Bett. Jessi fühlte sich schuldig, hat Simon einen Tag später den Seitensprung gebeichtet, wenn auch ohne zu sagen, mit wem sie zusammen war. Aber Simon hat es gewusst. Er hat immer gewusst, dass ich ihm Jessi neidete, und als er mich zur Rede gestellt hat, habe ich es nicht geleugnet. Es wurde laut und dann handgreiflich. Ich weiß nicht mehr, wer von uns beiden zuerst zugeschlagen hat, aber das spielt auch keine Rolle. Am Ende habe ich Simon so heftig gestoßen, dass er gestürzt und mit dem Hinterkopf gegen die Tischkante geknallt ist. Irgendwie hat er es geschafft, sich dabei einen Halswirbel zu brechen.« David lachte leise, diesmal freudlos. Er besaß so viele Arten zu lachen und jede davon deckte ein anderes Gefühlsspektrum ab. Dieses Lachen war zynisch und voller Selbsthass. »Es war keine Absicht und ich bereue es in jedem Moment meines Lebens, aber ich bin dennoch verantwortlich für seinen Zustand.«

»Das ist wirklich furchtbar. Es tut mir so leid. Für euch beide. Manchmal verändert eine dumme Entscheidung, ein belanglos erscheinender Impuls das ganze Leben.« Preema wusste genau, wie schnell das gehen konnte.

David nickte. »Ich war immer eifersüchtig auf Simon. Schon als wir noch Kinder waren. Aber als Jessi ihn geheiratet hat ... Ich glaube, in dem Moment habe ich ihn wirklich gehasst. Sie hat ihn gewählt statt mich, und ich konnte es Simon nicht verzeihen. Heute wünschte ich, ich wäre nicht so ein egoistischer Idiot gewesen.«

»Darum gehst du raus in den weißen Raum, um zu vergessen, was mit Simon passiert ist.«

»Um zu vergessen, was ich getan habe, und um Jessis Kummer nicht ertragen zu müssen, den mir der Wirbel anfangs noch entgegenwarf«, sagte er beschämt. Es schien David wichtig zu sein, seine Schuld an dem Ganzen zu betonen. »Aber es funktioniert nicht mehr bei mir. Jessis Stimme ist zwar inzwischen fort, aber der weiße Raum lässt mich nicht mehr vergessen. Er schwächt die Schuldgefühle und die Bilder in meinem Kopf bloß noch etwas ab. Irgendwann wird sicher auch diese Wirkung nachlassen. Vielleicht ist die Erinnerung meine Strafe, aber ich weiß nicht, wie ich mit ihr leben soll. Bevor ich auf die Lichtung kam, war ich bereit zu sterben, Preema. Ich *wollte* sterben und hatte schon alles geplant. Zwei Tage nach dem Streit und mit Simons finaler Diagnose im Hinterkopf saß ich mit einem Mojito versetzt mit Rattengift am Strand und wollte mich im Sonnenuntergang vergiften. Aber dann war ich plötzlich hier. Frei von allen Erinnerungen, frei von allem, was ich getan hatte. Die Beobachter haben mir das Leben gerettet, aber letztlich können wir weder vor unserem Schmerz noch vor unseren Fehlern davonlaufen«, sagte er traurig. »Nicht einmal hier.«

»Ich bin froh, dass du deinen Plan nicht umsetzen konntest. Was passiert ist, ist furchtbar, aber du hast Simon nicht absichtlich verletzt.«

»Ich weiß nicht, ob es das besser macht. Absicht oder nicht, ich habe sein Leben zerstört und nicht nur seines. Auch Jessis und das unserer Eltern.«

Preema nickte zustimmend. Auch diesen Gedanken konnte sie sehr gut verstehen. Dass sie sich der eigenen Schuld bewusst waren, machte nicht ungeschehen, was Simon und Nicole zugestoßen war.

Ein erschreckender Gedanke kam Preema. Was, wenn sie auch versucht hatte, sich von ihrer Schuld zu befreien? »David, bin ich etwa in den weißen Raum gegangen, um zu vergessen? Hast du mich deswegen draußen gefunden?«

»Nein. Du bist vorher nie hier gewesen«, versicherte David. »Die Siedler wachen anfangs alle im weißen Raum auf. Nur die Verlorenen wachen gleich in dem hohen Grasfeld auf, das den Wirbel umringt. Von denen sind immer sehr viele da.«

Preema starrte ihn aus zwei Gründen entsetzt an. Zum einen wegen der Tatsache, dass die Verlorenen, wie er sie nannte, scheinbar blind und zahlreich in ihr Verderben stürzten, und zum anderen wegen dem, was das implizierte. »Es kommen noch immer Menschen auf der Lichtung an?« Wie war das möglich?

»Ob man die Verlorenen als Menschen bezeichnen kann, weiß ich nicht so recht. Sie nehmen nichts um sich herum wahr.«

»Ich muss mit ihnen reden. Vielleicht weiß einer von ihnen, was mit der Erde passiert ist. Vielleicht gibt es noch Hoffnung, nach Hause zurückkehren zu können. Es wurde vielleicht nicht alles zerstört!«, rief sie aufgeregt.

»Man kann nicht mit ihnen reden, Preema. Ich habe es versucht. Die Verlorenen sind ...« Er schüttelte den Kopf. »Ich weiß es nicht. Irgendwie *leer*. Als wären sie nur halb hier.«

»Warum nennst du sie *die Verlorenen*?«

»Weil sie keine Chance haben. Der Wirbel holt sie sich, kurz nachdem sie auftauchen. Sie wachen inmitten des Grasrings auf und laufen geradewegs in den Wirbel. Manchmal stehen sie noch eine Weile am Rand und blicken hinunter, bevor sie springen, aber hinein gehen sie am Ende alle. Was auch immer das Ding ihnen zeigt, ist zu stark und macht sie blind für die Realität. Sie bemerken es nicht, wenn wir mit ihnen reden, und wenn wir versuchen, sie festzuhalten, verschiebt sich ihre Phase, so dass wir sie nicht länger halten können.«

Preema stellte sich gegen ihren Willen vor, wie all diese Menschen von dem Wirbel angelockt und verschlungen wurden. »Etwas stimmt mit der Lichtung nicht, David. Du sagst, sie sei ein sicherer Hort, aber wie kann sie das sein, bei all den Dingen, die hier vorgehen?«

Er nickte verständnisvoll. »Ich verstehe, dass du zweifelst. Irgendwann wirst du hoffentlich anders denken und sehen, was ich sehe. Die Lichtung ist der sicherste Ort, den ich kenne, solange du dich von dem Wirbel fernhältst. Es wird dir hier gut gehen, Preema.«

Preema wusste nicht, ob sie sich den Moment, da sie Davids unerschütterlichen Glauben teilen würde, so schnell wie möglich oder am liebsten niemals herbeisehnte. Sie wusste nicht, ob sie auf der Lichtung leben konnte. David schenkte dieser Ort offenbar neue Hoffnung. Für ihn schien sie ein Neuanfang zu sein, ein Geschenk. Aber ihr ging es schon nicht mehr gut seit dem Moment, als sie im weißen Raum aufgewacht war. Mit jedem neuen Erlebnis auf der Lichtung, mit jeder zusätzlichen Information und jeder wiedergewonnenen Erinnerung wuchs in Preema das Gefühl, am falschen Ort zu sein. Sie wünschte sich sehnlichst einen Ausweg aus diesem nicht enden wollenden Albtraum.

»Lass uns gehen. Hier unten finde ich ja doch keine Antworten mehr«, sagte Preema und ging voran.

HEUTE

PREEMA TRAT DURCH die Öffnung zurück ins Freie und der falsche Himmel empfing sie einmal mehr mit seinem unverbindlichen Licht. Sobald auch David wieder draußen war, änderte sich seine Stimmung und er wechselte von jetzt auf gleich von deprimiert zu heiter, als hätte er nicht gerade noch von diesem schrecklichen Vorfall mit seinem Bruder und den anschließenden Selbstmordgedanken gesprochen.

Ein Kreischen zog Preemas Aufmerksamkeit auf sich und ihr Blick fing die dunklen Silhouetten am Himmel ein.

»Sind das Möwen?«, fragte sie.

»Es sieht danach aus. Interessant. Möwen habe ich auf der Lichtung noch nie gesehen«, antwortete David, als hätte er Preemas Gedanken erraten.

»Sie scheinen über einer bestimmten Stelle zu kreisen. Weißt du, was es in der Richtung gibt?«

»Eigentlich nichts Besonderes«, meinte David. »Ein paar Tümpel und Bäche. Wir können nachsehen. Es ist ja nicht so, dass wir viel zu tun hätten.«

Mit wiederhergestellter Heiterkeit ging er voraus und Preema folgte ihm, wenn auch nicht ganz so gut gelaunt. Während sich die Szenerie zunächst nicht sonderlich veränderte und alles in seiner üblichen Idylle erstrahlte und blühte, näherten sie sich bald einer Nebeldecke, die

Preema einen Schauer über den Rücken jagte. Es kam ihr so vor, als hole sich der weiße Raum einen Teil der Insel zurück. Doch bevor sich dieser Gedanke festigen und allerlei lauernde Ängste aufwecken konnte, lichtete sich der Nebel plötzlich und gab die Sicht auf etwas völlig Unerwartetes frei.

»Wow«, staunte David. »Das ist neu.«

»Was davon?«

»Alles.«

Vor ihnen lag ein Ozean, der bis an den Rand der Welt reichte. Das Wasser war türkisgrün und in der Luft hing der Geruch von Salzwasser. Das Kreischen der Möwen war jetzt viel lauter als zuvor und ihre Silhouetten zahlreicher. Der Ozean allerdings, so beeindruckend er auch war und so mysteriös sein plötzliches Erscheinen auf der Lichtung, geriet in den Hintergrund. Denn auf dem Wasser trieb ein Konstrukt von gewaltigem Ausmaß. Rund in seiner Basis, mit gewölbten, organischen Formen, Brückenstegen und weiten Flächen dazwischen, und insgesamt so gewaltig, dass es Kreuzfahrtschiffe wie Spielzeuge aussehen ließe. Weiße Elemente waren von Grünflächen überzogen oder von Fenstern unterbrochen. Das Gebilde glich mehr einer Stadt als einem Schiff und durch das klare Wasser des Ozeans hindurch ließ sich erkennen, dass es auch unterhalb der Wasseroberfläche noch weit in die Tiefe reichte.

»Das muss ein Raumschiff der Beobachter sein«, staunte David. »Das ist das erste Mal, dass ich ein so deutliches Zeichen ihrer Existenz sehe.« Seine Aufregung war fast greifbar und er jauchzte tatsächlich, machte gar einen Luftsprung ehe er darauf zurannte. »Das ist beeindruckend, auch wenn ich mir ihre Schiffe anders vorgestellt habe.«

Es war verständlich, dass David von dem Schiff beeindruckt war und darin ein außerirdisches Wunder vermutete. Seine Erinnerungen waren auf dem Stand von 2021 und so konnte er ein Bauwerk wie dieses nie gesehen haben. Nicht als reales Gebilde jedenfalls, außerhalb einer Kinoleinwand oder theoretischer Konzeptbilder. Preema aber erkannte es. Sie hatte dieses Bauwerk schon einmal gesehen.

»Es sieht beinahe aus wie eine Stadt, oder?«, rief David, noch immer begeistert von dem ungewöhnlichen Fund.

»Das liegt daran, dass es eine Stadt ist«, antwortete ihm Preema. »Das ist kein Raumschiff und erst recht nicht außerirdischen Ursprungs«, sagte sie mit einem Gefühl tief empfundenen Glücks und einem Lächeln auf den Lippen. »Das ist Keto City.«

DAMALS • 21. JULI 2029

IRGENDWO IN DER Ferne heulte ein Martinshorn durch die Stadt. Vermutlich kam es aus Richtung des jährlichen Rummels, dessen neonbunte Lichter den Nachthimmel seit drei Tagen erhellten und farbenfrohe Reflektionen ins Zimmer warfen. Wie lichtgeborene Feenwesen tanzten sie an den Wänden entlang, bis sie von den Schatten verschluckt wurden. Ob es in Keto City Martinshörner und Rummelplätze gab? Preema hatte zwar die Broschüre über die schwimmende Stadt im Meer gelesen, wusste, wie groß sie war und wie viele Menschen sie aufnehmen konnte, aber es fiel ihr noch immer schwer, es zu glauben. Eine auf dem Meer treibende, sich größtenteils selbst versorgende Stadt, von Menschen erbaut. Preema konnte sich die notwendige Größe trotz der zahlreichen Abbildungen und Luftaufnahmen einfach nicht vorstellen.

Mit den Lichtern kam auch der schwüle Atem der Welt ins Zimmer. Ein schwacher Wind ließ die Lamellen der Jalousie leicht hin- und herschwingen, die drückende Sommerluft konnte er jedoch nicht erträglicher machen. Es war dennoch ein Luxus, dass Preema den Windzug genießen konnte. Dieses Jahr hatte noch keine Smog- oder Hitzewarnung ausgerufen werden müssen. Vielleicht war das ein Lichtblick, der Hoffnung für die Zukunft machte und einen Sieg im Kampf gegen den Klimakollaps bedeutete. Die Städte hatten sich in den letzten Jahren stark und rasant schnell verändert – Not machte schließlich erfinderisch. Sie waren grüner geworden, und auch wenn die heutige Nacht das Gegenteil beweisen zu wollen schien, war die Luftqualität doch deutlich gestiegen. Manchmal sah man bei Nacht sogar ein paar Sterne hinter dem Nebel aufblitzen, vielleicht waren es aber auch nur die Satelliten, die im Orbit still ihre Kreise zogen.

Pradeshs Wohnung befand sich in einem dieser neuen intelligenten Hochhäuser entlang der Rheinpromenade. Natürlich mit Blick auf den Fluss und begrünt mit hängenden Gärten, die an der Fassade entlangkletterten. Alle Apartments waren über den Zentralspeicher des Hauses mit der neuen L.I.S.A.-Software ausgestattet worden und versprachen ein mitdenkendes Heim für den bestmöglichen Komfort. Es war eine teure Wohnanlage, die sich Pradesh ausgeguckt hatte. Eine, die sich Preema in hundert Jahren nicht würde leisten können. Auf der Pro-Seite stand, dass sie das auch gar nicht wollte. Obwohl das ihre aktuell sehr verschwitzte Situation nicht gerade besser machte, empfand sie einen Hauch Schadenfreude darüber, dass die Klimaanlage, auch zwei Monate nach der offiziellen Inbetriebnahme des Gebäudes, nur dann funktionierte, wenn sie in der Stimmung dazu war. In dieser Nacht war sie es offenkundig nicht, hatte ihre Arbeit einmal mehr eingestellt und würde sie nicht wieder aufnehmen, bis der Techniker am Morgen das System neu starten würde. Die Kritiker sprachen schon jetzt von einem völligen Versagen der Software und setzten den Entwickler unter Zugzwang. Der versprach die Ursache für den häufigen Systemausfall schnell zu finden und einen Patch auszurollen. Von *schnell* konnte aus Sicht der Anwohner allerdings keine Rede sein, denn die plagten sich immerhin seit Wochen mit den Ausfällen herum.

Zu einer anderen Zeit hätten der Lärm, das Licht und die schwüle Hitze Preema im Alleingang davon abgehalten einzuschlafen, doch heute Nacht bekam sie aus ganz anderen Gründen kein Auge zu. Zu viele Gedanken schwirrten ihr im Kopf herum, zu viele noch ungetroffene Entscheidungen. Sie war seit Tagen aufgeregt und dachte über all die Abenteuer und Chancen nach, die vielleicht vor ihr lagen. Wenn ihr das

Schicksal nur ein wenig gnädig sein wollte. Seit Stunden starrte sie deswegen nun schon an die Decke, beobachtete die farbigen Lichtwolken, die dort über die perfekte, weiße Zimmerdecke sprangen, und stellte sich vor, sie hätte ihr anstehendes Bewerbungsgespräch bereits hinter sich und eine Zusage in der Tasche. Sie konnte nicht beschreiben, wie glücklich sie das machen würde.

Pradeshs leises Schnarchen war gegen all den Tumult von außen und innen verhältnismäßig unbeeindruckend und insgesamt weniger unangenehm als sein Arm, der schlapp über Preemas Brustkorb drapiert lag. Jedes Mal wenn sie versuchte, sich aus der Umarmung zu lösen, regte sich der Mann an ihrer Seite und drückte sich ein wenig dichter an sie. Ganz offensichtlich hielt er nichts von dem Sicherheitsabstand, den es bei diesen Temperaturen gefälligst einzuhalten galt. Als würde er die Hitze des Sommers gar nicht bemerken. Vielleicht lag es daran, dass sein Körper selbst eine unglaubliche Hitze ausstrahlte. Immer. Minus und Minus ergaben Plus, richtig? Während Preema das Gefühl hatte, in ihrem eigenen Saft zu marinieren und kurz über passende Kräuter und Beilagen zu *Preema al forno* nachdachte, schien Pradeshs Körper den austretenden Schweiß zu verdampfen, bevor er sich auf seiner Haut niederlassen konnte. Es war ihr ein Rätsel, wie es möglich war, dass der Mann nicht einmal einen dünnen Schweißfilm auf der Stirn hatte.

Zum hundertsten Male pustete Preema einen Schwall Luft durch die Lippen und blickte auf die blau leuchtende Anzeige auf ihrem Armband: 01:55 Uhr. Verdammter Mist. Ihr Flug ging zwar erst in acht Stunden, so wie es aussah, würde sie bis dahin aber nicht mehr viel Schlaf bekommen. Sie versuchte bereits seit zwei Stunden einzuschlafen, doch obwohl sich ihr Körper müde und schwer anfühlte wie eine Bleiente, war ihr Geist hellwach und dachte über ein Dutzend unwichtiger Dinge nach. Vielleicht half etwas ruhige Musik dabei einzuschlafen.

Preema löste den Mikro-Audioclip aus dem Armband ihres Sleevephones und klebte ihn sich hinters Ohr. Mit einem doppelten Tippen aktivierte sie ihn und hörte zunächst den monotonen Signalton, der die Funktionsbereitschaft ankündigte. Preema gab die Verbindung frei und wie immer fasste der Streaming-Assistent zunächst eine Reihe von Meldungen des Tages zusammen: die Wirtschaft war wieder im Aufschwung; drei Studenten hatten am Rande des Sonnensystems einen seltenen Exokometen entdeckt; Lisa Boyle, Star der beliebten Serie *Crushing Souls and Kissing Ghosts,* hatte ihre Fans schockiert und verkündet, dass sie nach der kommenden Staffel aussteigen werde. Alles in allem nichts, was Preemas Aufmerksamkeit auf sich lenkte. Stattdessen suchte sie über ihr Armband die richtige Playlist heraus, tippte den Startbefehl an und endlich setzte die Musik ein. Sie schloss die Augen, grub den Kopf tiefer ins Kopfkissen und lauschte der rauchigen Stimme von Halsey, die in den letzten Jahren deutlich ruhigere Töne anschlug als noch zu Beginn ihrer Musikkarriere. Preema lauschte ... und lauschte. Nach einer gefühlten Ewigkeit spinkste sie erneut auf die Zeitanzeige, die gerade auf 02:16 Uhr wechselte. Scheiße, nein, es reichte.

Preema begann sich vorsichtig unter Pradeshs Arm wegzudrehen, doch wie schon die vielen Male zuvor reagierte er auf ihre Bewegung und wickelte sich mit neuer Entschlossenheit, die jeder Dschungelpython die Show stahl, um ihre Körpermitte. Dieses Mal allerdings war es Preema egal, ob sie den Mann aufweckte oder nicht, sie musste raus aus diesem *Ofen.* Ungehalten und ein wenig gröber als nötig, griff sie nach Pradeshs Arm, hob ihn entschlossen an und brachte sich im selben Moment außer Reichweite, als der Reflex erneut ausgelöst wurde und der Mann versuchte, sie an sich zu drücken. Diesmal jedoch griff er ins Leere.

»Was ... Preema?« Müde taumelten die Worte aus Pradeshs Mund. In der Dunkelheit erkannte sie nur schemenhaft, wie er sich die Augen rieb und die Zeitanzeige auf seinem Nachttisch betrachtete. »Bei allen guten Geistern, Preema, es ist halb drei morgens. Wieso bist du noch auf?«

»Mir geht zu viel im Kopf herum«, gab Preema zurück, während sie in ihre Shorts stieg.

»Und wieso ziehst du dich an?«

»Ich fahre heim«, antwortete sie knapp.

»Du solltest endlich bei mir einziehen, dann wärst du daheim.«

Sie ignorierte die Spitze in dem Kommentar. Pradesh deutete nicht zum ersten Mal an, dass sie zusammenziehen sollten. Er stellte die Frage nie direkt, er sagte stets so etwas wie ›du solltest bei mir einziehen‹ oder ›du solltest deine Wohnung kündigen, du bist sowieso die meiste Zeit bei mir‹. Pradeshs Wohnung war groß genug für zwei, Haustiere waren erlaubt, Preemas Mutter war begeistert von Pradesh und er war auch ein wirklich fürsorglicher und schlauer Mensch. Trotzdem wich Preema dem Thema immer wieder aus. Sie war einfach noch nicht bereit für diesen Schritt, und je mehr Pradesh sie mit seiner passiv-aggressiven Strategie drängte, desto weniger gefiel ihr die Idee, bei ihm einzuziehen.

»Komm wieder her und leg dich hin«, murmelte Pradesh in Preemas stille Gedanken hinein.

»Ich kann nicht schlafen.«

»Na und? Morgen ist Sonntag.« Er gähnte laut. »Wir können den ganzen Tag im Bett liegen bleiben.«

»Ich habe am Montag ein Vorstellungsgespräch.«

»Du hast ein Vorstellungsgespräch? Wieso erzählst du mir sowas nicht? Bei wem? Ich wusste nicht einmal, dass du den Job wechseln willst. Ich dachte dir gefällt es bei SeaWorld«, sagte er, gähnte dabei noch einmal herzhaft und riss den Mund so weit auf, dass er Simbas Königsgebrüll Konkurrenz machen konnte.

»Sea *Life*«, korrigierte ihn Preema.

»Wie auch immer. Wieso musst du dafür jetzt los?«

»Ich fliege in der Früh und brauche vorher ein paar Stunden Schlaf.«

»Du *fliegst*? Moment mal. Wo ist dieser Termin?«

Preema biss sich leicht auf die Unterlippe ehe sie antwortete. »Keto City.« Sie spürte wie ihr die Schamesröte in den Kopf stieg. Zum Glück war es zu dunkel, als dass Pradesh das hätte bemerken können.

»Keto City? Wo soll das sein? Kommt mir irgendwie bekannt vor. Klingt wie eine dieser ... Nein!«, Pradeshs Tonfall wurde schlagartig härter. »L.I.S.A., Licht, Stufe zwei«, befahl er dem Hauscomputer, doch nichts geschah. »L.I.S.A.! Licht!«, wiederholte er seinen Befehl ungehalten und diesmal leuchteten die Lampen im Zimmer auf, wenn auch etwas zögerlich. Obwohl Pradesh eine niedrige Leuchtstufe gewählt hatte, musste Preema dennoch für einen Moment die Augen zusammenkneifen. Als sie sich dann an das Licht gewöhnt hatte, saß Pradesh kerzengerade im Bett und schaute sie zu gleichen Teilen verwirrt und verärgert an. »Keto City, wie die Nomadenstadt Keto City vor der italienischen Küste?«

»Gibt es denn noch ein anderes?« *Falsche Antwort, Preema. Ganz falsche Antwort.* »Und hör endlich auf, die Stadtschiffe abzuwerten. Es sind a) keine Nomadenstädte und b) solltest du Menschengruppen nicht als Beleidigung verwenden.«

»Jetzt komm mir nicht mit Political Correctness, aber du hast vollkommen recht. Fischkutter trifft es hier viel besser! Was ist das überhaupt für eine Stelle? Und wieso bewirbst du dich dort?«, fragte Pradesh völlig verständnislos. Er war jetzt hellwach und wirkte bereit für das Verhör.

»Es ist ein toller Job und die einzigartige Chance, bei etwas völlig Neuem dabei zu sein.« Preema zuckte die Schultern und schloss die Knöpfe ihrer Bluse.

»Du hörst dich an wie ein Werbespot.«

»Du wirst unverschämt, Pradesh.«

»Unverschämt ist, dass du solche Sachen machst, ohne sie vorher mit mir abzusprechen. Wann bist du zurück?«

»Mittwoch. Ich will mir die Stadt noch ein wenig anschauen, egal wie das Bewerbungsgespräch ausgeht.«

»Und du bist nicht auf die Idee gekommen, zu fragen, ob ich dich begleiten möchte?«, fragte er rein rhetorisch.

»Du hast gerade eines der größten Bauprojekte der letzten zehn Jahre, nicht zum ersten Mal, als *Fischkutter* bezeichnet. Irgendwie kam mir da wohl nicht in den Sinn, dich zu fragen, ob du mich nach Keto City begleiten willst. Außerdem mache ich dort keinen Urlaub, Pradesh, ich sehe mir ein Stellenangebot an.«

»Eines, das du kaum annehmen kannst. Du sprichst nicht einmal Italienisch.«

»Das brauche ich auch nicht. Das Stadtschiff liegt vielleicht vor der italienischen Küste, aber es ist international besetzt. Die Amtssprache ist Englisch, das weißt du.«

Pradesh schnaubte. »Und wie stellst du dir das mit uns vor?«

»Es ist erstmal nur ein Vertretungsjob für ein halbes Jahr«, sagte Preema, obwohl sie bereits darüber nachdachte, sich nach einem Folgejob umzusehen, sollte sie für die aktuelle Stelle eine Zusage bekommen. Es war unwahrscheinlich, bei der Menge an Bewerbungen, die in den schwimmenden Städten eingingen, aber man durfte ja noch träumen.

»Fernbeziehungen funktionieren nicht, Preema«, begab sich Pradesh sofort in die Defensive.

Ja. Wenn man von vornherein so denkt, dann funktionieren sie sicher nicht.

»Du könntest mit mir kommen.«

»Auf einmal!«

»Ich meine nicht jetzt, sondern in Zukunft. Falls ich die Stelle bekomme.«

»Machst du Witze?«

»Nein, natürlich nicht. Was wäre so verkehrt daran? Sie suchen noch allerhand Fachkräfte in den schwimmenden Städten, auch Anwälte.«

»Du hörst dich an, als hättest du bereits Pläne, länger dort zu bleiben«, stellte Pradesh entgeistert fest. Seine Stimme lag eine Oktave höher als zuvor. Preema verkniff sich eine Antwort. »Ich bin gerade erst in das neue Apartment eingezogen. Zudem habe ich hier einen sehr gut bezahlten Arbeitsplatz und könnte in den nächsten fünf Jahren zum Partner in der Kanzlei aufsteigen. Sowas gibt man nicht einfach auf. Schon gar nicht, um sich auf einem Fischkutter mit Nachbarschaftsstreitigkeiten abzuplagen. Sobald der erste kräftige Sturm kommt, geht das Ding sowieso unter.«

Schon wieder dieses Wort. Preema begann, innerlich zu kochen. Sie wusste noch nicht einmal, ob sie eine Bewohnerin von Keto City werden durfte, und trotzdem fühlte sie sich dieser Stadt bereits so verbunden, dass sie wie von selbst in den Abwehrmodus schaltete. Die Stadtschiffe waren eine architektonische und technische Meisterleistung. Finanziert von Unternehmen und Ländern aus aller Welt. In diesen schwimmenden Städten lag womöglich die Zukunft, um neuen Wohnraum zu schaffen, für den es auf dem Festland immer weniger Platz gab. »Seine Träume sollte man auch nicht aufgeben, Pradesh.«

»Und wovon träumst du? Von einer unbedeutenden Stelle als kleiner Laborratte, die zum Mindestlohn Muschelschalen auf ei...«

»Wenn du jetzt wieder *Fischkutter* sagst, schlage ich dir irgendwas um die Ohren, Pradesh«, fuhr ihm Preema giftig dazwischen. In diesem einen halbfertigen Satz von ihm waren gleich mehrere Dinge derart *falsch*, dass Preema sich sehr stark am Riemen reißen musste, um keine Katastrophe zu verursachen. In diesem Moment wurde ihr daher klar, dass die Beziehung mit Pradesh das Haltbarkeitsdatum überschritten hatte, und sie verlor von jetzt auf gleich jeden Respekt vor ihm. Dass Pradesh tendenziell ein strikt planender Mensch mit klar definierten Zielen im Leben war, hatte sie zwar schon gewusst, bevor sie sich mit ihm eingelassen hatte, aber diese überhebliche Seite von ihm war Preema neu und sie hätte auch sehr gerne darauf verzichtet, sie kennenzulernen.

»Keto City zahlt mir mehr als mein aktueller Arbeitgeber und stellt mir zusätzlich auch noch die Unterkunft kostenfrei zur Verfügung. Viel wichtiger ist jedoch, die Stadt befindet sich *auf dem Meer*. Du erinnerst dich vielleicht daran, dass ich Meeresbiologin bin, und wie es der Zufall so will, gibt es auf dem Festland jetzt nicht so richtig viel ozeanisches Gewässer«, sagte sie sarkastisch, in dem Wissen, dass Pradesh nicht gut auf Sarkasmus zu sprechen war. »Davon einmal abgesehen sind nur diejenigen wirklich arm, denen Geld und Ruhm das Wichtigste im Leben sind.« Sie hätte gerne noch mehr in ihre Tirade eingefügt, doch ihr gingen der Atem und die Spucke aus.

»Aus welchem Glückskeks hast du denn diesen Spruch? Und was soll das wieder heißen? Dass ich geldgeil bin, nur weil ich einen gewissen

Komfort genieße? Dich stört mein Geld ja nun auch nicht, schließlich übernachtest du an fünf Tagen in der Woche bei mir.«

»Dann lass uns doch kurz darüber sprechen, *warum* ich so oft bei dir übernachte«, platzte Preema heraus. Ihre Geduld schwand zunehmend dahin. »Wem ist meine Wohnung denn ›zu klein und dunkel‹ oder ›hat nicht einmal automatische Lichtsteuerung‹ oder ›ein völlig veraltetes Klimasystem‹? Ich mag meine kleine Bruchbude. Sie ist alt und hat keine L.I.S.A., aber ich fühle mich dort wohl. Und auch wenn meine Klimaanlage klappert, als gäbe es kein Morgen mehr, sie funktioniert wenigstens!« *Ha!* Gott, wie gut es sich anfühlte, das zu sagen. Preema hätte fast gelacht, konnte sich aber gerade noch beherrschen.

Die beiden starrten sich mehrere Sekunden lang wütend an. Wer würde zuerst blinzeln? Preema beschloss, dass sie es tun würde. Sie hatte keine Lust auf diese Diskussion und schon gar nicht auf einen Streit. Erst recht nicht, um diese Uhrzeit. So wie es aussah, gab es ohnehin nicht mehr viel zu sagen, was schade war, denn sie hatte Pradesh tatsächlich sehr gerngehabt.

»Ich werde jetzt gehen«, verkündete Preema.

»Wir sind hier mitten in einem Gespräch«, empörte sich Pradesh.

»Es ist alles Wichtige gesagt. Du willst keine Fernbeziehung. Du willst nicht mit mir gehen. Ich will nicht bleiben und mich nicht deinem Leben anpassen.«

»Zu einer Beziehung gehören Kompromisse.«

»Dann haben wir wohl keine Beziehung.« Sie merkte selbst, dass ihr diese Bemerkung viel zu leicht von den Lippen ging, und hörte bereits die tadelnde Stimme ihrer Mutter Zarah, die Preemas Entscheidung auf jeden Fall verurteilen würde.

»Was?« Pradeshs Augen weiteten sich, so dass das Weiß darin im schwachen Schein der Lampe zu leuchten schien.

»Es ist besser, wenn wir das hier und jetzt beenden.« Preema hatte Erfahrung darin gesammelt, eine Beziehung zu beenden, dennoch fühlte sie sich unwohler als sonst, während sie die Worte sprach. Doch fast sofort wurde das Unbehagen durch ein Gefühl der Erleichterung ersetzt. Sie hatte es gesagt und es tat überraschend gut. Irgendwo tief in sich drin wusste sie schon seit Wochen, dass etwas nicht stimmte. Nur was dieses Etwas war, begriff sie erst in diesem Moment.

»Machst du gerade mit mir Schluss? Preema, du hast noch nicht einmal eine Zusage für den Job.«

»Das spielt doch längst keine Rolle mehr, Pradesh. Ich denke, es hat einen Grund, warum ich nicht über die Folgen für uns nachgedacht habe, als ich mich auf die Stelle beworben habe.«

Pradesh öffnete den Mund, klappte ihn aber gleich wieder zu. Ihm fehlten die Worte, was nicht oft vorkam. Für gewöhnlich hatte er immer irgendein Gegenargument auf der Zunge. »Ich muss wohl träumen«, sagte er schließlich knapp, warf das Laken von sich und war mit einem katzenhaften Sprung bei ihr.

Preema schreckte in einem Reflex zurück, aber Pradesh nahm ihr Gesicht bloß sanft in beide Hände und drückte seine Lippen auf ihre. Er war noch nie ein allzu romantischer Typ gewesen, aber dieser Kuss entbehrte nun wirklich jeder Qualität und war mehr als ungeeignet, Preema ihre Entscheidung noch einmal überdenken zu lassen. Andererseits hätte ihn in diesem Moment kein noch so perfekter Kuss mehr retten können. Preemas Herz war längst zur Tür hinaus, während ihr Körper noch hier stand und den letzten Schritt gehen musste.

»Pradesh«, presste sie die Silben mühsam hinaus. »Hör auf damit!« Sie drückte ihn unmissverständlich von sich und wischte sich über den Mund. »Ich muss jetzt gehen.«

Bevor er noch etwas sagen konnte, hatte sich Preema ihre Handtasche geschnappt und war auf dem Weg nach draußen. Sie blickte nicht mehr zurück, denn sie wollte ihn nicht einsam und verlassen dort stehen sehen. Sie war sich nicht sicher, ob sie noch die Kraft gehabt hätte, zu gehen, wenn sie ihn jetzt noch einmal ansah. Und so trat sie hinaus auf den Hausflur und ließ die Tür zu Pradeshs Apartment leise hinter sich ins Schloss fallen.

HEUTE

DIE LANDEBRÜCKEN DER Stadt saßen erwartungsvoll auf dem Meer und schienen Preema willkommen zu heißen. Es gab nichts, was sie lieber tun wollte, als der Einladung zu folgen, doch Preema hatte keine Ahnung, wie sie es anstellen sollte. Sie erinnerte sich, dass auf der Erde Fähren zwischen dem Stadtschiff und dem Festland hin- und hergefahren waren, doch hier auf der Lichtung gab es keine Fähren.

»Wir müssen irgendwie da rüber«, sagte Preema.

»Wie wäre es mit einem Boot?«

»Gute Idee, aber ich se...« Sie verstummte, folgte seinem Fingerzeig und entdeckte drei leuchtend rote Rettungsschlauchboote am Ufer. Sie hätte schwören können, dass die vor einer Sekunde noch nicht dort gelegen hatten. »Huh. Die habe ich übersehen.« Sie schaute sich kurz um, konnte aber niemanden entdecken, dem sie womöglich gehörten, und so lief sie los.

Aufgeregt schob Preema das erste der drei Boote ins Wasser und kletterte hinein, David setzte sich neben sie und zusammen nahmen sie die Ruder zu Hilfe, um sich weiter vom Ufer abzudrücken. Das Schlauchboot glitt mühelos über die klare Wasseroberfläche, ihre gelegentlichen Ruderschläge brachten sie schneller voran, als Preema erwartet hatte. Sie war noch nie gerudert und bedauerte es auf einmal, denn es war viel weniger anstrengend, als sie immer vermutet hatte.

Im Nu erreichten sie die Hauptlandebrücke von Keto City und Preema sah, dass sie beschädigt worden war. Die Gischt schäumte, als das Wasser durch verbogene Stahlstreben schwappte und irgendwo in dieser verformten Konstruktion quietschte es. Sie fragte sich, wie viel Kraft es wohl brauchte, um Stahlträger zu verbiegen.

»Das sieht nicht gerade sicher aus«, meinte David, dem die Schieflage des Landestegs nicht geheuer war.

»Sei kein Hasenfuß. Es muss schließlich kein ganzes Schiff halten, nur uns zwei Fliegengewichte.«

Sie befestigten das Schlauchboot und halfen einander, auf den Steg zu klettern. Für einen Moment standen sie beide nur ehrfürchtig da und bestaunten die außergewöhnliche Stadt, die sich vor ihnen erhob. Wie hatte Preema dieses Juwel im Meer vergessen können?

»Ich war schon einmal hier.« Preema strahlte vor Glück. Plötzlich fielen ihr so viele Details wieder ein. Wie sie zum ersten Mal von der Fähre gestiegen und über diese Brücke gegangen war, das Herz voller Hoffnungen und Erwartungen. Sie erinnerte sich daran, dass sie bei dem Vorstellungsgespräch gewesen war, von dem sie Pradesh erzählt hatte, aber sie wusste nicht mehr, wo sie sich vorgestellt hatte oder ob sie eingestellt worden war. Sie hatte die Nächte in einer Pension verbracht und abends auf dem Außenring gestanden, um die fernen Lichter des Festlandes zu betrachten, die sich auf den Wellen des Meeres spiegelten. Wie groß und neu sich alles angefühlt hatte. Wie aufregend. Preema hatte zunächst nur ein Experiment wagen wollen und sich sofort in diese Stadt verliebt.

»Jetzt aus der Nähe betrachtet würde ich nie vermuten, dass es eine schwimmende Stadt ist.« David pfiff anerkennend.

»Bis auf die Landebrücke scheint sie vollkommen unversehrt zu sein. Wie haben die Beobachter sie bloß hierherbringen können?«

»Ich glaube vielmehr, sie haben sie erbaut.«

»David, diese Stadt stammt nicht von den Beobachtern. Keto City wurde von Menschen gebaut. Sie ist Teil eines Pilotprojektes, das derzeit aus fünf solchen Städten besteht. Die Beobachter haben sie vielleicht hierhergebracht, was auf andere Art auch sehr beeindruckend ist, aber erbaut haben sie sie nicht.«

David schüttelte ungläubig den Kopf. »Das ist doch Unsinn. Niemand auf der Erde könnte so etwas bauen.«

Preema lachte. »Glaub mir ruhig. Ich war dabei und habe das Projekt von der Planung bis zur Stadtweihe verfolgt. Komm, lass uns nachsehen, ob die Menschen hier überlebt haben.«

Sie nahm Davids Hand und lief mit ihm über die Brücke dem Stadtzugang entgegen. Es dauerte nicht lange, bis sie ihn erreichten und durchquerten. Das Wachpersonal war nirgends zu sehen und so kletterten Preema und David über die Drehkreuze hinüber und traten auf den ersten der vielen Gehwege. Preema sah sich hoffnungsvoll um. Normalerweise waren immer Menschen auf den Fuß- und Radwegen unterwegs oder saßen in den zahlreichen Gärten und Cafés, die ein wesentlicher Teil des Stadtbildes waren. Doch heute war alles vollkommen still und verwaist. Preemas Freude bekam einen ersten Dämpfer. Vielleicht, so hoffte sie, waren die Bewohner angewiesen worden, in ihren Wohnungen zu bleiben. Zu ihrer eigenen Sicherheit, schließlich war ihre ganze Stadt an einen surrealen Ort transportiert worden und sicher hatten sie auch den einsetzenden Weltuntergang noch erlebt.

»Ziemlich still«, kommentierte David unnötigerweise.

»Sie trauen sich sicher nicht aus ihren Wohnungen. Lass uns weitergehen.«

Preema folgte Wegen, die ihr vertraut vorkamen, und ihre Füße schienen zu wissen, wohin sie gingen. Die Transportsysteme der Stadt waren abgeschaltet, das war nicht verwunderlich, wenn sie sich in Erinnerung rief, dass die Lichtung jede Technik – mit Ausnahme der verschwundenen Server – unbrauchbar machte. Keto City besaß mehrere Stromgeneratoren, die Energie aus Luft- und Wasserkraft erzeugten, doch die Lichtung scherte es wohl nicht, ob es um Telefone oder eine so gewaltige Stadt wie Keto City ging. Sie brachte anscheinend auch das stärkste Energiesystem zu Fall.

Während David sich immer wieder beeindruckt umschaute, wuchs Preemas Unbehagen. Die Stadt wirkte nicht nur verlassen, sie wirkte, als wäre nie jemand hier gewesen. Es war viel zu sauber und nicht der kleinste Makel ließ sich entdecken. Wie ein Spielzeug das man frisch aus der Verpackung gezogen hatte. Nirgends lag etwas herum. Nicht der kleinste Schnipsel Papier. Auf den Tischen der Cafés standen keine Tassen oder Teller und nicht ein einziger Kaffeekranz war zu sehen. Hatten die Bewohner die ganze Stadt geputzt und aufgeräumt, bevor sie sich in die Sicherheit ihrer vier Wände zurückgezogen hatten? Das war doch sehr unwahrscheinlich.

Ihre Schritte führten sie trotz der größer werdenden Zweifel immer weiter auf eine der Wohnsiedlungen zu. Noch immer begegnete ihnen niemand und nicht das kleinste Geräusch drang zu ihnen hervor.

»Liegt es an mir oder ist eine vollkommen verlassene Stadt verdammt unheimlich?«, fragte David kleinlaut.

»Verdammt unheimlich«, bestätigte Preema. Ihre Hoffnung, auf andere Bewohner der Stadt zu treffen, sank stetig weiter. »Sehen wir nach, ob jemand aufmacht?«

»Wenn ich nein sage, klopfst du trotzdem an, oder?« Preema grinste und David seufzte. »Wenn ich mich recht entsinne, war ich nie ein Freund von Horrorfilmen, wegen genau solcher Situationen. Alles friedlich und leer und dann BÄM! Zombieangriff.«

»Wären hier Zombies unterwegs, lägen mehr Leichenteile auf den Wegen herum«, gab Preema halb amüsiert zurück.

»Ich erinnere dich daran, wenn ich dich als Untoter heimsuche, um dein Gehirn zu fressen.«

»Deal«, gab sie lachend zurück.

Als sie schließlich den Gebäudekomplex betraten und die langen Flure mit den vielen Türen entlangliefen, erreichte Preemas Enttäuschung ihren Höhepunkt. Sie klopfte an alle Türen die sie passierte, doch niemand antwortete. Nirgends erklang eine Stimme, niemand rief ihr zu, sie solle verschwinden, und nirgends erklang Hundegebell oder das unkontrollierbare Schreien kleiner Kinder. Sie waren wahrhaft alleine in Keto City und es brach Preema das Herz. Was war aus all den Menschen geworden, die hier gelebt hatten? Die Beobachter hatten das komplette Stadtschiff hierhergebracht. Nahezu unbeschadet. Weshalb hatten sie Ketos Bewohner nicht mitgenommen? Wie hatten sie die Stadt so vollständig von allen Spuren menschlichen Lebens gesäubert? Sie dachte kurz an die Schlauchboote am Ufer, doch drei kleine Boote waren keinesfalls genug, um tausende Menschen zu evakuieren. Sie wollte nicht darüber nachdenken, was das bedeuten mochte.

Preema dachte gerade über die Möglichkeit nach, dass diese Stadt vielleicht nur eine Nachbildung der echten Keto City war, als sie eine weitere Wohnungstür erreichte und ein Déjà-vu erlebte.

»Ich ... Ich wohne hier«, sagte sie schließlich und starrte die weiße Tür an.

»Dann lass uns reingehen«, sagte David, der nicht ahnte, welche Bedeutung diese Erkenntnis für Preema hatte.

»Die Daumenscanner funktionieren nicht ohne Strom.«

»Daumenscanner?« Erst jetzt sah David, dass es kein Türschloss gab. Nur einen Griff, auf dem sich ein kleines quadratisches Feld befand. Die Scanfläche für den Daumenabdruck. »Man, ihr Leute aus der Zukunft habt wirklich interessante Sachen.«

Preema lachte und legte die Hand an den Griff. Sie schob den Daumen aus Gewohnheit an die richtige Stelle. Das übliche grüne Leuchten des Scanners blieb aus, doch sie drückte die Klinke dennoch herunter und zu ihrer Überraschung ließ sich die Tür öffnen.

»Tja, wenn es keinen Strom gibt, schließt wohl auch der Türmechanismus nicht mehr. Das beruhigt mich ja ungemein.«

»Beschwer dich nicht, so kommen wir wenigstens rein«, meinte David und folgte ihr in die Wohnung.

Das Erste, was ihnen ins Auge fiel, war die große Fensterfront, durch die an normalen Tagen, draußen in der realen Welt, helles Tageslicht gefallen wäre. Preema erinnerte sich auf einmal genau an die warmen Sonnenstrahlen und den herrlichen Ausblick auf die üppig begrünte Stadt, an das Glitzern der Aquädukte zwischen den Gärten und entlang der Wege. Bei Regen war die Glasfront ein Mosaik aus Wassertropfen und die Lichter der Stadt brachen sich darin in allen Farben. Plötzlich vermisste Preema die Sonnenstrahlen und den Regen und das Trommeln der vielen Tropfen, die gegen die Scheibe prallten. Preema vermisste ihr altes Leben und die Menschen, an die sie sich vielleicht nicht mehr erinnern konnte, aber von denen sie dennoch wusste, dass es sie gegeben hatte.

»Ich hätte für immer hier leben können«, sagte sie sehnsüchtig, mit einer Hand auf dem kühlen Glas.

»Es ist seltsam. So futuristisch.«

»Nun, aus deiner Sicht mag das so sein«, lachte Preema. Sie wandte den Blick vom Fenster ab und schaute David an. »Sie hatten kaum mit dem Bau begonnen, als du auf die Lichtung gebracht wurdest. Aber Keto ist wunderschön, nicht wahr? Als ich sie das erste Mal gesehen habe, war es um mich geschehen. Du solltest sie bei Nacht sehen, wenn die Lichter angehen.«

»Du schwärmst, als wärst du verliebt.«

»Das bin ich«, antwortete Preema eine Spur verlegen. »Mal sehen, ob es hier ein paar persönliche Dinge gibt. Vielleicht finde ich etwas, das mir dabei hilft, mich an etwas zu erinnern.«

Sie lief durch den Raum, studierte die Dekoration und die Bilder an der Wand. Eine Menge künstlerischer Fotografien von modernen Gebäuden und einer Katze, der ein Stück vom linken Ohr und auch die Schwanzspitze fehlten. Ein zerrupftes kleines Ding, das dennoch sehr zufrieden wirkte. Manche der Rahmen waren leer und Preema fragte sich, was mit den Bildern darin passiert war. Wer hatte sie herausgenommen und weshalb?

Du hast all diese Fotos gemacht, kam es Preema in den Sinn und sie sah sich die Wand mit den vielen Bildern noch einmal an. Sie hatte gerne fotografiert und tatsächlich fand sie den Rucksack mit der Fotoausrüstung darin unter der Garderobe nahe der Tür stehen. Sie sah hinein und ihre Kamera lag in dem gepolsterten Fach, als hätte sie sie eben erst dort verstaut. Preema nahm sie heraus, spürte das vertraute Gewicht, die Form, die gut zu ihren Händen passte. Sie versuchte die Kamera einzuschalten, doch die digitale Anzeige blieb dunkel. Ein wenig enttäuscht steckte Preema die Kamera zurück in die Tasche. Sie ließ die Bilder Bilder sein und wandte sich den Schränken und Schubladen zu. »Meine Lieblingsjeans!«, rief sie plötzlich und zog eine abgetragene Bluejeans aus einer Kommode. In Windeseile hatte sie noch andere fehlende Kleidungsstücke gefunden und lief ins Badezimmer. Sie erkannte die grauen Fliesen und lachte auf. An diese Fliesen hatte sich Preema als Erstes erinnert. Es kam ihr wie eine Ewigkeit vor, dass sie draußen im weißen Raum aufgewacht war.

Preema schlüpfte in die gefundenen Kleidungsstücke, trat vor den hohen Spiegel im Badezimmer und betrachtete sich selbst darin. Bluejeans, ein schwarzes Sweatshirt und schwarz-weiße Sneakers. In der ganzen Zeit, die sie auf der Lichtung war, war sich Preema irgendwie fremd in ihrem eigenen Körper vorgekommen, doch nun stand sie hier in ihren vertrauten Kleidern und fühlte sich ein klein wenig vollständiger als zuvor.

Etwas blitzte im Spiegel auf. Nur ein winziger Lichtpunkt, aber Preema drehte sich um und suchte nach der Quelle des Funkelns. Es kam von der Ablage an der gegenüberliegenden Wand. Zwischen Creme-Tübchen und gefalteten Gästehandtüchern lag ein Ring aus Gold und Silber, mit einem kleinen weißen Edelstein in Form eines Sterns darin. Kein Diamant, nur ein Zirkon, weil sie sich echte Diamanten nicht hatten leisten können. Aber sie waren nicht traurig darüber gewesen. Der Ring war nur ein Symbol. Wofür er stand, das war von Bedeutung.

Preema suchte nach der Inschrift. Sie war davon überzeugt, dass der Ring eine Gravur haben sollte, aber ihr Erinnerungsvermögen spielte ihr wieder einmal einen Streich.

»Hast du etwas gefunden?«

Davids Stimme kam Preema fehl am Platz vor. Sie gehörte nicht hierher, nicht in diese Räume. Es war falsch. Jemand anderes müsste dort im Türrahmen stehen und sie neckisch ansehen, nicht er. Nur, wer dann? Preema suchte ihren zerbrochenen Verstand nach Hinweisen ab, doch so sehr sie sich auch bemühte, sie konnte sich nicht daran erinnern, wem der Zwilling dieses Rings gehörte. Wer hatte ihn getragen?

»Ich habe einen Ring gefunden. Ich glaube, es ist mein Ehering, aber die Inschrift fehlt«, antwortete Preema noch immer halb in ihre Gedanken versunken.

»Du bist verheiratet?«

»Es sieht so aus.« In einer fließenden Bewegung streifte sie den Ring über den Finger. »Passt perfekt.« Sie ging zurück ins Wohnzimmer und hielt die Hand mit dem Schmuckstück daran in das Licht, das durch das Fenster fiel. Die Regenbögen über der Schlucht brachen sich in dem kleinen Stern. Sie dachte an Pradesh, den sie von all ihren Ex-Partnern und -Partnerinnen am meisten gemocht hatte und von dessen Verhalten sie so sehr enttäuscht war. Sie blickte erneut auf den Ring. Nein. Pradesh hatte seinen Zwilling sicher nicht getragen. Sie hatte den Mann damals nicht genug geliebt, um ihn einem Stellenangebot vorzuziehen, und sie hatte ihn sicher nicht genug geliebt, um ihn zu heiraten. Selbst wenn er für sie nach Keto gekommen wäre. Aber wen dann?

»Die haben hier sogar eine Universität?«, rief David zu Preema rüber. Er war längst wieder damit beschäftigt, Schubladen nach nützlichen Dingen und Hinweisen zu durchforsten.

»Was?« Preema lief zu ihm und sah, dass er ein paar Dokumente gefunden hatte und sie studierte. Im Nu war sie bei ihm, schnappte ihm die Papiere aus der Hand und betrachtete die Informationen darauf mit einem fragenden Blick. Fürs Erste war der Ring an ihrem Finger vergessen. »Ein Stundenplan der *University of Keto*. Habe ich etwa ein zweites Studium angefangen?«

»Vielleicht hast du dort gearbeitet?«, schlug David vor.

Kaum hatte er die Worte ausgesprochen, glitt Preemas Geist auch schon davon und tauchte in die nächste Erinnerung ein.

DAMALS • 10. SEPTEMBER 2029

DER TAG FÄNGT einfach großartig an, dachte Preema, während sie auf allen Vieren über den Boden krabbelte und die Notizen und Ausdrucke einsammelte, die sie in ihrer Eile unfreiwillig über den halben Gang verteilt hatte. Sie war vor zwei Wochen nach Keto City gekommen. Die gelegentlichen Bewegungen des Stadtschiffs waren schlimmstenfalls minimal zu nennen, und auch nur dann, wenn die Meeresströmungen bei schlechtem Wetter stärker wurden, dennoch spürte Preemas Körper den Unterschied zum Festland und quittierte es ihr mit gelegentlichen Schwindelgefühlen. Preemas neue Kollegen hatten ihr versichert, dass die Schwindelgefühle nachlassen und Preema die Bewegung eines Tages gar nicht mehr bemerken würde, doch dieser Tag war offenkundig noch nicht heute.

So großzügig, wie sich Preemas Dokumente auf dem Boden ausbreiteten, so sicher schwanden ihre Chancen darauf, es noch rechtzeitig zu ihrem Kurs zu schaffen. Das gab mal wieder einen schönen ersten Eindruck. Ihr einziger Trost war, dass der Gang inzwischen menschenleer war und niemand über ihre Ausdrucke trampeln oder ihr spöttische Blicke zuwerfen konnte. Höchstens die Fische vor den subnautischen Panoramafenstern mochten über ihre ungeschickten Festlandfüße lachen.

»Verdammt, verdammt, verdammt!«, zischte sie und ärgerte sich über ihre eigene Schusseligkeit. Vielleicht sollte sie ihrer Liebe zum handgeschriebenen Wort doch endlich abschwören und ihre Notizen auf einem Tablet machen, so, wie es der Rest der Welt längst schon tat. Doch sie fühlte sich immer entsetzlich eingezwängt auf dem elektronischen Gerät, als hätte man Wände um ihren Verstand gebaut, die verhinderten, dass er sich in alle Richtungen ausstrecken konnte. »Ich brauche einen Kaffee. Extra groß, extra stark und auf jeden Fall extra Milchschaum. Das ist definitiv ein Tag für extra Milchschaum.«

»Den besten Kaffee gibt es im *Café Grotta di Sirena,* ein Stockwerk tiefer. Ich empfehle eine belgische Zimtschnecke dazu.«

Preema zuckte zusammen und hätte ihre Mappe fast erneut fallen lassen, als sie die fremde Stimme so aus dem Nichts und in perfektem, akzentfreiem Deutsch dicht hinter sich vernahm. Von all den international zusammengewürfelten Menschen in Keto City musste Preema natürlich von jemandem aus dem eigenen Heimatland überrascht werden.

Als sie über die Schulter hinweg zurückschaute und sich der Quelle zuwandte, sah Preema eine junge Frau, ohne Zweifel eine Studentin, mit zartpink gefärbtem Haar. Eine auffällige Haarfarbe, die sehr gut mit dem hellen Teint der Haut harmonierte, wie Preema anerkennen musste. Die Studentin war überhaupt eine interessante Erscheinung. Modisch gekleidet und offensichtlich sehr selbstbewusst. Sie trug einen cremeweißen, leicht durchscheinenden Pullover, dessen Ausschnitt etwas zu tiefe Einblicke gewährte, und um den Hals einen dunkelroten Seidenschal. Dem Pullover folgte ein schokoladenbrauner Wildlederrock, der seiner Trägerin nicht einmal bis zu den Knien reichte. Lange, sportlich ausgebildete Beine kamen darunter zum Vorschein, die in einem Paar modischer Stiefeletten endeten, ebenso rot wie der Schal. Preema betrachtete die Jüngere mit einer Spur von Neid. Sie besaß eine Ausstrahlung, der sich Preema nicht völlig entziehen konnte, und so wandte sie das Gesicht schnell ab, bevor ihr auskundschaftender Blick zu einem unangebrachten Starren wurde.

»Kann man dir irgendwie helfen?«, fragte die Studentin. Ihr Tonfall ließ eine Nuance von Spott erkennen.

»Mir ist nicht mehr zu helfen. Solltest du nicht im Unterricht sein?«, fragte Preema und schob weiter Blätter zusammen.

»Bist du die Campuspolizei?«

Ein Lachen rutschte Preema heraus. »Nein, ich bin Preema«, gab sie zurück und tadelte sich sofort dafür, dass sie sich bloß mit dem Vornamen vorstellte. Schließlich trat sie hier ihre Stelle als Lehrkraft an und sollte sich den Studierenden gegenüber nicht so formlos geben. Bevor sie ihren Fehler korrigieren konnte, sprach die Studentin weiter.

»Wow. Gesundes Selbstvertrauen, was?«

»Wie bitte?«, fragte Preema perplex.

»Du bist schon ziemlich attraktiv, aber wer sagt denn von sich selbst mal eben so, sie fände sich prima?« Die Studentin fuhr sich durch das Haar und lachte.

Preema dagegen schnaubte. Was für eine kleine Diva war denn das?

»Ich sagte nicht, dass ich mich *prima finde*, ich sagte, dass ich *Preema* bin.«

»Wo genau liegt da der Unterschied?«, hakte die Studentin nach, die keinen Unterschied hörte.

»Das eine ist eine recht narzisstische Selbsteinschätzung, das andere mein Name«, gab Preema nun ein wenig gereizt zurück. Die junge Frau mit dem schicken Modestil war hübsch, aber unverfroren, und sie schwieg Preema drei volle Atemzüge lang an.

»Dein Name ist Prima?«

»So ist es.«

Die Studentin verschränkte die Arme und drückte die Brust raus. Ihre Stirn kräuselte sich und ein amüsierter Ausdruck legte sich auf ihre Lippen. »Wollten deine Eltern etwa keine Kinder?«

»Wie. Bitte?«, wiederholte Preema nun deutlich gereizt und betont langsam.

»Wer nennt sein Kind denn Prima?« Die Studentin malte mit den Fingern Gänsefüßchen in die Luft, »*das hast du aber prima gemacht, Prima!* Oder: *Schaut mal, unsere Tochter tanzt jetzt im Ballett, sie wird mal* Prima

Ballerina!« Sie frotzelte schamlos vor sich hin und legte einen flachen Witz nach dem anderen vor.

Preema allerdings schaute streng und gänzlich humorbefreit zurück. Blöde Witze über ihren Namen hatte sie zuletzt während der Schulzeit gehört und schon da alles andere als lustig gefunden. »Geht's noch?«, fragte Preema verstimmt. Die Studentin war gerade bei einer sarkastischen Imitation angelangt – *Prima gemacht, Schatz, der Teststreifen ist rot!* – und schüttelte sich bald vor Lachen. »Mein Name schreibt sich mit Doppel-E. P-R-E-E-M-A. Preema.«.

»Ich, verstehe. Komplizierte Extras gibt es bei dir also noch dazu.«

»Was ist denn daran nun wieder kompliziert?«, wollte Preema wissen.

»Wenn sich dein Name mit einem Doppel-E schreibt, warum heißt es dann Prima und nicht Prema?«

Preema mahlte die Zähne aufeinander und atmete einmal tief durch, ehe sie antwortete. Sie liebte Klugscheißer. Nicht. »Du lebst in einer international zusammengestellten Stadt. Sollten dir englischsprachige Namen da nicht häufiger über den Weg laufen?«

»Schon, aber du kommst aus Deutschland, oder nicht?«

»Das ist richtig. Mein Name stammt aber aus Indien, wo meine Urgroßeltern herkamen«, erklärte Preema frostig.

»Siehst du? Doch komplizierte Extras. Wer soll denn das alles wissen?«

»Was ist eigentlich mit dir? Bist du bei den Wölfen aufgewachsen? Hat dir niemand die Grundregeln höflicher Konversation beigebracht?«

»Ein paar haben es versucht, aber du siehst ja, was dabei herausgekommen ist«, antwortete die Studentin breit grinsend und ohne jede Spur von Reue. »Du hättest mir antworten sollen ›Ich *heiße* Preema‹, das wäre verständlicher gewesen.«

»Und wer bist du jetzt? Die Grammatikpolizei?«

Die Studentin lachte beherzt. »Noch nicht, aber, wenn ich erstmal meinen Abschluss habe, vielleicht schon.«

Preema rollte die Augen und suchte leise fluchend den Rest ihrer Unterlagen zusammen.

»Nun, ich gehe dann mal und lasse dich mit deinen Bodenschätzen alleine. Man sieht sich, Preema.«

»Ciao«, sagte Preema mit einem frostigen Unterton.

»Mein Name ist übrigens Gwenn«, rief die kesse Studentin. »Mit Doppel-N!« Ehe Preema etwas erwidern konnte, bog die junge Frau laut lachend in den Nebengang ab und verschwand aus Preemas Sichtfeld.

»Gwenn, mit Doppel-N«, äffte Preema die Stimme leise nach und rundete ihre Tirade mit einem abschätzigen Grunzen ab. »Doppel-N. Wahnsinnig witzig.«

»Guten Tag, zusammen. Mein Name ist Preema Anand. Ich vertrete bis Semesterende Professor Novak, der erkrankt ist, wie Sie sicher alle wissen.« Preema legte ihre Tasche und ihre vermaledeiten Notizen auf dem Pult ab. So durcheinander, wie die nun waren, würde sie nicht mehr viel damit anfangen können.

Der Kurs war nicht so voll, wie sie es aus ihrer eigenen Studienzeit kannte, was sicher daran lag, dass die *University of Keto* derzeit nur eine vergleichsweise geringfügige Anzahl an Studierenden hatte, so dass sich auch einige Gasthörer in dem Kurs befanden. Mehr als Preema erwartet hatte. Die Liste vor ihr zeigte ein Verhältnis von nahezu fünfzig zu fünfzig.

In Keto liefen die Dinge noch etwas anders, und Preema würde erst noch herausfinden müssen, ob es ein gutes Konzept war, die beiden Gruppen so stark zu mischen. Diejenigen, die sich fest für die Meeresbiologie eingeschrieben hatten, und diejenigen, die diesen Kurs nur aus privatem Interesse belegten.

»Bevor wir beginnen, möchte ich gerne kurz die Liste der Kursteilnehmer durchgehen, und versuchen, Ihre Gesichter mit einem Namen zu verbinden.« Preema nahm die Liste mit den Namen der Studierenden auf und begann alle, in Reihe des Alphabets abzufragen. »Brittle, Phillip.«

»Anwesend«, antwortete ein junger Mann in der ersten Reihe.

»Corelli, Georgina.«

»Anwesend.«

Preema arbeitete sich schnell durch die Liste und gelangte zu den Os. »Olsen, Theis.«

»Anwesend.«

Als sie den Mund schon geöffnet hatte, um den nächsten Namen auszurufen, geriet sie ins Stocken und schaute auf. Suchend ließ sie ihren Blick über die kleine Gruppe junger Menschen wandern und fand den pink leuchtenden Schopf, der tief in den Stuhl gesunken war und wohl versuchte, sich unsichtbar zu machen. »O'Shea, Gwenn – *mit,* man glaubt es kaum, *Doppel-N*«, sagte Preema mit einem süffisanten Lächeln.

Die Studentin räusperte sich, und Preema kam nicht umhin, sich insgeheim über das sichtbare Unbehagen zu freuen.

»Anwesend.«

»Sind wir uns nicht gerade auf dem Flur begegnet?«

»Das ist wohl richtig, Professor Anand«, antwortete Gwenn, die jetzt deutlich weniger selbstsicher wirkte als vorhin auf dem Flur. Man konnte förmlich sehen, wie ihr die Worte »so ein verdammter Mist!« durch den Kopf gingen. »Sind Sie nicht etwas zu jung, um hier Dozentin zu sein?«

»Erwarten Sie von jemandem mit grauen Haaren mehr Weisheit als von mir?«, antwortete Preema kühl.

»Nein!«, wiegelte Gwenn schnell ab. »Ich meine ja bloß, dass Sie sehr jung wirken. Mehr wie eine Studentin. Also, wenn ich gewusst hätte ...«

»Wenn Sie geahnt hätten, dass ich Ihre neue Dozentin bin, wären Sie etwas weniger vorlaut gewesen, nehme ich an?«

Gwenn nickte. Ihre Wangen waren rot angelaufen, und sie rutschte unruhig auf ihrem Stuhl hin und her. Dennoch schaute sie, zwar mit leichtem Unbehagen, aber ansonsten gefasst, zu ihrer Dozentin hinunter.

»Sie gehören zu den Gasthörerinnen in diesem Kurs?«

»Das ist korrekt.«

»Welchen regulären Studiengang haben Sie belegt?«

»Journalismus, Professor.«

»Warum bin ich nicht überrascht?« Preema fuhr mit ihrer Liste fort und hörte das leise Getuschel von Gwenns Freunden, die sie sofort ausfragten, was zwischen Gwenn und der neuen Dozentin vorgefallen war.

Ach, Karma war gelegentlich eine solch entzückende Sache.

HEUTE

PREEMA ERINNERTE SICH nun wieder an die ersten Tage an der Universität, an mehrere Wochen sogar. Sie erinnerte sich auch daran, wie sie jenen ersten Tag mit einem Lächeln im Gesicht und einem in der Brust absolviert hatte. Preema war in der Tat recht jung für eine Dozentin gewesen und konnte verstehen, dass Gwenn O'Shea sie für eine Studentin gehalten hatte. Niemand war überraschter gewesen als Preema selbst, als ihr die *University of Keto* eine Zusage für die Stelle geschickt hatte. Das änderte aber nichts daran, dass Preema sich über Gwenns geschockten Gesichtsausdruck köstlich amüsiert hatte.

»Wer ist Gwenn?«, fragte David unvermittelt.

»Huh?« Preema blinzelte ein paar Mal und sah sich verwirrt um. Sie hatte völlig vergessen, dass David noch da war. »Woher weißt du von Gwenn?«

»Von dir. Du hast ihren Namen vor dich hingemurmelt. Wer ist sie?«

Preema dachte über diese Frage nach. Sie versuchte, die Erinnerung einzuordnen und zu verstehen. Doch die Szene war im Grunde so beliebig und alltäglich gewesen, dass sie daraus keinen Nutzen ziehen konnte.

»Eine etwas vorlaute Studentin, der ich an meinem ersten Tag an der Universität begegnet bin.«

»Eine Freundin vielleicht?«

»Es wirkte nicht so. Wir sind nur zufällig zusammengestoßen.«

»Hast du dennoch etwas über dich selbst erfahren können?«

»Nicht viel. Ich habe an der Universität unterrichtet.«

»Wirklich? Welches Fach?«

»Meeresbiologie, und in dem Zusammenhang hauptsächlich Populationsdynamik. Nicht der spannendste Teil an diesem Studiengang, aber auch nicht der langweiligste. Und die Umgebung ... Ich selbst habe in Hamburg studiert. Eine phantastische Uni, aber kein Vergleich zu Keto City. Dort befand sich der Vorlesungssaal nämlich auf einer der subnautischen Etagen. Kannst du dir das vorstellen? Wir haben über den Schutz und Wiederaufbau maritimer Lebensräume gesprochen und über die Bewegung von Fischschwärmen, während hinter den Fenstern das Meer begann. Wir brauchten nur einen Blick hinauszuwerfen und kamen uns vor, als hätten wir Atlantis entdeckt. Die Stimmung lässt sich nur schwer beschreiben.« Preema war von Glück erfüllt.

»Ich bin ein wenig neidisch. Das hört sich sehr viel spannender an als mein Bürojob in der Bank.«

»In Keto City befindet sich das Bankgebäude ebenfalls im subnautischen Bereich. Lässt sich wohl schwieriger ausrauben. Vielleicht kriegen wir dich noch dort unter, sollten wir es je von der Lichtung herunterschaffen und eines unserer Gehirne das Geheimnis zur Rettung der Welt ausspucken.« Sie sagte es mit Heiterkeit, doch sie glaubte nicht an diese Möglichkeit. Mit jeder Erinnerung, die Preema wiederfand, schien deutlicher zu werden, dass sie nichts wusste, was ihr oder den Beobachtern dabei helfen konnte, den Weltuntergang rückgängig zu machen oder vielmehr, ihn nicht passieren zu lassen. Doch sie drängte diese traurige Wahrheit beiseite, um die Erinnerung an ihr verlorenes Zuhause auszukosten. »Meine Güte, David. Ich habe es wirklich nach Keto City geschafft. Das war mein Traum, seit ich das erste Mal von dem Projekt erfahren habe.«

Preema schwärmte noch ein wenig mehr von ihrer Stadt, diesem wundervollen Ort, ihrer Heimat. Sie war nie glücklicher gewesen als in Keto City, dessen war sie sich sicher, doch nun lag die Stadt stumm und verwaist vor ihr. Es war nicht richtig. Sie rieb sich die Schläfen und stöhnte leise.

»Was hast du?«, erkundigte sich David.

»Mein Kopf. Ich könnte ein paar Aspirin gebrauchen.«

»Ich fürchte, so etwas kennen die Beobachter nicht.«

»Wäre auch zu schön gewesen. Diese Kopfschmerzen bringen mich noch um.«

»Du brauchst anscheinend etwas länger, um dich an die Lichtung zu gewöhnen.«

Preema seufzte und nickte vorsichtig. Auch wenn der stechende Schmerz nicht mehr so häufig auftrat und nicht mehr so konstant in ihrem Schädel saß wie noch zu Beginn ihrer Odyssee durch den weißen Raum, konnte sie es doch kaum erwarten, ihn endlich vollständig loszuwerden. Einmal mehr fragte sie sich, wie lange sie wohl schon auf der Lichtung war. Stunden? Tage? Es schien bereits so viel passiert zu sein, dass es auch für ein ganzes Jahr gereicht hätte. »Es kommt mir manchmal so vor, als wäre ich schon eine Ewigkeit hier.«

Während sie beide Preemas Wohnung auf weitere Hinweise durchsuchten, wanderten Preemas Gedanken immer wieder zurück zu ihrer letzten Erinnerung. Es war objektiv betrachtet eine eher alltägliche Szene gewesen. Verglichen mit den anderen Erinnerungen, die sie zurückgewonnen hatte, war diese geradezu banal. Und gerade weil sie so banal war, musste sich Preema fragen, weshalb sie sich plötzlich so vollkommen verloren fühlte.

HEUTE

KETO CITY KAM ihr bereits vor wie ein Traum, kaum dass sie zurück in der Siedlung war. Sie wäre gerne länger dortgeblieben, in ihrer vertrauten Umgebung, doch ihr Zuhause wirkte ohne seine Bewohner wie eine Geisterstadt, und das machte Preema unglücklich. Doch nun, da sie zurück war, bereute sie ihre Entscheidung. Sie sah die grauen Schemen der Beobachter aus dem Augenwinkel, und sofort trat ihr der kalte Angstschweiß aus den Poren. Ihre blassen Formen, die durchaus menschlich sein mochten und stets aus dem Nichts auftauchten, jagten Preema eine Todesangst ein. Ihr Herz begann jedes Mal zu rasen und sie wollte sich ihrer Angst stellen, wollte den Grauen furchtlos in die hohlen Gesichter blicken und sie fragen, was genau sie suchten, welche Pläne sie wirklich mit den Menschen verfolgten. Doch immer, wenn sich Preema ein Herz fasste und sie direkt ansah, verlor sie die Gestalten gleich wieder aus den Augen. Wie Geister, die verhindern wollten, dass man anfing, an sie zu glauben, entzogen sie sich stets dem Fokus ihrer Blicke. Mit einem Gefühl des Unbehagens schaute Preema sich um, doch die anderen Siedler schienen die Beobachter nicht einmal wahrzunehmen. Konnten sie sie wirklich nicht sehen oder hatten sie nur aufgehört, ihnen Beachtung zu schenken?

Preema atmete tief ein und wieder aus und deckte ihre Augen kurz mit den Händen ab. Sie wollte nicht an Agatha denken und an das, was mit ihr passiert war. Vielleicht tat Preema den Beobachtern tatsächlich Unrecht, wie David es ihr immerzu sagte, doch solange sie keine Beweise fand und nicht wusste, was die Beobachter wirklich waren und was sie wollten, würde sie sich nie an ihre Anwesenheit gewöhnen können. Stattdessen versuchte sie, das Gefühl, beobachtet zu werden, abzuschütteln, doch es saß ihr im Genick, hartnäckig wie eine Zecke.

»Ihr seid nicht wirklich hier. Nicht hier, nicht hier«, flüsterte sie vor sich hin.

»Wer ist nicht hier?« David, der nicht weit von ihr an einem Tisch saß und gegen den kleinen Peter *Mensch ärgere Dich nicht* spielte, warf einen Blick über die Schulter zu ihr zurück und bemerkte nicht, wie Peter die Chance ergriff und seine Spielfiguren grinsend in eine bessere Position brachte. »Du wirkst erschöpft, Preema. Machen dir die Kopfschmerzen noch zu schaffen?«

»Nein. Es geht mir gut.« Preema schaute ihn an, lächelte ihm müde zu und versuchte, ihre Gedanken zu sortieren. »Ich bilde mir ein, die Beoba…«

In diesem Moment spürte Preema die fremden Hände auf sich, und sie verlor jede Kontrolle über ihren Körper. Ein intensives Schwindelgefühl drehte ihr den Magen um. Sie hatte das Gefühl, dass ihre Füße nicht länger den Boden berührten. Doch sie hatte sich nicht bewegt, es waren die Beobachter, die *falsch* standen. Sie bewegten sich nicht auf demselben Boden wie Preema. Der Boden der Grauen befand sich in Preemas Rücken. Als stünden sie senkrecht auf der Wand, unbehelligt von den Gesetzen der Schwerkraft.

Preema war egal, ob hier magische Kräfte, Magnetstiefel oder völlig andere Dinge am Werk waren. Sie wollte bloß weg, doch jeder Versuch, sich zu bewegen, endete mit der Erkenntnis, dass Preema keine Gewalt mehr über ihre Muskeln hatte. Sie war von Kopf bis Fuß gelähmt. Hilflos. Ausgeliefert. Eine Todesangst ergriff im Handumdrehen Besitz von ihr. Fort waren alle guten Vorsätze, mit den Grauen kommunizieren zu wollen. Sie wollte bloß noch schreien, aber kaum ein Ton kam ihr über die Lippen. Nicht mehr als ein kurzatmiger Ruf nach Hilfe, den sie selbst kaum hörte und schon gar niemand anderes. Es kam ihr vor, als steckte plötzlich ein Korken in ihrem Rachen, der ihr die Stimme stahl. Warum half ihr niemand? Warum sah David nicht, was genau in diesem Moment vor seinen Augen passierte?

Eine Furcht überkam sie, wie die, die sie als Kind empfunden hatte, wenn sie des Nachts an dunklen Zimmern mit offenen Türen vorbeilaufen musste. Es gab kaum eine andere Art von Angst, die einem die Muskeln schwerer machte als diese primitive Furcht, die Kinder vor der Dunkelheit hatten. Der Horror hatte sie oft gelähmt, so sehr, dass sie nicht einmal mehr vor der geifernden Schwärze hatte fliehen können. Doch diesmal war es kein dunkles Zimmer, vor dem sie Angst hatte, sondern die grauen Geschöpfe, die undeutlich und halb durchscheinend über ihr aufragten. Die Grauen blickten zu Preema hinab. Nicht alle gleichzeitig, doch einer starrte sie neugierig an und sein gesichtsloser Kopf beugte sich zu ihr herunter. Es war genau wie bei Agatha. Alles wiederholte sich, nur dass Preema diesmal keinen Körper hatte, der außerhalb dieser Szene wie ein Rettungsring auf sie wartete. Sie würde hier sterben, ohne den Antworten auf ihre vielen Fragen nähergekommen zu sein.

Einer der Beobachter hielt ihr etwas vor die Augen. Es blendete Preema, und die Finger des Schemens tasteten ihr Gesicht ab, hoben ihr die Augenlider abwechselnd an. Ein anderer Schemen stand ein wenig abseits und schien sich jene berühmt-berüchtigten Notizen zu machen, ehe er sich abwandte und nach wenigen Schritten im Nichts verschwand. Kurz hoffte Preema, sie würden von ihr ablassen und sie wieder freigeben, doch während die einen gingen, kamen andere hinzu.

Bitte schneidet mich nicht auf. Schneidet mich nicht auf!, flehte sie in Gedanken.

Hände bewegten sich auf Preema zu, hoben ihr den einen, dann den anderen Arm an und gleichzeitig stand sie unbewegt auf der Lichtung, als hätte sie zwei Körper, in denen sie gleichzeitig existierte. War sie der Frequenz der Lichtung entrückt worden, wie David es ihr vor gar nicht langer Zeit erklärt hatte? Schaute er deswegen wieder auf das Spielbrett und diskutierte heiter mit Peter, während er Preemas Marterung nicht bemerkte?

Preema hatte das Gefühl, kaltes Wasser rinne ihr mit den fremden Händen über die Haut. Finger, die jeden noch so intimen Winkel ihres Körpers – wenn auch flüchtig – schamlos erforschten. Noch nie hatte sie sich derart wehrlos, gedemütigt und entblößt gefühlt, und obwohl sie all ihre Willenskraft herbeirief, wollten Preemas Muskeln ihr nicht gehorchen. Ihr Körper war wie die leblose Hülle einer Puppe, mit der die Beobachter machen konnten, was sie wollten. Preema schrie in Gedanken. Vielleicht konnten die Grauen sie hören. Doch falls sie es taten, ignorierten sie ihr Flehen.

»Preema!« Davids Stimme drang verzögert zu ihr durch. In ihren Ohren rauschte es laut wie an den Niagarafällen. Fast sofort spürte sie nun auch seine Hände auf ihren Wangen, Hände, die so viel freundlicher und vertrauter waren als die der Beobachter. David stand vor ihr und schien besorgt zwischen ihr und den Grauen hin- und herzublicken. Konnte er sie doch sehen? »Ganz ruhig, Preema. Sie tun dir nichts, sie werden gleich wieder gehen, hörst du?«

»Ich kann ... mich nicht ... bewegen«, zwang Preema die Worte durch ihre Lippen. »Nimm sie weg von mir. Sie sollen mich nicht anfassen. Nimm sie weg von mir, David«, flehte Preema ihn verzweifelt an.

»Ich kann nicht«, antwortete David unglücklich. »Ich wünschte so sehr, ich könnte es, aber sie sind nicht wirklich hier. Ich kann sie nicht berühren, siehst du?« David fuhr mit der Hand durch einen der Grauen hindurch, doch die Kreatur nahm es gar nicht wahr.

»Nein, nein, nein«, wimmerte Preema und kniff die Augen zusammen. »Sie werden mich mitnehmen. Ich werde mich auflösen und einfach verschwinden.«

»Beruhige dich. Je mehr du dich aufregst, desto länger bleiben sie. Atme gleichmäßig, Preema. Beruhige deinen Herzschlag. Sie sind gleich wieder weg. Ich verspreche es dir.«

Beruhigen? Wie sollte Preema sich beruhigen, wenn sie derart hilflos war, wenn sie von Wesen untersucht wurde, die es unmöglich geben konnte? Sie wollte die Hände dieser Kreaturen nicht länger auf sich spüren, wollte ihre unwirklichen, schwammig konturierten Körper nicht länger sehen müssen. Preema wollte einzig und allein, dass es aufhörte.

»Lass nicht zu, dass sie mich mitnehmen, David. Ich will nicht wie Agatha enden.«

»Das wird nicht passieren, Preema. Ich verspreche es dir.«

Aber sie konnte in seinen Augen sehen, dass er nicht wusste, ob er sein Versprechen würde halten können. Er wusste nicht, ob die Beobachter sie mitnehmen oder doch noch eine Weile auf der Lichtung lassen würden. Er meinte es gut, und dennoch war er ein Lügner.

Als hätten die Grauen sie endlich erhört, zogen sie sich plötzlich zurück und Preema fiel auf die Knie. Ihr Körper war wieder frei, ihre Glieder gehorchten ihren Befehlen, als hätten sie Preema nie im Stich gelassen. Sie wandte sich angsterfüllt um und sah nur noch eine graue Gestalt, etwas zusammengekauert, in der Schwebe sitzen. Fast reglos, und doch krabbelte Preema auf Händen und Knien so schnell sie konnte von ihr fort. Wohin, das war egal. Nur weg. Weg, weg, weg. So weit weg von den Beobachtern wie möglich. Der Graue folgte ihr nicht, blieb still sitzen, wo er war, und verblasste schließlich, bis er ganz verschwunden war.

»Preema! Preema!«

Gehetzt blickte sie sich nach dem Freund um, der sich langsam zu ihr kniete, vorsichtig, als wäre sie ein verängstigtes Kätzchen in einem Käfig.

»Es ist alles gut, Preema. Sie sind weg.«

»B… bist du s… sicher?« Sie zitterte am ganzen Leib und klapperte mit den Zähnen. »Es ist kalt. Die haben irgendwas auf mir verteilt.«

»Komm her«, sagte David einfühlsam, nahm sie in den Arm und rubbelte ihre Arme, damit ihr wieder warm werden würde. Doch es half nicht.

»Sind sie wirklich weg?«

Er sah sich suchend um. »Niemand da«, versicherte er.

Doch noch immer glaubte Preema, diese kalten, gummiartigen Hände auf sich zu spüren. Sie hatte das Bedürfnis, zu schreien und um sich zu schlagen, doch welchen Sinn hätte das gemacht? Preema zwang ihre Gedanken, still zu sein, sich auf die warme Haut von Davids Fingern zu konzentrieren, die ihre Hand so fest umklammert hielten, als könnte Preema andernfalls vom Wind davongetragen werden. Langsam, ganz langsam kam Preema wieder zur Ruhe. Die Angst floss mit jedem Atemzug ein wenig mehr aus ihr heraus.

»Geht es dir besser?«, fragte David, noch immer besorgt.

Preema nickte zaghaft. »Werden sie wiederkommen?«

David verzog mitleidig das Gesicht. »Ja, Preema, sie werden vermutlich irgendwann wiederkommen. Aber nicht so bald«, antwortete er ehrlich.

»Warum? Was wollen sie denn von uns?«

»Das habe ich versucht, dir zu erklären. Sie studieren uns.«

»Wozu?« Preema hörte selbst, dass ihr Ton schärfer wurde, und sie musste sich daran erinnern, dass David keine Schuld traf.

»Das weiß ich doch auch nicht, Preema.«

»Ich will nach Hause. Ich will mein Leben zurück.«

David schwieg. Was hätte er auch dazu sagen sollen? Er konnte nicht ändern, dass die Welt zerstört worden war und sie in diesem rätselhaften neuen Leben gefangen war.

»Zeig mir etwas, irgendetwas Gutes. Mach schon«, befahl sie ihrem Gehirn und überraschenderweise gehorchte es.

DAMALS • 18. SEPTEMBER 2029

PREEMA WARTETE IN der Empfangshalle der kürzlich eröffneten Tierarztpraxis darauf, dass man ihr Lady Lucifer rausbrachte. Es war wieder einmal alles gut gegangen, trotzdem würde sie sich erst entspannen können, wenn sie ihr kleines Fellknäuel vor sich sah. Es machte Preema stets unruhig, dass sie Lady Lucifer für eine simple Zahnsteinentfernung in Narkose versetzen lassen musste, doch anders ging es eben nicht.

»Ich habe hier eine sehr muntere ›Lady Lucifer‹«, verkündete die Aushilfe, die mit einer fauchenden und lautstark maunzenden Katze in der Transportbox aus dem Aufwachraum kam. »Wer nennt seine Katze Lady Lucifer? Also wirklich.«

»Das wäre dann wohl ich«, meldete sich Preema zu Wort und zuckte unwillkürlich zusammen, als sie die junge Frau erkannte.

»Preema Anand«, sagte die Aushilfe grinsend, die niemand anderes war als Gwenn O'Shea. »Na, wenn das keine Überraschung ist.«

»Professor«, korrigierte Preema.

»Nicht außerhalb des Hörsaals«, konterte Gwenn und stellte die Box neben Preema auf der Theke ab.

»Journalismus, Meeresbiologie und jetzt auch noch Aushilfe in einer Tierarztpraxis. Entweder bist du sehr neugierig oder sehr entscheidungsunfähig.«

»Ein bisschen von beidem«, antwortete Gwenn zufrieden.

»Was genau machst du hier?«

»Na, Geld verdienen. Dieser Look zahlt sich schließlich nicht von selbst.« Gwenn zeigte auf ihre kürzlich frisch nachgefärbten Haare. »Ich hätte dich gar nicht für einen Katzentypen gehalten.«

»Normalerweise sind Silberfische mehr mein Ding«, gab Preema zurück, und tatsächlich kicherte Gwenn über diesen schwachen Scherz.

»Und weshalb gibst du deiner armen Katze einen so schrecklichen Namen?« In eben dieser Sekunde schnellte die kleine Pranke der Katze durch das Gitter der Transportbox, und die ausgefahrenen Krallen verfehlten Gwenn nur knapp. Lady Lucifer knurrte wie ein wild gewordener Terrier. Ein Geräusch, das von ganz tief unten aus der Bauchhöhle kam. »Ich ziehe meine Frage zurück«, meinte Gwenn beeindruckt.

Nun war es an Preema zu lachen, während sie die Rechnung der Arztpraxis bei Gwenns Kollegin beglich und anschließend die Transportbox an sich nahm. »Luci ist kein Menschenfreund.«

»Wer kann es ihr verdenken?«, murmelte Gwenn. »Ich habe gesehen, dass ihr ein Stück vom Schwanz fehlt und auch eins vom linken Ohr. Will ich wissen, wie es dazu kam?«

Preema schüttelte den Kopf. »Luci sah schon so aus, als ich sie damals gefunden habe. Sie war noch ein Babykätzchen. Irgendwer hat sie und ihre Geschwister in einem Müllsack am Straßenrand rausgeworfen. Luci war die Einzige aus dem Wurf, die überlebt hat. Bei manchen Dingen sollte man wohl dankbar sein, dass man sie nicht weiß.« Preema schluckte und drängte die Emotionen zurück, als sie das scheußliche Bild verstümmelter Jungkatzen vor sich sah und die kleine Lady Lucifer, die in dieser Blutsuppe lag und jämmerlich klagte. Sie würde den Anblick niemals aus ihrem Gedächtnis löschen können und zog es vor, Gwenn die Details zu ersparen.

»Wie können Menschen so widerlich grausam sein?«, stellte Gwenn die Frage, auf die es leider zu viele Antworten gab.

»Frag mich nicht, aber Luci hat sich ihre Abneigung gegen Menschen teuer verdient.«

»Dich mag sie offenbar.«

»Meistens«, sagte Preema lächelnd und nahm die Transportbox in die Hand. Sie winkte Gwenn zum Abschied zu. »Wir sehen uns im Kurs.«

»Hey, Prof?«, rief Gwenn ihr nach, bevor Preema durch die Tür entschwinden konnte.

»Ja?«

»Bist du vergeben?«

»Was?«

»Bist du mit jemandem zusammen?«, fragte Gwenn und lachte über Preemas verdutzten Gesichtsausdruck.

»Uh, nein.«

»Gut. Was machst du heute Abend?«

Preema kniff die Augen etwas enger zusammen und schaute Gwenn misstrauisch an. »Lady Lucifers strafende Blicke über mich ergehen lassen, denke ich. Wenn sie eines noch weniger mag als Menschen allgemein, dann sind es Besuche beim Tierarzt.« Wie zur Bestätigung ihrer Aussage fauchte und knurrte Lady Lucifer aus ihrer Transportkiste heraus. Sie mochte eine kleine Hauskatze sein, klang im Moment aber wie ein ausgewachsener Puma.

»Bitte sag jetzt nicht, dass du dir auch noch eine 1-2-3-Fertigmischung aus der Packung aufkochst.«

»Nein«, antwortete Preema lachend und Gwenn entließ ein leises Geräusch der Erleichterung. »Ich hatte an eine Tiefkühlpizza gedacht.«

Gwenn klappte die Kinnlade herunter und sie starrte Preema, die sich ihr Lachen kaum verkneifen konnte, fünf volle Sekunden lang völlig entgeistert an. »Tiefkühlpizza. Der Horror! Ich sag dir was, Prof. Wir treffen uns heute Abend und du bekommst von mir etwas deutlich Besseres serviert als Tiefkühlpizza.« Gwenn schüttelte sich ein wenig, als wäre der bloße Gedanke an Preemas Speiseplan zu viel des Guten.

»Ein Treffen? Du meinst, um den Kursinhalt zu besprechen?«, fragte Preema vorsichtig. Sicherlich verstand sie Gwenns Absichten nur falsch.

»Nein, Prof. Ich meine ein Date.«

Verdammt.

»Du weißt schon, leckeres Essen, Kerzenschein, Händchen halten auf dem Weg nach Hause und danach, wenn es gut läuft ...«

»Stop!«, rief Preema, deren Wangen und Ohren sich plötzlich heiß anfühlten. Ihr Blick wanderte automatisch zu Gwenns Kollegin, die neugierig hinter ihrem Monitor aufschaute. Lady Lucifer tobte und randalierte in ihrer Kiste, und Preema war durcheinander. Es gab nur eine Lösung: Flucht! »Ich muss jetzt gehen.«

»Heißt das, du gibst mir einen Korb?«, fragte Gwenn und wirkte aufrichtig überrascht.

»Du bist meine Studentin«, wich Preema unsicher aus. »Es wäre nicht erlaubt, mit dir auszugehen, selbst wenn ich wollte. Was ich nicht will!«, rief sie schnell noch hinterher. Dann stieß sie die Tür auf und stürzte mit gesenktem Haupt aus der Tierarztpraxis. Auch wenn es Gwenn war, die gerade eine Abfuhr erhalten hatte, war es doch Preema, die sich in Grund und Boden schämte.

HEUTE

»OHA«, KOMMENTIERTE PREEMA die jüngste Erinnerung.

»Oha?«, fragte David, der noch immer neben ihr saß und sie im Arm hielt.

»Eine Erinnerung«, gab Preema mit einem vorsichtigen Lächeln zurück.

»Eine gute?«

»Ja, schon irgendwie.«

»Dann geht es dir wieder besser?«

Preema nickte zufrieden und berichtete David von ihrer jüngsten Erinnerung. Er lachte über die fauchende Lady Lucifer und über die forsche Gwenn, die Preema so ungehemmt nach einem Date fragte.

»Den Mut hätte ich bei Frauen auch gerne gehabt!«, meinte David und lachte.

»Allmählich fühle ich mich von meiner eigenen Geschichte in den Bann gezogen wie von einem unfertigen Buch. Ich weiß, wie die Geschichte anfängt, habe aber keinen blassen Schimmer, wie sie zu Ende geht«, sagte sie und stimmte in Davids Lachen mit ein. Ihre Neugier wurde etwas davon überschattet, dass sie selbst Teil des Geschehens war und sich in der Folge wie die Verdächtige eines Locked-Room-Mystery-Romans fühlte. Was sich da in ihren jüngsten Erinnerungen anbahnte, zauberte ihr Schmetterlinge in den Bauch, und das schien ihr ein Garant für Ärger zu sein. Doch von den Schmetterlingen erzählte sie David lieber nichts.

»Ich bin froh, dass du wieder lachen kannst.«

Preema nickte und lehnte den Kopf an Davids Schulter. Der Himmel über der Siedlung warf neue glänzende Münzen herab, die mit einem leisen Platscher in den Brunnen fielen. Ein schönes Detail, welches im starken Kontrast zu dem Terror stand, der sich mit dem Übergriff der Grauen in Preema eingenistet hatte. Doch das Gefühl war von Preemas unkomplizierten und amüsanten Erinnerungen auf ein leises Echo reduziert worden. Die Geheimnisse der Lichtung ließen sich mit Rückblicken wie diesem sicher nicht entschlüsseln, doch immerhin lenkte er Preema erfolgreich von ihrer Begegnung mit den Beobachtern ab und versetzte sie in deutlich fröhlichere Stimmung. Sie hatte vergessen, dass sie eine Katze hatte, und schämte sich dafür. Jetzt wusste sie wieder, wie sehr sie an Lady Lucifer hing und dass das beruhigende, leise Schnarchen Preemas Nächte begleitet hatte. Wie hatte sie ihren kratzbürstigen kleinen Flauschball vergessen können?

Genauso, wie du den Menschen vergessen hast, mit dem du verheiratet warst, Superhirn.

Der Gedanke holte Preema zurück auf den Boden der Tatsachen. Sie sah sich einmal mehr den Ring an ihrem Finger an. Noch immer schien er seine Geschichte nicht erzählen zu wollen und vielleicht war das besser so. Nun da sich Preema wieder an sie erinnerte, vermisste sie Lady Lucifer, und wenn Preema erst herausfand, mit wem sie verheiratet war, dann würde das nur bedeuten, dass sie sich an einen weiteren Menschen erinnerte, den sie nicht mehr wiedersehen würde. So wie sie nun auch an die lebensfrohe Gwenn O'Shea dachte, deren Existenz ebenfalls zu früh beendet worden war, und Preema wusste noch immer nicht, wie es dazu gekommen war. Sie war der Antwort darauf, was mit der Welt geschehen war, noch keinen Deut nähergekommen und noch immer wusste sie nicht, was dort draußen, außerhalb der Lichtung und außerhalb des weißen Raums, vor sich ging.

Preema dachte darüber nach, ob ihre Erinnerung an den Tierarztbesuch vielleicht doch irgendeinen Hinweis beinhalten mochte, der sie weiterbrachte. Doch was konnte es sein? Lady Lucifer war sicher vieles, aber vermutlich kein Flerken mit versteckter Taschendimension im Magen, der eine Armee von außerirdischen Invasoren ausgespuckt hatte. Eine Waffe mit dem Potential, Welten zu vernichten, ginge aber vielleicht schon rein, wenn man bedachte, wie viel diese kleine Katze fressen konnte ... *Nein, Preema, keine Abschweifungen jetzt. Konzentriere dich!*

»Du machst ein Gesicht, als hättest du eine mathematische Gleichung zu lösen«, bemerkte David.

Preema grunzte verdrossen. »Ich wünschte, es wäre nur das und nicht die Frage, wie und weshalb unsere Heimat zerstört worden ist.«

»Du darfst es nicht erzwingen. Du wirst dich sicher noch früh genug daran erinnern.«

»Ich habe Angst, dass uns in der Zwischenzeit vielleicht die Zeit davonrennt, David.«

»Hm«, war das Einzige, was er dazu sagen konnte, und so schaute auch er nachdenklich in die Leere und beobachtete die Münzen, die dann und wann in den Brunnen fielen.

Preema war überzeugt davon, dass ihre Erinnerungen ihr etwas mitteilen wollten, doch sie erkannte nicht, was das wohl sein mochte. Einmal abgesehen von Lucis lautstarkem Auftritt, was war noch in dem Erinnerungsschnipsel passiert? Gwenn war da gewesen. Es war das zweite Mal, dass Preema sich an Gwenn O'Shea erinnerte. Hatte es vielleicht mit ihr zu tun? 2029 war Gwenn noch eine Studentin gewesen, aber 2036? In dem Jahr, als die Welt untergegangen war? Da wäre sie längst fertig gewesen mit ihrem Studium und recherchierte vielleicht als Journalistin in Bereichen mit sensiblen Inhalten. Ging es am Ende vielleicht gar nicht darum, was Preema wusste, sondern darum, was Gwenn O'Shea möglicherweise aufgedeckt hatte?

Die Idee nagte an Preema. Studenten und ihre Entdeckungen. Da war irgendetwas, dass Preema förmlich anschrie ihr endlich zuzuhören, doch ihre Ohren schienen sich taubzustellen. Dabei wollte sie unbedingt mehr wissen, mehr erfahren. Wie ging die Geschichte um Preema Anand weiter? Sie hatte plötzlich das Gefühl, dass sie da einer wichtigen Sache auf der Spur war, doch sie brauchte mehr. *Gib mir mehr!*, befahl sie ihrem Kopf.

Wer oder was auch immer ihren Wunsch empfing, schien ihr gnädig zu sein, denn sie tauchte sofort in die nächste Episode ihres verlorenen Lebens ein.

DAMALS • 9. OKTOBER 2029

»ES WURDE ABER auch höchste Zeit, dass du mich in dein Büro zitierst, Prof!«, rief Gwenn zufrieden, drückte die Tür hinter sich ins Schloss und lehnte sich mit ihrer typisch ungezwungenen Art an Preemas Schreibtisch. »Ein Abendessen bei Kerzenschein wäre romantischer gewesen, aber ich nehme, was ich kriegen kann. Zu deinem Glück bin ich nicht sehr anspruchsvoll.«

»Mir wurde heute Morgen ein Dokument zugestellt«, sagte Preema ohne jede Spur von Humor. Sie ignorierte Gwenns neuerlichen Flirtversuch. Seit sie sich in der Tierarztpraxis begegnet waren, schlug die Studentin einen recht privaten Ton an, wenn sie mit Preema sprach. Das war ein Problem, um das sich Preema noch würde kümmern müssen. Zunächst schob sie Gwenn aber nur das Tablet mit dem geöffneten Dokument darauf hin und sah sie missbilligend an. »Was ist das?«

»Sieht schwer nach meiner Abmeldung von deinem Kurs aus«, gab Gwenn nach einem kurzen Blick achselzuckend zurück.

»Wieso gibst du den Kurs auf?«

»Wieso interessiert dich das? Fürchtest du, dass du mich nicht mehr oft genug zu sehen bekommst?«

»Hör auf herumzuspinnen, Gwenn. Liegt es daran, dass ich dein Interesse nicht erwidere?«

Gwenn grinste selbstsicher. »Aber du erwiderst es doch.«

»Gwenn, treib es nicht zu weit.«

Die Studentin rollte mit den Augen. »Es hat nichts mit deiner nervtötend harten Schale zu tun, Prof. Meeresbiologie liegt mir einfach nicht besonders. Das ist nicht schlimm, ich mache mir ohnehin nicht viel daraus.«

»Wieso hast du den Kurs dann überhaupt belegt?«

»Ich lebe in einer schwimmenden Stadt auf dem Meer und es schadet schließlich nicht, den eigenen Horizont zu erweitern. Es war den Versuch wert, aber nun kommt dein Kurs größeren Interessen in die Quere.«

»Da fühle ich mich gleich so richtig wertgeschätzt«, meinte Preema sarkastisch.

»Um fair zu bleiben, es war ursprünglich Professor Novaks Kurs. Ich konnte kaum ahnen, dass er krank wird und das Fach mitten im Semester von dir übernommen wird. Verzeihst du mir?«

»Ich wollte nur sichergehen, dass es nichts mit uns beiden zu tun hat.«

»Es gibt also ein *uns*«, gab Gwenn mit einer etwas rauchigen Stimme zurück.

»Das habe ich nicht gemeint und das weißt du«, protestierte Preema.

»Wirst du mich vermissen?«

»Nein.«

»Lügnerin.« Gwenn lachte.

»Gwenn«, seufzte Preema und kniff sich zwischen die Augen.

»Sind wir dann fertig oder kann ich dich doch noch zu einem spontanen Date überreden?«

»Raus«, sagte Preema bestimmt und wies in Richtung Tür.

»Aye, Prof. Wir sehen uns dann bei Kerzenschein.« Gwenn zwinkerte ihr leichthin zu, machte auf dem Absatz kehrt und verließ das Büro ein wenig zu gut gelaunt und beschwingt.

Preema derweil starrte noch eine volle Minute grüblerisch auf die geschlossene Tür und mahlte die Zähne aufeinander. Wenn das so weiterging, würde sie bald eine Beißschiene brauchen. Der eine Teil von ihr war erleichtert, dass Gwenn den Kurs verließ und Preema die kesse Studentin in Zukunft nicht mehr so oft sehen würde, womit sie ihren eindeutigen Flirtversuchen auch weniger häufig ausgesetzt sein würde. Ein winziger, verräterischer Teil von ihr aber bedauerte es, dass sie Gwenn von jetzt an seltener zu Gesicht bekam, und dieser kleine Teil war es, der sich mit ausgefahrenen Ellbogen schroff in den Vordergrund drängte.

Preema schnaubte halb verärgert und riss einen Zettel von ihrem Notizblock ab. Entschlossen griff sie nach einem Kugelschreiber und drückte die Mine unbeabsichtigt so fest auf, dass sich der Schatten von Gwenns Namen auf der Schreibtischunterlage wiederholte. Sie legte den Stift ab und hielt das Papier vor sich in den Händen. Ihr Blick haftete mehrere Sekunden auf den fünf kleinen Lettern. Dann faltete sie den Notizzettel in der Mitte zusammen, atmete einmal tief durch, und dann riss sie das Papier in viele kleine Schnipsel, die sie anschließend in den Papierkorb beförderte. Unzufrieden pustete sie einen Schwall Luft durch die Lippen und saß noch einen Moment still da. Sie fühlte sich nicht im Geringsten besser.

HEUTE

PREEMA SCHNAUBTE FRUSTRIERT und kam auf die Füße.

»Stimmt etwas nicht?«, fragte David, als sie sich so plötzlich aus seiner Umarmung löste. »Machen dir deine Kopfschmerzen wieder zu schaffen?«

»Nein, nein. Meinem Kopf geht es gut. Mehr oder weniger. Ich wünschte nur, er würde sich mal auf die wichtigen Dinge konzentrieren und nicht auf … auf …« *Eine völlig unangebrachte Flirterei mit einer Studentin.* Offensichtlich war ihre Vermutung, dass Gwenn etwas Wichtiges wissen mochte, doch ein wenig zu weit hergeholt gewesen. Preemas aktuelle Erinnerungen schienen mehr von Hormonen bestimmt zu werden als von dem Wunsch, Antworten auf ihre Situation zu finden.

»Auf was?«, fragte David.

»Ach, nichts.« Preema wandte ihm ein wenig beschämt den Rücken zu, während sie versuchte, das Kribbeln in ihrer Brust und in ihrem Bauch in seine Schranken zu verweisen. Sie blickte hinaus über die Weite der Insel mit ihren Ruinen vergessener Zivilisationen. Was wohl aus den einstigen Bewohnern dieser antiken Gebäude geworden war? Wie lange schon trieben die Beobachter dieses Spiel, in dem sie Menschen aus ihrem Leben rissen und hierher auf die Insel brachten? Wie viele Leute hatten vor Preema schon hier gestanden, auf die Ruinen geblickt und sich gefragt, was aus all den Menschen in ihrem Leben geworden war?

»Weißt du, was es mit diesen Ruinen auf sich hat, David?« Preema zeigte auf die fernen Silhouetten und er trat neben sie. Aus dem Augenwinkel sah sie, wie er die Schultern kurz hob und wieder fallen ließ.

»Die sind schon länger hier als ich.«

»Sie sehen antik aus, ich weiß nur nicht, zu welchem Kulturkreis sie gehören. Irgendwie ist das ein Mischmasch aus vielen verschiedenen. Dort griechisch-römisch anmutende Kapitelle an den Säulen, woanders Hieroglyphen, die eher an Ägypten erinnern.«

»Gab es da nicht einen Forscher, der behauptete, die Pyramiden seien von Außerirdischen erbaut worden?«

»Und der Wirbel ist dann womöglich das *Stargate*?«, fragte Preema halb amüsiert.

»Wer weiß? Ich für meinen Teil werde die Theorie aber lieber nicht testen und du auch nicht. Der Wirbel ist tabu, klar?«

»Das musst du mir nicht extra sagen. Von dem Ding halte ich mich brav fern.«

»Gut.«

»Weißt du, was ich auf der Lichtung vermisse?«, fragte Preema. »Ein Café. Früher bin ich jeden Freitag, nach Feierabend, ins Café gegangen, um mir etwas zu gönnen und mich für die getane Arbeit selbst zu belohnen. Naja, und weil es dort einfach schön war und selbst gemachter Kaffee nie so gut schmeckt wie der, den es in Cafés gibt. Was gäbe ich jetzt nicht alles für einen kräftigen *Caffè crema* und dazu ein Stück Kuchen«, sagte Preema mit einem Hauch Frustration in der Stimme. »Der würde mich jetzt wirklich aufheitern.«

»Den Kaffeekult habe ich nie so ganz verstanden«, begann David, doch Preema bekam seine weiteren Ausführungen nicht mit, denn plötzlich stieg ihr der Duft von frisch gemahlenen Kaffeebohnen in die Nase und schon wurde sie von der nächsten Erinnerung mitgerissen.

DAMALS • 01. JANUAR 2030

DAS *Café Grotta di Sirena* war ungeheuer voll. Preema hatte angenommen, dass sich die Studierenden während der Winterpause sicher anderswo herumtreiben würden als in dem kleinen Café unweit der Universität. Ein deutlicher Irrtum, wie sich nun zeigte. Das *Grotta* war ein stimmungsvolles Café, keine Frage, dessen Wandstege das ganze Jahr über mit Lichterketten bedeckt waren und die Panoramafenster einrahmten. Zwischen den kleinen Lampen hingen vereinzelt Muschelschalen und Perlen, Münzen in Silber und Gold. Im gedämpften Licht des *Grotta di Sirena* glänzten falsche Piratenschätze an den Wänden, draußen vor den Fenstern die changierenden Schuppen auf den Körpern grellbunter Fische. Man konnte sich dem Charme des *Grotta* nicht entziehen, selbst wenn man, wie Preema, der Meinung war, dass diese Dekorationsorgie haarscharf an Kitsch grenzte.

Obwohl die Weihnachtszeit vorbei war, lag über dem Café noch immer der saisonale Duft winterlicher Gewürze: Zimt, Anis und Kardamom hüllten Preema ein, mit einer hervorstechend fruchtigen Note von Orangenschalen. Die Auslage neben der Kasse geizte entsprechend nicht mit süßen Törtchen, auf denen fluffige Türme aus unterschiedlich gefärbter Buttercreme den Gipfel des Genusses markierten. Schokosplitter, zerbröselte Cookies und einzelne Preiselbeeren, die noch an einem kleinen, grünen Zweig hingen, sorgten für den letzten delikaten wie dekorativen

Hingucker auf den cremigen Hauben. Einer der Gründe dafür, dass dieses Café nicht nur bei Preema so beliebt war, war die Hingabe, welche die Besitzerin in jedes Detail steckte. Von dem Besteck mit seinen altmodischen Mustern über die bunt zusammengewürfelten Sitzgelegenheiten, von denen keine zur anderen passte, bis hin zu den kunstvoll kreierten Getränken und Speisen war dies ein Ort zum Träumen und Wohlfühlen, und so kam Preema normalerweise sehr gerne hierher. Meistens, um sich etwas zu gönnen, und gelegentlich, um ihrem stillen Zuhause für eine Weile zu entkommen. Heute allerdings fühlte sie sich ein wenig erschlagen von der unerwarteten Menge an Besuchern. In dem sonst ruhigen Café brummte es wie in einem Bienenstock.

Die kleinen Tische waren ausnahmslos besetzt. Nicht selten quetschten sich mehr als doppelt so viele Menschen darum, wie eigentlich vorgesehen war. Die Kaffee- und Teetassen darauf drängten sich ebenso dicht an dicht wie die Studierenden auf ihren Stühlen. Zu behaupten, sie stapelten sich bis unter die Decke, wäre wohl übertrieben gewesen, es fehlte aber nicht mehr viel, bis dieser Zustand erreicht sein würde.

Die Besucher störte das Gedränge allerdings nicht. Sie unterhielten sich angeregt und lachten mit dieser offen zur Schau getragenen Lebensfreude, die Preema schon in jungen Jahren verloren gegangen war. Sie liebte das Leben, lachte häufig und manchmal war ihr Humor flach wie eine Flunder, aber sie hatte auch eine stark nachdenkliche Seite entwickelt, eine, die sie hinter einem Lächeln vor der Welt verbarg. Sie dachte einfach zu viel nach, selbst über die kleinsten und belanglosesten Dinge. Sie gehörte zu jener Sorte Mensch, die über den Schmetterling nachdachte, dessen Flügelschlag am anderen Ende der Welt für einen Orkan sorgen konnte. Alles war verbunden, alles wirkte sich aufeinander aus, und gelegentlich fiel es Preema schwer, all diese Kausalitäten nicht zu nah an sich heranzulassen. Für philosophische Grundsatzdiskussionen mit sich selbst war im Augenblick jedoch ohnehin keine Zeit, denn die wahre Herausforderung des Tages lag noch vor ihr.

Preema war beeindruckt, zu sehen, dass ihr Gast bereits an einem der kleinen Tische Platz genommen hatte und ihn ganz für sich allein beanspruchte. Es gab sogar noch einen freien zweiten Stuhl samt Sitzkissen, der auf Preema zu warten schien. Sie war davon nur bedingt überrascht, denn Zarah Anand war eine Frau, die ihre Forderungen klar ausdrückte und in neun von zehn Fällen bekam, was sie wollte. Preemas Mutter war im gleichen Maße liebenswert, wie sie furchteinflößend sein konnte. An dem leicht mürrischen Gesichtsausdruck erkannte Preema bereits, dass ihre Mutter nicht allzu begeistert war von dem übervollen Café. Nicht der beste Anfang für einen mütterlichen Besuch, um den Preema noch dazu nicht gebeten hatte. Schon gar nicht am heutigen Tage, doch natürlich hätte sie damit rechnen müssen, dass nicht einmal ein Umzug ins Ausland verhindern konnte, dass Zarah an Preemas Geburtstag zum Tee vorbeikam.

Mit einem leisen Seufzen bahnte sich Preema einen Weg durch den überfüllten Raum, hin zu ihrer Mutter, die mit ihrem Modestil auffiel wie ein bunter Hund. Es war ein ansprechender, aber ungewöhnlicher Stil. Zarah trug moderne, europäische Mode, mischte jedoch immer ein Element der traditionellen Kleidung Indiens hinein, obwohl sie in zweiter Generation in Deutschland geboren war. Sie sagte, es sei eben Teil ihrer Identität, und es gefiel ihr, diese beiden gegensätzlichen Modestile miteinander zu verbinden. Sie war nicht die berühmteste Modedesignerin der Welt, aber ihre Kreationen hatten inzwischen eine beachtliche Anhängerschaft. Sie wurden in verschiedenen Boutiquen als exklusive Einzelstücke präsentiert und gingen für stattliche Summen über die Ladentheke. Zarahs stolzester Moment in ihrer Karriere war sicher der vor zwei Jahren, als sie gebeten worden war, am Kostümdesign der französischen Serie *Ville de rêve* mitzuwirken. Zarah spielte es zwar herunter, wenn sie darauf angesprochen wurde, doch jeder, der sie besser kannte, sah, wie stolz sie doch insgeheim auf diesen Erfolg war.

Auf ihrem kurzen Weg zu dem Tischchen musste Preema mehrmals den Bauch einziehen, um sich zwischen den dicht gedrängten Stühlen hindurchzwängen zu können. Als sie dabei einen pink leuchtenden

Schopf vor sich sah, stockte sie einen Moment. Ihr Zögern erzeugte ungewollt Aufmerksamkeit. Der pinke Schopf schaute plötzlich zu ihr auf, und als Gwenn Preema erkannte, grinste sie und biss sich lasziv auf die Unterlippe, als wolle sie Preema mit ihren Blicken gleich hier und jetzt ausziehen. Preema merkte, dass ihr die Hitze wieder einmal in den Kopf stieg. Sie war es nicht gewohnt, dass Menschen so direkt mit ihr flirteten, und Gwenn schien das zu wissen und schamlos gegen sie zu verwenden. Was Preema auch sagte, es hielt Gwenn nicht von ihrer notorischen Flirterei ab.

Mit einer überdeutlichen Bewegung rollte Preema wie üblich mit den Augen, schüttelte dabei tadelnd den Kopf und zwängte sich weiter voran. Sie ignorierte Gwenns hämisches Kichern und die leise Stimme, die ganz eindeutig etwas von einem *knackigen Hintern* verkündete. Preema hätte selbst gerne über das unverfrorene Verhalten der Studentin gelacht, doch das wäre mehr als kontraproduktiv gewesen, und Preema mochte ihren neuen Job und das außergewöhnliche neue Zuhause zu sehr, um sie wegen eines Flirts mit einer Studentin zu riskieren. Auch wenn Gwenn unter anderen Umständen ihre vollste Aufmerksamkeit bekommen hätte, das musste sie sich eingestehen.

»Mami ji, du bist früh hier.« Preema beugte sich zu Zarah hinab und küsste sie auf beide Wangen, als sie endlich den Tisch erreichte, an dem ihre Mutter ungeduldig wartete.

»Ich bin nicht früh hier, du bist zu spät, Beti«, antwortete Zarah mit diesem liebevollen Tadel, den Mütter auf der ganzen Welt beherrschten. »Und du hast dir einen ausgesprochen klaustrophobischen Platz für unser Treffen ausgesucht. Sind alle Etablissements in dieser Stadt so überfüllt?«

»Es tut mir leid. Ich hatte nicht erwartet, dass es am Neujahrstag so voll sein würde. Die sollten alle in den Ferien sein oder sich von der Party der letzten Nacht erholen«, gab Preema zu ihrer Verteidigung zurück. Natürlich hätte es auch geholfen, vorgewarnt zu werden, dass ihre Mutter zu Besuch kommen würde. Dann hätte Preema einen Tisch reservieren oder ihre Flucht planen können …

»Es wird schwierig, sich hier ungestört zu unterhalten.«

»Wir können woanders hingehen. Es gibt ein sehr gutes Restaurant auf dem Sonnendeck. Vielleicht haben wir da mehr Glück und es gefällt dir besser als die subnautische Ebene. Es ist gewöhnungsbedürftig hier unten, wenn man neu ist.«

»Es wird schon gehen. Auch wenn ich meinen Kopf durchaus lieber oberhalb des Wasserspiegels gehalten hätte. Aber ich habe bereits eine Bestellung aufgegeben, und es wäre unhöflich, nun zu verschwinden.«

»Hast du etwa auch schon für mich bestellt?«, fragte Preema mit einer bösen Vorahnung, während sie sich umständlich aus ihrem Mantel schälte. Mit der Kunstfertigkeit einer greisen Schlangentänzerin schaffte sie es schließlich, ihn über die Stuhllehne zu bugsieren und sich in dem Gedränge auf den freien Platz zu setzen.

»Ich habe uns Chai bestellt, Beti. Ich hoffe doch, sie bereiten hier anständigen Tee zu und servieren nicht irgendwelche Algen-Experimente? Ich habe gelesen, dass ...«

Preema hörte nur mit einem Ohr zu. Erst ein spontaner Besuch ihrer Mutter und nun auch noch Chai. Preemas Stimmung sank weiter.

»Die Speisen und Getränke hier sind ausgezeichnet, Mami ji. Es gibt tatsächlich Algenplantagen in Keto City, die Produkte, die daraus gewonnen werden, werden einem aber nicht kommentarlos als Ersatz untergeschoben. Tee, Kaffee und alles andere, was nicht in der Stadt und den umliegenden Produktionsflächen hergestellt werden kann, werden vom Festland importiert.« Preema lächelte ihrer Mutter zu, innerlich fluchte sie leise vor sich hin. Als Kind hatte sie sich um eine Tasse Chai gerissen, durfte ihn wegen des wach machenden Effekts aber nicht oft trinken. Als Jugendliche hatte sie ihn noch immer gemocht und sich irgendwann daran sattgetrunken. Inzwischen verzichtete sie völlig auf dieses stark würzige, süße Gebräu, schon von dem Geruch wurde ihr ein wenig anders zumute, und überhaupt mochte sie keinen Tee. Sie trank keinen mehr, seit sie die Kaffeebohne für sich entdeckt hatte. Ein Frevel, den ihr Zarah Anand nicht verzeihen zu wollen schien, denn wann immer sich die Gelegenheit bot, bereitete oder bestellte sie ihrer Tochter Chai, so wie es Zarahs eigene Mutter bei ihr getan hatte und deren Mutter davor. Preema hatte es längst aufgegeben, gegen dieses mütterlich vererbte Ritual zu protestieren. »Also, Mami ji, wie gefällt es dir in Keto City?«

»Es ist ... interessant. Durchaus beeindruckend, doch ich verstehe nicht, wie man hier leben kann. Draußen scheint die Sonne, und wir sitzen hier bei künstlichem Licht unter Wasser. Es ist mir sowieso unverständlich, wie ausgerechnet du hier leben kannst. Du kannst nicht einmal schwimmen.«

»Ich kann schwimmen, Mami ji, ich mache es nur nicht gerne.«

»Du weißt, was ich meine, Beti.«

Ja, das wusste Preema. Die Frage, die Zarah Anand nicht stellen wollte, war die, wie Preema Angst vor dem Wasser haben konnte und gleichzeitig doch ständig seine Nähe suchte. Die Antwort darauf war, wie so vieles im Leben, höchst kompliziert.

»Wie lange wirst du in der Stadt bleiben?«

»Überlegst du etwa schon, wie du mich wieder loswirst?«, fragte Zarah nicht ganz ernst gemeint.

»Nein!«, rief Preema und hoffte, dass man ihr die Lüge nicht an der Nasenspitze ablesen konnte.

»Darf eine Mutter denn nicht einmal ihr einziges Kind besuchen?«

»Doch, natürlich«, murmelte Preema, die genau wusste, dass mehr hinter diesem Besuch steckte.

»Und heute ist schließlich nicht irgendein Tag, nicht wahr?«

»Für mich schon«, gab Preema mit einem Achselzucken zurück. Als sie aber den scharfen Blick ihrer Mutter sah, bereute sie ihre vorschnelle Bemerkung sofort. Im Bruchteil einer Sekunde war sie wieder zehn Jahre alt und bereit, jedes Vergehen zu gestehen, ganz gleich, ob sie schuldig war oder nicht.

»Mir bedeutet dieser Tag nach wie vor sehr viel, Preema. Es war einer der wichtigsten Tage in meinem Leben. Du könntest wenigstens dafür etwas Wertschätzung zeigen.«

»Entschuldige, Mami ji«, gab sie verlegen zurück.

»Du musst die Vergangenheit endlich ruhen lassen.«

»Das sagst du jedes Jahr.«

»Und jedes Jahr ignorierst du deine arme, alte, dich liebende Mutter«, beklagte sich Zarah so körperbetont, wie es in diesem beengten Raum nur möglich war.

»Du bist nicht alt«, seufzte Preema. Bereits nach dieser kurzen Interaktion fühlte sie sich ausgelaugt. *Erwachsen, my ass.* In der Gegenwart ihrer Mutter würde Preema für immer ein Kind sein. »Wie geht es Baba?«

Zarahs Miene hellte sich auf und die plötzliche Freude darin ließ sie zehn Jahre jünger wirken. »Oh, Beti, du wärst stolz auf ihn! Er hat vor drei Wochen eine neue Therapeutin gefunden und sie machen nun so eine 3D-online-Therapie per Videochat und Rift-Brille. Letzte Woche war dein Vater gleich an drei Tagen im Garten. Immer nur für ein paar Minuten, aber es ist ein großer Fortschritt! Gestern hat er das erste Mal die Vordertür geöffnet. Er hat es noch nicht geschafft, über die Schwelle zu treten, aber so viele kleine Erfolge wie in den letzten Wochen hatten wir seit Jahren nicht mehr! Er gibt sich wirklich sehr viel Mühe.«

»Mami ji, das ist wundervoll! Er hat mir gar nichts davon erzählt, als ich vor ein paar Tagen mit ihm telefoniert habe.«

»Ach, du kennst ihn. Er wollte uns nie zu große Hoffnungen machen. Die Postkarten und Fotos, die du ihm schickst, machen ihm aber viel Freude. Er hat sie an seine Bürowand gehängt und auf seinen Monitoren als Hintergrund eingestellt. Wie damals, erinnerst du dich?«

»Er hängt wieder Motivationsbilder auf?«, staunte Preema nun. Das klang, als würde ihr Vater diesmal wirklich selbst daran glauben, dass er Fortschritte machte.

Zarah nickte und wirkte plötzlich wie ein ganz anderer Mensch. Für einen Moment blitze die junge Frau in ihr auf, die den einst reisefreudigen Tahir geheiratet hatte und so viele Urlaubsziele mit ihm hatte bereisen wollen. »Es ist noch ein langer Weg, aber ich glaube, diesmal schafft er es, Beti. Auf seine alten Tage wird dein Vater noch ein Draufgänger.«

»Ich wünsche es ihm so sehr.« Preema konnte sich kaum vorstellen, ihren Vater außerhalb des Familiengrundstücks zu sehen, aber sie hoffte, dass dieser Tag kommen würde.

»Ich hatte ein beunruhigendes Telefonat mit Nandi«, wechselte Zarah ohne Vorwarnung das Thema.

Fuck, schoss es Preema sofort durch den Kopf, und möglicherweise wurde sie auch ein wenig bleich dabei. Sie spürte ein verdächtig vertrautes Kribbeln im Nacken. Es bahnte sich ganz klar ein kalter Schweißanfall an.

»Nandi Sahimi?«, erkundigte sich Preema ein wenig zu lässig.

»Selbstverständlich meine ich Nandi Sahimi. Kennst du noch eine andere Nandi?«, fragte Zarah, die offenkundig nicht zu Scherzen aufgelegt war. Nicht, wenn es um ein derart wichtiges Thema ging. Welches das war, konnte Preema bereits erahnen.

»Nein, kenne ich nicht.« Preema sah eine Gewitterwolke exklusiv über ihrem Kopf heraufziehen.

»Dann stelle doch nicht solche Fragen, Schatz.«

»Tut mir leid«, antwortete Preema automatisch. Sie wusste genau, was jetzt folgen würde. Aufgeschoben war leider nicht aufgehoben. Nicht in diesem Fall.

»Du kannst dir vielleicht vorstellen, wie überrascht ich war, als mir Nandi erzählte, dass ihr lieber Pradesh dir noch immer nachtrauert, und wie schade sie es findet, dass ihr auseinandergegangen seid.« Preema schluckte nervös und wich dem Blick ihrer Mutter aus. Wo blieb nur dieser verdammte Chai? »Wann wolltest du mir denn erzählen, dass ihr euch getrennt habt?«

»Wir waren gar nicht richtig zusammen«, protestierte Preema.

»Ihr habt miteinander geschlafen. Wie viel mehr kann man zusammen sein?«, fragte Zarah geradeheraus und zeigte nicht die Spur von Scham.

»Ma!« Das Gespräch entwickelte sich schlagartig zu einem von der peinlichen Sorte.

»Also, warum muss ich durch Pradeshs Mutter von der Trennung erfahren statt von meiner Tochter?«

»Sieh mal, ich hatte einfach keine Lust, mich schon wieder dafür rechtfertigen zu müssen, dass es mit einem Mann nicht funktioniert, okay?« Die Worte kamen angriffslustiger aus Preema herausgesprudelt, als sie beabsichtigt hatte, und natürlich nahm Zarah gleich eine Haltung ein, die mehr als deutlich Missbilligung verkündete. »Entschuldige«, ergänzte Preema mit der Verlegenheit eines Kindes. Zwei winzige Tische weiter lachte eine Studentin, und Preema war sich sicher, dass sie wusste, wessen Stimme es war und wer da, offenbar ein wenig zu genau, ihrem Gespräch mit Zarah lauschte.

Preemas Blick schweifte einen Moment in die Richtung ab, in der das Lachen seinen Ursprung hatte. Fünf Studenten und Studentinnen quetschten sich mittlerweile um den irrwitzig kleinen Tisch. Eine von ihnen hatte ein fast schon legendär vorlautes Mundwerk, wie Preema wusste. In eben diesem Moment war Gwenns Mund allerdings schwer damit beschäftigt, den einer weiteren Studentin zu küssen, bevor sie etwas sagte, was die andere allzu lustig fand und laut lachend kommentierte. Ein Anflug von Verärgerung überkam Preema, während sie zusah, wie die beiden Frauen so unbekümmert ihre Zärtlichkeiten austauschten. Wie lange sie wohl schon zusammen waren? Ob sie sich eine Wohnung teilten? Wieso flirtete Gwenn immerzu mit Preema, wenn sie doch offensichtlich eine Freundin hatte? Oder waren sie gerade erst zusammengekommen, so dass Preema nun vergessen war?

»Preema, hörst du mir eigentlich zu?«

»Was?«, murmelte Preema geistesabwesend.

»Das heißt ›Wie bitte‹, und es ist unhöflich, fremde Menschen anzustarren. Auch wenn ich zugeben muss, dass dies ein ungeeigneter Ort für solch intime Tätigkeiten ist und sich die Damen vielleicht besser ein Zimmer nehmen sollten. Ich habe von den beiden schon mehr Zunge gesehen als von deinem Vater.«

»Mutter!«, rief Preema und für einen Moment wusste sie nicht, was sie mehr verstörte: Zarahs ungenierter Tadel oder die Bilder von ihrer Eltern Zungenspiele, die ungebeten in ihrem Kopf aufsprangen. *Urgh!*

In jedem Fall entsetzt, warf Preema einen erneuten Blick zurück zu dem Tisch mit den beiden turtelnden Frauen daran. Die turtelten inzwischen nicht mehr. Gwenn erwiderte stattdessen Preemas Blick. Sie hatte jedes von Zarahs Worten gehört, trotz des wilden Stimmengewirrs in dem Café, und Preema wäre am liebsten vor Scham im Boden versunken. Sie versuchte, sich mit einem Blick des Bedauerns für die Worte ihrer Mutter zu entschuldigen, während Zarah bereits weitersprach, als wäre nichts weiter gewesen. Gwenn hielt Preemas Blick stand, schaute nur einmal ganz kurz zu Zarah und wieder zurück zu Preema. Dann grinste sie plötzlich wie ein süßer Teufel, zwinkerte Preema zu und wandte sich wieder ihrer Begleitung zu. Preema atmete erleichtert durch und rieb sich mit beiden Händen das Gesicht.

»... das hat mir Nandi versichert, Beti.«

»Wa– *Wie bitte*?«, korrigierte sich Preema schnell. Sie hatte keine Ahnung, worüber ihre Mutter gerade sprach, aber alles war besser als das Zungenspiel ihrer Studentinnen. Oder das ihrer Eltern. *Doppel-urgh!*

»Würdest du mir jetzt bitte einmal zuhören?«

»Entschuldige. Was sagtest du?«

»Ich sagte, dass Pradesh dich vermisst und bereit ist, dir noch eine Chance zu geben.«

Preema zuckte zurück, als hätte ihr jemand ins Gesicht geschlagen. »Er? Mir? Noch eine Chance?« Nun war es an Preema, ihrer Stimme eine satte Portion Sarkasmus hinzuzufügen.

»Sprich in ganzen Sätzen, Kind.«

»Ich weiß wirklich nicht, ob ich dieses Angebot angemessen kommentieren sollte«, antwortete Preema.

»Pradesh hat mir das hier für dich mitgegeben.« Zarah zog einen Briefumschlag aus ihrer Handtasche und schob ihn Preema über den Tisch hinweg zu.

»Was ist das?«, fragte Preema entgeistert. Sie wollte keine Briefe von

Pradesh. Sie hätte nie erwartet, dass er zu einer solch veralteten Praktik greifen würde. Allerdings ließ sie ihm wohl auch keine große Wahl, denn sie hatte ein paar Tage nach ihrer Trennung damit angefangen, Pradesh zu *ghosten*. Er wollte sie nicht gehen lassen, begleiten wollte er sie aber auch weiterhin nicht. Stattdessen schickte er ihr ununterbrochen Nachrichten, die sie überzeugen sollten, das Jobangebot in Keto abzulehnen und bei ihm zu bleiben.

Preema öffnete den Umschlag unter der strengen Überwachung von Zarahs Blicken. Sie zog den Inhalt heraus. Ein Flugticket von Tessera nach Düsseldorf. One Way. Die Botschaft erschien Preema klar: *Bleib bei mir oder bleib weg*. Nun, Preemas Antwort auf diese Botschaft war genauso klar.

»Der Flug geht in drei Tagen«, verkündete Zarah unnötigerweise, schließlich konnte Preema lesen. »Wenn du zuhause bist, könnt ihr beide miteinander reden und eure Probleme aus der Welt schaffen.«

»Pradesh und ich haben keine Probleme. Wir haben uns getrennt.«

»Aber doch nur solange, bis das Semester zu Ende ist und du wieder nach Hause kommst.«

»Nein, Mami ji, das war endgültig. Meine Gefühle für Pradesh sind inzwischen erloschen. Ich liebe ihn nicht mehr. Möglicherweise habe ich das nie getan, sonst hätte ich diese Stelle vermutlich ausgeschlagen oder gar nicht erst in Betracht gezogen.«

»Liebe«, sagte Zarah fast abfällig. »Das ist doch zweitrangig. Eine gute Beziehung braucht mehr als so etwas Unbeständiges wie die Liebe.«

»In dem Punkt waren wir uns noch nie einig«, gab Preema zurück und stopfte das Flugticket unsanft zurück in den Umschlag. Sie spürte, wie sich ihre Laune schlagartig verschlechterte. »Außerdem, Mami ji«, begann Preema und rutschte unruhig auf ihrem Stuhl hin und her. »Was meine Rückkehr angeht, gibt es neue Entwicklungen.«

»Was für neue Entwicklungen?«, fragte Zarah mit einem frostigen Unterton.

»Man hat mir hier eine feste Stelle angeboten.«

Zarah blinzelte in einem viel zu schnellen Rhythmus und erinnerte Preema damit an das hektische Blinken einer defekten Festplatte, die Schwierigkeiten hatte, eine Information zu verarbeiten. »Du sagtest mir, du gehst für maximal sechs Monate nach Keto City. Als Krankheitsvertretung für das laufende Semester.«

»Die Krankheit meines Vorgängers hat sich leider als chronischer Dauergast erwiesen. Außerdem gefällt es mir hier. Ich habe das Gefühl, hier kann ich sein, wer ich immer sein wollte.« Noch dazu glich es einem Sechser im Lotto, eine feste Dozentenstelle zu bekommen, vor allem für jemanden, der noch so jung war wie Preema.

Zarah tippte mit ihren langen, lackierten Fingernägeln auf der Oberfläche des Tisches herum. Magentarot, wie der Saristoff, den sie in ihr Oberteil eingearbeitet hatte. Zarahs Gesicht nahm in den nächsten Sekunden unerfreulich harte Züge an und ihre Lippen waren so fest aufeinandergepresst, dass sie unter dem Lippenstift sicher weiß geworden waren. Zarah war schon nicht begeistert davon gewesen, dass Preema für ganze sechs Monate nach Keto City ging, aber nun, mit einer Festanstellung in Aussicht, drohten sich diese sechs Monate auf unbestimmte Zeit zu verlängern. »Wie lange weißt du schon davon?«

»Erst seit ein paar Tagen. Der Direktor hat mir letzte Woche eine E-Mail mit dem Angebot geschickt. Es kam wirklich ganz unerwartet.«

»Das Angebot kannst du unmöglich annehmen wollen.«

Preema hätte fast gelacht, weil Zarah mit beinahe der identischen Wortwahl reagierte, mit der auch Pradesh seine Ablehnung damals deutlich gemacht hatte.

»Oh nein, nein. Diesen Gesichtsausdruck kenne ich, Beti. Das kommt überhaupt nicht in Frage!«

Preemas Mund wurde plötzlich so trocken wie Wüstensand. »Ich habe bereits zugesagt.«

»Du hast *was?*«, rief Zarah mit schriller Stimme über den Lärm des Cafés hinweg, und für einen schrecklichen Augenblick wurde es in dem Raum stiller als bei einer Beerdigung.

»Nicht so laut!«, schimpfte Preema mit unterdrückter Stimme. Sie spürte dutzende Augenpaare auf sich und blickte sich verstohlen um.

»Meine einzige Tochter hat mir gerade mitgeteilt, dass sie auf unbestimmte Zeit im Ausland leben wird, und du sagst mir, ich solle nicht so laut sein?«, schimpfte Zarah empört.

»Mama, bitte!«, drängte Preema im Flüsterton. Sie hörte die Studenten lachen und tuscheln und sah zu viele Köpfe, die sich in ihre Richtung gedreht hatten. Wieso nur hatte sie Zarah ausgerechnet ins *Grotta di Sirena* bestellt? Welcher Hornochse hatte ihr im Moment dieser Entscheidung ins Ohr geflüstert? Und wieso zum Henker waren die überhaupt alle hier? Wer ging denn an Feiertagen freiwillig aus dem Haus? Wieso hatte die nicht alle einen Mörderkater, der sie dazu anhielt, den kompletten Tag in Jogginghose zu verbringen und das Bett zum besten Freund zu erklären?

Zu Preemas Glück kehrten die Cafébesucher schnell zu ihren eigenen Gesprächen zurück. Unwillkürlich wanderte Preemas Blick noch einmal zu dem kleinen Tisch, an dem Gwenn saß, und sie war nicht überrascht, dass die pinkhaarige Studentin sie höchst amüsiert ansah und ein wildes Funkeln in den Augen hatte. Preema seufzte tief in sich hinein.

»Du musst an die Zukunft denken, Preema. Eine Frau kann sich mit der Familienplanung nicht so viel Zeit lassen wie ein Mann. Was glaubst du denn, wie lange Pradesh auf dich warten wird? Ein paar Monate kann man verschmerzen, aber mehr zu verlangen, ist illusorisch. Du bist jetzt dreißig Jahre alt. Es wird Zeit. Wie lange hast du noch vor, hierzubleiben?«

»Warte mal, wie kommen wir von ›gib ihm noch eine Chance‹ auf einmal zur Familienplanung?«

»Ich will Enkelkinder, Preema!«

»Na, da hättest du dir besser noch ein Back-Up-Kind zugelegt, denn ich habe nicht vor, in nächster Zeit Windeln zu wechseln«, platzten die Worte aus Preema heraus, bevor sie darüber nachdenken konnte, was sie sagen wollte.

Zwei Tische weiter prustete ein gewisser jemand in die Kaffeetasse und lachte in die Serviette, mit der sie sich das Gesicht trocknete.

»Was willst du damit sagen, Beti?«

Zarahs Welt würde in tausend Einzelteile zerbrechen, wenn Preema jetzt auch nur ein weiteres Wort von sich gab. Wie schaffte sie es nur, sich immer wieder in solche Situationen zu bringen?

»Vielleicht sollten wir diese Unterhaltung besser woanders weiterführen.«

»Du willst doch nicht vereinsamen wie deine Tante Radha«, fuhr Zarah zu Preemas Leidwesen unbeirrt fort.

»Radha ist einer der glücklichsten Menschen, die ich kenne, Mami ji.«

»Sie gibt vor, glücklich zu sein. Das ist etwas Anderes. Wer kann schon wirklich zufrieden damit sein, alleine zu leben? Es wird Zeit, dass du wieder nach Hause kommst und dich auf die wichtigen Dinge im Leben konzentrierst. Bevor Pradesh das Weite sucht.«

»Das hier *ist* wichtig für mich«, gab Preema eine Spur verstimmt zurück. »Sehr wichtig sogar, und Radha *ist* glücklich mit ihrer Konditorei. Sie lebt ihren Traum.« Preema liebte ihre Mutter, aber es war anstrengend geworden, seit Preema die Pubertät erreicht hatte und die Entscheidungen für ihr Leben zu oft von den Vorstellungen ihrer doch eher klassisch gestrickten Mutter abwichen. In den letzten Monaten, ein paar hundert Kilometer von ihrer alten Heimat entfernt, hatte Preema endlich das Gefühl verspürt, sich entfalten zu können. Frei zu sein. Sich zum ersten Mal nur auf sich selbst und ihre Wünsche und Ziele konzentrieren zu können. Sie war noch nicht zu einem abschließenden Ergebnis gekommen, aber der Gesprächsverlauf mit Zarah und die Erwartungen, die darin lagen, gefielen ihr gar nicht.

»Ich weiß, du suchst Abenteuer und willst die Welt sehen, Preema. Aber du willst doch nicht irgendwann zurückblicken und feststellen, dass du ein Leben in Einsamkeit führst. Pradesh wartet auf dich. Du könntest wenigstens seine Anrufe entgegennehmen und dir anhören, was er zu sagen hat. Er vergöttert dich.«

»Selbst wenn das wahr wäre, was ändert es denn, dass er mich vergöttert? Ich empfinde nicht dasselbe für ihn, Mami ji. Und so weit kann es mit seiner Zuneigung nun auch nicht her sein, wenn er erwartet, dass ich mich nach seinen Lebensplänen richte, während meine nicht so wichtig sind. Er schickt dich, um mich zurückzuholen, aber sieh dich doch nur um, wo wir hier sind. Diese Stadt ist vielleicht eines der größten Abenteuer der Menschheitsgeschichte. Der Anfang von etwas Großem, und ich darf ein Teil davon sein. Vielleicht hätte ich mich anders entschieden, wenn ich Pradesh wirklich geliebt hätte oder wenn ich dieselben Wünsche hätte wie du, aber das ist nicht der Fall.« Preema rieb sich mit beiden Händen die Schläfen und wünschte sich an einen fernen Ort. Sie hatte bereits zahllose zermürbende Telefonate mit Pradesh hinter sich, die alle ins Nichts führten. Es gab keine Verhandlungsbasis. »Ich werde schon nicht einsam enden, Mami ji, aber mit Pradesh ist und bleibt Schluss.« *Und lieber werde ich eine einsame alte Jungfer als eine unglückliche brave Ehefrau, die den ganzen Tag hinter anderen herräumt, wie du es getan hast.*

Preema zuckte unwillkürlich zusammen. Dieser letzte Gedanke war gemein und unnötig. Dennoch war es auch die Wahrheit, denn Preema konnte sich wirklich nicht vorstellen, ein Leben wie das ihrer Mutter zu führen. Eine Frau, die in der Rolle als Hausfrau und Mutter aufging, die sich selbst aufgab, um für andere zu leben. Preema liebte ihren Vater abgöttisch, aber sie war sich nicht so sicher, ob sie in der Situation genauso stark wie ihre Mutter gewesen wäre und bei einem Mann hätte bleiben können, der sein Haus nicht mehr verließ. So war Preema nicht gestrickt, und vielleicht machte sie das zu einem schlechten Menschen. Wie sollte sie mit einer solchen Einstellung mit jemandem zusammenziehen oder gar den Bund fürs Leben durchstehen? Nein, für Heirat und Kinder war sie noch lange nicht bereit. Vielleicht sogar nie. Es gab noch so viele Dinge, die Preema erleben wollte, und nirgends sah sie dabei eine Familie im Schlepptau. Schon bei dem Gedanken hatte sie das Gefühl, zu ersticken.

»Aber wieso?«, jammerte Zarah schon fast. Sie hatte all ihre Hoffnungen in den charmanten Pradesh gesteckt. Schließlich hatten sie und Pradeshs Mutter die beiden überhaupt erst zusammengebracht und waren begeistert von diesem meisterhaften Verkupplungsmanöver. Nun, zumindest dachten sie, es wäre meisterhaft gewesen, bis ihre querschießenden Kinder alles verdorben hatten.

»Es passt eben nicht.«

»Das sagst du immer, aber das ist doch keine Erklärung!«

»Warum muss ich das denn überhaupt erklären? Pradesh ist ein anständiger Mann, aber er ist nicht der Richtige für mich und ich bin nicht die Richtige für ihn. Wir würden uns nach kurzer Zeit gegenseitig verachten und wären unglücklich.«

»Was kannst du denn noch mehr verlangen? Als man mir damals deinen Vater vorgestellt hat ...«

Preema wurde von dem Kellner gerettet, der ihnen die Getränke brachte, bevor Zarah ihr Argument vortragen konnte.

»Einmal Chai classico für Sie, Signora«, sagte er in italienischem Akzent zu Zarah, »und einen großen Milchkaffee ohne Zucker, dafür mit extra Schaum und Kakaostreuseln für Sie«, an Preema gewandt. Er stellte beides gut gelaunt ab. Wie er bei dem Chaos im Café seine gute Laune bewahren konnte, entging Preema völlig.

»Augenblick«, begehrte Zarah auf. »Den Kaffee habe ich nicht bestellt.«

»Scusi, Signora. Die junge Dame dort vorne hat die Bestellung geändert.« Er zeigte auf niemand anderen als Gwenn, die sie zuckersüß lächelnd beobachtete und unschuldig mit den Augenlidern klimperte.

Preema überlegte kurz, ob sie beeindruckt oder misstrauisch sein sollte, weil Gwenn so genau darüber informiert war, welches Getränk Preema üblicherweise bestellte. Oder dass sie es ungefragt auf sich nahm, Preema vor dem überzuckerten Chai zu bewahren. Sogar an die Kakaostreusel hatte Gwenn gedacht, was ihr auf Preemas Skala gleich doppelte Pluspunkte einbrachte.

»Der Kaffee ist perfekt, danke«, fuhr Preema schnell dazwischen, als sie sah, wie Zarah Luft holte, um einen weiteren Einwand zu platzieren. Demonstrativ nippte Preema an dem heißen Getränk und leckte sich Milchschaum von der Oberlippe. *Leck es an und es gehört dir.* Manche Lektionen lernte man fürs Leben. Preema lachte innerlich.

»Perfetto«, meinte der Kellner unbeirrt fröhlich. »Der ist ebenfalls für Sie. Herzlichen Glückwunsch, Signora!« Damit stellte er einen kleinen Teller neben Preemas Kaffeetasse ab. Ein dunkler Schokoladenmuffin saß darauf, mit einer weißen, perfekt gesprühten Buttercremehaube. Schokoraspeln und eine Orangenzeste rundeten das Arrangement ab. In der Buttercreme steckte außerdem eine kleine, brennende Kerze. Das Gemisch aus süßem Orangenduft und Kerzenfeuer stieg Preema in die Nase und ließ ihr das Wasser im Munde zusammenlaufen.

»Ein Geburtstagstörtchen?«, fragte Zarah bestürzt, und ihre Stimme drohte sich erneut zu erheben.

Preemas Blick wanderte sofort rüber zu Gwenns Tisch, wo die Studentin mit tonlosen Lippen ein deutliches *Happy Birthday* formte, grinste und Preema unverfroren einen Luftkuss zuwarf. Woher wusste Gwenn, dass heute Preemas Geburtstag war? Hatte Zarah es im Gespräch erwähnt? Nein, ihr Alter war gefallen, aber nicht, dass sie heute Geburtstag hatte.

»Deine eigene Mutter darf dir kaum zum Geburtstag gratulieren, aber mit fremden Menschen feierst du«, beschwerte sich Zarah wenig überraschend.

Preema hasste es, an ihren Geburtstag erinnert zu werden. Normalerweise. Seit ihrem zwölften Geburtstag war dieser Tag die unvermeidliche Erinnerung an einen Albtraum, aus dem es kein Erwachen gab. Gwenns Muffin aber wärmte ihr ungebeten das Herz und schubste alle negativen Gedanken und Erinnerungen für den Moment aus dem Weg.

»Ich feiere gar nichts mit niemandem, Mami ji. Ich habe keine Ahnung, woher Gwenn davon weiß. Sie muss es irgendwo aufgeschnappt haben.«

»Wer ist Gwenn?«, erkundigte sich Zarah.

»Die junge Frau mit den pink gefärbten Haaren«, antworte Preema und wies mit einem Nicken in Gwenns Richtung.

»Die Zungenakrobatin?«, fragte Zarah ungeniert.

»Mama!«

»Ist sie eine Freundin? Kennst du sie gut?«

»Eher flüchtig«, antwortete Preema so gleichgültig wie möglich. »Sie hat bis vor kurzem meinen Kurs besucht.«

»Sie ist ein Magnet für Ärger«, stellte Zarah fest.

»Das ist sie«, bestätigte Preema lachend. Zarahs Menschenkenntnis beeindruckte Preema immer wieder. Sie pustete die Flamme aus und zog die Kerze aus dem Muffin. Dann nahm sie das Gebäck in die linke Hand, fummelte mit der rechten vorsichtig das papierne Förmchen ab und legte es beiseite. »Komm, Mami ji, wir teilen und schließen für heute Frieden. In Ordnung?« Damit stellte Preema das fluffige Gebäck wieder ab und teilte es mit dem Stiel der Gabel in zwei gleichgroße Stücke. Sie nahm die eine Hälfte in die Hand und schob den Teller mit der anderen lächelnd zu ihrer Mutter.

»Schau mich nicht so an, Beti, ich kann nicht böse auf dich sein, wenn du mich so ansiehst.«

»Ich weiß«, sagte Preema und klimperte noch ein wenig doller mit den Wimpern.

Zarah seufzte und gab sich geschlagen. Gleichzeitig bissen Mutter und Tochter in ihre Muffinhälften, und während Zarah die cremige Konsistenz, den fruchtigen Kompottkern und die allgemein gut aufeinander abgestimmten Gewürze lobte, warf Preema einen Blick zu Gwenns Tisch. Die Studentin mit dem pinken Haar zwinkerte ihr zu und tippte sich seitlich an die Oberlippe. Ja, Preema hatte die Buttercreme auf der Haut bemerkt, doch statt sie mit der Serviette fortzuwischen beschloss sie, Gwenn dieses eine Mal den Spaß zu gönnen. Mit der Zungenspitze fuhr sich Preema betont langsam über die Lippen und badete in ihrem eigenen kleinen Triumph, als sie sah, wie Gwenns Augen größer wurden und sich ihre Lippen vor Überraschung leicht öffneten. Diesmal war es an Preema, schelmisch zu grinsen, bevor sie den Blick von Gwenn abwandte und sich wieder ihrer Mutter widmete.

»Weißt du, gleichgeschlechtliche Paare haben heutzutage auch keine Probleme mehr, eine Familie zu gründen«, feuerte Zarah das Geschoss aus dem Nichts ab.

Preema verschluckte sich an ihrem Muffin und rang keuchend nach Luft.

HEUTE

ALS PREEMA AUS der Erinnerung auftauchte, brach sie in schallendes Gelächter aus. Sie beruhigte sich erst, als ihre Augen schon tränten. In dem Moment im Café hatte sie Zarahs Kommentar überhaupt nicht lustig gefunden und hätte sich am liebsten in einer dunklen Höhle versteckt. Aber nun, da sie ihre Erinnerung als Außenstehende betrachtete, konnte sie sich kaum beherrschen. Sie wünschte sich, Zarah und Gwenn wären mit ihr hier gewesen. Wie viel amüsanter würden die beiden das Leben auf der Lichtung machen?

Preema konnte den süßen Duft der Orangen noch immer riechen, und sie schmeckte die Buttercreme auf der Zunge. Es war erschreckend, wie echt sich die Erinnerung anfühlte, wie deutlich sie Gwenns überraschten Gesichtsausdruck noch immer vor sich sah. Sie glaubte sogar, den Muffin noch zwischen den Fingern zu halten, hob prüfend die Hand und stieß einen leisen Ton aus, der ihre Verwirrung signalisierte. Die angebissene Muffinhälfte lag in ihrer Hand und wirkte sehr real.

»Was …«, begann sie und starrte das unschuldig wirkende Gebäck an. »Das ist doch nicht möglich. Das kann nicht sein«, sprach sie zu sich selbst und starrte den angebissenen Muffin an, der vor ihrer Erinnerung noch nicht dagewesen war. Das ließ eigentlich nur einen Gedanken zu, der aber so absurd war, dass sie ihn kaum zu denken wagte: Hatte sie ihre Erinnerungen gerade noch einmal real erlebt? Nein. Sie konnte unmöglich eben erst mit ihrer Mutter im *Café Grotta di Sirena* gesessen haben. Dieser Tag lag gute sechs Jahre in der Vergangenheit. Für einen so alten Kuchen wirkte er allerdings noch ziemlich frisch.

Preema musste daran denken, was David ihr erzählt hatte, dass die Menschen auf der Lichtung aus verschiedenen Zeiten kamen. Vermochten es die Erbauer des weißen Raums etwa, Preema an bestimmte Punkte ihrer Vergangenheit zu schicken? Aber warum sollten sie das tun? Was für ein Interesse konnten die Beobachter an diesem sehr persönlichen Moment in Preemas Leben haben? Und war sie inzwischen verunsichert genug, um an Zeitreisen zu glauben? David glaubte daran, aber auch wenn es überzeugende Indizien für die Richtigkeit dieser Theorie gab, Preema tat sich schwer, es als Wahrheit zu akzeptieren.

»David, wo habe ich diesen Muffin her?«, fragte sie und wandte sich zu ihm um. Doch plötzlich war die Siedlung in weite Ferne gerückt und David nirgends zu sehen. Preema drehte sich um sich selbst und blickte sich ungläubig um. Sie stand in einem der Blumenfelder nahe der Ruinen, die sie eben noch aus der Ferne betrachtet hatte, und hatte keine Ahnung, wie sie hierhergekommen war. Hatten die Beobachter sie nach ihrem Ausflug in die Vergangenheit hier abgesetzt? War sie ohne es zu merken hierhergelaufen?

Preema hob den Muffin an und führte ihn schließlich ein wenig skeptisch an die Lippen. Ihre Zähne sanken in den weichen Teig und die Schokoladensplitter darin schmolzen sofort auf ihrer Zunge. Verdammt nochmal, der zweite Bissen war so gut wie der erste. Fast fühlte es sich an wie ein sinnlicher Akt, wie ein warmer Mund, der den ihren berührte und sie geradewegs in die Arme der nächsten Erinnerung trug.

DAMALS • 1. JANUAR 2030

PREEMA SAH ZU, wie ihre Mutter in die Schienenbahn einstieg und dem Fährhafen entgegenfuhr. Sie war enorm dankbar, dass Zarah in einem Hotel auf dem Festland übernachtete und sich nicht bei Preema einquartierte. Ihre Mutter wurde leicht seekrank und traute den schwimmenden Städten nicht. In ihrer Vorstellung waren Keto City und die Schwesternstädte wesentlich kleiner und anfälliger für die Bewegungen des Meeres gewesen, und obwohl sich das nun als Fehleinschätzung herausgestellt hatte, blieb Zarah lieber auf festem Grund. Gänzlich von der Hand zu weisen waren Zarahs Bedenken sicher nicht, schließlich hatte sich auch Preema erst an ihre neue Heimat gewöhnen müssen.

In zwei Tagen würde Zarah vom Flughafen Tessera aus wieder zurück nach Deutschland fliegen, bis dahin aber würden es gewiss zwei sehr lange und anstrengende Tage für Preema werden, und sie wünschte sich, sie könnte die Zeit vorspulen.

»Ich bin eine furchtbare Tochter«, murmelte sie leise vor sich hin, atmete erschöpft aus, lehnte sich gegen die gläserne Scheibe der Haltestelle und schloss die Augen. Nicht einmal eine Stunde mit ihrer Mutter, und sie fühlte sich genauso schlapp wie nach einem Zehnkilometerlauf.

»Dafür ist deine Mutter eine wirklich sehr interessante Frau.«

Preema schreckte zusammen und blickte auf. »Himmel noch eins, Gwenn. Musst du dich so an mich heranschleichen?«

»Vielleicht verliere ich den Spaß daran, wenn du aufhörst, dich dabei zu erschrecken«, gab Gwenn amüsiert zurück. »Ich war mir sicher, deine Mutter ist irgendwo in den 1950er Jahren hängen geblieben. Den Twist habe ich nicht kommen sehen.«

»Meine Mutter darf man nicht unterschätzen. Sie war schon immer für eine Überraschung gut«, gab Preema zurück und erzeugte dabei mit jedem Wort eine kleine Atemwolke vor dem Gesicht. Es war verdammt kalt geworden und der Wind auf dem Ozean war deutlich klirrender als der auf dem Festland.

»Dann wird es wohl kein ganz so großer Schock für sie, wenn sie erfährt, dass ihre Tochter heute Abend mit mir ausgeht und nicht mit dem attraktiven Pra... wie hieß der hochmoderne Prinz noch gleich?«

»Pradesh. Wir werden allerdings nie herausfinden, was meine Mutter darüber denkt, weil ich nicht mit dir ausgehen werde.«

»Das sah mir im Café aber ganz anders aus. Du hast eindeutig mit mir geflirtet.«

»Das war nur ein kleiner Schluck deiner eigenen Medizin. Sieh es als Dankeschön für den Muffin. Was übrigens die Frage aufwirft: Woher weißt du, dass ich heute Geburtstag habe?«

Gwenn lachte dieses verschmitzte Lachen, das Preema immer öfter das Gefühl gab, zu fliegen, was eine ganz schlechte, geradezu katastrophale Entwicklung war.

»Nein, Prof, das musst du alleine herausfinden, sonst entgeht dir ja die ganze Überraschung.«

»Ich mag keine Überraschungen.«

»Das ist tragisch. Überraschungen machen das Leben interessant«, sagte Gwenn mit verführerischer Stimme, während sie ein wenig zu dicht an Preema herantrat. »Ich wette, es gibt Überraschungen, die selbst dich und deine ernste Miene erfreuen.«

»Da kennst du mich schlecht.«

»Aber ich kenne dich viel besser, als du ahnst, Preema Anand.«

»Dass du das glaubst, überrascht mich nun wiederum gar nicht«, antwortete Preema nicht ganz so souverän, wie sie geplant hatte. Gwenn verunsicherte sie zunehmend. Insgeheim fragte sich Preema manchmal, was wohl passieren würde, wenn sie auf eine von Gwenns Einladungen mit einem ernsten »ich hole dich um acht Uhr ab«, antworten würde. In ihrer Vorstellung verschlug es Gwenn die Sprache und ihre ohnehin schon blasse Haut wurde vor Schreck kreidebleich. In der Realität, so fürchtete Preema, würde der Schuss gewaltig nach hinten losgehen und mit einem Eigentor enden. Darum scheuchte sie die Idee auch rasch wieder fort.

»Oh, sieh an, es kann lächeln«, raunte Gwenn zufrieden.

»Was?« Preema schreckte aus ihren Gedanken auf und fasste sich reflexartig ins Gesicht. Hatte sie das getan? Hatte Preema gelächelt? Und stand Gwenn wirklich so dicht vor ihr, dass sich ihre Körper dann und wann bereits flüchtig berührten und Gwenns Atem warm über Preemas Lippen strich? Preema schaute sich verstohlen um. Die wenigen Fahrgäste, die heute unterwegs waren, waren eben in die Schienenbahn eingestiegen, und so konnte wenigstens niemand sehen, wie nah die beiden Frauen beieinanderstanden. »Du musst mit dieser Flirterei aufhören, Gwenn. Wenn das jemand mitbekommt, werde ich noch gefeuert.« Damit schob sich Preema ein Stück weit an der Rückwand entlang von Gwenn fort.

Doch Gwenn folgte ihr und schaute Preema furchtlos in die Augen. Preemas Handflächen drückten sich platt auf die kalte Scheibe in ihrem Rücken. Gwenns Atem strich erneut über ihr Gesicht und schickte unerwünschte Signale durch ihren Körper.

»Niemand wirft dich raus. Glaubst du wirklich, es interessiert irgendwen, wenn du etwas mit einer Studentin hast?«, fragte Gwenn mit rauchiger Stimme.

»Gwenn«, Preema schloss halb verzweifelt die Augen und legte den Kopf in den Nacken. »Wir haben nichts laufen und es wird auch nichts laufen. Beziehungen zwischen Studierenden und dem Lehrpersonal sind verboten und damit basta.«

»Ich bin schon seit ein paar Jahren volljährig und kann so etwas selbst entscheiden, Prof.«

»Das hat damit überhaupt nichts zu tun. Es gibt einen ganzen Paragraphen in meinem Arbeitsvertrag, der mir in drei verschiedenen Sprachen erklärt, auf wie viele Arten ich gelyncht werde, wenn ich etwas mit unseren Studierenden anfange. Es spielt keine Rolle, wie alt du bist oder ob du in meinem Kurs bist oder nicht. Es ist, ganz allgemein, untersagt und führt zur sofortigen Kündigung.«

»Es muss ja nicht gleich jeder erfahren. Verbote sind dazu da, umgangen zu werden.«

»Verbote sind dazu da, dich zu beschützen. Notfalls auch vor deinen eigenen dummen Entscheidungen«, sagte Preema harscher als nötig und mit einem ungewollt strafenden Blick. Beschämt wandte sie das Gesicht ab. Gwenn konnte das nicht verstehen. Das letzte Mal, als Preema ein Verbot ignoriert hatte, war jemand gestorben, und auch wenn das in diesem Fall nicht zu erwarten war, mochten die Konsequenzen für einen Moment der Schwäche dennoch fatal sein. Trotzdem verdiente Gwenn es natürlich nicht, derart angeblafft zu werden. »Entschuldige. Ich wollte nicht unfreundlich sein.«

»Ich habe einen wunden Punkt getroffen«, sagte Gwenn unerwartet, und Preema schaute sie etwas verwundert an. »Ich bin nicht so oberflächlich, wie du denkst, Prof.«

»Ich halte dich nicht für oberflächlich«, widersprach Preema. »Nur sorglos. Du denkst nicht über die möglichen Folgen deiner Handlungen nach und nimmst alles auf die leichte Schulter.«

Plötzlich war Gwenns Hand auf Preemas Wange, und Preema sah die Studentin irritiert an. Was bitteschön hatten die vielen krabbelnden Raupen jetzt in ihrem Bauch zu suchen?

»Du ahnst nicht, wie falsch du mit dieser Annahme liegst. Dabei ist doch offensichtlich, dass wir zusammengehören.«

»Um Himmels Willen, Gwenn! Jetzt reicht es aber! Hörst du mir denn überhaupt nicht zu?«, rief Preema. Es bereitete ihr Sorge, dass sie eine Portion Bedauern dabei empfand, als sie einen angemessenen Abstand zwischen sie beide brachte. Verstand Gwenn denn nicht, welchen Schaden sie mit diesem Verhalten anrichten konnte? »Du musst damit aufhören. Ich meine es ernst. Ich kann dein Interesse nicht erwidern, Gwenn.«

Gwenn kicherte. »Soso, du *kannst* nicht. Das heißt, du *würdest* gerne.«

»Ständig drehst du mir die Worte im Munde herum.«

»Etwas anderes lässt du mich damit ja nicht machen«, grinste Gwenn.

»Hörst du dir eigentlich selbst mal zu? Ist dir klar, dass dein Verhalten als Belästigung gewertet werden kann? Was muss ich sagen, damit du es verstehst? Muss ich dich erst melden, damit du mir glaubst?«

»Glaubst du dir denn selbst?«, fragte Gwenn plötzlich vollkommen ernst, was Preema noch viel mehr aus dem Takt brachte als jede Flirterei.

»Du riskiert meinen Rauswurf, wenn du dich weiter so benimmst. Habe ich dir irgendetwas getan, dass du mich von der Uni fliegen sehen willst? Sind wir uns irgendwann begegnet und ich habe dich verletzt? Oder bist du eine verrückte Stalkerin?«

»Aww, Preema, traust du mir ein solches Maß an Besessenheit wirklich zu?«

»Auf jeden Fall.« Preema hätte fast gelacht, doch das wäre ihrem Standpunkt äußerst unzuträglich gewesen.

»Gib zu, dass du mich interessant findest.«

Preema zögerte. Gwenn übte in der Tat eine gewisse Faszination auf Preema aus. Es lag sicher an ihrer unberechenbaren Art und ihrem forschen, ungebändigten Wesen. Jemandem wie Gwenn war Preema noch nicht oft begegnet und zum Teil bewunderte sie das Selbstbewusstsein der jungen Frau. »Interessant ist etwas Anderes als interessiert, Gwenn.«

»Du bist so verdammt anständig, dass ich langsam befürchte, ich könnte mir tatsächlich die Zähne an dir ausbeißen. Was wirklich eine Schande wäre, denn deine Küsse sind süßer als ...«

»Gwenn!«, warnte Preema.

»... Nektar und Ambrosia.«

»Du weißt nichts über den Geschmack meiner Küsse!«, fiepte Preema nun fast schon und sah sich panisch in alle Richtungen um. Allmählich wurde es nun doch unheimlich. Konnte Gwenn etwa ihre Wunschvorstellungen nicht von realen Ereignissen unterscheiden? Das würde ihre ganze Flirterei deutlich bedrohlicher und Preemas sarkastisch gemeinten Vorwurf des Stalkens gänzlich unlustig machen.

»Warum sollte ich es behaupten, wenn es nicht wahr wäre?«

Preema runzelte besorgt die Stirn. »Du redest dir da etwas ein, Gwenn. Wir haben uns nie …«

»Silvester 2023«, fiel ihr Gwenn ins Wort. »Erinnerst du dich daran, wo du in dem Jahr gefeiert hast?«

Die Hitze stieg Preema in den Kopf. Oh ja, an diesen Tag erinnerte sie sich lebhaft. Manchmal etwas zu lebhaft.

»Du warst Wonder Woman«, sagte Gwenn und grinste.

»Woher …« Preema wurde heißkalt. »Du warst auch da?«

»Ich war nicht nur da, ich habe dich getroffen und mir fast eine Tracht Prügel von deiner Begleitung eingefangen.« Gwenns Grinsen wurde breiter.

Preema dagegen lachte nicht. Ihr ging der Hintern gewaltig auf Grundeis, als sie sich an diesen Abend vor exakt sieben Jahren zurückerinnerte. Talia, die auf Catwoman losging. Catwoman und der Kuss. Dieser verwirrend schöne Kuss. »Oh nein«, flüsterte Preema.

»Oh ja«, sagte Gwenn. »Fällt es dir wieder ein?«

Ob es ihr wieder einfiel? Preema wünschte sich nichts mehr, als dass sie diesen Abend und Catwoman hätte vergessen können. Niemand hatte sie je wieder so geküsst, wie es Catwoman getan hatte. *Oh Mist, Mist, Mist!*

»Das warst du? Du warst Catwoman?«

»Miau.« Gwenn wirkte überaus zufrieden. »Du erinnerst dich also doch an mich.«

»Aber die Party war in Dublin!« Preema war fassungslos. Gwenn kam aus Deutschland, wie sie selbst, was als Zufall schon gereicht hätte. Nun erfuhr sie, dass sie sich bereits vor Jahren auf einer Party in Irland begegnet waren und dann erneut hier in Keto City. Einer experimentellen, schwimmenden Stadt, die vor der venezianischen Küste verankert war und aktuell kaum mehr als zehntausend Einwohner vorzuweisen hatte. Die Welt kam Preema gerade deutlich zu klein vor.

»Ich war mit Freunden unterwegs, die, wie ich, über die Feiertage im Internat geblieben sind. Was hat dich dorthin geführt?«, fragte Gwenn neugierig.

»Auslandssemester«, gab Preema knapp zurück. Ihre Stimme klang brüchig, und die Antwort kam automatisch, als hätte jemand ihren Kopf auf Autopilot geschaltet. Wenn Gwenn Catwoman war und Catwoman die Frau, deren Kuss Preema seit Jahren in ihren Tag- und Nachtträumen erneut durchspielte ... »Das ist nicht gut«, sprach sie den finalen Gedanken laut aus.

»Ist es nicht?«, fragte Gwenn unschuldig.

»Du hättest mir das eher sagen sollen.«

»Wärst du dann früher mit mir ausgegangen, Prof?«

»Nein!«, rief Preema nun deutlich verärgert. »Wir können nicht ausgehen, Gwenn. Der Ku...«, sie stockte und korrigierte sich, »die Party war eine ganz andere Situation. Ich war selbst noch eine Studentin und du ... du ... großer Gott, wie alt warst du?«

»Keine Panik. Ich bin in dem Jahr volljährig geworden.« Sie lachte völlig unbekümmert. »Nachdem wir nun geklärt haben, dass wir uns gar nicht so fremd sind ...«

»Das darf und wird sich nicht wiederholen«, fuhr ihr Preema sofort dazwischen.

»Wir werden sehen«, verkündete die Studentin heiter. »Ich bin ein geduldiger Mensch. Na ja, nein, eigentlich nicht. Aber du lässt mir schließlich keine Wahl und auf manche Dinge lohnt es sich zu warten.«

»Gwenn, das ist kein Spiel. Du kannst mich damit in Teufels Küche bringen.«

»Du gönnst mir aber auch wirklich nicht den kleinsten Hoffnungsschimmer«, seufzte Gwenn theatralisch. »Begleitest du mich zum Trost wenigstens nach Hause, Prof?«

»Auf gar keinen Fall.«

»Was?«, rief Gwenn in gespielter Empörung. »Ich könnte auf dem Weg entführt werden.«

»Wer wäre verrückt genug, dich zu entführen?«

»Frech!«, beschwerte sich Gwenn. »Und wenn ich hier draußen erfriere? So ganz alleine?«

»Wir haben sechs Grad plus. Und so wie ich das sehe, kannst du eine Abkühlung ohnehin mehr als gut gebrauchen.« Damit sprang Preema blitzschnell in den Wagon der eben eingefahrenen Schienenbahn und sah zu, wie sich die Türen zwischen ihr und Gwenn schlossen. Gwenn stand draußen am Gleis, verschränkte die Arme vor der Brust und schaute Preema mit einem Ausdruck in den Augen durch die geschlossenen Türen an, der ganz deutlich sagte: *Challenge accepted*. Preema hatte mit einem Mal das Gefühl, wie ein schmackhaftes Horsd'œuvre auszusehen.

Die Schienenbahn setzte sich in Bewegung und fuhr langsam davon. Zu spät wurde Preema klar, dass sie in die falsche Richtung fuhr.

HEUTE

PREEMA RIEB SICH angestrengt den Nacken. Was sie da in ihren Erinnerungen sah, wurde zunehmend beunruhigender. Sie war doch sicher nicht so dumm gewesen, sich mit einer Studentin einzulassen und ihren Platz in ihrem neuen Zuhause damit zu gefährden, oder etwa doch? Sie hielt sich für einen vernünftigen Menschen, der seine Gefühle – und ja, auch seine Triebe – unter Kontrolle hatte. Allerdings prickelte ihr Körper auf verdächtige Weise, wenn sie an die junge Frau dachte, und auch wenn sich Preema noch nicht direkt daran erinnerte, so beschlich sie doch die deutliche Ahnung, dass da etwas Schwerwiegendes geschehen war. War sie am Ende schwach geworden? Hatte sie sich mit Gwenn eingelassen und sich damit Ärger eingehandelt? Nach all den Dingen, die Preema bisher über sich erfahren hatte, welch katastrophalen Ausgang mochte ihr Gedächtnis da wohl in diesem Fall noch zurückhalten?

Der Ring an Preemas Finger schien sein Gewicht plötzlich zu verzehnfachen und glühte auf ihrer Haut. Sie hob die Hand, um sich das Schmuckstück besser ansehen und vielleicht seine Geheimnisse wie eine Reihe antiker Hieroglyphen entziffern zu können. Doch es war nur ein Ring, der nicht sprechen konnte.

Ihr kam ein Gedanke, der ihr nicht so recht gefallen wollte. Vielleicht hatte sie den Verstoß mit Gwenn begangen und die Universität hatte ihr in der Folge gekündigt. In dem Zusammenhang hätte sie vielleicht einen

Anwalt gebraucht und sich in ihrer Not womöglich an Pradesh gewandt. Er war ein sehr guter Anwalt, der einzige, den sie persönlich kannte, und ihre beiden Mütter hätten sicher darauf bestanden, dass er Preema verteidigte, um so vielleicht auch ihre Gunst zurückzugewinnen. Sie schüttelte sich bei dem Gedanken ein wenig. Pradesh hätte sicher Freude daran gehabt, sie zu verteidigen und ihr mit schlecht verschleierten Andeutungen unter die Nase zu reiben, was für ein dummer Fehler es gewesen war, überhaupt nach Keto City zu gehen. Vielleicht hatte sie sich aus Dankbarkeit oder aufgrund ihrer niederschmetternden Fehlleistung wieder mit ihm eingelassen und ihn am Ende sogar geheiratet. Aber würde ihr Pradesh, der gerne mit seinem Wohlstand angab, einen derart schlichten Ring schenken? Einen billigen Zirkon statt eines teuren Diamanten? *Bitte nicht.*

Preema wurde unruhig. Sie wollte nicht länger über dieses Szenario nachdenken. Sie wäre einfach zu enttäuscht von sich selbst gewesen, wenn es sich so abgespielt hätte, und so scheuchte sie die Gedanken aus ihrem Kopf, bevor sie womöglich eine Erinnerung auslösten, die alles bestätigen würde.

Sie schaute sich noch einmal um und hoffte, dass David wie so oft unverhofft neben ihr auftauchen würde, aber er und die Siedlung lagen in weiter Ferne. Dabei hätte sie seine redselige Gesellschaft jetzt gut gebrauchen können. Doch es gab, man mochte fast sagen ›zum Glück‹, genügend andere Probleme, mit denen sich Preema ablenken konnte. Dummerweise sah ihr Verstand nur noch pink, interessierte sich gerade für nicht ein einziges dieser Probleme und ignorierte Preemas Versuche, sich auf wichtigere Fragen zu konzentrieren. Wieso aber sollte man nach den Gründen für eine zerstörte Welt suchen oder nach der Erklärung für das eigene Überleben, wenn man sich doch in einer ganz persönlichen Seifenoper verlieren konnte? Und so warf Preemas störrischer Verstand sie geradewegs zurück in ihre eigene Interpretation von *Eine verhängnisvolle Affäre*.

DAMALS • 7. JANUAR 2030

ETWAS KÜHLES BERÜHRTE Preemas Stirn. Ein Tupfer hier, ein Tupfer da. Sie versuchte, die Augen zu öffnen, was kein ganz leichtes Unterfangen war, denn ihre Lider fühlten sich schwerer an als Blei. Das war keine normale Müdigkeit, dämmerte es ihr, und nach und nach kamen die Erinnerungen zurück. Die Schmerzen im Bauch hatten schon nachts angefangen, und sie hatte ein paar Schmerztabletten eingenommen, die aber nur wenig Abhilfe schafften. Kurz hatte sie überlegt, den Kurs ausfallen zu lassen, doch es war der erste Tag nach der Winterpause, da wollte sie sich nicht gleich krankmelden. Im Laufe des Tages waren die Schmerzen aber zunehmend schlimmer geworden, weshalb sie beschlossen hatte, die laufende Veranstaltung abzubrechen, doch sie erinnerte sich nicht mehr daran, es tatsächlich getan zu haben. Sie sah den Kurs vor ihrem geistigen Auge verschwimmen, hörte noch die Frage eines ihrer Studenten, ob mit ihr alles in Ordnung wäre, und dann ... Dann war alles schwarz geworden.

Preema bemühte sich noch einmal und befahl ihren Augen, zu gehorchen. Sie blinzelte ein paar Mal angestrengt, rollte die Augen unfokussiert herum, bis sich ihre Pupillen an das Licht und die fremde Umgebung gewöhnt hatten. Die Zimmerdecke war weiß und bestand aus Quadraten mit einer grobkörnigen Struktur. Es roch nach Desinfektionsmitteln, und das Bett, in dem sie lag, fühlte sich fremd an. Sie ahnte, wo sie wohl war.

»Sieh an, wer endlich aufgewacht ist.«

Preemas Blick wanderte mühsam zu der vertrauten Stimme. »Oh Gott. Ich bin tot und in der Hölle gelandet.«

»Das zu sagen, ist nicht nett, Prof.«

»Was machst du hier, Gwenn?«

»Nachsehen, wie es dir geht, natürlich. Ich habe gehört, dass man dich auf einer Liege aus der Uni getragen hat. Da konnte ich doch nicht einfach gemütlich zuhause sitzen bleiben.«

»Was ist denn überhaupt passiert?«

»Dein Blinddarm war kurz davor, zu platzen. Du bist im Kurs umgekippt. Wahrscheinlich vor lauter Schmerz. Deine Ärztin meinte, du musst höllisch gelitten und die Schmerzen schon seit Stunden ignoriert haben. Sie schien gleichzeitig entsetzt und beeindruckt zu sein.«

»Ich bin im Kurs umgekippt?«, rief Preema halb verzweifelt. »Nicht doch!«

»So sieht es aus, Prof. Du bist derzeit die brandheiße News auf dem Campus. Heißer noch als die lang ersehnte Ankündigung von *Diablo V*.«

»Merda«, murmelte Preema.

»Ah, dein Italienisch-Vokabular wächst. Die wichtigsten Begriffe kommen immer zuerst«, lachte Gwenn. »Es ist alles gut gelaufen, nebenbei bemerkt. Du darfst bald wieder raus.«

»Danke, aber du kannst jetzt wieder nach Hause gehen, Gwenn.«

»Das geht leider nicht, Prof. Ich habe deiner Mutter versprochen, dass ich mich um dich kümmere. Ich gebe zu, das Versprechen war nicht ganz uneigennützig.«

»Du hast mit meiner Mutter gesprochen?«

»Ich war gerade in der Nähe, als die Schwester mit ihr telefonierte. Zarah lässt dich grüßen und sagt, du und dein Blinddarm sollt nicht noch einmal auf solche Ideen kommen. Für deinen Blinddarm kommt die Warnung allerdings zu spät, den haben sie dir rausgeschnitten. Deine Mutter wollte sich eigentlich gleich ins nächste Flugzeug setzen, war aber beruhigt, als ich ihr sagte, dass ich dir Gesellschaft leisten und sie auf dem Laufenden halten würde, bis du wieder auf den Beinen bist. Außerdem hat sie mir eine Genehmigung organisiert, damit ich in deine Wohnung kann, um Lady Lucifer zu versorgen. Das kleine Biest hat mich angeknurrt, dann aber wohl entschieden, dass ein Waffenstillstand angebracht ist, wenn sie dafür frisches Futter von mir bekommt.«

Preema schaute Gwenn völlig verstört an. »Himmel noch eins. Wie lange war ich weggetreten? Da ist man mal kurz außer Gefecht gesetzt, und schon verbrüdern sich meine Mutter und meine menschenfeindliche Katze mit meiner Stalkerin. Gibt es noch mehr, wovon ich wissen sollte?«

»Oh, nicht so schrecklich viel. Ein Standesbeamter hat uns getraut, während du schliefst, aber sonst ist alles beim Alten.« Gwenn sagte es mit einer solch trockenen Ernsthaftigkeit, dass Preema einen Moment lang die Augen weit aufriss und die Studentin erschrocken ansah. Gwenn lachte laut los und amüsierte sich über Preemas Reaktion.

Die Tür zum Krankenzimmer ging auf und ein Pfleger kam herein. Der Mann hielt zwei kleine Becher in den Händen. »Ciao Bella, wie geht es der Patientin?«, fragte er gut gelaunt.

»Gut genug, um sarkastisch zu sein«, antwortete Gwenn an Preemas Stelle.

»Das sind mir die Liebsten«, meinte der Pfleger und reichte Preema den ersten Becher. »Gegen die Schmerzen und für einen besseren Schlaf. Wir haben Sie in Nullkommanichts wieder auf den Beinen, und dann dürfen Sie mit Ihrer Freundin nach Hause.«

»Sie ischt nischt meine Freundin«, protestierte Preema, während sie die Tabletten auf der Zunge balancierte und einen Schluck Wasser aus dem zweiten Becher nahm.

»Noch nicht«, korrigierte Gwenn.

»Ah, l'amore«, meinte der Mann lapidar und verabschiedete sich mit einem Augenzwinkern von Preema und Gwenn.

»Du kannst nicht herumlaufen und allen erzählen, dass wir ein Paar sind«, tadelte Preema die junge Frau neben sich.

»Francesco ist nicht *alle*. Wir kennen uns. Er weiß, dass ich nur Scherze mache.« Preema atmete erleichtert aus. »Soll ich dir etwas vorlesen, bis du eingeschlafen bist? Ich habe ein paar Bücher aus meiner Bestensammlung mitgebracht.« Gwenn zeigte auf einen kleinen Buchstapel auf dem Nachttisch.

»Hast du nicht wichtigere Dinge zu tun? Zum Beispiel eine Abschlussarbeit schreiben?«

»Was könnte es Wichtigeres geben, als dir auf die Nerven zu gehen, Prof?«

Preema lachte und bereute es sofort, denn die Bewegung löste einen neuen Schmerz in ihrer unteren Bauchregion aus.

»Sachte. Wir wollen nicht, dass die Naht aufreißt«, mahnte Gwenn. Sie tupfte Preema erneut die etwas fiebrige Stirn mit dem kühlen Schwamm ab. Preema griff in ihrem halb betäubten Zustand nach Gwenns Hand und legte sie sich auf die Brust. Gwenn wurde reglos.

»Danke«, murmelte Preema. Das Gemisch aus Schmerz- und Schlafmittel zirkulierte durch ihren Blutkreislauf und machte ihr Urteilsvermögen möglicherweise ein wenig unzuverlässig.

»Wofür?«, fragte Gwenn leise.

»Dafür, dass du mir auf die Nerven gehst.« Ein Lächeln umspielte Preemas Lippen, und sie schloss die Augen. Eine Sekunde später war sie mit Gwenns Hand auf dem Herzen eingeschlafen und hielt sich daran fest wie an einem Rettungsring.

Preema wartete auf die letzte Visite der Stationsärztin, die sie aus dem Krankenhaus entlassen würde. Gwenn hatte Preema volle zwei Tage Gesellschaft geleistet und war auch jetzt da, um Preema auf dem Heimweg zu begleiten und sie sicher in ihre Wohnung zu bringen. Für Preema hatte sich nicht viel an der Situation mit Gwenn geändert. Sie standen noch immer auf verschiedenen Seiten des Universitätslebens, und doch war eine ganze Menge anders als zuvor. Preema konnte Gwenn nicht länger wie eine beliebige Studentin behandeln, nicht, nachdem sie an ihrem Krankenbett gesessen und Wache über sie gehalten hatte. Sie wusste nicht, wie sie noch eine professionelle Grenze ziehen sollte, nachdem Gwenn sie zwei Tage lang umsorgt und verhindert hatte, dass Preema vor lauter Langeweile ins Koma fiel.

»Hey, Gwenn?«

»Hm«, machte Gwenn gedankenverloren, während sie die letzten Dinge, die sich in den wenigen Tagen angesammelt hatten, in eine Tasche stopfte.

»Es war wirklich nett von dir, dass du die letzten Tage hiergeblieben bist.«

Gwenn unterbrach ihr Tun und schaute die widerwillige Patientin an. Sicher war ihr der unübliche, zutrauliche Ton in Preemas Stimme aufgefallen, so verräterisch, wie Gwenn lächelte. »Nichts hätte mich abhalten können, Prof.«

»Ich weiß.« Preema lachte, vorsichtig, denn die Wunde ziepte noch immer bei jeder Bewegung.

»Ich hätte da eine fabelhafte Idee, wie du dich bei mir bedanken kannst.« Gwenns Stimme klang nun plötzlich ganz formell und so geschäftsmäßig, dass man meinen konnte, sie sei gerade zur Dekanin ernannt worden.

»Keine schlüpfrigen Kommentare jetzt«, warnte Preema mit einer Spur Humor. »Ich fange gerade an, dich ein bisschen zu mögen.«

Gwenn schmunzelte zufrieden. »Nur ein bisschen?«

»Ein ganz kleines bisschen«, antwortete Preema und untermalte ihre Aussage mit einer Geste ihrer Finger.

»Na gut, keine schlüpfrigen Kommentare also, dann komme ich zu Plan B. Also, Prof, du bist Fotografin.«

»Nein. Das ist ein Hobby«, antwortete Preema vorsichtig.

»Ziemlich beeindruckende Qualität, für ein Hobby. Du solltest das beruflich machen.«

»Ich habe zu gerne ein Dach über dem Kopf«, meinte Preema dazu bloß.

»Das ewige Dilemma mit der brotlosen Kunst«, nickte Gwenn verständnisvoll. »Ein Jammer.«

»Woher weißt du überhaupt davon? Niemand kennt meinen Netznamen.«

»Das mag sein, aber ich sehe dich ständig mit deiner Kamera herumlaufen und es gibt nicht so schrecklich viele Menschen bei Pictime, deren Fotos einen Geotag aus Keto haben. Ich meine, wir sind praktisch ein Dorf, stimmt's?«

»Du liest die Geotags von Fotos aus?« Preema wandte sich von den Büchern ab und schaute stattdessen Gwenn an.

»Hey, ich bin angehende Journalistin. Wenn ich auf einer wichtigen Mission bin, dann lese ich alles aus, was notwendig ist, um den Job zu erfüllen.«

»Ich habe wirklich keine Chance gegen dich, oder?«, murmelte Preema resignierend.

»Gräme dich nicht, die Wenigsten haben eine Chance gegen mich«, entgegnete Gwenn leichthin. »Jedenfalls habe ich mir deine Arbeiten angesehen«, meinte Gwenn weiter. »Sie sind wunderschön. Du hast sogar mal einen Preis gewonnen.«

»Das war noch vor Keto!«

»Aye, aber als ich den Preis entdeckte, war ich dir längst auf der Spur. Wenn man erst einmal ein Puzzleteil gefunden hat, liegen die übrigen meist nicht weit entfernt.«

»Ich weiß nicht, ob ich eingeschüchtert oder beeindruckt bin.«

»Beeindruckt natürlich. Ist doch klar. Worauf ich hinauswill: Du bist ziemlich gut. Hast ein tolles Auge für Motiv und Komposition.«

»Was führst du im Schilde, Gwenn?«

»Bin ich so durchschaubar?«

»Immer.«

»Nun denn, Prof, dann komme ich direkt auf den Punkt. Ich möchte, dass du mich fotografierst.«

»Wie bitte?«

»Du hast mich schon richtig verstanden. Ich will, dass du mich fotografierst.«

»Nein«, lehnte Preema sofort ab. Neue Freundschaft hin oder her, das ging dann doch deutlich zu weit.

»Sag doch nicht nein, noch bevor du mein Angebot gehört hast.«

»Ich will gar nicht wissen, was du mir anbieten willst.«

»Ich dachte, wir wären jetzt Freunde«, beschwerte sich die Studentin.

»Freunde, die sich vielleicht an einem öffentlichen Ort zum Kaffee treffen, aber nicht privat zu einem Fotoshooting.«

»Wieso nicht? Was ist an Kaffee trinken besser als daran, Fotos zu schießen?«

Vieles, wollte Preema sagen, stattdessen zögerte sie und haderte mit den richtigen Worten. Die Fotografie war für Preema eine Möglichkeit, die Welt auf eine andere, auf eine entschleunigte Art zu sehen. Sie gab Preema die Chance, Dinge zu erkennen, die ihr im Alltag oft verborgen blieben. Es gab einen besonderen Moment, kurz bevor Preema den Auslöser drückte, in dem sie die Dinge so sah, wie sie wirklich waren. Sie entdeckte Schönheit, wo andere nur Narben oder Risse sahen, und sie sah hinter schönen Fassaden hässliche Fratzen. »Fotos zu machen ist für mich, als blicke man den Dingen auf die nackte Seele. Es ist … intim.«

»Ich habe nichts gegen …«

»Sag es nicht!«, fuhr ihr Preema schnell dazwischen. Schon Gwenns Tonfall verriet, dass sie gänzlich andere Interpretationen des Wortes *intim* im Kopf hatte als Preema. »Ich weiß nicht, ob wir wirklich Freunde sein können, solange du mit mir flirtest, Gwenn. Es gefährdet meine Zukunft in Keto City, und das ist etwas, das ich nicht riskieren kann. Ich liebe diese Stadt. Ich unterrichte hier gerne und ich werde das nicht für ein Techtelmechtel mit dir aufs Spiel setzen.«

»Ich habe deinen Kurs geschmissen. Schon vergessen? Ich bin nicht mehr deine Studentin.«

Preema schüttelte den Kopf und sank tiefer auf die Bettkante. Wo blieb die verdammte Ärztin, die sie endlich hier rausließ? »Das Thema hatten wir schon. Es ändert nichts. Du bist noch immer Studentin an der *University of Keto* und ich eine Lehrkraft.«

»Aber nicht mehr *meine* Lehrkraft, und ich bin im letzten Jahr. Da kann wohl niemand behaupten, du würdest mich ausnutzen oder mir Vorteile verschaffen.«

»Nein, Gwenn.«

»Es sollen ja nicht gleich Aktfotos sein. Nur ein paar Portraits. Bevor ich alt und runzelig werde.«

»Du bist erst Anfang zwanzig, Gwenn.« Preema musste lachen. Gwenn wäre sicher auch mit neunzig Jahren noch eine wunderschöne alte Dame. Elegant, ein bisschen vorlaut und nicht zu bremsen. Eine Helen Mirren, Lucy Liu oder Cate Blanchett. Aber diesen Gedanken verkniff sie sich auszusprechen. Genauso wie sie die Bilder verdrängte, die sich ungebeten in ihrem Geist auftaten, als sie nun an Aktfotos mit Gwenn denken musste. Das Eis, auf dem Preema wandelte, wurde zunehmend dünner. Vielleicht in einem Jahr, wenn Gwenn ihren Abschluss hatte und sie dann noch immer an Preema interessiert war …

»*Mitte* zwanzig«, korrigierte Gwenn, und Preema musste sich kurz daran erinnern, wo sie war und worüber sie gesprochen hatten. »Ich werde bald fünfundzwanzig. Meine Jugend rennt dahin, und du, Preema Anand, bist meine letzte Hoffnung, sie noch rechtzeitig einzufangen.«

»Du übertreibst wie immer maßlos.«

»Hilft es denn? Wirst du schon schwach?«

»Nein«, log Preema. Entgegen jeder Vernunft wollte sie zusagen, und es kribbelte ihr in den Stimmbändern einzuwilligen.

»Ich kann dich bezahlen. Du kriegst einen ganz offiziellen Auftrag von mir.«

»Frag deine Freunde.«

»Das sind aber keine Profis.«

»Das bin ich auch nicht. Es gibt genug professionelle Fotografen in Keto City und noch mehr auf dem Festland.«

»Aber ich will dich! Bitte, Preema!«

»Nein«, wiederholte Preema.

»Und wenn ich die Fotos aber ganz dringend brauche? Für Aurélie?«

»Wer ist Aurélie?«

»Die Kleine aus dem Café, auf die du so eifersüchtig bist«, sagte Gwenn provozierend.

Preema fluchte leise. »Du willst mich wirklich unbedingt in Teufels Küche bringen, oder?«

»Ich mache doch bloß Spaß.« Gwenn lächelte sie unschuldig an. »Du machst dir so viele Sorgen, es tut mir fast weh, dabei zuzusehen.« Als Preema stur schwieg, seufzte Gwenn nach einer Weile und sah ein, dass sie auf diese Weise wohl nicht bei Preema weiterkam. Frustriert schnaubte sie und dachte nach. »Es muss doch irgendetwas geben, das ich tun kann, damit du dich bereit erklärst, mich zu fotografieren«, quengelte Gwenn, beharrlich wie eine Dreijährige an der Kasse.

Preema grunzte bei dem Versuch, zu lachen. »Oh, eine Idee hätte ich da schon.«

»Welche?«, fragte Gwenn hoffnungsvoll.

»Ich will kein Geld von dir, mein Preis ist der, dass du damit aufhörst, mich anzuflirten. Keine zweideutigen Kommentare mehr und keine Luftküsse.«

»Das ist, als würdest du mir verbieten, zu atmen«, beschwerte sich Gwenn unzufrieden.

Preema war sich nicht sicher, ob sie es sich nur einbildete oder ob Gwenn gerade wirklich blasser um die hübsche Nase geworden war.

»Das ist die Bedingung«, gab Preema achselzuckend zurück.

Die Studentin leckte sich über die Lippen und wägte die Optionen ab. »Na schön. Aber wenn wir alleine sind und niemand zuhö…«

»Und tschüss!« Preema stand vom Krankenbett auf und ging zur Tür. Wenn die Frau Doktor nicht aufkreuzen wollte, würde sie sich einfach selbst entlassen.

»Warte!« Gwenn hielt sie am Arm zurück. »Mensch, du machst es einem wirklich nicht leicht, Prof.«

»Das sagt die Richtige!« Preema lachte lauthals, nicht fähig, den Impuls aufzuhalten, und ihre Augen brannten und tränten, weil der Wunde in ihrem Bauch der Humor des Moments vollkommen egal war. Sie riss sich zusammen und hielt die Hand über die schmerzende Naht.

»Das ist nicht lustig«, beschwerte sich Gwenn.

»Doch, ist es«, kicherte Preema und wischte sich die Tränen aus den Augenwinkeln. Sie mochte Gwenn. Leider.

HEUTE

DIE ERLEUCHTUNG TRAF Preema wie ein Hammerschlag. Narben. Wenn der Körper eine Landkarte war, dann waren Narben die Wahrzeichen darauf, und einfach jeder hatte sie. Von aufgeschlagenen Knien, abgeschürften Ellbogen, Unfällen und Operationen. Es gab keinen Menschen, der durchs Leben ging, ohne Narben zu sammeln. Vom Tag der Geburt an häufte man unweigerlich große und kleine Narben an.

Preemas Gedanken wanderten zu den Menschen, die sie seit ihrer Ankunft auf der Lichtung kennengelernt hatte, und sie dachte an deren Theorien über diesen Ort. David und die außerirdischen Beobachter, Agatha und der Limbus, Jonas und die Simulation. Was ihr am meisten Angst machte, war nicht die hanebüchene Absurdität dieser Vermutungen, die Preemas Verständnis von der Realität zu verspotten schienen. Mehr Angst machte ihr, dass alle Erklärungsansätze, so unterschiedlich und unrealistisch sie auch im ersten Moment waren, in Teilen alle Sinn ergaben. Das lieferte Preema zwar noch keine exakte Antwort darauf, was nun tatsächlich geschehen war, doch es vermittelte ihr ein überzeugendes Bild von dem, was aktuell geschah. Kurzum: sie hatte begonnen, daran zu zweifeln, dass sie wirklich die war, für die sie sich hielt. Ohne es zu bemerken, war in ihrem Kopf eine eigene Theorie herangewachsen, die ihr nun leise und bedrohlich ins Ohr flüsterte, wie ein zum Leben erweckter Dämon. Ihr Verdacht würde so vieles erklären.

Agatha hatte recht damit gehabt, dass sie gestorben waren, nur waren sie nicht tot geblieben.

Jonas hatte recht damit gehabt, dass sie Kopien waren, nur waren sie nicht digital.

Und David hatte recht, wenn er sagte, dass es Beobachter gab, die Menschen aus verschiedenen Zeiten hierherbrachten. Nur hatte man sie nicht tatsächlich aus ihrer Zeit gerissen. Es kam ihnen bloß so vor, weil das geborgene Material aus diesen Jahren stammen musste. David war demnach wohl 2021 gestorben, mit hoher Wahrscheinlichkeit hatte er sich letztlich doch am Strand vergiftet und erinnerte sich bloß nicht mehr daran. Jonas hatte es 2033 erwischt. Über seine Umstände wusste Preema nichts. Er hatte einmal erwähnt, dass er auf dem Heimweg gewesen war, bevor er auf die Lichtung kam, vielleicht hatte es ihn bei einem Verkehrsunfall dahingerafft. Agatha musste 2035 gestorben sein, vermutlich bei einem Schlaganfall, und Preema war 2036 während des Weltuntergangs verschieden. Irgendwie mussten Spuren ihrer aller Gene zu den Beobachtern gelangt sein.

Ob es sich bei den Beobachtern um Außerirdische handelte oder ob sie doch nur Menschen waren, wusste Preema noch nicht zu beantworten. Sie zog es jedoch in Betracht, aufgrund der unregelmäßig funktionierenden physikalischen Gesetze auf der Lichtung und anderer schier unmöglicher Begebenheiten, dass sie sich nicht mehr zwingend auf der Erde befanden. Und wohl auch längst nicht mehr im Jahr 2036, wenn man bedachte, welche technologische Entwicklung zur Verfügung stehen musste, um all das hier möglich zu machen. Vielleicht waren sie auf einem Raumschiff oder einer Raumstation oder auf einem traurigen Überbleibsel ihres eigenen einst blauen Planeten, auf dem die Schwerkraft nicht mehr so funktionierte wie zu Preemas ursprünglichen Lebzeiten. Sie wusste sich auch noch nicht zu erklären, wie die Beobachter es anstellten, dass man sie nicht berühren konnte. Preema vermochte noch nicht für jedes Detail eine Erklärung anzubieten. Doch all die kleinen Informationen aus den unterschiedlichen Geschichten fügten sich langsam zusammen.

»Wir sind Repliken«, sprach sie den Gedanken leise aus und fühlte sich plötzlich vollkommen erschöpft. Als wäre alle Anspannung mit einer kraftvollen Fontäne aus ihr herausgesprudelt, nun, da sie zu akzeptieren begann, was sie irgendwo im Hinterkopf schon länger vermutet hatte.

»Hast du etwas gesagt?«, fragte David und Preema zuckte überrascht zusammen. Er lag neben ihr und starrte Löcher in die Luft, als wäre er nie woanders gewesen.

»Wo kommst du denn auf einmal her?«

»Was meinst du? Ich war doch die ganze Zeit hier. Du sagtest etwas von Repliken?«, setzte er nach.

»Ehm, das ... ja, ich ...« Herrje. Wie sollte sie ihm das schonend beibringen? »Ich sollte hier eine Narbe haben«, erklärte Preema zunächst und hob den Arm, damit David sehen konnte, was sie meinte. »Eine lange Narbe, die von der Armbeuge in einer wellenförmigen Diagonale zur Armmitte läuft. Es war ein Unfall. Ich bin mit meinem Waveboard an einem Stein hängengeblieben, kam ins Straucheln und bin mit einem Zaun unseres Nachbarn kollidiert. Da war ein herausstehender Draht, der sich in meine Haut gebohrt und sie aufgerissen hat. Achtzehn Stiche waren nötig, um die Wunde zu schließen und ich hatte verflucht viel Glück, dass weder Sehnen noch wichtige Adern beschädigt wurden. Die Narbe war hässlich und wulstig, aber jetzt ist auf meinem Arm keine Narbe mehr zu sehen.«

»Deine Erinnerungen spielen dir einen Streich, Preema.«

»Nein. Nein, das tun sie nicht. Manchmal kann ich diese Narbe sehen, aber nur für einen kurzen Moment. Sie verschwindet, sobald ich nicht mehr an sie denke. Und das ist nicht die einzige Narbe, die fehlt. Ich habe mir das Knie aufgeschlagen, als ich mit Nicole Fangen gespielt habe, und hier«, sie hob ihr Shirt an und zeigte auf die Stelle links ihres Bauchnabels, »genau hier war die Narbe, die ich seit meiner Blinddarm-Operation vor sechs Jahren hatte. Und jetzt ist sie weg. Narben verschwinden aber nicht einfach so.«

»Das habe ich dir doch schon erklärt. Die Beobachter heilen all unsere Verletzungen, bevor sie uns hierherbringen.«

Aus einem Grund, den sich Preema nicht erklären konnte, machten sie Davids Worte unheimlich wütend. Seine Gleichgültigkeit, seine Bereitschaft, jede Erklärung zu akzeptieren, die ihm die Lichtung vorsetzte, ohne irgendetwas zu hinterfragen, ging ihr zunehmend gegen den Strich.

»Das ist Unsinn, David. Warum sollten sie Narben entfernen? Sie beeinträchtigen uns nicht.«

»Wer weiß? Vielleicht sehen sie Narben nur als Beschädigung, die sie korrigieren können.«

»Vielleicht. Vielleicht waren die Narben aber auch nie da«, gab Preema verstimmt zurück.

David stützte sich auf die Ellbogen und legte die Stirn in Falten. »Was willst du damit sagen? Waren die Narben nun da oder nicht?«

»Sie waren da. Nur nicht auf diesem Körper.« David setzte an, zu widersprechen, doch Preema fuhr ihm über den Mund, bevor er Zeit hatte, zu reagieren. »Denk einmal darüber nach, David. Jonas war davon überzeugt, dass wir Kopien seien, und ich glaube, er hatte recht.«

»Das hatten wir doch geklärt, Preema. Wir sind keine Programme.«

»In dem Punkt stimme ich dir zu.« Preema nickte. »Aber wir könnten trotzdem Kopien sein. Repliken. Mein Körper hatte Narben. Viele kleine und ein paar größere, und alle haben die Geschichte meines Lebens erzählt. Dieser Körper hier ist geradezu makellos. Mir wachsen nicht einmal Haare an den Beinen, Herrgott. Früher hätte ich mir das gewünscht, heute frage ich mich, ob dieses überflüssige Feature einfach weggezüchtet wurde.«

»Weggezüchtet?«

»Ja. Wir sind nicht wir selbst, David. Wir sind Repliken.«

»Und mit Repliken meinst du Klone?«, mutmaßte David.

»Würde das nicht erklären, weshalb wir mit einem leeren Geist aufwachen und nur Bruchstücke unserer Erinnerungen besitzen? Man kann schließlich keine Erinnerungen klonen. Was uns an Erinnerungen bleibt, sind Fragmente, ähnlich einem Instinkt vielleicht.«

David schaute sie einen Atemzug lang an, dann schallte plötzlich ein lautes Lachen aus seiner Kehle heraus. Preema sprang sofort wütend auf. Mit geballten Fäusten und einem finsteren Blick schaute sie zu ihm hinunter.

»Oh, Preema, bitte entschuldige. Sei mir nicht böse, weil ich lachen musste.«

»Von all den lächerlichen Theorien, inklusive deiner eigenen, lachst du über meine, statt sie wenigstens kurz zu überdenken. Außerirdische sind realistisch, Zeitreisen völlig in Ordnung, aber Klone nicht? Willst du vielleicht behaupten, nur weil sie dich als Ersten aus dem Tank gezogen haben, wüsstest du, was hier vor sich geht? Du weißt gar nichts, David. Gar nichts. Du wirfst mit Vermutungen um dich, als wären es Fakten. Aber das sind sie nicht.«

»Jetzt hör doch ...«

Doch sie hatte genug. Sie machte eine wegwerfende Geste mit der Hand, kehrte ihm den Rücken zu und stürmte fluchend davon. Die Lichtung oder diese Gen-Puncher, die die Beobachter offenbar waren, mochten ihre Empfindungsfähigkeit eingeschränkt haben, aber sie wusste noch, wie man einen wütenden Abgang hinlegte.

Während sie davonstürmte, seufzte David. Er erinnerte sich nicht daran, ob er in seinem alten Leben gut mit Frauen gekonnt hatte, aber hier auf der Lichtung, mit Preema, stellte er sich offenbar nicht besonders geschickt an.

Preema ging zu dem einzigen Ort, an dem sie sich ein wenig geborgen fühlte. Keto City. Sogar völlig leer und verlassen gefiel es ihr hier inzwischen besser als irgendwo sonst auf der Lichtung. Vielleicht würden sich ihr ein paar der anderen Siedler anschließen und der Stadt neues Leben einhauchen, wenn Preema hierblieb und den Anfang machte. Die

Lichtung verlor zunehmend an Reiz, und Preema wusste nicht, wie sie damit umgehen sollte. Sie konnte nirgendwohin, es gab keinen Ausgang aus diesem Labor oder Käfig oder was auch immer es für die Beobachter war. Sie konnte nicht einmal zurück in den weißen Raum gehen, um nach einer anderen Lichtung oder einem echten Ausweg zu suchen, weil sie sich, sobald sie da draußen war, nicht mehr daran erinnern würde, warum sie dort war.

Verzweifelt, vor Wut den Tränen nahe, stürmte Preema an den stillstehenden Schienenwagons vorbei, kürzte ihren Weg querfeldein über Radwege und durch Gärten ab und war im Nu zurück in ihrer Wohnung, wo sie die Tür hinter sich zuknallte und daran zu Boden rutschte. Sie schrie aus voller Kehle in den stillen Raum, drückte die Handballen gegen die Augen, vergrub ihre Finger in den Haaren. Sie ließ den Tränen freien Lauf und wünschte sich, sie könnte endlich aufwachen aus dieser Farce.

Nach einer Weile, es mochten ein paar Minuten gewesen sein, wischte sie sich mit dem Ärmel ihres Sweatshirts Tränen und Rotz aus dem Gesicht und lehnte den Kopf zurück. Sie wusste nicht, was sie tun sollte. Gab es überhaupt etwas, das sie tun konnte?

Ihr Blick wanderte über ihr verlassenes Zuhause. Nicht einmal die Wohnung fühlte sich noch an wie ihre eigene. War die echte Preema hier gestorben? Wie lange mochte das her sein? Ein paar Jahre? Jahrzehnte? Womöglich gar Jahrhunderte? Sie fragte sich, weshalb sie nur Preema repliziert hatten und niemanden sonst aus der Stadt. Sie konnte doch nicht die Einzige sein, von der die Beobachter verwertbares Genmaterial gefunden hatten. Gwenn hatte praktisch genauso viel Zeit in dieser Wohnung verbracht wie sie. Es musste doch Spuren von ihr gegeben haben.

Preemas Kopf fuhr in eine aufrechte Position. Gwenn? In ihrer Wohnung? Automatisch blickte Preema zu den Fotos an ihren Wänden. Die leeren Rahmen waren nicht länger leer.

DAMALS • 11. FEBRUAR 2030

DAS SCHWACHE LICHT der Studiolampe fiel auf Gwenn und erhellte die linke Seite ihres Gesichts, während es die rechte in beinahe vollständige Dunkelheit tauchte. Nur das Weiß ihres Augapfels und der entfernteste Schimmer einer Gesichtskontur traten verstohlen aus den Schatten hervor. Eine Hoffnung von Licht in einem Meer aus Düsternis.

Gwenns zartpinkes Haar glänzte und reflektierte den Schein der Lampe. Es entstand ein sanftes Leuchten, so dass sich ein schwacher Lichtkranz um sie legte. Sie hatte den Kopf leicht zur Seite geneigt, ihre Gesichtszüge waren entspannt und ihr Blick ging in die Ferne, weit an der Kamera vorbei. Preema hatte sich noch immer nicht an diese Gwenn gewöhnt. Die stille und gedankenverlorene Gwenn, die Preema im Krankenhaus besucht und sich um sie gekümmert hatte. Eine Gwenn, die mehr ihrem tatsächlichen Alter entsprach und sich nicht wie ein hyperaktiver Teenager benahm. Wenn sich die beiden Frauen zu den Fototerminen trafen, dann schien es stets, als wäre Gwenn tief in ihrer eigenen Welt versunken. Heute musste es eine besonders schöne Welt sein, denn Gwenn lächelte verträumt und ihre Gedanken schienen in weite Ferne zu rücken. Es hatte sich gezeigt, dass es deutlich schwieriger war, dieser nachdenklichen und schweigsamen Gwenn zu widerstehen. Ihr Anblick sorgte dafür, dass sich Preema wie ein angeschossenes Reh fühlte. Sie hätte Gwenn gerne gefragt, woran sie dachte, doch Preema fürchtete, den Zauber des

Augenblicks zu zerstören, wenn sie auch nur den kleinsten Laut von sich gab. Vielleicht fürchtete sie auch Gwenns Antwort auf die Frage.

Für einen Moment ließ Preema ihre Kamera sinken und schaute die junge Frau schweigsam an. Ungefiltert und unverfälscht von der Linse des Objektivs, nur mit den Augen. Die Härchen auf Preemas Armen stellten sich auf und ein Prickeln lief ihr über den Nacken, die Wirbelsäule hinunter, bis in die Fersen und in den kleinen Zeh. Gwenn war so unfassbar schön, dass Preema das Herz davon wehtat, sie dort sitzen zu sehen. Sie war das Schönste, was Preema je zu Gesicht bekommen hatte, und das war eine beunruhigende Feststellung. Denn sie wusste nur zu gut, was das bedeutete. Preemas Empfinden von schön und hässlich war in hohem Maße davon abhängig, wie sehr sie einen Menschen mochte, und daraus ergab sich, wie tief sie aktuell in der Scheiße saß.

Es war nicht das erste Mal, dass Preema diese und ähnliche Gedanken hatte und dabei vor Angst fast verrückt wurde. Wann immer Gwenn einen frechen Kommentar von sich gab oder Preema auf ihre ganz besondere, provokante Weise ansah, spürte sie es im ganzen Körper. Sehnsucht. Verlangen. Den immer lauter werdenden Wunsch, Gwenn zu berühren und ihr süße Worte ins Ohr zu flüstern. Diese Treffen gingen schon viel zu lange und Preema wusste, dass sie längst eine unsichtbare Grenze überschritten hatte. Sie hätte sich niemals auf dieses erste Treffen im Januar einlassen dürfen. Auf keinen Fall hätte es das zweite, dritte und vierte Treffen geben dürfen und all die anderen Begegnungen dazwischen. Doch Gwenns Gesellschaft gefiel Preema viel zu gut, und seit Gwenn Preemas Kurs verlassen hatte, begegneten sie sich eher öfter als seltener. Sie liefen sich ständig über den Weg, nicht nur in den Gängen der Universität oder im *Café Grotta di Sirena*. In der Leihbücherei stolperte Preema über Gwenn, die gerade versuchte, ihre Auswahl auf drei Romane zu beschränken, und im Handumdrehen zankten sie sich darum, welches das beste Buch aller Zeiten war. Zumindest so lange, bis die Bibliotheksangestellten sie wegen der unrühmlichen Lautstärke vor die Tür setzten. Im Kino hätten sie fast ihre jeweiligen Vorstellungen verpasst, weil sie sich im Foyer in eine Debatte um einschlägige Filme der Popkultur verstrickt hatten und Preema die Serie *Firefly* nicht einmal dem Namen nach kannte. Gwenn hatte eine Vorliebe für alte Serien, und je älter die waren, desto besessener schien sie davon zu sein. Nach diesem Vorfall im Kino hatte Preema angefangen, sich durch Gwenns persönliche Top Ten der besten Science-Fiction-Sendungen zu arbeiten, und musste zähneknirschend einsehen, dass ihr Gwenns Geschmack gefiel. Viel zu viel gefiel ihr an Gwenn. Sie brachte Preema zum Lachen und gleichzeitig auf die Palme. Genau die Mischung, die Preema an Menschen schätzte. Und so zogen sich ihre mal mehr, mal weniger zufälligen Treffen nun schon seit Wochen hin, und immer öfter vergaß Preema, dass sie Abstand halten musste.

Heute war es das vierte Mal, dass sie sich zum Shooting trafen – eines der vorsätzlichen Treffen – und die Anzahl von Gwenns Portraits stieg jedes Mal um ein paar Dutzend an. Davon schien bisher noch nicht eines seinen Weg zu Aurélie gefunden zu haben. Wenn man es ganz genau betrachtete, schien Aurélie gar kein Thema mehr zu sein, denn wenn Preema sie und Gwenn einmal am selben Ort sah, warfen sich die beiden allenfalls flüchtige Blicke zu oder beachteten einander kaum. Gwenn sprach nicht über Aurélie, und Preema fragte nicht nach ihr. Zum einen ging sie Gwenns Privatleben nichts an, der eigentliche Grund für ihre Zurückhaltung war aber der, dass Preema sich nur zu gerne an die Hoffnung klammerte, Gwenn wäre hier, um Fotos für ihre feste Freundin zu machen. Es war der letzte Rettungsanker, seit Preemas Vernunft das Handtuch geworfen und sie mit ihren unerwartet aufdringlichen Emotionen im Stich gelassen hatte. Mit den Partnern anderer fing Preema grundsätzlich nichts an. Das war ein Gesetz, welches sie niemals brechen würde, auch wenn sie es noch so sehr wollte. Inzwischen wäre aber selbst einem Blinden längst klargeworden, wie es um die Beziehung von Aurélie und Gwenn wirklich stand. Waren sie überhaupt je zusammen gewesen oder hatten die beiden Preema nur etwas vorgespielt, um sie in eine Falle zu locken?

»Hast du vor, irgendwann abzudrücken, oder hoffst du darauf, dass sich die Kamera selbstständig macht und dir die Arbeit abnimmt?«

Gwenns Stimme wurde wie üblich von einem neckischen Ton begleitet, der sich im Glanz ihrer Augen und nur der winzigsten Bewegung ihrer Lippen widerspiegelte. Sie schaute Preema direkt in die Augen, ohne die Position zu verändern. Ihr Lächeln trat deutlicher hervor, und es lag etwas darin. Etwas Herausforderndes.

Gwenns Blick fesselte Preema, machte sie fast bewegungsunfähig. Mit etwas Überwindung hob Preema die Kamera schließlich wieder an, schaute einmal mehr durch den Sucher und drückte ab. Wieder und wieder, klick-klack, klick-klack. Und mit jedem Klick-Klack des Objektivs fing Preema eine weitere Facette von Gwenns Wesen, ihrem Lächeln, ihrem träumenden Ausdruck ein und wusste doch, dass keines der Bilder die wahre Schönheit dieser Frau je würde korrekt wiedergeben können.

Ein Wimmern entglitt Preemas Kehle, und Gwenns Kopf fuhr alarmiert zu ihr herum. »Prof?«

Ihre Stimme war oh so zart und floss widerstandslos in Preemas vernarbtes Herz. Sie begann zu zittern, die Kamera drohte ihr zu entgleiten. Preemas Atem kam plötzlich nur noch in kleinen Stößen, dann und wann begleitet von jämmerlichen Lauten, die sie nicht kontrollieren konnte. Sie spürte Tränen über ihre Wangen laufen und war verwirrt. Was sollte das? Warum weinte sie? Was war auf einmal mit ihr los?

»Prof, was ist mit dir?« Gwenn klang nun nicht mehr heiter und neckisch, sondern besorgt, was Preema nur noch mehr verzweifeln ließ.

»Gwenn«, hauchte Preema kraftlos ihren Namen. Sie legte die Kamera auf dem Tisch neben ihrem Computermonitor ab und lehnte sich an der Tischkante an, denn sie fühlte sich plötzlich zu schwach, um auch nur sich selbst auf den Beinen zu halten. »Ich glaube ... ich glaube ...«

Gwenn erhob sich von ihrem Sitzplatz auf dem schwarzen Theaterstoff und eilte an Preemas Seite. Sorge zeichnete sich auf ihrem hellen Gesicht ab. In Preemas Augen ein wunderschönes, perfektes, außerweltliches Gesicht, das anzusehen ihr das Herz brach.

»Preema, was ist los? Ist etwas passiert? Sag mir bitte, wie ich dir helfen kann.«

Preema biss die Zähne zusammen, als sich Gwenns Hände auf ihre Wangen legten. Sie schloss die Augen, wünschte das schreckliche Gefühl in sich fort, diese Einsamkeit, diese lähmende Zuneigung. Wie war das passiert? Wann? Wie hatte sie es so weit kommen lassen können?

»Verdammt, Prof, sag mir, was nicht stimmt!«, begehrte Gwenn in einer Mischung aus Sorge und wütender Ohnmacht auf.

»Nichts stimmt mehr, nichts!«, rief Preema. »Alles, was ich wollte, war eine Arbeit, die mich erfüllt, und eine Chance, herauszufinden, was ich vom Leben will. Und nun stellt sich heraus, dass das, was ich will, eine vorlaute Studentin ist, die meinen Arbeitsplatz gefährdet, weil ich sie verdammt nochmal zu Boden werfen und bis auf die nackte Haut ausziehen will!« Gwenn zog überrascht beide Augenbrauen hoch, während sich Preema die Hand vor den Mund schlug, beschämt abwandte und mit beiden Händen auf der Tischkante abstützte. »Verdammt. Das hätte ich nicht sagen dürfen. Was stimmt denn nicht mit mir?«

»Mit dir ist alles in Ordnung, Preema.«

»Nein, ist es nicht. Ich bin eine Lehrkraft. Ich bin älter als du, und ich sollte mich besser unter Kontrolle haben. Aber du ... Du brichst mich. Jeden Tag ein bisschen mehr. Du marschierst unbehelligt durch meine Verteidigungssysteme, wie ein Borg durch Laserfeuer.«

Gwenn konnte sich ein Schmunzeln nicht verkneifen. »Korrekterweise sollte es *Phaserfeuer* heißen. Und du weißt schon, dass es ziemlich sexy ist, wenn du Nerdisch sprichst?«

»Warum tust du mir das an? Ich werde meine Stelle verlieren. Entweder werden sie mich feuern, oder ich muss kündigen. Und dann muss ich Keto verlassen. Gute Güte, ich will nicht zurück aufs Festland, Gwenn. Ich bin eine Schildkröte.«

»Eine Schildkröte?«

»Ich liebe diese Stadt. Ich liebe das Meer und den salzigen Geruch der Luft. Ich liebe die subnautischen Tunnel mit ihrem geisterhaften blauen

Leuchten. Ich liebe es sogar, wie die Stadt bei einem Unwetter leicht schaukelt und mir den Magen umdreht.« Preema lachte verzweifelt.

»Sieh mich an, Preema.« Gwenns Stimme war ruhig, viel erwachsener als sonst, und auch das bescherte Preema eine Gänsehaut.

»Ich kann nicht«, hauchte Preema in ihrem Elend. Wenn sie Gwenn jetzt ansah, wäre alles verloren und es gäbe kein Zurück mehr. Falls überhaupt noch eine Chance für sie bestand, diesem Chaos, das sie selbst mitzuverantworten hatte, zu entkommen.

»Bitte, sieh mich an«, wiederholte Gwenn zärtlich. Ihre Finger berührten Preemas Schulter, und mit sanftem Druck schaffte sie es, dass Preema sich wieder in ihre Richtung wandte. Doch sie kniff die Augen zusammen und biss sich auf die Unterlippe. »Es ist niemand hier außer uns beiden, Preema. Es gibt nichts, wovor du dich fürchten musst. Was immer du mir sagst oder tust, kann für immer in diesem Raum bleiben, wenn du das willst. Aber sprich es aus. Wenigstens einmal, nur für dich und mich und niemanden sonst.«

Gwenns Stimme floss über Preema hinweg wie warmes Wasser, ihre Finger strichen sanft über Preemas Haut. Vorsichtig, wie die ersten Sonnenstrahlen des Frühlings, leicht, wie die Berührung einer Schneeflocke. Alles an Gwenn schien dazu gemacht zu sein, Preema das Herz in der Brust zu zerreißen und all ihre gezogenen Grenzen zu durchbrechen, als wären sie aus dünnem Seidenpapier.

Nach einer gefühlten Ewigkeit schließlich legte Preema ihre eigenen Hände auf die von Gwenn. Langsam wagte sie es, die Augen zu öffnen, und sie sah, wie das Lächeln auf Gwenns leicht getönte Lippen zurückkehrte. Auf diesen geschwungenen Mund, der ebenso süß und verführerisch war, wie er für Preemas bisheriges Leben auch zerstörerische Konsequenzen bedeuten konnte. Nicht nur in beruflicher Hinsicht. Alles würde sich ändern, wenn Preema dieser besonderen Versuchung nachgab, wenn sie diese Lippen küsste. Sie konnte es spüren.

Die Vorstellung, Gwenn auf diese Weise näherzukommen, ließ Preema scharf die Luft einziehen, doch die Bilder in ihrem Kopf verselbstständigten sich. In Windeseile durchlebte sie ein ganzes Leben, mit Gwenn an ihrer Seite. Ein Leben voller Lachen, gemeinsamer Wochenenden, gestohlener Küsse, erschöpfender Nächte und zärtlichem Zank. Preema wollte all das, was sie in ihrer Phantasie sah, und noch viel mehr, koste es, was es wolle.

Eine plötzliche Ruhe überkam sie. Sie konnte es nicht länger leugnen. Nicht mit Gwenn direkt vor sich, mit ihren warmen Händen auf den Wangen. Sie hatte den Kampf bereits verloren, bevor sie wusste, dass er angefangen hatte. Und wieder fragte sie sich, wie es so weit hatte kommen können.

Preema löste den Blick von Gwenns Lippen und ließ ihn weiter hinaufwandern. Das Herz hämmerte aufgeregt in ihrer Brust, jeder Moment dehnte sich zu einer Ewigkeit aus. Schließlich war es so weit. Sie schaute Gwenn in die Augen. Grau, mit vereinzelten grünen Flecken darin. Wie Murano-Glas, nur viel lebendiger.

»Hi«, sagte Gwenn.

»Hi«, antwortete Preema. Sie hätte gerne so viele Dinge gesagt, aber zu mehr als diesem winzigen Wort war sie im Augenblick nicht fähig. Hi. Eine einzige Silbe, in der eine ganze Enzyklopädie von Gedanken und Gefühlen steckte.

Preema konnte Gwenns Puls durch die Fingerspitzen auf ihrem Gesicht spüren. Sie kam sich schwach vor. Klein und erbärmlich. Doch sie spürte auch eine tiefe Erleichterung. »Ich will dich«, gestand Preema schließlich mit der Stimmgewalt einer Maus. Die Worte waren in der Welt, bereit, Preemas persönliches Armageddon über sie zu bringen.

Gwenns Lächeln wurde augenblicklich breiter. »Schön, dass es dir auch endlich auffällt. Ich habe schon angefangen, an deiner Intelligenz zu zweifeln.«

»Musst du denn immer Witze machen?«, seufzte Preema. Sie fühlte sich so erschöpft und entblößt, nachdem sie dieses entscheidende Geständnis herausgebracht hatte.

»Nicht immer«, antwortete Gwenn mit ihrem vertraut verführerischen Unterton. »Aber sooft es eben geht.« Kaum hatten die Worte ihre Lippen verlassen, küsste sie Preema, und Preemas Knie gaben nach. Genauso wie es in den Kitschromanzen immer geschah, die Preema normalerweise mit einem weiträumigen Augenrollen bedachte, letztlich aber doch bis zum Ende schaute, weil sie das Happy End brauchte. Sie war ein wandelndes Klischee.

Gwenn fing sie auf und drückte sie fest an sich. Ihre Münder empfingen einander, wie damals, auf der Kostümparty zu Silvester. Wie damals hatte sich ein Kuss für Preema nie besser angefühlt und nie furchteinflößender. Er war alles, was sie sich immer gewünscht hatte. Warum musste es ausgerechnet Gwenn sein? Ihre Lippen zerstörten Preema auf die süßeste Weise, nur um sie Stück für Stück wieder zusammenzusetzen. Zu einem neuen, befreiten Menschen.

»Von diesem Moment träume ich, seit ich Wonder Woman auf der Party geküsst habe«, flüsterte Gwenn.

»Dann wird es Zeit, herauszufinden, ob sich das Warten gelohnt hat.«

Preema schlang die Arme besitzergreifend um Gwenns Körper, zerrte sie unter gierigen Küssen mit sich zu Boden und spürte, wie sich die Hitze ihrer beiden Körper begegnete. Sie hörte die mahnende Stimme im Hinterkopf, die ihr sagte, sie treffe gerade die zweitdümmste Entscheidung ihres Lebens. Doch Gwenns überraschte Laute übertönten die spießige Stimme der Vernunft und spülten die Zweifel in einem reißenden Fluss der Gefühle fort.

Hände suchten Haut, und Haut begann zu glühen.

HEUTE

PREEMAS BRUSTKORB HOB und senkte sich, ihre Haut schien in Flammen zu stehen. Sie spürte Gwenns Hände noch immer auf ihrem Körper, an Stellen, über die sie garantiert nicht öffentlich sprechen würde. Sie war dankbar, dass sie alleine war, denn sie war sich sicher, dass man ihr jede noch so intime Berührung, jedes delikate Gefühl von der Nase ablesen konnte. Sie wischte sich über die Stirn. Ein hauchfeiner Schweißfilm hatte sich darauf gebildet, und hätte sie in den Spiegel gesehen, so wäre ihr aufgefallen, dass ihre Wangen rot glühten. Solch intensive Empfindungen wie in ihrer Erinnerung hatte Preema schon zu lange nicht mehr verspürt und schon jetzt, so kurz nachdem sie aus diesem aufwühlenden Moment ihrer Vergangenheit aufgewacht war, schienen die Gefühle bereits wieder zu verblassen. Sie wollte das nicht. Preema wollte diese intensiven, wilden Empfindungen nicht wieder verlieren. Sie wollte Gwenn nicht erneut verblassen lassen. Preema blickte zu den Fotografien an den Wänden hinauf. Von überall schaute Gwenn zu ihr herunter.

»Langsam frage ich mich, wer hier von wem besessen ist«, hatte Gwenn damals scherzend gemeint, als sie die vielen Portraits von sich selbst entdeckt hatte.

»Du hast die Büchse der Pandora geöffnet, jetzt musst du mit mir klarkommen«, hatte Preema darauf geantwortet und ihre heimliche Geliebte einmal mehr geküsst.

»Gwenn«, sprach sie ihren Namen jetzt noch einmal in der Einsamkeit ihres Zuhauses aus, nur um zu hören, wie er durch ihre Lippen klang. »Gwenn.«

Preema trat auf den Balkon der verlassenen Wohnung hinaus und blickte über die vielen begrünten Teile der Stadt. Es wunderte sie, dass die Gärten noch immer intakt waren und gepflegt aussahen. Zu ihrer Zeit, in der realen Welt, hatte es einer ständigen Pflege der Pflanzen und regelmäßiger Wartung der Bewässerungssysteme bedurft, um die Grünflächen grün und in einem geordneten Rahmen zu halten. Hier auf der Lichtung aber stand die Zeit für die Pflanzen scheinbar ebenso still wie für Preema. Wie lange Keto City wohl schon hier lag und schlief? Wie viel Zeit mochte seit dem Weltuntergang verstrichen sein?

Preema blickte zu den blau blühenden Vergissmeinnicht in den Kästen, die das Dach umrandeten. Fast schien es, als ließen die Blumen vor lauter Liebeskummer ihre kleinen Köpfe hängen. Vielleicht kam es Preema aber auch nur so vor, weil sie sich selbst so schrecklich verloren fühlte. Ihre Welt war zerstört, ihr Zuhause verwaist und die Frau, die sie liebte, nicht mehr am Leben. Ob Gwenn als alte Frau in den Ruinen einer zerstörten Welt gestorben war oder während der Katastrophe als junge Frau an Preemas Seite – an der Seite der echten Preema vielmehr –, spielte kaum eine Rolle. Es spielte auch keine Rolle, dass Preema nicht dieselbe Preema war. Ihr Herz tat weh, als wäre sie es gewesen. Es war nicht fair, dass sie sich an ein Leben erinnerte, das sie nie geführt hatte. Ob ihre Erschaffer einmal darüber nachgedacht hatten, was es bedeutete, sich an ein Leben zu erinnern, das man nie zurückbekommen würde, weil es einem nie selbst gehört hat? Spielten die Beobachter ihr die Erinnerung vorsätzlich ein oder waren es Preemas neue Zellen, die sich an alte Verknüpfungen erinnerten? Vorsätzlich oder nicht, Preema fing an, Jonas' Verzweiflung zu verstehen, was ihr eine Mordsangst einjagte.

Ihr Blick wanderte über die Blumenkästen hinaus zu dem Punkt, wo der Himmel auf die Gipfel der Bergkette traf. Ein falscher Himmel, so falsch wie alles auf der Lichtung. Nicht einmal Preema selbst war echt.

Meistens wirkte der Himmel über der Lichtung ganz normal. Ein klares Blau an einem warmen Sommertag. Dann und wann zeigte sich sogar das kalte Faksimile der Sonne. Wie eine blaue Scheibe schwebte der Himmel über ihr und vielleicht wartete er nur darauf, ihnen allen auf den Kopf zu fallen. *Beim Teutates!* Preema konnte es kaum erwarten, bis es so weit sein würde. Verstohlen wischte sie sich eine Träne aus dem Augenwinkel. Sie wusste nicht, was sie mit diesem neuen Leben anfangen sollte oder weshalb man es ihr geschenkt hatte.

»Dachte ich mir doch, dass ich dich hier finden würde«, drang Davids Stimme zaghaft an ihr Ohr. Er setzte sich vorsichtig auf den Gartenstuhl neben ihrem und wartete. Zum ersten Mal klang er nicht fröhlich.

»Lass mich alleine. Ich will nicht mit dir reden. Ich will mit niemandem reden.«

»Es tut mir leid, Preema. Ich hätte nicht über dich lachen sollen. Mir war nicht klar, wie sehr dich das mitnimmt. Jetzt weiß ich es besser.«

»Und was ändert das? Glaubst du mir plötzlich, nur weil ich nicht mehr weiter weiß und wünschte, ich wäre tot geblieben?

»Bitte sag so etwas nicht.«

»Warum nicht?«, fragte Preema und musste gegen den Kloß ankämpfen, der ihre Lippen beben und ihre Stimme zittern ließ.

»Weil ich dich vermissen würde.«

»Ich weiß nicht, ob ich hier leben kann, David. Nicht mit diesen Erinnerungen und dem Wissen, dass ich bin, was ich bin. Vielleicht sollte ich hinaus in den weißen Raum gehen, um alles zu vergessen. Aber das wäre ja doch nur für kurze Dauer, und dann müsste ich diesen Schmerz irgendwann noch einmal ganz von vorne durchmachen.«

»Du hältst dich wirklich für einen Klon?«, fragte er. Er wirkte besorgt und traurig.

»Ich bin davon überzeugt«, antwortete Preema. »Es ist die einzige Erklärung, die für mich Sinn ergibt. Deswegen denken alle, sie wären aus unterschiedlichen Zeiten hergebracht worden. Welche genetischen Spuren man auch von ihnen gefunden hat, sie stammen aus der Zeit, an die sich die Menschen hier erinnern. Deswegen weiß auch niemand, wie er gestorben ist oder wie er hierhergekommen ist.«

»Aber du erinnerst dich daran«, sagte David.

»Nicht vollständig. Wer die Proben meiner Überreste auch gesammelt hat, hat sie wohl kurz nach dem Knall eingesammelt. Aber was spielt das für eine Rolle? Du denkst ohnehin, ich spinne.«

David schüttelte betrübt den Kopf. »Ich habe darüber nachgedacht, während ich dich gesucht habe. Du könntest recht haben. Du hattest recht, als du mir vorgeworfen hast, dass meine Überzeugung genauso sehr eine Theorie ist wie deine. Und sie schließen einander auch nicht aus. Es fällt mir schwer, aber ich gestehe ein, dass wir alle Repliken sein könnten.«

Preema wandte den Kopf und sah ihn nun zum ersten Mal richtig an. Er wagte ein scheues Lächeln. »Wirklich?«, fragte sie ihn.

Er nickte. »Ich war ein Esel, aber kannst du bitte nicht mehr böse auf mich sein?«

Sie schaute zurück in den Himmel. »Ich war nie richtig böse auf dich. Manchmal frustriert mich das alles hier bloß so sehr.«

»Danke«, antwortete David erleichtert. »Es ist seltsam, weißt du? Die meisten sind glücklich auf der Lichtung und akzeptieren sie so, wie sie ist. Aber du scheinst nicht zur Ruhe kommen zu wollen.«

»Wie soll ich mit all den Fragen in meinem Kopf zur Ruhe kommen können?«, fragte sie und massierte sich die Schläfen.

»Ich verstehe dich, glaub mir. Soll ich dich jetzt wieder alleine lassen?«

»Du kannst mit mir warten, wenn du möchtest.«

»Und worauf warten wir?«

»Auf die Sterne«, antwortete Preema.

»Auf die Sterne? Aber es gibt keine Nächte auf der Lichtung.«

»Ich glaube, der Nachthimmel ist da irgendwo. Wenn wir nur lange genug warten und Geduld beweisen, dann wird er sich zeigen. Er wird sich dunkel färben und eine Schar leuchtender Sterne wird aus dem Dunkel hervortreten. Ich bin mir sicher.«

»In all der Zeit, die ich schon hier bin, habe ich nie einen Nachthimmel gesehen, aber es ist alles möglich auf der Lichtung. Ich habe vielleicht bloß noch nie darauf geachtet«, gab David mit einem Achselzucken zurück. »Hat es einen besonderen Grund, dass du auf die Sterne wartest?«

»Nein. Ich möchte sie einfach nur gerne sehen. Vielleicht, weil ich in der Stadt aufgewachsen bin und die Sterne nie richtig gut auszumachen waren. Es gab dort zu viel Lichtverschmutzung. Auf der Lichtung dagegen sind sie sicher strahlend hell und deutlich zu erkennen, weil hier alles perfekt ist.«

Vielleicht hatten die Beobachter ihrem Gespräch gelauscht, vielleicht war es auch nur Zufall. Doch der Himmel begann sich plötzlich tatsächlich zu verfärben. Als hätte man einen Tropfen dunkelblauer Tinte in ein Wasserglas fallen lassen, breitete sich der Klecks schnell aus, und das helle Blau nahm immer dunklere Töne an.

»Schau! Es passiert!«, rief Preema und verspürte einen Moment des Glücks.

David schaute selbst hinauf und gab ein überraschtes ›Huh‹ von sich. »Das habe ich noch nie erlebt. Die Beobachter scheinen dich zu mögen.« Er ließ sich nun selbst auf seinem weit ausgeklappten Gartenstuhl auf den Rücken fallen und legte die Arme unter den Kopf.

Es dauerte nicht lange, bis die Wandlung abgeschlossen war und ein Meer aus Mond und Sternen auf sie niederschien. Ein seltsames Phänomen, denn der Nachthimmel verdunkelte die Lichtung nicht. Es war vielmehr, als würde Preema auf ein Gemälde schauen. Ein Hauch von Hoffnung streifte sie, als sie das glitzernde Lichtermeer sah. Der Anblick war wunderschön. Das Funkeln der Sterne, das fahle Licht des tiefhängenden, vollen Mondes.

»Da müssen sie wohl noch ein wenig üben«, hörte Preema David murmeln.

»Was meinst du?«

»Na, den Nachthimmel. Man sieht, dass er nicht echt ist.«

»Tatsächlich?«, fragte Preema ratlos. Sie erinnerte sich nicht daran, wie der Nachthimmel auf der Erde ausgesehen hatte. Sie war sich ja nicht einmal sicher, ob sie jemals einen gesehen hatte. Sie erinnerte sich bloß an die dunkle Wolkendecke, die in den Städten auf dem Festland allgegenwärtig war. »Sind es die Sternenkonstellationen? Ich habe mir nie merken können, wo die Muster wirklich hingehören.«

»Nein, das meine ich nicht. Die ganze Darstellung ist nicht echt.«

Preema löste ihren Blick von den Sternen und schaute stattdessen David an. »Was unterscheidet sich?«

»Siehst du es denn nicht? Das sind keine Sterne. Das sind Lampen. Und der Mond ist auch viel zu groß. In Wahrheit dürfte er uns kaum größer als eine Münze erscheinen.«

Preema schaute wieder in den Himmel, und nun erkannte sie, dass David recht hatte. Wieso war ihr das nicht selbst aufgefallen? Es war doch offensichtlich. Der Mond war riesig und schien sie fast zu berühren. Aber wieso kam ihr der Anblick dennoch so vertraut vor? Er erinnerte sie an ... an ...

DAMALS • 17. MAI 2030

DAS *Earthen Universe* hatte erst vor fünf Monaten eröffnet. Eine seit Jahren zweckentfremdete alte Cargohalle, irgendwo außerhalb von Berlin, die in unregelmäßigen Abständen den Besitzer wechselte und zuletzt drei Jahre leer gestanden hatte. Einst ein Ort, an dem Luftschiffe gebaut und gewartet werden sollten, dann umfunktioniert zu einem tropischen Freizeitpark, gefolgt von einer Phase der Verwaisung. Der aktuelle Besitzer hatte die Halle samt umliegendem Gelände vor zwei Jahren erworben – den Gerüchten zufolge zu einem Spottpreis – und im Handumdrehen damit begonnen, ein neuerliches Abenteuerresort entstehen zu lassen. Wenn auch ein völlig anders geartetes als das vorherige. Die neue Themenausrichtung allerdings spielte Preema direkt in die Hände.

Wie es der Name bereits erahnen ließ, holte das *Earthen Universe* das Weltall auf die Erde. Die Haupthalle, Dom-1, war das Herzstück der Anlage. Während der Renovierungsphase waren noch sechs kleinere Domkuppeln hinzugekommen, die den Besuchern verschiedene Erlebniswelten und Erholungsmöglichkeiten boten. Über lange Tunnel, die wie die Luftschleusen eines Raumschiffs wirkten, waren alle Hallen miteinander vernetzt. Unterschiedliche Lichtinstallationen innerhalb der Tunnel bereiteten die Besucher auf das vor, was sie thematisch am Ende des jeweiligen Ganges erwartete. Fremde Planeten, außerirdische Spezies oder ein Spaziergang im Weltall. Es gab zahlreiche Gebiete und Aufgaben zu entdecken.

Bereits kurz nach ihrer Ankunft im *Earthen Universe* hatten sich Preema und Gwenn in die Klettergurte einspannen lassen und waren an Seilen hängend durch den Asteroidengürtel von Dom-2 geflogen. Im Anschluss gab es eine Wanderung durch die roten Marsdünen von Dom-4 und in Dom-3 hatten sie eine Raumstation erkundet, in der sich Bars, Restaurants und andere Einrichtungen aneinanderreihten. Betrieben wurden sie allesamt von Menschen in den buntesten Alienkostümen. Wer seinen Aufenthalt im *Earthen Universe* ausweiten wollte, fand hier auch Übernachtungsmöglichkeiten – ein Angebot, das Preema und Gwenn in den nächsten Tagen nutzen würden.

Derzeit lagen die beiden Frauen aber nicht in ihrem komfortablen Hotelzimmer, sondern in einer der gepolsterten Waben von Dom-1. Die Wabe war Teil eines mehrstöckigen Moduls im Zentrum der Halle und bildete, zusammen mit etlichen anderen, eine bienenstockartige Konstruktion. Diese offenen Kammern waren sehr beliebt, befanden sie sich doch in einer recht ordentlichen Höhe. Dadurch gewährten sie einem eine weite Sicht über die gesamte Halle und auf die beeindruckende Deckeninstallation. Jede Wabe bot dabei genügend Sichtschutz zu den umliegenden Kabinen, so dass man leicht vergessen konnte, dass man nicht alleine unter den Sternen war. Preema hatte erwartet, dass ein Ort wie Dom-1, der so viele Besucher gleichzeitig aufnahm, laut und geschäftig sein müsste, doch obwohl unten am Boden überall Menschen herumliefen, sich unterhielten und lachten, waren ihre Stimmen hier oben kaum zu hören. Auf einem neu angebrachten Schienennetzwerk sausten zusätzlich kugelförmige und flüsterleise Transportkapseln von einer Station zur anderen und wirkten dabei wie kleine Planeten auf einer festgelegten Umlaufbahn. Doch auch sie gaben nur ein schwaches, elektrisches Summen von sich. Schall reduzierende Elemente und Geräuschfilter, unauffällig integriert in die Dekoration der Halle, sorgten dafür, dass alles gedämpft und weit entfernt wirkte. Es war nicht vollkommen still, aber dennoch erstaunlich ruhig.

Gwenns Kopf ruhte auf Preemas Brustkorb, wo sie dem inzwischen vertrauten Herzschlag lauschte und gemeinsam mit Preema hinauf zur Domkuppel blickte. In einhundert Metern Höhe hing die gewaltige Abbildung eines Vollmondes unter der Kuppel. Die nach außen gewölbte Form der Installation erweckte den Eindruck, als trete der Mond aus dem nachtblauen Firmament heraus und man müsste bloß die Hand ausstrecken, um ihn berühren zu können. Unzählige Lichtquellen verschmolzen im Hintergrund unsichtbar zu einer einzigen und ließen den falschen Mond ein sanftes, kühles Licht spenden. Hunderte, vielleicht tausende künstlicher Sterne umgaben ihn und spiegelten sich in den Augen der Besucher wider. Im Prospekt des *Earthen Universe* war detailliert aufgeführt, wie viele der winzigen Lampen den falschen Nachthimmel erstrahlen ließen und welche Sternbilder sie repräsentierten. Doch angesichts der Schönheit dieses Kunstwerks hatte Preema alle Zahlen gleich wieder vergessen.

Aktuell flog die Nachbildung eines Kometen über die Mondoberfläche hinweg und folgte seiner Bahn durch Dom-1. Preema erinnerte sich an die Nacht im letzten September, als HALKRON von drei Studierenden zufällig entdeckt worden war. Sie hatte in jener Nacht wach gelegen und darauf gehofft, dass sie an der Universität von Keto City angenommen werden würde. Damals hatte sie der Meldung keine Beachtung geschenkt, doch nun erinnerte sie sich wieder. Der Exokomet kam aus einem anderen Sonnensystem und bewegte sich auf einer hyperbolischen Flugbahn durch die Galaxie. HALKRON würde erst in etwa sechs Jahren an der Erde vorbeiziehen, doch hier in Dom-1 kam er bereits alle zehn Minuten angerauscht und zog dabei einen bunt leuchtenden Schweif hinter sich her.

Preema beobachtete, wie Gwenn die Hand hob und mit ihren Fingern die fernen Konturen der Mondkrater nachzeichnete.

»Eines Tages werde ich ein Grundstück genau dort besitzen«, sagte Gwenn und zeigte auf einen kleinen Krater.

»Genau dort?«, fragte Preema und lachte leise. Sie küsste Gwenns Haar und kraulte ihr mit den Fingerspitzen sanft den Rücken.

Gwenn war die meiste Zeit ein Sturm im Wasserglas, aber insgeheim auch eine Träumerin. Sie träumte einen Traum, den schon viele Menschen vor ihr, über Jahrzehnte, wenn nicht gar Jahrhunderte hinweg, geträumt hatten. Sie wollte den Weltraum bereisen und andere Planeten entdecken. Sie wollte herausfinden, ob es irgendwo da draußen andere Lebewesen zwischen den Sternen gab. Immer wenn sich Gwenn mit Preema eine ihrer geliebten Science-Fiction-Sendungen anschaute, fluchte Gwenn früher oder später darüber, dass sich die Menschheit in den letzten siebzig Jahren praktisch keinen Zentimeter weiterbewegt hatte und die Erschließung des Weltalls einfach nicht voranging. An manchen Tagen ließ sie die Stagnation auf diesem Gebiet regelrecht verzweifeln. Immer wieder redeten alle nur davon, dass irgendwann mal jemand auf dem Mond gelandet war und dass man dorthin zurückkehren und den Erdtrabanten nutzbar machen müsse, doch tat sich dann auch etwas? Nein. Ihrer Meinung nach könnte es längst touristische Flüge ins Weltall geben, wenn nicht alle so verflucht beschäftigt damit wären, den Fortschritt aufzuhalten. Dabei müsste doch jedem klar sein, dass man den Fortschritt höchstens ausbremsen, jedoch niemals würde aufhalten können.

Xi Zhongwen, den derzeitigen Besitzer des *Earthen Universe,* ärgerte der Zustand der Raumfahrt wohl auf ähnliche Weise. Das Resort war nur eine seiner Spielereien, verglichen mit dem, was er wirklich anstrebte. Sollte er seine privaten Pläne, eine Wohnanlage auf dem Mond zu errichten, je real werden lassen können, Gwenn wäre die Erste, die sich ein Ticket dorthin kaufen und ihre Sneaker gegen Mondstiefel eintauschen würde. Im Gegensatz zu Xi Zhongwen war Gwenn zwar keine Milliardärin, aber das würde sie nicht davon abhalten, einen Weg zu finden. Gwenn fand immer einen Weg, um an ihr Ziel zu gelangen. Sie war unaufhaltsam, genau wie der kleine Komet, der gerade erneut seine Runde machte.

Preema war nicht ganz so versessen darauf wie Gwenn und Xi Zhongwen, den Planeten zu verlassen. Obwohl das angesichts des Zustands ihrer Heimatwelt vielleicht klüger gewesen wäre. Doch an das anhaltende und nicht nachvollziehbare Festhalten von Industrie und Politik an Praktiken, die den derzeit einzigen bewohnbaren Planeten weiter zerstörten, wollte Preema in diesem Moment nicht denken. Sie wollte bloß Gwenns Geburtstag feiern und ein paar Tage irgendwoanders sein. Möglichst weit weg von der Universität und auch von Keto City, wo sie und Gwenn ständig Gefahr liefen, dass jemand herausfand, wie nahe sich die beiden Frauen inzwischen gekommen waren. Aber einfach nur ein gemeinsames Wochenende in einem Hotel? Zu trivial. Gwenn verdiente mehr als das. Sie verdiente die Welt und alle Wunder unter der Sonne. Als Preema die Werbeanzeige des *Earthen Universe* in den Newsfeed gespielt worden war, hatte sie nicht lange überlegen müssen. Sie konnte Gwenn die Sterne schenken, auch wenn es nur künstliche Sterne waren.

Preema strich mit dem Zeigefinger über Gwenns Haut und folgte den Konturen ihres Gesichts. Als sie Gwenns Kinn berührte, reagierte die fast automatisch, hob den Kopf und küsste Preema leicht und flüchtig auf die Lippen, ehe sie sich wieder in die Umarmung schmiegte und den falschen Mond anschaute. Doch leicht und flüchtig war nicht genug. Nicht, wenn es um Gwenn ging.

Preema legte ihre Hand an Gwenns Nacken, brachte sie mit sanftem Druck dazu, sie anzusehen, und stahl Gwenn dann einen tiefen, sinnlichen Kuss, der Preemas Körper an all den richtigen Stellen kribbeln ließ. Ihre Münder schienen wie füreinander gemacht zu sein und schmiegten sich auf genau passende Art und Weise aneinander. Preema und Gwenn waren erst seit drei Monaten zusammen, doch es hätte auch ein ganzes Leben sein können. Preema genoss jeden Moment mit Gwenn und sie verzehrte sich nach ihr, wenn sie nicht zusammen sein konnten. Sie hasste es, dass sie sich verstecken mussten. Wie lange würde das wohl gutgehen? Und was kam danach? Wären die beiden auch dann zusammen, wenn ihrer Beziehung nicht der Geschmack des Verbotenen anhaften würde? Was würde passieren, wenn Gwenn erst ihren Abschluss hatte? Oder wenn sich Preema eine andere Stelle suchen musste? Vielleicht in einer anderen Stadt? Hätte Gwenn dann überhaupt noch Interesse an ihr?

Preema wollte daran glauben, dass ihre Zweisamkeit mehr als nur ein Abenteuer war. Alles fühlte sich besser und intensiver an mit Gwenn.

War das normal? Hatte sie sich je so aufgelöst und vollständig zugleich gefühlt? Preema hielt einen Moment inne und dachte darüber nach, was all diese fabelhaften Emotionen in Worte übersetzt bedeuten mochten. Es kam ihr nur ein einziger, impertinent aufdringlicher Gedanke in den Sinn: Möglicherweise war sie verliebt.

Es war wahrlich zu früh, um von dem großen L-Wort zu sprechen, und doch ahnte Preema, dass sie längst verloren war. Sie phantasierte in ruhigen Momenten bereits davon, mit Gwenn zusammenzuziehen, ihr einen Ring an den Finger zu stecken und auch dann noch gemeinsam mit ihr unter den Sternen zu liegen, wenn ihre Haare längst schneeweiß geworden waren. Wenn es denn sein musste, auch auf der Veranda eines Mondhauses mit einer dicken Glaskuppel über ihren Köpfen und orthopädischen Magnetstiefeln an den Füßen. Dass Preema die Gesellschaft eines anderen Menschen so sehr genoss und regelrecht brauchte, kam selten vor. So selten, dass sie nicht einmal wusste, wie sie diese Fülle an Empfindungen unter Kontrolle bekommen sollte.

Ein gedämpftes Lachen irgendwo in einer der anderen Waben, erinnerte Preema daran, wo sie war. Sie löste sich aus dem Kuss, der allmählich drohte, zu einem Fall von Erregung öffentlichen Ärgernisses zu werden. Nur widerwillig gab sie Gwenn frei. Sie wollte ihre Zuneigung in die Welt hinausbrüllen und ...

»Ich liebe dich«, fielen Preema die Worte aus dem Mund und überraschten sie selbst.

»Was?«, horchte Gwenn auf.

»Was?«, fragte auch Preema. Sie hatte das Gefühl, gerade kurz ihren Körper verlassen zu haben. Was war da eben passiert?

»Hast du mir gerade gesagt, dass du mich liebst?«, fragte Gwenn. Ihre Stimme klang zu hoch und erschrocken für Preemas Geschmack.

»Ich ... Ich glaube schon«, gab Preema verunsichert zurück. Sie kam sich vor, als wäre sie wieder fünfzehn Jahre alt und stolperte mehr schlecht als recht durch ihre erste Begegnung mit der Liebe.

Gwenn richtete sich auch gleich auf und entzog sich Preemas Umarmung. Doch damit nicht genug, wandte sie ihr auch noch den Rücken zu, so dass Preema nichts von den Gefühlsregungen in Gwenns Gesicht sehen konnte. Nicht gerade die Reaktion, die sich Preema vorgestellt hatte. Nicht, dass sie es geplant hatte, Gwenn so früh in ihrer jungen Beziehung ein derart schwergewichtiges Geständnis zu machen. Preema wartete darauf, dass Gwenn etwas erwidern würde. Irgendetwas. Doch die sonst so vorlaute junge Frau umklammerte bloß ihren eigenen Oberkörper und sagte nichts. Preema schluckte die Enttäuschung herunter. Die Stille sprach Bände, und kein Wort schmerzte mehr als Gwenns Schweigen.

»Es …«, *tut mir leid*, wollte sich Preema schon für den forschen Vorstoß entschuldigen und so vielleicht noch retten, was zu retten war. Doch anders als die Worte zuvor weigerten sich diese, ihr über die Lippen zu kommen. Denn die Wahrheit war, *dass es die Wahrheit war.* Sie liebte Gwenn. Mit jeder Faser ihres Körpers, auf eine Art, wie sie es niemals für möglich gehalten hätte, und alle Vernunft konnte nichts daran ändern, dass sie so empfand. Umso härter aber traf Preema nun die Erkenntnis, dass Gwenn noch nicht so weit war und es vielleicht auch nie sein würde.

Preema hörte Gwenns schnelles und lautes Atmen. Neben einem eklatanten Mangel an Freude schien sich Gwenn außerdem zu fragen, welche Richtung sich am besten zur Flucht eignete, denn sie blickte immer wieder kurz zur einen, dann zur anderen Seite. Vielleicht schüttelte sie auch bloß den Kopf. Preema wusste es nicht.

»Gwenn, ich hätte das nicht sagen dürfen«, begann Preema leise. »Ich weiß, dass es dafür noch zu früh ist. Du bist noch jung und …«

»Hör auf, Preema.« Endlich sagte Gwenn etwas, auch wenn es nicht das war, was Preema hören wollte. »Du bist nicht so schrecklich viel älter als ich. Was sind schon fünf Jahre?«

»Fast sechs.«

»Kleinkram«, winkte Gwenn ab. Sie sah Preema noch immer nicht an.

Preema schluckte und zählte leise bis drei. »Können wir vergessen, dass ich das gesagt habe, und einfach weiter die Sterne anschauen?«, fragte Preema, doch sie kannte die Antwort bereits. Sie war schon oft genug auf der anderen Seite dieser Unterhaltung gewesen und wusste, dass es von diesen besonderen drei Worten kein Zurück gab. Entweder festigten sie eine Verbindung oder sie beendeten sie.

»Wie könnte ich so tun, als hättest du mir nicht gesagt, dass du mich liebst?«, antwortete Gwenn also wenig überraschend.

Sie klang unglücklich und Preema wusste darauf auch keine Antwort. Sie war wütend auf sich selbst. Was hatte sie bloß getan? Was hatte sie sich dabei gedacht? Sie hatte ihre junge, perfekte Zweisamkeit durch eine unbedachte und vorschnelle Äußerung zerstört. Das hatte sie getan. *Verdammte Idiotin, Preema!*

»Gwenn, bitte la...«

»Ich war nicht ehrlich zu dir. Ich ... ich habe ein Geheimnis.«

Die Muskeln in Preemas Körper spannten sich an. Das klang nicht gut. Ganz und gar nicht gut. Das war nicht nur kein *Ich liebe dich auch, Preema*, das hörte sich vielmehr an wie ein *Ich treffe mich noch mit einer anderen, Preema*.

Die Brust schnürte sich ihr plötzlich zusammen. Sie brauchte dringend einen Moment für sich alleine. Preema begann hektisch nach ihrer Tasche zu suchen. Sie musste schnell hier weg und einen Ort finden, an dem sie unbeobachtet die Fassung verlieren und womöglich in Tränen und Geschrei ausbrechen konnte. Wie hatte das alles so plötzlich und gründlich schiefgehen können?

»Was machst du da?«, erkundigte sich Gwenn, die, alarmiert von dem Geraschel und Gezappel, endlich zu Preema schaute, nur um zu erkennen, dass die dabei war, die Flucht zu ergreifen. »Preema?«

»Du hast eine andere.« Preema zitterte so stark, dass sie beinahe stotterte und derart ungeschickt wurde, dass sie den kompletten Inhalt ihrer Tasche über den Boden der Wabe verteilte. »Scheiße!«, fluchte sie laut. Irgendwo zischte jemand ein pikiertes »*PSCHT!*« aus der Nachbarschaft, während Preemas Hände über den Boden tasteten und all den belanglosen Kram zusammensuchten, den sie ständig mit sich herumtrug. Lippenpflege, Handcreme, Desinfektionsmittel und etwa eine Million benutzter Taschentücher, die ihre Handtasche zu einem gefährlichen Biotop machten. Wer brauchte das eigentlich alles?

Eine halbe Sekunde lang verspürte Preema das Bedürfnis, zu lachen, als sie das kleine Déjà-vu bemerkte. Schon wieder krabbelte sie in Gwenns Gegenwart auf den Knien über den Boden. Damit endete ihr gemeinsamer Weg genauso, wie er begonnen hatte. Eine Welle der Verzweiflung rollte über sie hinweg. In ihren rosarot verklärten Tag- und Nachtträumen hatte sich Preema durchaus schon vor Gwenn auf die Knie gehen sehen, nur waren die Umstände völlig andere. Sie wollte nicht, dass es mit ihnen vorbei war, aber so lief es eben, wenn jemand ein *Ich liebe dich* nicht erwidern konnte.

Vorbei.

Das Wort bohrte sich mitten durch Preemas Herz und trieb ihr die Tränen in die Augen. Sie musste hier weg, sofort. Sie beschloss, dass sich jemand anderes mit ihren Habseligkeiten vergnügen durfte, sprang auf die Füße und wandte sich dem Ausgang zu.

»Preema! Stop!« Gwenn warf sich hastig über die Liege und bekam gerade noch eins von Preemas Beinen zu fassen, bevor sie sich davonmachen konnte.

»Lass mich los, Gwenn, bitte. Ich brauche einen Moment für mich.«

»Ich kann dich jetzt nicht gehen lassen. Nicht so. Setz dich wieder hin und hör mir zu.«

»Was gibt es da noch zu reden? Es ist alles in Ordnung, Gwenn. Ich brauche nur etwas frische Luft«, spielte Preema das tobende Unwetter in ihrem Innern so gut es ging herunter.

»Um Himmels willen! Es ist nicht so, wie du denkst! Du verstehst das alles ganz falsch!« Gwenn klammerte sich weiterhin beharrlich an Preemas Beinen fest.

»Mit diesen Worten beginnen meist die schlimmsten Geständnisse.«

»PSCH-SCH-SCHT!«, tönte es wieder zu ihnen herüber.

»Oh *pscht!* dich selbst!«, brüllte Gwenn wenig elegant zurück. Und allein für diesen temperamentvollen Ausbruch hätte Preema sie gerne sofort wieder in die Arme geschlossen und geküsst. »Ich habe hier eine Krise zu verhindern!« Gwenn wandte sich wieder an ihre Partnerin. »Preema, es gibt keine andere. Du bist die Einzige, die ich will und immer wollte. Ich bin viel länger in dich verliebt, als du ahnst, und darin liegt auch schon der Kern dessen, was ich dir verheimlicht habe. Wir sind uns schon einmal begegnet. Vor einer Ewigkeit. Du erinnerst dich bloß nicht mehr daran.«

»In Dublin, auf der Kostümparty. Das hast du mir schon erzählt.«

»Nein, nicht das. Setz dich, Preema. Bitte. Dann erzähle ich dir alles.«

Preema zögerte und versuchte, die vielen miteinander im Widerspruch stehenden Impulse zur Ruhe zu bringen. Wie sollte sie vernünftige Entscheidungen treffen, wenn in ihrem Kopf solch ein Durcheinander und Geschrei herrschte? *Geh! Bleib! Lauf! Setz dich!* Preema sah den kleinen HALKRON erneut über sich vorbeiziehen und hätte in diesem Moment wirklich nichts dagegen gehabt, wenn der echte HALKRON spontan seine Flugbahn geändert hätte und durch die Decke des *Earthen Universe* gekracht wäre.

Bevor Preema eine bewusste Entscheidung treffen konnte, gaben ihre Knie nach und sie sank zurück auf die Polster. Gwenn riss sich zusammen und setzte sich auf. Sie schien nicht wesentlich gefasster zu sein als Preema und sagte zunächst nichts. Nervös strich sie sich die Haare hinter die Ohren.

»Glaubst du an das Schicksal, Preema?«

»Wenn ich in der Stimmung dafür bin. Was hat das mit dieser Situation zu tun?«

»Alles. Ich glaube, dass das Schicksal uns immer wieder zusammenbringt. Sag jetzt nichts, ich weiß, dass du das für esoterischen Humbug hältst. Ich denke manchmal selbst, ich werde verrückt, aber es sind zu viele Zufälle, um nicht gelegentlich doch eine höhere Macht zu verdächtigen.«

»Du meinst, nur weil wir uns damals auf einer Party begegnet und uns dann an der Universität wieder über den Weg gelaufen sind?«

»Auch«, sagte Gwenn. Es war deutlich zu sehen, dass sie wegen irgendetwas mit sich rang.

»Lass mich raten. Du dachtest, unser Aufeinandertreffen wäre Kismet, stellst dann aber fest, dass du zwar ein bisschen verliebt bist, aber nicht das fühlst, was du bei einer schicksalhaften Liebe zu fühlen erwartet hast«, schlussfolgerte Preema.

»Nein. Ich fühle alles, was eine schicksalhafte Liebe schicksalhaft macht, Preema. Ich bin sogar unsterblich verliebt in dich, bis hin zum kitschigen Ende mit dem Ring am Finger.«

An der Stelle runzelte Preema nun doch etwas verwirrt die Stirn. Wenn Gwenn ähnliche Phantasien hatte wie Preema, was war dann das Problem?

»Es gibt da aber diese eine Sache, Preema. Diese eine furchtbare Sache in unserer Vergangenheit, die uns auseinanderbringen könnte«, fuhr Gwenn fort.

»Gwenn, was denn für eine Sache? Was für eine gemeinsame Vergangenheit? Wir kennen uns kaum ein Jahr. Sind wir uns zwischen der Kostümparty und Keto City etwa nochmal begegnet? Ich denke, daran würde ich mich erinnern. Oder etwa noch vor Dublin?«

Gwenn lachte unglücklich auf und rieb sich die Stirn. Dann seufzte sie schwer, zog den Monitor ihres Sleevephones aus und ließ den Mechanismus einrasten, der das Display über ihrer Handfläche in Position hielt. Preema beobachtete wie Gwenn schweigsam durch die vielen Ordner ihrer Fotosammlung navigierte, dabei immer wieder schwer ausatmete, schließlich eine Bilddatei auswählte und die Sharing-Funktion aufrief. Eine halbe Sekunde später ertönte das Signal auf Preemas eigenem Armband. Während Gwenn ihr Display wieder in dem silbernen Armreif verstaute, zog Preema ihres aus und rief die Datei auf. Gwenn blickte zu Boden, Preema auf das Bild und wurde steif wie eine Figur im *Madame Tussauds*.

»Gwenn ...«, begann Preema, doch ihr schnürte sich die Kehle zu, und sie brachte nicht den kleinsten Ton mehr hinaus.

Auf dem Foto waren drei Mädchen vor einer vertrauten Hauswand zu sehen. Die Kinder saßen Seite an Seite im Schnee, im Hintergrund ragte eine Gruppe Schneemenschen auf, die die Mädchen gemeinsam gebaut hatten. Preema erinnerte sich gut an das Jahr, in dem dieses Foto aufgenommen worden war. Es war ein besonders schneereiches Jahr gewesen, einer der letzten wirklich kalten Winter. Sie erinnerte sich auch an die Kinder, die auf dem Foto zu sehen waren. Ganz links im Bild saß Gnomi, die jüngere Schwester von Preemas einst bester Freundin. Gnomi strahlte bis über beide Ohren und scherte sich nicht im Geringsten um die doppelte Zahnlücke, die dabei zum Vorschein kam. Ihr Haar war rot wie das Licht der untergehenden Sonne, eine Eigenschaft, die Gnomi und ihre Schwester mit dem Vater teilten. Auf dem Foto klammerte sich Gnomi an niemand anderen als Preema selbst, so, wie sie es unzählige Male getan hatte. Preema konnte den festen Griff des Mädchens fast durch die Erinnerung hindurch spüren.

Preema scheute sich davor, ihren Blick weiterziehen zu lassen, studierte stattdessen ihr eigenes, zwölfjähriges Gesicht in der Aufnahme und erkannte sich darin kaum wieder. Nicht, weil sie sich äußerlich so sehr verändert hätte. Sie fragte sich vielmehr, ob es wirklich einmal eine Zeit gegeben hatte, in der sie so unbeschwert lachen konnte. Es erschien ihr surreal, dass die Preema auf dem Bild und die Preema, die das Bild betrachtete, identische Personen sein sollten. Doch vielleicht waren sie das auch gar nicht. Es lagen Welten zwischen den beiden Versionen von ihr. Nur einen Tag nach dieser Aufnahme hatte sich Preemas Leben für immer verändert und das Lachen war ihr für eine sehr lange Zeit verloren gegangen. Der Grund dafür saß im Bild rechts neben ihr: Nicole Grebe. Das Mädchen, das vor so vielen Jahren vor Preemas Augen ertrunken war. *Kletter du doch auf den Finger.*

Preema entließ ein ersticktes Stöhnen und sie hätte ihr Sleevephone sicher fallen lassen, wenn es nicht an ihrem Handgelenk befestigt gewesen wäre. »Wieso hast du ein Foto von mir und den Grebe-Schwestern?«, brachte sie mit schwerer Zunge heraus.

Gwenn schaute sie mit einem mitleidigen Blick an, der deutlich sagte: *Denk nach, Preema. Wieso wohl habe ich dieses Foto?*

Die Antwort war so offensichtlich. Schon in dem Moment, als Preema das Foto gesehen hatte, waren ihr die Ähnlichkeiten förmlich entgegengesprungen. Das Gesicht hatte sich in den letzten achtzehn Jahren stark verändert, doch nicht so vollständig, dass die Ähnlichkeiten nicht noch immer erkennbar waren. Die Form der Lippen, der Augenabstand, die Art, wie sie ihren Kopf hielt. Die Zahnlücke war inzwischen einem ordentlichen Gebiss gewichen, doch das Lachen war dasselbe geblieben. Pure Heiterkeit, mit einer Spur Schabernack in den Mundwinkeln.

»Gnomi«, keuchte Preema. »Du bist Gnomi? Nicoles kleine Schwester?«

Gwenn lächelte unglücklich. »Außer euch beiden hat mich nie wieder jemand so genannt, und obwohl ich diesen Spitznamen immer gehasst habe, habe ich ihn plötzlich vermisst, als ihr fort wart.«

Preemas Mund stand offen und sie starrte die erwachsene Frau neben sich an, als sähe sie Gwenn zum ersten Mal. »Aber dein Nachname ist O'Shea, nicht Grebe!«, protestierte Preema, als könne ein Name die Wahrheit verändern.

»Das ist Papas Familienname. Er ist Ire, erinnerst du dich? Bevor er meine Mutter geheiratet und ihren Nachnamen angenommen hat, war sein Name O'Shea.«

Ja, Preema erinnerte sich gut an den Mann, den sie nur als Patrick Grebe gekannt hatte, oder Baba Grebe, wie sie ihn vor dem Unfall genannt hatte. Er war Preema wie ein zweiter Vater gewesen, bis er seine älteste Tochter verloren und Preema die Schuld daran gegeben hatte. Sie hatte ihm keinen Vorwurf deswegen gemacht. Das hatte sie nie getan, denn sie gab ihm ja recht. Wenn sie Nicole damals nicht provoziert hätte …

»Ich erinnere mich«, sagte Preema schließlich ein wenig steif. »Er hatte diesen lustigen Akzent.«

»Den hat er noch immer«, kicherte Gwenn liebevoll. »Vor allem, wenn er sich über etwas ärgert.«

»Aber wieso?«

»Wieso ich meinen Nachnamen geändert habe?« Gwenn zuckte leicht die Schultern. »Wir sind mehrfach umgezogen und haben versucht, neu anzufangen. Aber früher oder später hat immer irgendjemand herausgefunden, wer wir sind, was unsere Geschichte ist. Meine neuen Mitschüler brauchten nie lange, um zu erfahren, dass Gwenn Grebe ›das Mädchen mit der toten Schwester‹ ist. Und dann fing alles wieder von vorne an. Die Fragen, die Schuldgefühle, das Anderssein. Meine Klassenkameraden stürzten sich auf meine Geschichte wie auf ein angesagtes Spielzeug und merkten gar nicht, dass sie meine Wunden immer wieder aufrissen und dass sie aus mir jemanden machten, der ich nicht sein wollte. Zuhause trauten sich meine Eltern kaum noch, mich anzusehen, weil ich sie mehr und mehr an Nicole erinnerte, je älter ich wurde. Also begann ich, mir die Haare zu färben, um ihr weniger ähnlich zu sehen. An meinem vierzehnten Geburtstag beschloss ich, mir mein Leben zurückzuholen. Ich nahm den Familiennamen meines Vaters an, wechselte erneut die Schule und ging auf ein Mädcheninternat in Dublin. Weg von den alten Geschichten, weg von meinen Eltern, die mich zwar liebten, aber nicht ansehen konnten. Ich ließ Gwenn Grebe hinter mir und wurde Gwenn O'Shea. Kein ganz leichtes Unterfangen, aber rückblickend war es auf jeden Fall die richtige Entscheidung.«

Preema ließ die Worte auf sich wirken. Gwenns Kindheit musste schwer gewesen sein. Einsam. Stets im Schatten einer Schwester, die sie kaum gekannt hatte, im Schatten einer Tragödie, an der sie keine Schuld trug. »Es tut mir so furchtbar leid, dass du das durchmachen musstest.«

»Wir haben alle unser Päckchen zu tragen. Ich habe einen Weg gefunden, damit zu leben. Für dich ist es vermutlich viel schlimmer gewesen, weil du Nicole länger gekannt hast als ich. Ich war noch so jung, als sie gestorben ist, dass ich mich inzwischen kaum noch an sie erinnern kann. Woran ich mich lebhaft erinnere, ist, dass sie immer sauer auf mich war.« Gwenn schmunzelte. »Ihr wolltet mich an den Storch zurückgeben. Erinnerst du dich?«

Auch Preema musste nun lachen. Natürlich erinnerte sie sich daran.

Sie hatten Preemas armen Vater gezwungen, den Brief zu schreiben und ihn einzutüten. Er erzählte die Geschichte unheimlich gerne, wenn Gäste zu Besuch kamen und der unweigerliche Austausch von Anekdoten aus dem Leben mit Kindern begann.

»Weißt du, was das Beste ist?«, fragte Preema und musste sich das Lachen hart verkneifen. »Die Storchzentrale hat uns geantwortet.«

»Was? Wie das denn?«

»Na ja, mein Vater hatte ihn adressieren und frankieren müssen. Wir haben ihn ja beobachtet wie die Schießhunde. Darum hatte der Brief auch einen ordentlichen Absender und irgendwer bei der Post hat unseren Brief dann gefunden und ihn beantwortet.«

»Und was stand drin?«, fragte Gwenn heiter.

»Die besten Sätze, die ich je gelesen habe. Damals, im Alter von sechs Jahren, waren wir empört, aber heute könnte ich mich scheckiglachen. Die Antwort lautete so«, Preema räusperte sich, drückte die Brust raus und begann, mit aristokratischer Stimme zu sprechen, so wie es damals auch ihre Mutter getan hatte:

Liebe Nicole, liebe Preema,

die Storchzentrale Deutschland-West hat eure Beschwerde erhalten und sorgfältig geprüft. Ich bedauere sehr, dass euch das neue Schwesterchen bisher noch keine Freude bereiten will, dennoch muss ich euch leider mitteilen, dass Babys grundsätzlich vom Umtausch ausgeschlossen sind. Aber verzweifelt noch nicht, es braucht lediglich ein wenig Zeit, bis Babys zu guten Spielkameraden heranwachsen. Ich bin davon überzeugt, dass ihr ein tolles Team werdet, wenn ›Gnomi‹ erst ein wenig älter ist.

Hochachtungsvoll
Gisela Kurzflügel
Vizestörchin

Gwenn schaute Preema drei oder vier Sekunden lang mit großen Augen an, dann lachte sie laut los und schlug sich die Hand vor den Mund, bevor sich erneut jemand aus den Nebenkabinen über den Lärm beschweren konnte. Preema konnte sich auch nicht länger beherrschen und so lachten sie gemeinsam, bis ihnen die Luft ausging.

»Gnomi«, röchelte Preema schließlich und atmete tief ein. »Ich fasse es einfach nicht, wie klein die Welt ist.« Sie wischte sich die Lachtränen aus dem Gesicht und sah sich die Bilddatei noch ein letztes Mal an, ehe sie sie schließlich schloss und das Display wieder in dem Armband verschwinden ließ. »Du warst immer so anhänglich.«

»Rate, wieso! Du warst mein erster Schwarm«, gestand Gwenn und fasste vorsichtig nach Preemas Hand. Ihre Finger verschränkten sich wie von selbst ineinander.

»Das ist nicht wahr! Du warst doch erst sechs Jahre alt, als wir uns das letzte Mal gesehen haben.«

»Sechseinhalb!«, korrigierte Gwenn in gespielt strengem Ton.

»Du hast also die ganze Zeit gewusst, wer ich bin, und nichts gesagt?«

Gwenn seufzte beschämt. »Der Zeitpunkt war nie günstig.«

»Aber wie kannst du mich gernhaben? Bist du denn gar nicht wütend auf mich?«

»Weshalb sollte ich denn wütend sein?«

»Ich bin verantwortlich für den Tod deiner Schwester«, gab Preema bitter zurück.

»Unsinn. Was an dem Tag, am Fluss passiert ist, war ein Unfall.«

»Nicole ist nur meinetwegen auf den Finger geklettert. Hätte ich sie nicht herausgefordert ...«

»Dann hättest du es an ihrer Stelle getan und du wärst diejenige gewesen, die mit dem Gesicht nach unten vom Fluss davongetragen worden wäre«, fuhr ihr Gwenn dazwischen. »Wir waren Kinder, Preema. Keine von uns hat geglaubt, dass so etwas Furchtbares in der Wirklichkeit passieren kann. Anderen Menschen, fremden Menschen, in Geschichten und im Fernsehen, ja. Aber doch nicht uns.«

Preema schwieg eine Weile und versuchte, all die neuen Informationen zu verarbeiten, die so viele alte Erinnerungen zurückbrachten. »Warum hast du mir nicht gleich gesagt, wer du bist?«

»Aus Angst«, gab Gwenn leise zu. »Auf der Neujahrsparty damals trug ich eine Maske, und bevor ich mit dir reden konnte, war deine *Freundin* da«, sie sagte das mit gerümpfter Nase, »und ging auf mich los. Daraufhin haben sich *meine* Freunde schützend vor mich gestellt und als ich wieder freie Sicht hatte, warst du verschwunden. Ich habe anschließend nach deinem Online-Profil gesucht und unzählige Male angefangen, eine Nachricht an dich zu schreiben, aber ich habe mich nie getraut, auf *senden* zu klicken. Was hätte ich schreiben sollen? *Hallo Preema, hier ist Gnomi. Weißt du noch damals, als unsere Schwester gestorben ist?* Ich kam mir albern vor, also habe ich versucht, mich von meiner Phantasie von dir zu verabschieden, und habe die Nachricht, die ich hunderte Male in meinem Kopf durchgeplant habe, nie abgeschickt.«

»Und dann, fast sechs Jahre später auf dem Gang in der Uni ...«, murmelte Preema.

»Mir ist fast das Herz stehen geblieben, als ich dich sah. Ich schwöre dir, ich dachte zuerst, du wärst ein Trugbild, weil ich die Nacht davor viel zu spät ins Bett gegangen bin und vielleicht auch ein bisschen zu ausgiebig gefeiert habe.«

»Du hast nicht müde ausgesehen.«

»Charmant, das zu sagen, aber ich war an dem Tag so fertig, dass ich schon Schwierigkeiten damit hatte, mir meinen eigenen Namen zu merken. Und trotzdem habe ich dich gleich erkannt, du mich jedoch nicht. Nicht einmal, als ich dir meinen Namen gesagt habe.«

»An deinen echten Namen hätte ich mich bis vor fünf Minuten noch nicht erinnert. Du warst immer Gnomi für uns. Warst du enttäuscht, als ich dich nicht erkannt habe?«

»Ein wenig. Deswegen wollte ich mir dann auch einen Spaß daraus machen und habe mich über deinen Namen lustig gemacht. Ich wollte dich eine Weile im Unklaren lassen, war mir aber sicher, dass du mich noch erkennen würdest, und dann wärst du vielleicht peinlich berührt im Boden versunken.«

»Das kommt hin«, murmelte Preema und rieb sich verlegen das Ohr.

»Aber wie wir wissen, hast du mich nicht erkannt und ich fand es schön, mit dir zu zanken, dich lachen und schimpfen zu sehen, so wie früher, als wir noch glückliche Kinder waren. Ich fing an, mich zu fragen, ob du so unbefangen auf mich reagiert hättest, wenn dir klar gewesen wäre, wer ich bin und da beschloss ich, es noch eine Weile für mich zu behalten. Wir freundeten uns neu an, als zwei Fremde. Ungetrübt von unserer Vergangenheit. Dann kamen wir uns näher und dann ... dann bekam ich Angst, dich wieder zu verlieren, Preema.«

»Was ist mit meiner Mutter? Du hast mit ihr gesprochen, als ich wegen des Blinddarms operiert wurde. Willst du mir sagen, dass sie sich auch nicht an dich erinnern konnte?«

Gwenn schüttelte den Kopf. »Das war ein heikler Moment. Ich wollte für dich da sein, aber ich wusste, dass sich Zarah bestimmt sofort an meinen Namen erinnern würde, wenn sie ihn hörte, und das tat sie dann auch. Sie hat sich gefreut, dass sich unsere Wege wieder gekreuzt haben, und ich musste sie anflehen, mich nicht zu verraten. Es gefällt ihr gar nicht, mein Geheimnis vor dir geheim zu halten, aber sie hat meine Gründe verstanden und mir Zeit gelassen. Ich schätze sie wird sich freuen, dass die Wahrheit jetzt raus ist.«

»Sie hat mitgemacht?« Dumme Frage, natürlich hatte Zarah Gwenns Geheimnis gewahrt, sonst säße Preema jetzt schließlich nicht derart ahnungslos hier.

»Widerwillig und sie schickt mir immerzu Nachrichten, dass ich mit dir reden soll, erst recht, seit du ihr erzählt hast, dass du mit jemandem zusammen bist.«

»Ich weiß nicht, was ich sagen soll.«

Gwenn nickte unglücklich. »Es war nie meine Absicht, dich zu belügen, Preema. Du musst verstehen, dass ich in dich verliebt bin, seit ich denken kann, und das habe ich auch Zarah gesagt. Nur deswegen war sie bisher so geduldig mit mir. Ich weiß, ich war damals ein kleines Kind, aber du warst immer in meinem Kopf. Wir sind weggezogen, trotzdem warst du all die Jahre bei mir. Dann warst du plötzlich wirklich wieder da, standest zum Greifen nahe vor mir, und es war zu schön, endlich von dir gesehen zu werden und dich nicht mit Nicole teilen zu müssen. Versteh mich bitte nicht falsch. Nicole war meine Schwester und ich hatte sie lieb, obwohl wir uns meistens gestritten haben. Aber als wir Kinder waren, hast du mich nie richtig wahrgenommen. Für dich gab es immer nur Nicole und ich wollte nicht mehr bloß die nervige kleine Schwester deiner besten Freundin sein. Deiner inzwischen *toten* besten Freundin.« Gwenn senkte den Blick. »Ich wollte nicht, dass du ihr Gesicht in meinem suchst und bloß Nicole siehst, nicht mich. Dass du mich nicht erkannt hast, war ein Geschenk für mich. Ich habe es einfach nicht über mich gebracht, dir die Wahrheit zu sagen, denn ich konnte den Gedanken nicht ertragen, dich wieder zu verlieren. Es war schön, von dir wahrgenommen zu werden als die, die ich bin. Nicht Gnomi. Nicht Nicoles Schwester. Nur Gwenn.«

Preema lauschte Gwenns Beichte, und ihr Herz quoll über vor Zuneigung. Schließlich nahm sie Gwenns Gesicht in beide Hände, strich ihr sanft mit dem Daumen über die Wange und schaute ihr tief in die schönen, getupften Augen. »Wenn ich dich ansehe, Gwenn, werde ich immer nur dich sehen. Ganz gleich, ob dein Haar pink, grün oder rot wie die Abendsonne ist. Das verspreche ich dir.«

Gwenns ganzes Wesen begann vor Freude zu leuchten. Sie küssten sich im Licht der falschen Sternbilder, und in diesem Moment waren beide bereit, an das Schicksal zu glauben.

HEUTE

PREEMA SCHLUG DIE Augen auf, und das monotone Licht des Himmels verriet ihr unmissverständlich, dass sie zurück auf der Lichtung war. David schien sich irgendwo die Beine zu vertreten, denn er lag nicht mehr auf dem Gartenstuhl neben ihrem und sie war dankbar dafür, dass sie vorerst wieder alleine war. Sie brauchte einen Augenblick, um ihre Gedanken und Gefühle zu ordnen, ohne dass David sie mit einem Dutzend Fragen überschüttete. Er meinte es stets gut, doch gelegentlich überforderte er Preema mit seiner ewig positiven Art und dieser notorisch guten Laune. Manchmal war gute Laune einfach nicht das, was sie brauchte, und in diesem Moment hätte sie seinen Optimismus wirklich nicht ertragen können.

Der Nachthimmel war fort und sie sah die übliche blaue Himmelsscheibe über sich, doch diesmal glitten Wolken daran vorbei und es schien, als bewegten sie sich in unterschiedliche Richtungen übereinander hinweg. Die einen nach Osten, die anderen nach Süden. Vielleicht wussten es die Beobachter nicht besser und nahmen an, dass sich die Wolken auf der Erde so verhielten, oder vielleicht war mit dem Himmel auch alles in Ordnung und der Fehler lag bei Preema. Die Sterne der Lichtung hatte sie sich schließlich auch für echt gehalten, bis David sie korrigiert hatte. Preema wünschte sich zurück in die Erinnerung, wo die Dinge noch normal waren und Sinn ergaben. Sie wünschte sich zurück zu Gwenn, zu ihren Eltern und zu ihrer widerspenstigen Katze. Doch alle waren fort. Aber wieso? Sie waren doch zusammen gewesen, als ...

»HALKRON!«, rief Preema überrascht aus. Sie waren alle zusammen gewesen, als HALKRON auf die Erde gestürzt war. »So also ist es passiert. Ein Komet hat uns getroffen. Genau wie damals die Dinosaurier.« Preema lachte zynisch. Sie hatte erwartet, dass sie sich erleichtert fühlen würde, wenn sie sich erst wieder daran erinnerte, was mit der Erde und den Menschen darauf passiert war. Doch nun musste sie feststellen, dass sie genauso unzufrieden war wie zuvor. Als hätte sie nicht gerade eins der größten Rätsel gelöst. Vielleicht hätte sich Preema mehr darüber freuen können, wenn sie nicht alle Menschen verloren hätte, die ihr etwas bedeuteten. Waren sie sofort gestorben oder erst in den Tagen und Wochen nach dem Einschlag? Hatte eine gigantische Wolke den Himmel verdunkelt und waren die Sonnenstrahlen so gründlich geblockt worden, dass sie alle erfroren waren? Oder hatten ihnen Schwefel und Asche vorher die Luft zum Atmen genommen?

Gwenn, Mami ji, Baba, Luci. Ihr fehlt mir.

Mehr und mehr fühlte es sich für Preema wie eine Strafe an, überlebt zu haben. Warum war Nicole damals gestorben, Preema aber nicht? Warum hatten die Beobachter Preema gerettet, die wichtigen Menschen in ihrem Leben aber nicht? Sie hatte den Grebes nichts als Unglück gebracht. Jedem Einzelnen von ihnen, und nun war sie dennoch hier und lebte weiter. War das etwa fair? Hatten die Grebes nicht viel eher einen neuen Anfang verdient? Vielleicht waren sie alle in dem Feuer verbrannt, das HALKRON hinter sich hergezogen hatte. Preemas Überreste hatten vielleicht nur durch ein unglückliches Wunder geborgen werden können, so dass ihr Klon nun hier auf der Lichtung saß und über den Sinn seines Lebens nachdachte.

Preema schlang die Arme um die Brust und rollte sich auf ihrem Gartenstuhl zusammen. Ob es vielleicht noch andere Lichtungen wie diese gab? War es möglich, dass Gwenn und die anderen irgendwo da draußen, auf einer anderen Insel, auf dem Balkon eines Hauses saßen, sich ihrerseits an Preema erinnerten und sich fragten, ob sie noch lebte? Vielleicht waren sie sogar alle zusammen und konnten einander Trost spenden.

Gwenn, oh Gwenn. Wieso bist du nicht hier bei mir?

Die Antwort auf diese stille Frage war simpel und kein Wunschdenken würde etwas an den Tatsachen ändern. Eine frische Welle der Verzweiflung überkam sie, stark genug, dass Preema selbst an diesem emotionskargen Ort und nach all dem Kummer, den sie ohnehin schon empfand, eine große Leere in sich spürte. Wieso gab es keine Replik von Gwenn? So oft, wie sich Gwenn beim Kochen in die Finger geschnitten hatte, gab es vermutlich mehr Spuren von ihr in dieser Wohnung als von Preema. Vielleicht war das aber auch Gwenns geheime Zutat in der Bolognesesauce gewesen, so dass für die Beobachter nichts mehr übriggeblieben war. *Blutspaghetti, yummie.*

Preema kicherte, trotz ihrer eigentlich niedergeschlagenen Stimmung. Das hätte Gwenn bestimmt nicht amüsant gefunden. Das klang zu sehr nach einer Vorspeise für Klingonen oder einem Gericht für den modernen Gourmet-Vampir. *Bolognese con sangue* klang da schon besser.

Sie schüttelte, ein wenig besser gelaunt als zuvor, den Kopf. Gwenn hätte sie für diesen Vorschlag sicher empört mit dem Küchentuch beworfen. Sie hatten sich gerne geneckt, auch beim gemeinsamen Kochen. Selbst an jenem Tag, als sie erfahren hatten, dass die Welt vielleicht bald untergehen würde, hatten sie nicht lange ernst bleiben können. Das war einfach die Wirkung, die sie aufeinander hatten. Sie machten einander glücklich.

DAMALS • 04. FEBRUAR 2034

PREEMA WARF DIE Spaghetti ins kochende Wasser, während Gwenn das Basilikum hackte und anschließend mit einem Holzlöffel in die Sauce rührte. Der Duft von Kräutern und Tomaten breitete sich, von den jüngsten Ereignissen unbeeinträchtigt, in der Wohnung aus und strömte zum Küchenfenster hinaus. Normalerweise unterhielten sich Gwenn und Preema ununterbrochen miteinander, wenn sie gemeinsam kochten. Während im Hintergrund Musik aus den Lautsprechern klang, tauschten sie die Erlebnisse des Tages aus und ermahnten sich gegenseitig halb scherzend, dieses und jenes bloß nicht zu vergessen. Wobei Preema sehr viel häufiger als Gwenn dazu neigte, Zutaten zu vergessen. Darum fielen ihr auch solch hochkomplexe Aufgaben zu, wie etwa die Spaghetti ins Wasser zu werfen, während Gwenn Saucen und Marinaden zauberte. »Purer Selbsterhaltungstrieb«, sagte Gwenn dazu stets lachend und scheuchte Preema von den Gewürzen fort.

Gwenn war ohne Frage die bessere Köchin von beiden. Sie hatte schon als Kind gelernt, für sich selbst und oft auch für ihre lethargisch gewordenen Eltern zu sorgen. Sie war Preema meilenweit voraus, was die kleinen Details des Kochens anging, und schaffte es, diese alltägliche Notwendigkeit zu einer feinen Kunst zu erheben. Gwenn machte die beste Pasta, die Preema je gekostet hatte, und das war bloß eines der einfachen Gerichte. Sie musste sehr viel größere Trainingsrunden laufen, seit Gwenn bei ihr eingezogen war und Preema ständig hitverdächtige Speisen vorgesetzt bekam.

Preema lächelte, trotz der düsteren Nachricht, die über ihrem Kopf hing wie die scharf polierte Klinge einer Guillotine. Heute dachte keine der beiden Frauen an die fröhlichen Stunden, die sie bereits in dieser Küche verbracht hatten. Stattdessen gingen sie schweigend ihren jeweiligen Aufgaben nach. Während Preema inzwischen den Parmesan über die Reibe zog, schaute Gwenn aus dem Fenster, beobachtete die Regentropfen, die daran herunterliefen, und rührte gedankenverloren in der Bolognesesauce herum. Heute erklangen weder fröhliche Stimmen noch Musik in der kleinen Küche, denn das Leben schien einmal mehr zum Stillstand gekommen zu sein. Etwas in ihrem Leben schien verhindern zu wollen, dass Preema und Gwenn zur Ruhe kamen.

Die Berichte über HALKRONs korrigierte Flugbahn dominierten alle Sender und Podcasts und waren mal mehr, mal weniger darauf ausgelegt, Panik zu erzeugen. HALKRON – ein aperiodischer Komet mit einem Durchmesser von fast zwölf Kilometern, größer als der, der einst die Dinosaurier ausgelöscht hatte – war nach den drei Studierenden benannt worden, die ihn erstmals 2029 bei der Installation einer neuen Weltkraumkamera entdeckt hatten: Martin Halden, Jana Krewitz und Onichi Yukari. Inzwischen waren die drei sicher nicht mehr so stolz auf ihre Entdeckung oder darauf, dass der Wanderer nach ihnen benannt worden war. Denn wie sich nun gezeigt hatte, kam ihr Komet näher an die Erde heran als bisher gedacht. Schuld war Jupiters Anziehungskraft, die den Exokometen nur eine Nuance aus seiner ursprünglichen Bahn gezogen hatte, doch es reichte, um HALKRON nun als potentielle Gefahr für die Erde einzustufen.

Offiziell hieß es natürlich weiterhin, dass es keinen Grund zur Sorge gab und der Komet nur etwas knapper vorbeiziehen würde als bisher angenommen. Zahlreiche schick animierte Grafiken versprachen den Zuschauern der verschiedenen Sendungen ein Happy End. Sie zeigten, wie der Komet einer rot leuchtenden Linie folgte. Die Erde berührte diesen

Pfad für einen kurzen Augenblick, verließ ihn jedoch einen Fingerbreit, bevor sie mit dem Kometen kollidierte. Doch das ohnehin wackelig stehende Vertrauen in die politische Führungsebene war mit der zeitgleich auftauchenden Information verpufft, dass die Regierungen aller Länder – soweit es den Anschein hatte – bereits seit mindestens einem Jahr Bescheid wussten und die Information bewusst zurückgehalten, ja sogar sämtliche Quellen ruhiggestellt hatten. Das war nicht nur in Europa, sondern weltweit geschehen. Da waren sich selbst die verfeindeten Regime zur Abwechslung einig geworden und man hätte ihnen fast applaudieren wollen, dass sie mal am selben Strang zogen. Doch niemand wollte den Pressesprechern nach diesen durchgesickerten Informationen jetzt noch glauben, dass HALKRON der Erdanziehungskraft »knapp entgehen« würde. Angeblich verhinderte eine Kombination aus Flugbahn, Masse und Geschwindigkeit des Kometen, dass er auf die Erde stürzte.

Doch obwohl niemand dem Frieden traute, verhielten sich die Menschen ruhig. Zu ruhig, um es auf den Punkt zu bringen. Man sollte annehmen, dass eine Nachricht, die vielleicht das Ende allen Lebens auf der Erde betraf, eine gewisse Panik auslösen würde. Doch das war seltsamerweise nicht der Fall. Weder war die Kriminalitätsrate besonders gestiegen, noch gab es wütend randalierende Mobs in den Straßen. Niemand mutierte wie in einem dystopischen Filmszenario zu Mad Max und es heulten auch nicht wesentlich mehr Polizeisirenen auf als üblich. Ein Mantel der Ruhe schien über die Weltbevölkerung gefallen zu sein. Man hatte das Schlimmste befürchtet, als die Information über HALKRONs Flugbahn durchgesickert war, doch passiert war so gut wie nichts. Natürlich gab es einzelne Ausreißer und auch die Selbstmordrate verzeichnete in der ganzen Welt traurige Spitzenwerte, doch alles in allem schien die Menschheit eher den Atem anzuhalten als durchzudrehen. Sie wirkte paralysiert, zu müde, um die Fassung zu verlieren, nur weil ihr nun doch die Auslöschung drohte.

Fünfzehn Jahre lang hatten die Menschen weltweit dafür gekämpft, den Klimakollaps abzuwenden und nun, nach all den langwierigen

Demonstrationen, Boykotten und zuletzt auch aufständischen Auseinandersetzungen, nun da der Industriewandel in vollem Gang war, nun da es für alle langsam wieder bergauf ging, da kam von irgendwoher ein Komet angeflogen, der womöglich alles niederreißen würde, wofür sich die Menschen so hart und unermüdlich eingesetzt hatten. Es war ein direkter Schlag ins Gesicht, eine Verhöhnung all ihrer Bemühungen. Sie hatten viel einstecken müssen. Beleidigungen, Verleumdungen, Spott, ja sogar körperliche Gewalt. Doch sie hatten alles ertragen und weitergekämpft. Sie hatten ihre *naive Jugend* gegen das Erwachsensein eingetauscht und waren dennoch unnachgiebig in ihren Forderungen geblieben, unbequem. Auch Preema hatte die Welt retten wollen und sich daher, trotz ihrer Ressentiments dem Wasser gegenüber, für die Meeresbiologie entschieden. Sie wollte dabei helfen, die Ozeane von ihrer Plastiklast zu befreien und maritime Lebensformen zu schützen. Sie war jeden Freitag mit tausenden anderen auf die Straße gegangen und hatte daran geglaubt, dass sie alle zusammen ein Umdenken bewirken konnten. Doch HALKRON brachte nun selbst die besten Optimisten zu Fall, denn es gab wirklich nichts, was irgendjemand gegen eine Bedrohung wie diese tun konnte.

Die Nachrichtensendung machte eine Pause und sofort tönte eine Werbeschaltung mit der Subtilität eines Presslufthammers aus den Lautsprechern. Private Bunkersysteme zum reduzierten Preis, das Versprechen einer Überlebenschance, sollte Armageddon eintreffen. Angesichts der Größe des Kometen hatte Preema Zweifel daran, dass man mit einem Bunker besser dran war als ohne. Für HALKRON waren Schutzräume in Preemas Augen nicht mehr als Konservendosen und wollte man, wenn man nicht sofort zerquetscht wurde, wirklich den Rest des Lebens in einem Bunker zubringen? Trotzdem war abzusehen, dass für die Hersteller der Bunkersysteme ein goldenes Zeitalter begann, wenn vielleicht auch nur ein sehr kurzes, denn bis zu HALKRONs Eintreffen blieben ihnen bloß noch zwei Jahre.

Zwei kurze Jahre.

Preema und Gwenn waren bisher weder unter die Kriminellen gegangen, noch planten sie, Eigentümerinnen eines unterirdischen Bunkers zu werden. Für das eine fehlte ihnen die Gewaltbereitschaft, für das andere das nötige Kleingeld. Falls es ihr Schicksal war, zu sterben, dann wollten sie es außerdem lieber an der frischen Luft unter dem weiten Himmel tun, als eingepfercht in eine Sardinenbüchse unter der Erde. Fürs Erste waren sie beide außerdem zu betäubt davon, dass ihre Existenz bedroht wurde und es diesmal nichts gab, was sie dagegen unternehmen konnten. Keine Proteste würden HALKRONs Flugbahn beeinflussen. Den gigantischen Weltraumbrocken interessierten weder Demonstrationen noch Drohungen oder Streiks. Das war eindeutig das falsche Science-Fiction-Szenario, das sich hier gerade erdreistete, von der Fiktion zur Realität zu werden.

Das Summen des Staubsaugerroboters kam in Hörweite und Preema wandte sich dem Geräusch aus Gewohnheit zu. Sie fischte gerade eine widerspenstige Nudel aus dem Topf, um die Bissprobe zu machen, als der Roboter über den Flur und an der offenen Küchentür vorbeirollte. Auf dem Rücken des platten Gefährts saß aufrecht und erhaben Lady Lucifer, mit ihrem abgeknabberten Ohr, dem Zweidrittelschwanz und einem desinteressiert dreinblickenden Augenpaar. Sie maunzte Preema knapp und hochnäsig zu, wandte den Blick von dem Menschenweib ab und ließ sich von ihrem Roboter durch die Wohnung davontragen.

Preema brach augenblicklich in lautes Gelächter aus und die Nudel rutschte zurück ins Wasser. Katzen. Sie schafften es sogar, den Weltuntergang blass aussehen zu lassen.

Gwenn schaute von ihrem Topf auf. »Was ist denn mit dir los?«

»Hast du das nicht gesehen? Luci sitzt auf dem Saugroboter und lässt sich durch die Wohnung kutschieren wie eine Königin.«

»Das kann nicht sein. Sie hasst das Ding mindestens so sehr, wie sie mich dafür hasst, dass ich es angeschleppt habe.«

»Geh und sieh es dir an. Sie hat ihren Feind gezähmt und ihn zu ihrem Reitesel gemacht.«

»Schlaues Mädchen. Ich würde es genauso machen«, gab Gwenn trocken zurück.

Und mit einem Mal war das Lachen in der Küche zurück und die düstere Wolke, die seit Tagen über ihren Köpfen hing, löste sich einfach so auf. Die Bedrohung ließ das nicht verschwinden, aber zumindest machte es Preemas Gedanken ein wenig leichter.

»Gwenn, ich habe nachgedacht.«

»Über die Bissfestigkeit von Nudeln, hoffe ich. Müsste der Timer nicht inzwischen abgelaufen sein?«

»Uh ...«, stammelte Preema und fühlte sich ertappt.

»Du hast wieder vergessen, ihn einzuschalten, habe ich recht?«

»Alsoooo ...« Preema blickte in den Topf und schon die zu helle Farbe verriet ihr, dass die Spaghetti die ein oder andere Minute zu lange vor sich hinblubberten.

»Wie stehen die Chancen, dass sie noch *al dente* sind?«

»Nicht gut«, gestand Preema. »Ich glaube, die haben ihre strukturelle Integrität verloren.«

»Oh, Preema. Du schaffst es irgendwann auch noch, Wasser anbrennen zu lassen. Wie hast du eigentlich solange ohne mich überleben können?«, gab Gwenn tadelnd zur Antwort und schaltete den Herd ab.

»Lieferdienste und niedrige Ansprüche an die Konsistenz von Nudeln?«, schlug Preema vor. Sie war sich sicher, dass ihre wenigen Privilegien in der Küche gerade weiter geschrumpft waren. In Zukunft durfte sie vielleicht noch den Wein entkorken und Servietten falten. Wenn sie Glück hatte. Wenn sie weniger Glück hatte, blieb noch das Schneiden der Zwiebeln übrig ...

»Du bist ein hoffnungsloser Fall. Was hat dich schon wieder so sehr abgelenkt, dass ich matschige Pasta über mich ergehen lassen muss?«, fragte Gwenn, während sie die Spaghetti seufzend ins Sieb goss.

»Das Universum, das Leben und der ganze Rest«, antwortete Preema prompt und Gwenn zog die linke Augenbraue hoch, wie sie es immer tat, wenn sie etwas verdächtig fand.

»Du zitierst Douglas Adams? Was hast du angestellt, Preema Anand?«

»Gar nichts!«, rief Preema ein wenig schmollmundig.

»Du sagst immer dann nerdige Dinge, wenn du etwas angestellt hast oder wenn du mich zu irgendetwas überreden willst, von dem ich vorher schon weiß, dass es mir keinen Spaß machen wird.«

»*Überreden* muss ich dich hoffentlich zu gar nichts«, antwortete Preema und rieb sich unruhig die Hände. »Und es sollte dir idealerweise schon Freude bereiten.«

»Also führst du wirklich etwas im Schilde. Habe ich es doch gewusst. Dann rück mal raus mit der Sprache.«

Preema nahm Gwenns Hände ihn ihre. Sie war plötzlich so nervös wie damals während des Fotoshootings, als sie sich beide das erste Mal nahegekommen waren. Es war erst vier Jahre her und Preema hatte noch immer alle Aufnahmen von Gwenn und sah sie sich von Zeit zu Zeit an. Sie dachte gerne an diesen Tag zurück, an dem ihre Beziehung ihren Anfang genommen hatte. In zwei Jahren würde es Gwenn und Preema vielleicht nicht mehr geben. Alle Fotos würden im Wind verwehen, alle unausgesprochenen Gefühle und Gedanken würden für immer unausgesprochen bleiben. *Jetzt oder nie.*

»Ich wollte dich das eigentlich erst an unserem Jahrestag fragen und ich hatte mir das auch alles etwas schicker und romantischer vorgestellt, aber dieser verirrte Steinklumpen hat meine Pläne ruiniert. Ich bin nicht sicher, ob es noch einen perfekten Moment geben kann, nun, da HALKRON in unseren Köpfen ist, und wenn ich ehrlich bin, dann will ich auch einfach nicht länger warten. Ich will nicht einen einzigen Tag mehr mit Warten vergeuden.«

»Warten? Worauf?«, fragte Gwenn und hielt unruhig die Luft an.

»Ganz genau.« Preema nickte, sammelte ihren Mut zusammen und schaute Gwenn in die graugrünen Augen. »Gwenn O'Shea, willst du mich heiraten?«, fragte sie, bevor sie der Mut wieder verlassen konnte.

Für einen Moment wurde es totenstill. Selbst die Sauce schien sich nicht zu trauen, noch ein letztes Blubbergeräusch von sich zu geben.

Gwenns Pupillen weiteten sich wie die einer Katze im Baldrianrausch. Der Kochlöffel fiel ihr aus der Hand. Er landete klappernd auf dem Boden und verteilte ein paar rote Tomatenflecken auf den Fliesen.

»Heilige Scheiße!«, rief Gwenn, atmete tief ein und wieder aus. »Ja! Tausendmal ja!« Bevor Preema Zeit hatte, die Antwort zu verarbeiten, waren Gwenns Lippen auf ihr und bedeckten Preemas ganzes Gesicht mit einer Salve von Küssen. »Dir ist schon klar,« unterbrach Gwenn ihr Kussgewitter kurzzeitig, »dass ich diesen Kometen eigenhändig vom Himmel schieße, wenn es sein muss? Und dass du mich dann an der Backe hast, bis uns die Zähne ausfallen?« Gwenn grinste breit und ihre Augen leuchteten.

Preema lachte auf und war plötzlich vollauf davon überzeugt, dass HALKRON keine Gefahr mehr darstellte.

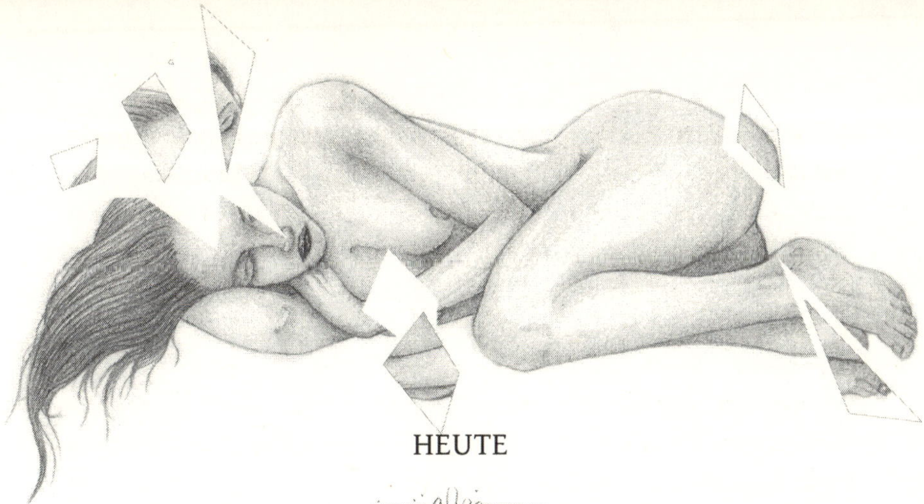

HEUTE

ALS PREEMA AUS ihrer jüngsten Erinnerung auftauchte, fühlte sie sich fast so selig wie in dem Augenblick, als sie und Gwenn aufeinander zugegangen waren. Ihr Gesicht glühte und vor lauter Lächeln schmerzten ihr die Wangen. Sie betrachtete den Ring an ihrem Finger und war für einen kurzen Moment glücklich. Preema war verheiratet mit Gwenn. Diese eine Erinnerung war eine so besondere, so intensive Erinnerung, dass sie das Gefühl hatte, von innen heraus zu leuchten. Sie erinnerte sich an Gwenns Lippen auf ihren, an das Zittern ihrer beider Hände. Sie waren so aufgeregt und voller Freude gewesen.

»Wow!«, rief David. »Preema, du siehst atemberaubend aus. Was ist der Anlass?«

»Wie?«, fragte sie verdutzt.

»Das Kleid. Kurz dachte ich, ich stehe der Göttin einer antiken Sagenwelt gegenüber.«

Preema sah an sich hinab und ihr stockte der Atem. Ihre bequemen Jeans und das schwarze Sweatshirt waren verschwunden. Stattdessen wickelte sich weißer Chiffon um ihren Körper und warf tiefe Falten bis auf den Fußboden. Eine schmale Stoffbahn aus roter indischer Seide lief diagonal von ihrer Schulter über den Brustkorb bis auf den Rücken, wo sich die beiden Enden des Stoffes in einem kunstvollen Knoten trafen, um in langen Bahnen bis zum Saum des Kleides hinabzufallen. Bei jeder

Bewegung klimperten dünne, goldene Armreife an Preemas Handgelenken. Sie trug ihr Hochzeitskleid und sie fand wie üblich keine Erklärung dafür, wie das sein konnte. Das Kleid dürfte nicht hier sein. Nicht auf der Lichtung, nicht an Preemas Körper. Es war nicht möglich, dass dieses Kleid hier und jetzt existierte, und doch war es da.

»Tut mir leid, ich ... ich ...«, stammelte Preema, während sie über den feinen Stoff strich. »Bin ich weg gewesen, David?«

»Inwiefern weg?«

»Ich meine, war ich die ganze Zeit hier?« *Oder haben mich die Beobachter durch die Zeit zurückgeschickt, wo ich meine Hochzeit tatsächlich noch einmal erlebt habe?* Preemas Gedankenkarussell begann augenblicklich, sich zu drehen. Wenn dem wirklich so war, gab es dann womöglich einen Weg für sie, um in der Vergangenheit zu bleiben? Doch das warf ein neues Problem auf. Es existierte bereits eine Preema in der Vergangenheit. Sie konnte kaum in die Vergangenheit reisen und ein Leben leben, das bereits von ihrem vorherigen Ich gelebt wurde, oder doch? Preema hörte sich selbst müde seufzen. Am Ende würde sie ja doch wieder an diesem Punkt landen. Gestrandet auf der Lichtung.

»Ich bin nicht sicher, ob du zwischendurch weg warst. Peter war vorhin hier und hat mich zu einem Looping-Marathon verdonnert, und da du wieder in einer Erinnerung versunken warst, bin ich mit ihm gegangen«, sagte David. »Als ich zurückkam, hattest du das Kleid schon an.«

»Das ist verrückt. Ich erinnere mich an dieses Kleid und an den Tag, an dem ich es getragen habe, aber wieso habe ich es an? Wo ist es plötzlich hergekommen?«

»Das ist ein Hochzeitskleid, nicht wahr?«, erkundigte sich David. Preema nickte. »Du hast es sicher in einem deiner Kleiderschränke gefunden.«

»Aber daran erinnere ich mich nicht und es ist auch nicht das erste Mal, dass so etwas passiert.«

Er zuckte die Schultern. »Wir schlafwandeln hier öfter und bekommen nicht mit, was wir tun.«

»Tatsächlich? Ich kann mich nicht daran erinnern, überhaupt schon geschlafen zu haben, seit ich hier bin.«

»Es ist auch schwer zu merken, wenn man irgendwie schläft, aber trotzdem durch die Gegend läuft, schätze ich.« Er tat diese neue Merkwürdigkeit wie üblich mit einem kleinen Lachen ab. »Was hat es mit der roten Schärpe auf sich?«

Preemas Aufmerksamkeit machte eine neue Kehrtwende. Ihr Verstand arbeitete eindeutig gegen sie. Statt dem Mysterium weiter auf den Zahn zu fühlen, lächelte sie und strich stolz über den Seidenstoff. »Das war Gwenns Idee. Sie hat sich dafür mit meiner Mutter verbündet. Gwenn trug die gleiche Schärpe in Grün und Gold, wegen ihrer irischen Herkunft. Meine ist rot, weil indische Frauen traditionell in rot heiraten. Gwenn meinte, ferne Wurzeln zählen als *etwas Altes*. Um sicherzugehen, hat meine Mutter alten Saristoff verwendet, der noch aus der Kleidersammlung meiner Großmutter stammte und größtenteils sowieso nicht mehr tragbar war.«

»Dann hast du Gwenn also geheiratet?«, fragte David überflüssigerweise und Preema kam nicht umhin, eine Spur von Enttäuschung in seinem Blick zu entdecken.

»Ja. Bist du enttäuscht von mir oder von etwas anderem?«, fragte sie geradeheraus, denn es war nicht zu übersehen, dass ihm etwas an der Sache missfiel. Sie wusste nur nicht, ob es ein Anflug von Eifersucht war oder etwas noch weniger Schönes.

»Ich könnte nie enttäuscht von dir sein«, gab er lächelnd zurück und senkte ein wenig beschämt den Blick. »Wie lange ist das her? Eure Hochzeit, meine ich.«

Preema dachte kurz darüber nach, was David da angedeutet haben mochte, beschloss aber, dass sie dieses spezielle Pulverfass lieber großräumig meiden wollte. »Es wären im August zwei Jahre geworden«, antwortete sie leise. »Wir haben im Garten meiner Eltern geheiratet, damit mein Vater dabei sein konnte. Ich erinnere mich, wie enttäuscht sie war, dass ihre Eltern nicht gekommen sind.«

»Was für Eltern kommen nicht zur Hochzeit ihres Kindes?«

Preema verzog ein wenig das Gesicht. »Es ist kompliziert. Die Weigerung, zu kommen, ging mehr gegen mich als gegen Gwenn. Aber Gwenn hat nicht einen Moment an uns gezweifelt. Sie hat sich für mich und gegen ihre Eltern entschieden. Das war ziemlich hart.« Preema fuhr sich mit der Zunge über die trockenen Lippen und erzählte David von der unfreiwilligen Enthüllung, die sich ein paar Wochen vor der Hochzeit ereignet hatte. Eine weitere dramatische Episode in Preemas persönlicher Seifenoper.

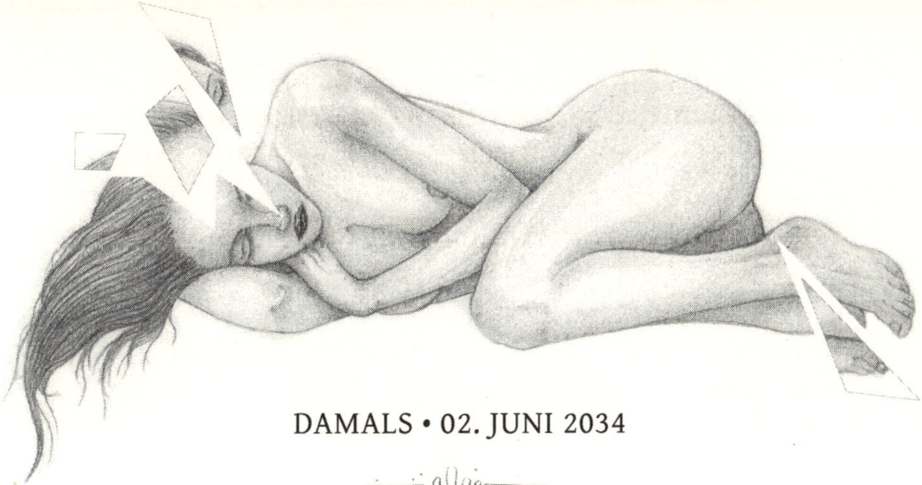

DAMALS • 02. JUNI 2034

GWENNS VERSPIELTE KÜSSE bedeckten Preemas Haut und sie konnte nicht anders, als pausenlos vor sich hinzukichern. Sie fühlte sich *ganz*, seit sie mit Gwenn zusammen war. Vollendet. Als wäre Preema all die Jahre ein Puzzle gewesen, dem dieses eine letzte Teil noch gefehlt hatte.

Gwenns Zungenspitze tanzte um Preemas Brustwarze herum und brachte sie um den Verstand. Sie biss sich auf die Unterlippe, griff nach dem Kopfkissen und drückte es sich selbst aufs Gesicht. Sie versuchte mit aller Kraft, es ihrer Partnerin nicht zu einfach zu machen und den Verlockungen nur ein wenig länger zu widerstehen. Doch als Gwenns warme Finger ihren Innenschenkel berührten, seufzte sie laut ins Kissen und warf es schließlich fort.

»Wir werden nie rechtzeitig mit der Renovierung fertig, wenn du nicht endlich deine Finger bei dir behältst«, beschwerte sich Preema und rang um ihre Selbstbeherrschung.

»Ich wette um den letzten Schokoriegel mit dir, dass ich meine Finger auf dem Rücken verschränken und dich trotzdem erfolgreich davon abhalten kann, dieses Bett zu verlassen.«

Die unausgesprochenen Versprechen, die in diesen Worten lagen, ließen Preema eine Sekunde lang alles andere vergessen und ihre Augen wurden größer. Sie hätten sich erst um die anderen Räume kümmern sollen, bevor sie das neue Bett aufgebaut hatten.

»Komm her zu mir, du ungezogenes Ding«, sagte Preema und vergrub ihre Hand in Gwenns pinkem Haar.

Gwenns Lippen verließen Preemas sehnsüchtige Haut und sofort vermisste Preema die zärtlichen Zuwendungen. Gwenns Körper bewegte sich dicht an Preemas entlang, bis sich ihre Nasenspitzen berührten und sie den Atem der anderen spüren konnten. Wie von selbst reckte sich Preema empor, um ihre Liebste zu küssen, doch Gwenn wich im gleichen Maße zurück, wie Preema sich ihr zu nähern versuchte. Gwenn spielte mit ihr, wie sie es immer tat, und Preema liebte jede Sekunde davon.

»Du bist mein fehlendes Puzzleteil.«

»Ich bin ein Puzzle?«

»Nein, du bist mein *fehlendes Puzzleteil*«, korrigierte Gwenn. »Großer Unterschied.«

Gwenn lachte dicht an ihren Lippen und hauchte kleine Küsse darauf, die Preemas Verlangen einmal mehr schürten. Gwenn war sehr gut darin, Preema auf die süßeste Weise zu foltern. Sie kannte alle Schwachstellen und nutzte ihr Wissen schamlos aus.

»Das heißt, ich vervollständige dich?«, fragte Preema mit rauchiger Stimme.

»Das sollte inzwischen glasklar erkennbar geworden sein«, antwortete Gwenn und biss Preema in den empfindlichen Bereich unter dem Ohr, so dass sich ein Schauer über Preemas gesamte Körperhälfte ergoss.

Tausend Ameisen schienen plötzlich unter Preemas Haut aufzumarschieren und zwangen sie dazu, Gwenn entschieden an sich zu ziehen. Ihre Liebste quiekte und lachte, ließ sich von Preema herumwerfen und gab sich dem hungrigen Kuss hin, den Händen, die ihren Körper zum hundertsten Male erkundeten, als täten sie es zum ersten Mal. Das Blut rauschte so laut in Preemas Ohren, dass sie den dumpfen Knall einer Tür kaum wahrnahm, doch Gwenn ließ er innehalten. Sie schaute Preema mit großen, erschrockenen Augen an.

»Was ist?«, fragte Preema.

»Hast du etwas gehört?«

»Nur das.« Preema kniff Gwenn in die Brustwarze und Gwenn stieß einen hellen Laut aus, den sie nicht zurückhalten konnte.

»Gwenn?«, tönte es zu den beiden ins Schlafzimmer.

Gwenn schoss in die Höhe und warf Preema unabsichtlich, aber mit ordentlich Schwung, von sich.

»Wer ist das?«, flüsterte Preema. Sie starrten beide auf die geschlossene Schlafzimmertür. Ein Ausdruck puren Entsetzens trat auf Gwenns Gesichtszüge und endlich begriff auch Preema, was los war.

»Hast du etwa die Haustür offengelassen?«, flüsterte Gwenn.

»Nein, ich …« Preema erinnerte sich daran, dass sie mit dem letzten Möbelpaket unter dem Arm durch die Tür gestolpert war und sie mit der Ferse zugestoßen hatte. Aber hatte sie auch das Klicken der Verriegelung gehört?

»Ich halte es für keine gute Idee, die Haustüre offen stehen zu lassen«, rief der Mann aus dem anderen Zimmer und beantwortete damit Preemas unausgesprochene Frage.

»Shit!«, fluchten beide Frauen gleichzeitig im Flüsterton.

»Ist das dein Vater?«, fragte Preema, die plötzlich eine vertraute Melodie in der Stimme erkannte. Ihr wurde eiskalt, als Gwenn steif nickte. »Was macht er hier?«

»Woher soll ich das wissen? Er hat mir nicht gesagt, dass er herkommen will. Er hat mich noch nie in Keto besucht.«

»Du hast es ihm nicht gesagt, oder?« Diesmal schüttelte Gwenn den Kopf. Sie schien keinen Ton sagen zu können.

»Gwenn? Hier ist dein Vater. Bist du da?«, drang die Stimme wieder zu ihnen durch. Sie hörten, wie seine Schritte näherkamen.

»Um Himmels Willen. Er wird doch nicht …«

»Nein!«, rief Gwenn in heller Panik, sprang vom Bett und warf sich das erstbeste Shirt über, das sie zu fassen bekam. »Komm nicht rein, Pa!«

»Was hast du gesagt, Schatz? Ich ko…«

»Warte!«, kreischte Gwenn, doch es war zu spät. Die Schlafzimmertür sprang auf und im Rahmen erschien Patrick Grebe-O'Shea, der umgehend und peinlich berührt stehen blieb. Preema riss sich die Bettdecke über den Körper. Gwenn dehnte das T-Shirt bis zu den Knien aus.

Drei Augenpaare starrten sich im Wechsel an.

»Oh, Verzeihung«, begann Patrick Grebe. Seine Ohren färbten sich knallrot. »Ich warte im Wohnzimmer.« Er war schon fast draußen, als sein Blick noch einmal den von Preema streifte und ihn in der Bewegung verharren ließ. Die Art, wie er seine Augen leicht zusammenkniff, verriet, was gleich geschehen würde. »Wer ist das?«, fragte er und bohrte seinen Blick noch tiefer in Preema. Er kannte die Antwort bereits, aber er schien noch zu hoffen, dass er sich irrte und Gwenn ihm einen Namen nennen würde, den er nicht kannte.

Gwenn und Preema hatten ihr Geheimnis erfolgreich gehütet. Gwenn hatte ihren Abschluss gemacht und erst zwei Monate danach hatten sich die beiden das erste Mal zusammen in der Öffentlichkeit blicken lassen. Alles war gut gegangen. Niemand ahnte, wie lange die beiden tatsächlich schon zusammen gewesen waren, bevor sie es offiziell gemacht hatten. Den Anands hatten sie sich anvertraut, denn Zarah hatte schließlich noch vor Preema von Gwenns Gefühlen für sie erfahren. Außerdem hielt die Wahrheit Zarah in diesem Fall davon ab, ihre Tochter ständig mit neuen Verkupplungsversuchen zu überraschen.

Zarah und Tahir hatten sich für die beiden gefreut, Gwenn mit offenen Armen in die Familie aufgenommen und liebevoll über die Wege des Schicksals den Kopf geschüttelt. Gwenns Eltern dagegen hatten nichts von ihnen beiden erfahren dürfen. Die Grebes wussten bloß, dass es jemanden im Leben ihrer Tochter gab, doch sie ahnten nicht, wer es war, und allzu sehr schien es sie auch nicht zu kümmern. Etwa ein Jahr nach Gwenns Abschluss hatten sie beschlossen, dass sie auch die Grebes einweihen mussten. Gwenn aber wartete, wie man so schön sagte, auf den richtigen Moment, es ihren Eltern beizubringen, doch der schien einfach nie zu kommen. Das letzte Mal, als Gwenn Anlauf genommen hatte, um ihren Eltern die Wahrheit zu beichten, war sie von der Nachricht über HALKRONs geänderte Flugbahn unterbrochen worden.

Preema konnte es ihr nicht verübeln und hätte an Gwenns Stelle wohl genauso viel Angst gehabt, mit ihren Eltern zu reden. Sie hatte keine Ahnung, was dieses spezielle Geständnis für Folgen haben würde, und es tat Preema nicht weh, dass Gwenn sie nicht vor ihren Eltern erwähnte. Doch nun, da sie beschlossen hatten, zu heiraten, ließ sich diese Beziehung nicht länger geheim halten, nicht einmal vor Gwenns Eltern. Deshalb hatte Gwenn ihrem Vater kürzlich mitgeteilt, dass sie etwas Wichtiges mit ihm besprechen müsse, doch offenkundig hatte sie das entscheidende Detail in der Nachricht noch nicht überbracht, denn Patrick Grebes Blick verfinsterte sich schlagartig.

Die Grebes verachteten Preema. Daran hatte sich auch nach über zwanzig Jahren nichts geändert. Sie hatten damals jemanden gebraucht, den sie hassen konnten, für das, was ihrer ältesten Tochter widerfahren war, und dieser Jemand war Preema gewesen.

Während nun bei Patrick Grebe die unmissverständlichen Anzeichen sichtbar wurden, dass er Gwenns Bettgefährtin erkannte, gefror Preema das Blut in den Adern. Sie macht sich so klein wie möglich und zog sich, soweit sie konnte, an das Kopfende des Bettes zurück. Hätte es einen begehbaren Kleiderschrank gegeben, sie hätte sich auf der Stelle darin versteckt wie ein kleines Kind.

»Preema Anand.« Er spie ihren Namen hinaus, als wäre er pures Gift auf seiner Zunge. »Das bist du doch, nicht wahr?«

Preema nickte steif.

»Daddy ...«, begann Gwenn, doch sie kam nicht weiter.

»Nein, nein, nein. Nichts da ›Daddy‹«, fiel Patrick seiner Tochter ins Wort. »Ist *sie* deine geheimnisvolle Freundin? Deine *Verlobte*? Du willst die Mörderin deiner Schwester heiraten?«

Preema biss sich auf die Zunge und schmeckte Blut. *Mörderin.*

»Pa!«, erschrak auch Gwenn.

»Raus aus dem Bett meiner Tochter!«, brüllte Patrick Grebe plötzlich los und schien sich auf Preema stürzen zu wollen. Die fiel vor Schreck von der Matratze, kroch in die Ecke des Zimmers und zog dabei das halbe Bett mit sich, während Patrick Grebe zu einem laut und unverständlich fluchenden Berserker mutierte. Eine beachtliche Leistung für einen Mann von solch schmaler Statur wie seiner.

»Papa!«, rief Gwenn wieder dazwischen. »Beruhige dich!«

»Beruhigen soll ich mich?«, brüllte Patrick Grebe stattdessen noch lauter. »Du schläfst mit der Mörderin deiner Schwester!«, wiederholte er außer sich. »Wie lange? Drei, nein, *vier* Jahre schon? Sag mir, dass das nicht wahr ist, Gwenn.«

»Hör auf, sie so zu nennen!«, fuhr Gwenn ihren Vater nun selbst unbeherrscht an. »Es war nicht Preemas Schuld, was damals passiert ist, und das weißt du auch.«

»Natürlich war es ihre Schuld!«

Patrick Grebe raufte sich das schütter gewordene Haar. Es war nicht mehr so rot, wie Preema es in Erinnerung hatte. Ein Teil war weiß geworden, der Rest hatte seine Farbintensität verloren und wirkte jetzt eher blassorange. Patrick Grebe war älter geworden, aber er sah noch deutlich älter aus, als er es tatsächlich war. Zweiundzwanzig Jahre waren offenkundig nicht genug, um zu verschmerzen, was er verloren hatte.

Während er Gwenn anschrie und wie ein aufgebrachter Tiger im Zimmer auf und ab ging, kauerte sich Preema in sich selbst zusammen. Sie zitterte am ganzen Leib, teils aus Furcht, teils weil sie diesen Mann einmal fast so sehr geliebt hatte wie ihren eigenen Vater. Und auch er hatte Preema zumindest ein bisschen liebgehabt und ihr und Nicole Geschichten vorgelesen. Sie waren zusammen im Zoo gewesen, auf dem Spielplatz und im Freizeitpark und er hatte mit ihr all die Dinge unternommen, zu denen ihr eigener, kranker Vater nicht imstande gewesen war. Zu sehen, wie viel Hass und Abscheu Patrick Grebe noch immer für Preema empfand, verletzte sie mehr, als sie erwartet hatte, und sie wandte das Gesicht ab. Sie hatte nicht damit gerechnet, dass es so wehtun würde, ihn wiederzusehen.

Patrick Grebes Kopf war mittlerweile hochrot angelaufen und er wechselte in seiner wütenden Schimpftirade unbeabsichtigt zwischen den Sprachen hin und her. Sein irischer Akzent trat dabei so stark hervor, dass nicht einmal Gwenn ihn noch richtig verstehen konnte. Doch sein Blick sprach Bände. So viel alter Zorn und kalte Verachtung.

»Es tut mir leid«, flüsterte Preema aus ihrer Zimmerecke. Patrick Grebe warf den Kopf herum und starrte sie aus wilden Augen an.

»Was hast du gesagt?«, fragte Gwenns Vater bedrohlich.

Er würde sie umbringen. Preema war davon überzeugt, dass er es tun würde.

Flinker und wendiger, als Preema es einem Mann seines Alters zugetraut hätte, sprang Patrick Grebe über das Bett hinweg auf sie zu. Er streckte seine Hände nach ihr aus, doch bevor er sie erreichen konnte, tauchte Gwenn aus dem Nichts auf, warf sich mit ihrer zierlichen Gestalt zwischen Preema und ihren Vater und versetzte ihm einen Stoß vor die Brust, der ihn rückwärts auf die Matratze warf.

»Nein!«, gab sie im Befehlston von sich. »Du lässt Preema in Ruhe! Ich bin kein Kind mehr, Pa. Ich entscheide selbst, wie ich mein Leben lebe und mit wem.«

»So nicht! Nicht mit ihr! Das erlaube ich nicht. Niemals!«, brüllte Patrick Grebe zurück und raffte sich wieder auf.

Gwenn griff hinter sich und suchte nach Preema, die sich fest an die Wand gepresst hatte und sich noch immer an ihre Decke klammerte. Sie nahm Preemas Hand und strich ihr über die Fingerknöchel.

»Papa«, begann Gwenn erneut. Preema wusste nicht, was es war, was Patrick Grebe schließlich dazu brachte seiner Tochter zuzuhören – wenn auch widerwillig. Vielleicht war es Gwenns strenger Gesichtsausdruck oder das Flehen um Vergebung in Preemas Augen. »Sie ist nicht schuld an Nicoles Tod. Nicht mehr als ich«, sagte Gwenn mit fester Stimme. Als Kind hatte sie sich gegen Nicole behauptet, heute bot sie ihrem Vater die Stirn. Sie war beeindruckend.

»Du warst noch ein kleines Kind«, rief Patrick Grebe nun mit einer Spur Verzweiflung zwischen all dem Zorn.

»Ich war sechseinhalb Jahre alt. Alt genug, um zu wissen, dass Nicole auf den Baum klettern würde, ganz egal, was wir gesagt oder getan hätten.«

Patrick Grebe schnaufte vor Wut. »Nein, Gwenn. Nein! Nicole wäre nie …« Er brach den Satz ab, als wüsste er, dass er sich seit Jahren selbst belog. Trotzdem wanderte sein harter Blick erneut zu Preema. »Raus aus der Wohnung meiner Tochter und lass dich nie wieder in ihrer Nähe blicken.«

»Schluss damit!«, fuhr Gwenn ihn sofort an. »Das hier ist *unsere* Wohnung. Wir leben hier gemeinsam. Preema und ich. Sie wird nirgendwo hingehen. Ich wollte nicht, dass du es so erfährst, Pa, aber nun ist es eben so und du kannst mir nicht verbieten, mit ihr zusammen zu sein.«

»Und wie ich das kann. Du wirst dich von ihr fernhalten, Gwenn, oder …«

»Oder was?«, fragte Gwenn aufgebracht. »Ich liebe Preema und ich liebe dich, Pa. Also lass uns bitte vernünftig sein.«

»Vernünftig«, sagte Patrick Grebe plötzlich so ruhig und leise, dass es einem eiskalt den Rücken herunterlief. »Vernünftig, Gwenn? Kein vernünftiger Mensch würde von mir verlangen, jemanden in meiner Familie zu dulden, der mit der Mörderin meines Kindes kollaboriert.«

Gwenn zuckte zusammen. »Was soll das heißen?«

Patrick Grebe starrte seine einzig verbliebene Tochter kalt an. Seine Hände waren zu Fäusten geballt. Einen Moment lang bohrte sich sein Blick in Preema, ehe er erneut zu Gwenn schaute. »Du wirst diese Sache nicht beenden?«

»Natürlich nicht!«, rief Gwenn halb verzweifelt zurück.

»Du hast weiterhin vor, sie zu heiraten?«, begehrte Patrick Grebe erneut auf. Man konnte sehen, wie er zu einer tickenden Bombe wurde und der Timer jeden Moment ablief.

»Was willst du von mir hören, Pa? Sie macht mich glücklich. Ich kann nicht mehr ohne Preema leben.«

»Ich verstehe. Wenn das so ist, dann sind wir wohl fertig miteinander«, sagte er schließlich.

»Was?«, keuchten Preema und Gwenn gleichzeitig.

Patrick Grebe machte ohne weiteren Kommentar auf dem Absatz kehrt und schaute auf seinem Weg hinaus nicht mehr zurück.

»Pa? Papa?«, rief Gwenn ihm nach, doch alles, was sie noch zu hören bekam, war die Tür, die hinter Patrick Grebe ins Schloss fiel.

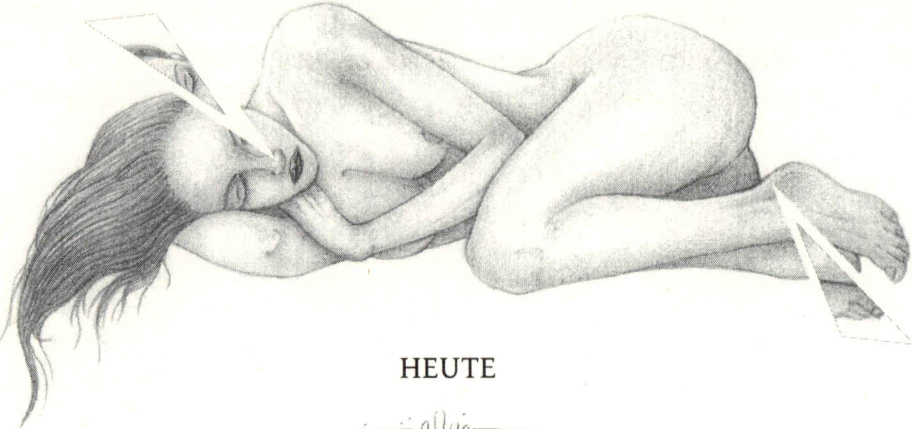

HEUTE

PREEMA SETZTE SICH auf und verbarg das Gesicht seufzend in den Händen. Gwenn, arme Gwenn. Patrick Grebe hatte seine Tochter verstoßen und das nur, weil sie ausgerechnet Preema lieben musste. Hatte man denn überhaupt eine Wahl bei der Frage, an wen man sein Herz verlor?

Preema dachte an ihre Unterhaltung mit Gwenn zurück, damals im *Earthen Universe*, als Gwenn ihr gestanden hatte, dass sie Nicoles kleine Schwester war. Sie hatte schon als Kind eine erste Verliebtheit für Preema empfunden, aber hätte Preema Gwenn so nahe an sich herangelassen, wenn sie gewusst hätte, wer die freche Studentin mit dem pinken Haar wirklich war? Gwenn musste gewusst haben, dass ihre Verbindung eine verflucht dumme Idee war und dass ihre Eltern Preema niemals als Gwenns Partnerin akzeptieren würden. Vielleicht hatte Gwenn auch geahnt, dass Preema sich dessen bewusst gewesen und darum auf Abstand geblieben wäre. Vielleicht hatte Gwenn die Wahrheit über ihre Identität auch deswegen so lange vor Preema verschwiegen.

»Das ist einfach furchtbar. Gwenns Vater hat den Kontakt zu ihr nur abgebrochen, weil sie sich nicht von mir trennen wollte.«

»Es ist eine wirklich sehr schwierige Situation«, meldete sich David zu Wort. Er klang fast so betrübt, als wäre er selbst dabei gewesen.

Preema schaute müde zu ihm rüber. »Ich habe dieser Familie so viel Schaden zugefügt.«

»Nein, Preema. Sag das nicht. Gwenn hatte recht, es war nicht deine Schuld, was deiner Freundin passiert ist, und du kannst auch nichts dafür, dass ausgerechnet du und Gwenn euch verliebt habt.«

»Ich hätte nie verlangt, dass mich die Grebes akzeptieren, aber mussten sie Gwenn denn so völlig verstoßen? Sie haben sich bis zum Schluss nicht mehr vertragen, weißt du? Und jetzt ist Gwenn fort. Alle sind fort. Ausgelöscht von einem Stück Weltraumgeröll.«

»Weltraumgeröll?«

»Richtig, das kannst du gar nicht wissen. Zu deiner Zeit wusste noch niemand davon.«

»Wissen wovon?«

»Im Jahr 2029 wurde ein Komet namens HALKRON entdeckt. Er galt zunächst als harmlos, aber er ist auf seiner Reise durch das Sonnensystem aus der ursprünglich berechneten Bahn geraten und 2034 zur Gefahr erklärt worden. Aus gutem Grund, wie wir nun wissen.«

»HALKRON? Komet? Ich denke, ich brauche hier etwas mehr Kontext, Preema«, warf David verwirrt ein. Er schien zu ahnen, worauf Preema hinauswollte, musste es aber wohl erst hören, um es tatsächlich glauben zu können.

»Das war es, was die Welt zerstört hat«, sagte sie unglücklich. »Ein Komet namens HALKRON.« Preema begann ganz von vorne und erzählte David alles, was sie über HALKRON wusste, und während sie das tat, glitt sie sanft in die Erinnerung an ihren letzten Tag auf Erden.

DAMALS • 12./13. APRIL 2036

23:24 UHR – NOCH sechsunddreißig Minuten bis Mitternacht. HALKRON kam schnell näher. Ein weißglühender Brocken, der einen langen Schweif aus Metallen, Eisklumpen und weiß Gott was noch für Geröll hinter sich herzog. Inzwischen war der Komet so nah herangekommen, dass man ihn wie eine Wunderkerze am Nachthimmel strahlen sah. Er war heller und farbenprächtiger als Hale-Bopp, den bisher alle für den Rockstar unter den Kometen gehalten hatten. HALKRONs Koma aber leuchtete doppelt so hell auf und ging in einen langen Schweif über, der in verschiedenen Farben glühte. So bunt, dass er an einen Regenbogen erinnerte. Außerdem war er so gewaltig, dass der Mond im Vergleich zu ihm wie ein Golfball wirkte. Für die Menschen, die von der Erde aus zu HALKRON aufblickten, mochte er auf den ersten Blick aussehen wie ein riesiger wandernder Stern. Doch niemand genoss seinen Anblick, denn jeder kannte sein apokalyptisches Potential.

Twinkle, twinkle, little star
How I wonder what you are

Wenn die Dinge schlecht liefen, dann war dieses schicke Juwel ein todbringendes Geschoss, das in weniger als einer halben Stunde in den Gravitationsbereich der Erde geraten würde, und wenn das geschah … nun, dann standen die Chancen sehr gut, dass HALKRON in Kürze auf den europäischen Kontinent krachen und das Ende des bestehenden Lebens auf der Erde einläuten würde. Adieu, Dinosaurier, tschüss, Menschheit, hallo, ihr Wesen, die ihr euch aus der Asche erheben werdet.

In ein paar tausend Jahren würden vielleicht andere Lebensformen auf dieses Ereignis zurückblicken und von dem Kometen sprechen, der den Homo sapiens ausgelöscht hatte. Vielleicht würden sie auch fossile Knochen der Menschen ausgraben, um sie in einem Museum auszustellen und Informationstafeln darunter zu platzieren. Ganz bestimmt würden sie perfekt erhaltene Flaschen und Tüten aus Plastik finden und darüber debattieren, ob die Erfindung dieser Gegenstände für oder wider die Intelligenz der Menschen sprach. Preema hegte irgendwie den Verdacht, dass die Wahl bei dieser Entscheidung mehr auf Letzteres fallen würde. Welch beschämendes Erbe.

Draußen kam Bewegung in die Sache und von jetzt auf gleich schoss Preemas Adrenalin in die Höhe.

»Es ist so weit«, flüsterte sie und sowohl Gwenn als auch Zarah und Tahir nickten stumm. Preemas Eltern saßen auf dem Sofa und steckten die Köpfe schweigsam zusammen. Ein verliebtes altes Ehepaar und das auch noch nach vierzig Jahren. Die Grebes dagegen waren auch diesmal nicht gekommen. Nicht einmal Gwenns Anrufe hatten sie annehmen wollen und sie gleich auf die Mailbox umgeleitet. Wieviel größer musste der Hass auf Preema sein als die Liebe zu Gwenn, wenn die Grebes nicht einmal in diesem vielleicht letzten Moment auf Erden mit ihrer Tochter sprechen wollten? Der Gedanke quälte Preema und sie drückte Gwenns Hand fester bei dem Versuch, die Schuldgefühle zum Schweigen zu bringen.

23:33 Uhr. Die Zeiger der Uhr bewegten sich ebenso unaufhaltsam vorwärts wie der seltene Wanderer aus einer fernen Galaxie. In ein paar Minuten war entweder alles vorbei oder Gwenn bekäme ein anderes Mal die Chance, sich mit ihren Eltern zu versöhnen. Oder darauf, ihnen diesen Tag für immer vorzuwerfen. Manchmal war Preema erstaunt darüber, wie fragil das Band zwischen Familienmitgliedern war und wie schnell es zerreißen konnte.

Sie alle blickten aus dem Fenster zum Himmel hinauf. Von ihrer Position aus näherte sich HALKRON mit hoher Geschwindigkeit aus westlicher Richtung und schien direkt auf sie zuzukommen. Wer sich bisher sicher gewesen war, dass der Komet die Erde unbeschadet passieren würde, bekam spätestens jetzt Zweifel.

»Er ist unglaublich schnell.« Die Anspannung war Gwenns Stimme deutlich anzuhören.

»Hoffen wir, dass wir in ein paar Minuten seine Rücklichter zu sehen bekommen.«

»Hatten wir nicht ausgemacht, dass du die Optimistische von uns beiden bist und ich die Schwarzmalerin?«, fragte Gwenn mit einem erzwungenen Lächeln.

»Ich dachte, es wäre genau umgekehrt.«

»Du hast wohl das Memo mit den Änderungen nicht bekommen.«

Preema lachte ebenso verhalten und versuchte damit ihrerseits, zu überspielen, wie nervös und schier verzweifelt sie war. Sie küsste Gwenn und wünschte sich mit ganzem Herzen, dass ihr genug Zeit blieb, um noch viele dieser Küsse zu stehlen. Doch unwillkürlich drängte sich ihr das Bild von Gwenns lebloser Gestalt auf. Die schönen Lippen waren blau geworden, die Augen milchig. Eine zerstörte Hülle, halb vergraben unter Asche und Geröll.

Preema biss die Zähne zusammen und drängte die Vorstellung zurück. Wenn HALKRON sie traf, dann würde Preema nicht mitansehen müssen, wie Gwenn starb. Sie würde irgendwo neben ihr in den Trümmern liegen. Genauso leblos wie Gwenn. Ein schwacher Trost in einer ohnmächtigen Lage.

»Ich habe Angst«, flüsterte Gwenn.

»Er wird vorbeiziehen«, sagte Preema fest. Sie musste daran glauben, denn sie war noch nicht bereit, zu gehen.

Im Hintergrund lief der Live-Bericht eines Nachrichtensenders. Tahir und Zarah taten so, als sähen sie sich den Bericht an, doch in Wahrheit gingen ihre Blicke in die Leere, während es still und leise in ihren Gedanken tobte. Eine aufgeregte Reporterin berichtete von den Dingen, die sie sah. Von ihrer Position aus schien HALKRON noch viel größer als vom Haus der Anands aus. Vielleicht lag es bloß an der Kameraeinstellung oder daran, dass die Reporterin noch näher am potentiellen Einschlagsort dran war. Man musste die Sensationsgier mancher Reporter bewundern. Statt sich wie viele andere irgendwo zu verkriechen, wo es vermeintlich sicherer war, sprach die Reporterin mit anderen Menschen, die das Ereignis unter freiem Himmel verfolgten und ebenfalls nicht daran dachten, sich in ihren vier Wänden zu verstecken. Sollte HALKRON die Erde tatsächlich treffen, würden ihnen die Wände ohnehin keinen Schutz bieten. Warum sollten sie ihre letzten Minuten dann nicht im Freien verbringen und ein letztes Mal die Kostbarkeit ihres Planeten genießen? Dieses zerbrechliche blaue Juwel in der endlosen Dunkelheit.

HALKRONs leuchtende Form wurde größer und größer. Preema und Gwenn hatten das zweifelhafte Glück, dass der Komet direkt über ihre Köpfe hinwegfliegen oder geradewegs darauf fallen würde. Von all den Himmelsereignissen, die Preema schon aufgrund schlechten Wetters verpasst hatte, musste es ausgerechnet der heutige Tag sein, an dem nicht das kleinste Wölkchen am Himmel stand. Vielleicht war HALKRON das Letzte, was Preema je sehen würde.

»Zieh vorbei«, flüsterte sie und spürte, wie ihr die Tränen über die Wangen liefen. Sie hatte Angst davor, zu sterben. Es gab noch so viel, das sie tun wollte, Bücher, die sie lesen, Rezepte, die sie ruinieren, und Orte, die sie mit Gwenn an ihrer Seite besuchen wollte. Ein ganzer Ordner voller banaler Dinge, von denen jedes ein kostbarer Lebensmoment wäre.

»Zieh vorbei«, stimmte Gwenn genauso leise mit ein. »Zieh vorbei«, wiederholten beide wieder und wieder wie einen magischen Schwur. Gwenn legte den Arm um Preemas Taille und drückte sie fest an sich. Kurz darauf erschienen auch Zarah und Tahir hinter ihnen und dann umarmte jeder jeden. In den nächsten Minuten beobachteten sie mit rasenden Herzen, wie HALKRON in Erdnähe kam. Die Reporterin verstummte ebenso wie die Menschen, die um sie herumstanden.

23:51 Uhr – Der Komet war gekommen und damit vielleicht auch ihr Ende. Seine weiß glühende Oberfläche wurde von Sekunde zu Sekunde heller und eine Vielzahl kleineren Gerölls brach von ihm ab und stob in alle Richtungen davon. HALKRONs glitzernder Schweif verschwand in einer lang dahinziehenden, rauchigen Wolke. Der Komet schien plötzlich zu brennen oder war es die Atmosphäre der Erde, die ihn wütend empfing? Die ganze Welt hielt den Atem an. Nun würde sich zeigen, ob es ein Morgen gab.

Ein langes, anhaltendes Donnergrollen ließ alle vier zusammenzucken. Sie klammerten sich noch fester aneinander. Sie atmeten schnell und flach, dann und wann unterbrochen von einem Japsen. Hatten sie sich schon jemals so sehr gefürchtet und so machtlos gefühlt?

Die Atmosphäre schien gegen die Eindringlinge zu protestieren. Violette Blitze formten sich aus dem Nichts, sprangen zwischen dem Kometen und seinem Treibgut hin und her und flüchteten in horizontalen Linien über den Himmel. HALKRON rauschte weiter voran und glühte wie ein Streichholz, das über das Himmelszelt gezogen wurde und dabei langsam Feuer fing. Seine Masse, der Flugwinkel und seine Geschwindigkeit sollten es sein, die verhinderten, dass der Komet auf der Erde aufschlagen würde. Seine kleinen Ableger aber beeindruckte das nicht. Sie stürzten wie ein entflammter Regenschauer dem Erdboden entgegen und erfüllten die Herzen der Menschen mit Furcht und Verzweiflung. Die meisten Bruchstücke verglühten auf ihrem Weg, bis sie schließlich erloschen, doch ein paar wenige schienen die Oberfläche unbedingt erreichen zu wollen. Ihr helles Leuchten wurde schwächer, je tiefer sie fielen, und erlosch erst, als sie irgendwo in der Ferne den Horizont berührten.

Preema und Gwenn hielten den Atem an. Das Donnergrollen wurde lauter, die Blitze zahlreicher und HALKRONs Form noch immer größer. Er kam nicht direkt auf sie zu, aber er war nah, zu nah an ihrer einzigen Zuflucht in diesem kalten Universum. Wie schön, wie besonders dieser blaue Planet doch war und wie wenig die Menschen ihn zu schätzen wussten.

Aus den Lautsprechern des Fernsehers drangen erste panische Schreie heraus, als ein abtrünniges Trümmerstück in direkter Nähe aufschlug. Nur ein winziger Einschlag, der Dreck aufwarf und ein zartes Zittern im Boden auslöste. Kaum der Rede wert, doch die Botschaft war deutlich genug. Ein Kometensplitter von der Größe eines Kieselsteins und mit der Geschwindigkeit einer Pistolenkugel war genug, um ein Leben zu beenden. Vorbei war es mit der Gelassenheit. Die Menschen auf dem Bildschirm begannen auseinanderzustieben und suchten nach Schutz. In ihrer Eile und Panik stießen sie einander um und stolperten übereinander wie eine Schar aufgeschreckter Schaben.

23:59 Uhr – Preema wandte den Blick ab. Von dem Kometen vor ihrem Fenster, von den Nachrichten, von allem, was ihr Angst machte. Wenn es schon mit ihr zu Ende ging, dann wenigstens an der Seite ihrer Eltern und an der ihrer großen Liebe. Nicht jeder hatte so viel Glück.

»Ich liebe euch«, hörte Preema ihre Mutter sagen, »euch alle drei.« Und alle drei erwiderten ihre Worte. Für einen Moment wurde es vollkommen still im Raum, als sie und auch die Menschen im Fernseher den Atem anhielten. Nur das ferne Grollen des Himmels war noch zu hören. Die Anzeige der Uhr wechselte auf 00:01 Uhr. Der Anbruch eines neuen Tages, der das Licht der Morgensonne vielleicht nie sehen würde. Die Sekunden tickten voran.

»Wir haben überlebt!«, tönte die Stimme der Reporterin schrill an Preemas Ohr. »Die Menschheit hat überlebt!«, schrie und kreischte sie ins Mikrofon. Von überall her gesellten sich weitere Jubelrufe hinzu. Zunächst waren es nur zaghafte Stimmen, dann aber wurden die Rufe immer zahlreicher und lauter, bis sie alle einen lauten Chor bildeten.

Preema, Gwenn, Zarah und Tahir wagten es nun ebenfalls, aufzublicken und aus dem Fenster zu schauen. HALKRONs Flugbahn ließ jetzt deutlich erkennen, dass er sich von der Erde entfernte. Die Kometensplitter in der Atmosphäre waren inzwischen fast vollständig verschwunden, nur ab und an zogen noch einzelne Sternschnuppen über das Firmament. Und dann, langsam, aber deutlich wahrnehmbar, begann HALKRON kleiner zu werden und das Geröll in seinem Schweif verschmolz mehr und mehr mit seiner blasser werdenden Silhouette.

Es war überstanden. Dieses Mal würde der befürchtete Weltuntergang noch nicht eintreffen.

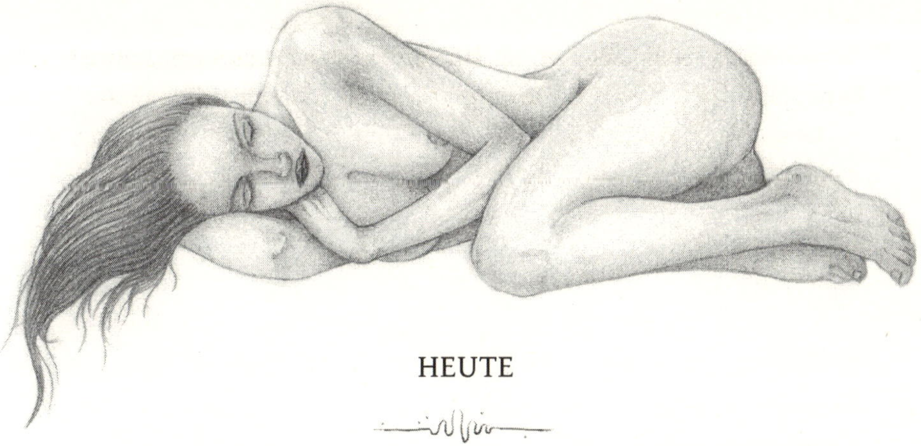

HEUTE

»ER IST VORBEIGEZOGEN«, flüsterte Preema ungläubig. Nicht zum ersten Mal. Sie hatte diese Worte schon viele Male wiederholt, seit sie aus ihrer jüngsten Erinnerung aufgetaucht war, und trotzdem konnte sie es nicht glauben. Sie hätte sich freuen und vor Glück tanzen sollen, doch stattdessen fühlte sie sich niedergeschlagen und auf eine absurde Weise enttäuscht. HALKRON hatte die Erde nicht zerstört und sie verstand einfach nicht, was das zu bedeuten hatte. Sie hatte die Zerstörung ihrer Welt doch erlebt. Die ganze Zeit über war sie so überzeugt davon gewesen, dass die Erde zerstört worden war, und nun stand sie hier, zwischen den Maiglöckchen, das raschelnde hohe Gras im Rücken, nur ein paar Schritte vom Rand des Wirbels entfernt und wusste weder ein noch aus. Die weißen Blüten spielten ihr leises Glockenspiel, während sie sich anmutig in der Brise wiegten. Doch sie wirkten plötzlich traurig und ebenso niedergeschlagen wie Preema, mit ihren hängenden kleinen Glockenköpfen. Dabei sahen sie eigentlich nicht anders aus als zuvor. Vielleicht war es nur Preemas Blick, der sich geändert hatte.

Das ist das Ende.

Das waren die ersten Worte, die ihr in den Sinn gekommen waren, nachdem sie im weißen Raum aufgewacht war. Sie hörte die Schreie der Menschen noch immer genau, sah die gebrochenen Lichter durch ihre vernebelte Erinnerung, hörte den Lärm, das Quietschen von sich biegendem Metall. Sie erinnerte sich an die Erschütterung, an den Orientierungsverlust und an den Schmerz, der sie erfasst und zu zerreißen gedroht hatte. Weshalb erinnerte sie sich an eine Zerstörung, die scheinbar nie stattgefunden hatte? HALKRON hatte sicher nicht auf halbem Wege einen U-Turn gemacht, um doch noch schnell frontal in die Erde zu rasen. Aber was dann? Ein anderer Komet, der sich unbemerkt in seinem Schatten genähert hatte? Oder war etwas ganz Anderes geschehen? Trieb ihr Verstand Spielchen mit ihr und zeigte ihr bloß das, was sie sich wünschte? Wie wahrscheinlich war es, dass ein Komet derart knapp und folgenlos an ihnen vorbeiziehen würde? War HALKRON in Wirklichkeit doch eingeschlagen und Preema bildete sich den glimpflichen Ausgang bloß ein? Ihrem Gedächtnis war schließlich kaum zu trauen, seit sie im weißen Raum erwacht war.

Preema zwang ihre rotierenden Gedanken, einen Augenblick innezuhalten. Der Hauch einer Ahnung kam zum Vorschein, doch die Wahrheit verbarg sich, ängstlich wie ein Kind, hinter jener undurchdringlichen Mauer, die Preemas Verstand zusammenhielt. Sie kannte die Antwort. Sie wusste genau, was die Antwort war, aber die Erinnerung lief umso weiter vor ihr davon, je mehr Preema versuchte, sie zu erreichen.

»Du kannst dich nicht ewig verstecken«, hauchte sie dem verängstigten Teil ihrer selbst zu. »Wir müssen wieder ganz werden, sonst sind wir verloren.«

Preema hatte nicht bemerkt, dass sie zum Wirbel gegangen war. Eben noch war sie in Keto City gewesen und plötzlich stand sie hier, starrte in das breite Maul des schönen Ungeheuers und lauschte den Stimmen, die darin wohnten. Ihre Mutter sang Lieder, die bald verstummten. Männer und Frauen, die Preema nicht erkannte, fragten, wie es ihr ginge, doch sie hörten ihre Antwort nicht. Am häufigsten vernahm Preema Gwenns Stimme, die mal klar und deutlich, mal weit entfernt durch den Wirbel geisterte, und manchmal hatte sie das Gefühl, Gwenns Hand in ihrer zu spüren. Gwenns Worte ergaben keinen rechten Sinn, das taten sie oft nicht. Sie schilderte phantastische Ereignisse, die Preema im ersten

Moment wie Märchen erschienen. Doch dann erinnerte sie sich daran, wo sie war und wie sehr ihre eigenen Erfahrungen auf der Lichtung sie manchmal an Zauberei glauben ließen. War Gwenn womöglich irgendwo da draußen und erlebte ebenso verrückte Dinge wie Preema? War es das, was Preema hörte, Gwenns Berichte und Erfahrungen auf einer anderen Lichtung? Saß ihre Liebste am Ende dieses Tunnels und lauschte ihrerseits Preemas Worten?

»Gwenn!«, rief sie laut in den Wirbel und suchte zwischen den zirkulierenden Wolken nach einem Hinweis darauf, was am Ende dieses Tunnels warten mochte. Doch alles, was sie sah, waren die elektrischen Entladungen, die bis in den Grund reichten, auf dem Preema stand. Sie ließen ihr die Zehen kribbeln und stellten ihr die Nackenhaare auf. Heute erinnerte sie der Wirbel an ein Wurmloch, das die eine Galaxie mit der anderen verband, und für einen Moment fühlte sich Preema wie Captain Janeway, verloren im Delta-Quadranten. Anders als Janeway besaß Preema jedoch kein Raumschiff, mit dem sie versuchen konnte, nach Hause zu finden. Sie saß auf der Lichtung fest und hatte bloß diesen Wirbel, der sie entweder von einer Lüge erlösen oder für ihre Dummheit bestrafen würde. Der Wirbel war entweder eine Chance oder ihr Verderben.

»Wenn du mich hören kannst, Gwenn, dann bitte, antworte mir. Hilf mir. Ich weiß nicht, was ich tun soll.«

Sie fühlte sich elend. Der Kummer fraß sie auf, nun da sie so dicht am Wirbel stand. Die Lichtung schien aussichtslos und falsch, während ihr der Wirbel all die schönen Dinge versprach, die Preema so dringend zurückhaben wollte. Sie wusste, dass die Sehnsucht nachlassen würde, wenn sie sich nur von dem Phänomen fortbewegte, fort von den Stimmen. Doch wie sollte sie weghören und gehen, wenn Gwenn zu ihr sprach und Preema anflehte, zu ihr zurückzukommen? Sie konnte es nicht. Preema wollte den Schmerz. Er war nicht schön, aber er war echt und gab ihr das Gefühl, lebendig zu sein. Welchen Sinn hatte das Leben auf der Lichtung, wenn es sich so viel blasser anfühlte als die Momente, die sie hier am Rande des Wirbels erlebte?

Sie merkte, dass sie etwas in der Hand hielt, und sah es sich an. Eine Notiz. Die Handschrift darauf war ihre, aber sie konnte sich nicht daran erinnern, sie geschrieben zu haben. *Das Leben*, stand darauf. Was hatte das zu bedeuten? Bevor sie darüber nachdenken konnte, griffen helle Finger nach dem Zettel und Preema wandte verstört den Kopf zu der kleineren Gestalt. Da stand sie, Nicole mit ihrem herausfordernden Lächeln, betrachtete die Notiz und zerpflückte sie mit der Heiterkeit eines Kindes in ein Dutzend kleine Teile. Nicole pustete die Schnipsel fort und sie segelten geradewegs in den endlosen Schlund des Wirbels.

»Warum hast du das gemacht?«

»So besiegt man doch seine Ängste, richtig?«, fragte Nicole kichernd.

Sie war nicht echt, das hätte Preema auch dann gewusst, wenn Nicoles Körper nicht mehr einer Lichtgestalt geglichen hätte als einem Menschen. Aber sie ähnelte der echten Nicole so sehr.

»Du musst springen, wenn du sie wiedersehen willst.«

»Wen?«

»Alle.«

Preema schüttelte den Kopf. »Hatte Agatha recht, Nicole? Bin ich tot? Ist die Lichtung der Limbus?«

»Die Antwort darauf ist ein klares Jein«, verkündete Nicole heiter. »Du bist weder tot noch bist du lebendig. Noch hast du ei–«

»Preema!«

In dem Moment, in dem Davids Stimme zu ihnen herüberdrang, zerplatzte Nicoles Gestalt in dutzende Seifenblasen, die sofort davontrieben. Nicoles Stimme und ihre Worte hingen noch einen Atemzug länger in der Luft: »Spring, Preema. Es ist deine einzige Chance.«

»Warte, komm zurück! Was meinst du damit?«, rief Preema den Seifenblasen hinterher, doch sie ignorierten sie und flogen gemächlich davon.

»Ich habe dich schon überall gesucht, Preema. Ich habe mir Sorgen gemacht«, rief David ihr verärgert zu und brach mit lautem Getöse durch die mannshohen Gräser ins Freie. »Du bist einfach aufgestanden und warst auf einmal verschwunden. Was machst du denn wieder hier?« Preema schaute ihn an, und plötzlich wich aller Ärger aus ihm heraus. Er schien etwas in ihren Augen zu sehen, das ihm offenbar große Angst machte. »Preema, wir müssen sofort hier weg.«

»Wieso bist du hier? Sie wollte es mir gerade erklären.«

»Wer?«

»Nicole«, sagte Preema unglücklich.

»Deine Freundin ist nicht hier, Preema. Sie ist vor mehr als zwanzig Jahren gestorben«, sagte David ohne Schönmalerei, hart und direkt.

Preema wusste, dass David nur ihr Bestes wollte. Er war ihr Retter, ihr Freund, ihre Kompassnadel in einem unbekannten Land. Er war länger hier als alle anderen, hatte am längsten überlebt und viele gehen und nie wieder zurückkommen sehen. Etliche waren in dem Lichtkegel verschwunden wie Agatha, manche waren in den Wirbel gegangen und er trug diese Verluste alle in seinem Herzen. Vielleicht war Preema es ihm schuldig, ihm zu vertrauen und mit ihm zu gehen. Doch sie konnte die Zweifel nicht abschütteln. Nicht mehr. Sie fraßen sich mit kleinen scharfen Zähnen tiefer und tiefer in sie hinein. Die Lichtung ergab keinen Sinn und sie wollte David nicht hier haben. Nicht dieses Mal.

»*Ich vermisse dich*«, erklang Gwenns Stimme in der Sekunde aus dem Wirbel. Sie klang so schrecklich mutlos und erschöpft.

»Ich vermisse dich auch«, antwortete Preema in dem Wissen, dass Gwenn sie nicht hören konnte.

»Jetzt oder nie«, tönte es als Nächstes mit falscher Freude aus dem Wirbel, als wüsste er, welche Gedanken und Zweifel in Preemas Kopf umherschwirrten.

»Preema«, drängte sich nun wieder Davids Stimme mahnend dazwischen. Er war nicht länger ein Freund, sondern ein Störfaktor. Er sollte nicht hier sein.

Ohne es zu merken, trat Preema näher an den Rand des Wirbels heran. Sie zitterte. Es hätte Angst sein sollen, die sie spürte, doch es war Vorfreude, die ihre Adern durchströmte. HALKRON war vorbeigezogen, die Erde musste noch da sein und damit waren vielleicht auch Gwenn und all die anderen Menschen, die sie liebte, noch am Leben. Nichts davon erklärte die Lichtung oder den Wirbel oder was Preema selbst nun war, doch sie war sich sicher, dass sie nicht hier sein dürfte. Was sollte sie tun? Wie sollte Preema entscheiden, was richtig war, wenn sie sich bei nichts, was sie zu wissen glaubte, sicher sein konnte?

»Preema, bitte!«, rief David nun eindringlich.

Irgendetwas an ihrer Körperhaltung musste ihm verraten haben, dass sie dem Wirbel so nah wie nie zuvor war. Nicht bloß körperlich. Der Wirbel hatte sie in seinem Bann und sowohl David als auch Preema wussten es.

»Mach das nicht. Ich flehe dich an, Preema.«

Preema war nur noch wenige Zentimeter von dem Wirbel entfernt. Sie wollte hineinspringen. Sie wollte der Versuchung nachgeben, diesem verheißungsvollen Ruf aus einer anderen Welt.

Davids Hand berührte die von Preema. Vorsichtig und zaghaft tasteten seine Finger nach ihr, als hätte er Angst, sie zu zerbrechen.

»Mach das nicht«, bat er sanft.

Das hatte er schon einmal gesagt, aber warum? Sie schaute ihn an und im ersten Moment wusste sie nicht, wer der Mensch an ihrer Seite war. David wirkte erschöpft und um Jahre gealtert. Die Muskeln waren fort und die Haut eingefallen. Das Haar glänzte nicht mehr golden, wie es das sonst immer tat. Es war stumpf geworden und dünn. David wirkte wie ein gestandener Mann mittleren Alters, irgendwie ausgemergelt, krank, und seine Haut war fahl, als hätte die Sonne sie seit einer sehr langen Zeit nicht mehr berührt. David sah nicht länger aus wie der junge Mann Mitte zwanzig, der er sein sollte, und Preema fragte sich, ob das sein wahres Äußeres war oder ob der Wirbel nur mit ihren Sinnen spielte, um sie noch mehr zu verunsichern. Nur Davids Stimme war noch immer dieselbe.

»Konzentrier dich, Preema. Du willst nicht in den Wirbel gehen.«

Wollte sie nicht?

»Aber Gwenn wartet auf mich.«

»Gwenn ist tot. Hast du das vergessen?«, fragte er behutsam. »Die Welt wurde zerstört, du hast es mir selbst erzählt. Erinnerst du dich denn nicht mehr daran?«

»Doch, das tue ich, aber ich habe mich geirrt. HALKRON ist an der Erde vorbeigezogen. Er hat sie nicht zerstört. Weißt du, was das bedeutet?«

Davids Gesichtsmuskeln zuckten. Er schien darüber nachzudenken und händeringend nach einer Antwort zu suchen, die Preema hören musste, damit sie von dem Wirbel zurücktrat. »Ich weiß es nicht. Komm mit mir zurück zur Siedlung, Preema. Dann kannst du mir alles in Ruhe erklären und wir finden die Antwort gemeinsam.«

Sie lächelte ihm zu und David versuchte, es zu erwidern, doch er konnte nicht verbergen, dass er Angst um sie hatte. Sie sah dieselbe Furcht in ihm, die sie selbst empfunden hatte, als Jonas entschieden hatte, in den Wirbel zu gehen. Preema musste nun auch eine Entscheidung treffen.

Die Sekunden vergingen, eine nach der anderen. So dicht am Wirbel stehend hatte Preema das Gefühl, der Zeit wieder nahe zu sein und sie tatsächlich wahrzunehmen. Alles fühlte sich wirklicher an, wenn Preema am Rande des Wirbels stand. Sie konnte Dinge riechen, die ihr vertraut waren, wie das Parfum, das Gwenn gerne aufgetragen hatte. Gerade in diesem Moment mischte sich der Duft von Kartoffelchips darunter und entlockte ihr ein Schmunzeln. Kaum hatte sie den Duft erkannt, glaubte sie auch schon, das Knistern der Tüte zu hören. Preema erinnerte sich lebhaft an Gwenns zufriedenes Gesicht beim gemeinsamen Filmabend, daran, wie sich ihre Partnerin schneller durch eine Tüte Kartoffelchips knusperte, als Lady Lucifer ihren Napf leerte. Gwenn liebte dieses ungesunde Zeug, ganz egal, wie alt sie wurde.

Das Beste am Erwachsensein ist doch, dass wir endlich alles essen können, was wir wollen, und davon so viel und so oft wir wollen, pflegte Gwenn gerne zu sagen. Sie besaß absolut keine Selbstbeherrschung, wenn es um leckeres Naschwerk ging und andere Dinge, die das Leben schöner machten. Gwenn hatte Preemas Leben schöner gemacht.

Preema wusste noch immer nicht, was die Lichtung war, wer sie erschaffen hatte oder welchem Zweck sie diente. Es kümmerte sie nicht mehr, ob sie im Limbus, im gigantischen Labor irdischer oder außerirdischer Wissenschaftler saß, ob sie ein Klon, ein rastloser Geist oder gar ein digitales Abziehbild war. Die Geheimnisse der Lichtung interessierten sie nicht länger. Sie wollte bloß noch herausfinden, ob Gwenn am Leben war. In dem Moment traf Preema ihre Entscheidung. Alle Wege führten stets zu Gwenn. Es war Kismet. Wenn sie auf nur eine Sache vertrauen durfte, dann sollte es diese sein.

Nicht ohne Reue wandte sie sich David zu und sah ihn an. Sie mochte ihn gern und sie konnte sehen, dass er sie auch sehr mochte. Vielleicht hätte sie irgendwann lernen können, mit ihm auf der Lichtung glücklich zu sein. So glücklich, wie es die Lichtung eben zuließ. Wenn es Gwenn nie gegeben hätte.

David hatte nicht verdient, was nun folgen würde, doch sie würde ihn nie davon überzeugen können, dass er sich in der Lichtung irrte. Er war schon zu lange hier, hatte sich schon zu weit von der Wahrheit entfernt. Sie löste ihre Hand aus seiner und strich ihm sanft über die gealterte Wange. »Es tut mir leid«, sagte sie dann, stieß sich von ihm ab und ließ sich in den Wirbel fallen, bevor David sie aufhalten konnte.

»Nein!«, schrie er wie ein verwundetes Tier auf. Er fiel vor dem Wirbel auf die Knie und seine Verzweiflung brach ihr das Herz. Davids weit aufgerissene Augen und ihr Name auf seinen Lippen folgten ihr, bis die Welt um sie herum in Dunkelheit versank.

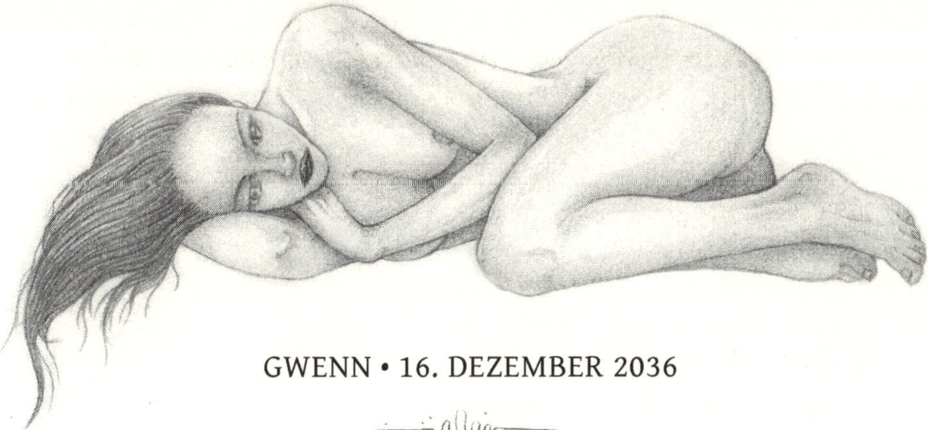

GWENN • 16. DEZEMBER 2036

GWENN RICHTETE SICH auf und rieb sich die müden Augen. Ein Blick auf die Uhr verriet ihr, dass sie bloß für ein paar Minuten eingenickt war. Die Chipstüte lag in ihrem Schoß und Gwenn warf sie auf das Tischchen, leckte sich die Fingerkuppen ab und klappte im selben Atemzug den Roman zu, den sie noch immer in der Hand hielt. Sie legte auch das Buch zur Seite, massierte sich den Nacken, kreiste leise knackend die Schultern und ließ sich zurück in den Stuhl fallen. Sie fühlte sich wie eine hundertjährige Frau. Steif und eingerostet. Ihr Mund war von dem vielen Vorlesen inzwischen trocken wie die Sahara. Dabei entlockten die Ereignisse des Romans ihrem schlafenden Dornröschen ohnehin keine Reaktion. Das monotone Geräusch des Beatmungsgerätes machte Gwenn außerdem selbst ganz schläfrig. *Schisch-schusch. Schisch-schusch.*

»Es ist wirklich kein Wunder, dass du nicht aufwachen willst. Wenn ich dieses Geräusch noch länger höre, falle ich vermutlich selbst ins Koma.«

Natürlich antwortete Preema nicht darauf. Sie antwortete nie.

Gwenn gähnte und seufzte. Sie saß schon wieder den halben Tag in diesem karg eingerichteten Zimmer, führte Gespräche mit sich selbst, las Texte vor, die außer ihr wohl niemand hörte, und sah alte Filme und Serien, die außer ihr niemand sah. Gwenn dachte darüber nach, eine ihrer gemeinsamen Lieblingssendungen einzulegen, und sei es nur, um dem Raum eine andere Geräuschkulisse zu geben.

Schisch-schusch, meinte der Apparat dazu.

Als sie und Preema sich kennengelernt hatten, so richtig, da kannte Preema Science-Fiction-Sendungen, mit wenigen Ausnahmen, allenfalls dem Namen nach, aus den Erzählungen anderer. Eine skandalöse Bildungslücke, die Gwenn an langen Abenden und über Monate hinweg korrigiert hatte, angefangen mit ein paar der ältesten Klassiker. Preema hatte schnell eine Faszination für *Star Trek* entwickelt, bei *Terminator* hatte sie sich eine klare Roboter-Phobie eingefangen, so dass *Battlestar Galactica* schon nur noch mit einem Auge geguckt werden konnte und *Robot Nation* gar nicht erst über die Pilotfolge hinauskam. Dafür war sie dem Genre spätestens bei *Firefly* und *The Expanse* endgültig verfallen. Die beste Wahl für die aktuelle Situation wäre vermutlich *The Orville* gewesen, denn die Serie brachte Preema regelmäßig zum Lachen, ohne dass es ihr zu albern wurde. Letztlich war aber sowieso alles besser als die Geräusche, die das Zimmer von Haus aus zu bieten hatte.

Wie von selbst wanderte Gwenns Blick zu dem Monitor, der Preemas Herzschlag in leuchtenden Spitzen und Tälern überwachte. *Piep. Pause. Piep. Pause.* Die Anzeigen und Geräusche waren das Einzige, was Gwenn versicherte, dass die reglose Frau in dem Krankenbett noch lebte. *Schisch-schusch. Piep. Pause. Schisch-schusch. Piep. Pause.* Die Hymne der Halbtoten.

Gwenn zuckte zusammen, als hätte sie jemand geohrfeigt. Da war er wieder, der verbotene Gedanke, der sich immer häufiger einschlich. Diese heimlich in den Winkeln ihres Verstandes herankriechende Akzeptanz, die versuchte, Gwenns schwächelnde Hoffnung unter sich zu begraben. Preemas Schlaf galt womöglich für die Ewigkeit. War überhaupt noch etwas von der Frau übrig, die in dem reglos gewordenen Körper wohnen sollte?

Ein faustgroßer Klumpen formte sich bei diesen Gedanken in Gwenns Kehle und nahm ihr den Atem, während sich ihre Augen mit einer Flutwelle von Tränen füllten. Sie wollte nicht akzeptieren. Sie wollte den Widerstand, die Unbeugsamkeit ihres Glaubens an ein glückliches Ende.

Sie wollte weiter hoffen, dass Preema irgendwann doch noch aufwachte, und sie wollte den Traum. Das Märchen mit dem gottverdammten Happy End.

»Ich vermisse dich.« Zum tausendsten Male raunte Gwenn der Schlafenden die Worte leise ins Ohr und strich dabei über den dünnen goldenen Ring an deren Finger. Vor vier Monaten war ihr zweiter Hochzeitstag gewesen. Ein weiterer Tag, an dem Gwenn ein wenig mehr den Mut verlor und versuchte, die Realität zu akzeptieren. Natürlich war es albern gewesen, anzunehmen, dass Preema an irgendeinem Festtag aufwachen würde. Sei es nun der Hochzeitstag oder Gwenns Geburtstag. Es gab keine Wunder, und falls sich doch einmal eines ereignen sollte, dann war es dem Schicksal sicher egal, ob es an dem Tag einen besonderen Anlass zu feiern gab oder bloß die Müllabfuhr vorbeikam. Zeitliche Perfektion mit Kitschgarnitur gab es nur in Hollywood und in den Köpfen verträumter Schriftsteller. Das echte Leben dagegen hielt sich nicht an wohl überlegte Spannungsbögen oder bunt markierte Felder im Terminkalender.

»Bitte komm zu mir zurück, Preema.«

Die Tür zum Krankenzimmer wurde geöffnet und jemand trat ein. Gwenn machte sich gar nicht erst die Mühe, sich umzudrehen und nachzusehen, wer es war. Das Ärzte- und Pflegepersonal kam und ging so regelmäßig, dass Gwenn sich längst an die schattenhafte Anwesenheit dieser Menschen gewöhnt hatte. Sie ließen Gwenn in Ruhe und drängten ihr keine Gespräche auf. Nur die Pflegekräfte, die kamen, um Preema zu waschen und ihre Position zu ändern, schickten sie kurz vor die Tür. Gwenn wusste nicht, was sie davon hielt, schließlich kannte sie Preemas Körper mindestens so gut wie ihren eigenen. Vielleicht war es aber auch besser, dass sie Gwenn nach draußen schickten und sie so nicht gezwungen war, zu sehen, wie willenlos der ihr vertraute Körper wirklich geworden war. Solange Preema ruhig in ihrem Bett lag, konnte Gwenn sich einreden, dass ihre Liebste bloß schlief und träumte, aber wenn sie würde mit ansehen müssen, wie fremde Menschen Preemas Körper bewegten, ihn wuschen und Preema dabei alles willenlos über sich ergehen ließ ... Nein, es war besser, dass Gwenn das nicht sah, und sie wollte es sich auch nicht vorstellen.

Erst als Gwenn auch nach mehreren Sekunden noch keine Schritte hörte und niemand kam, um die Apparate und Schläuche zu kontrollieren, die Preema am Leben hielten, begriff Gwenn, dass es niemand vom Krankenhauspersonal sein konnte. Sie hörte das Atmen der Person – ein wesentlich unruhigerer Rhythmus als das *Schisch-Schusch* der Maschine – und spürte die Blicke in ihrem Nacken. Doch wenn es niemand vom Krankenhauspersonal war, dann konnte es bloß noch ihre Schwiegermutter sein. Heute war allerdings erst Dienstag. Gwenn hatte nicht vor Freitag wieder mit Zarah gerechnet und seufzte leise in sich hinein. Sie verstand sich sehr gut mit Preemas Mutter, doch Zarah anzusehen tat weh. Preema ähnelte ihrer Mutter in vielen Dingen, vor allem aber waren es die Augen, die es Gwenn schwermachten, ihre Schwiegermutter anzusehen.

Die Augen von Zarah und Preema waren von dem tiefdunkelsten Schwarzbraun, das Gwenn je bei einem Menschen gesehen hatte. Es war fast unmöglich, die Pupille vom Rest zu unterscheiden, wäre da nicht ein heller, rotbrauner Schimmer gewesen, wenn das Licht die Iriden traf. Wunderschön und geheimnisvoll. Der einzige Unterschied zwischen Preema und Zarah war, dass Preema Gwenn stets mit Liebe im Blick gesucht hatte. Selbst wenn sich die beiden Frauen einmal stritten, ließ sich die Zuneigung in Preemas Augen nie verbergen. Manchmal war sie stinkwütend auf Gwenn und doch im selben Moment noch immer verliebt. Im Vergleich dazu wirkten Zarahs Augen stets kühl und distanziert und das war für Gwenn kaum zu ertragen.

Die Gedanken versetzten ihr einen Stich und sie musste gegen die Verzweiflung ankämpfen. Warum war das Schicksal so grausam? Warum riss es Menschen wie Gwenn und Preema immer wieder auseinander? War es nicht schon schwer genug, überhaupt den einen Menschen zu finden, mit dem man zusammen alt werden wollte? Musste man ihnen da auch noch eine Hürde nach der anderen in den Weg stellen?

»Du darfst nicht für immer schlafen, Preema, das ertrage ich nicht«, flüsterte Gwenn ihrer Liebsten zu und strich ihr über die Stirn. Sie atmete tief durch und fragte sich, weshalb Zarah noch nicht herangekommen war, daher richtete sie sich ein wenig auf und blickte über die Schulter hinweg zurück. Ein Blitz schien sie zu treffen und ihr Griff um Preemas Hand verkrampfte sich. Es war nicht Zarah, die dort dicht bei der Tür stand und mit sich rang. Gwenn erhob sich von ihrem Stuhl, um dem Besucher auf Augenhöhe begegnen zu können.

»Papa«, sagte Gwenn mit kratziger Stimme, nur um das Schweigen zu brechen. Patrick Grebe nickte knapp, fast verlegen zurück und räusperte sich.

»Hallo, Gwenn. Wie geht es dir?«, fragte der Mann angespannt.

»Soll das ein Witz sein?« Seine Frage brachte Gwenn im Nu von Null auf Hundert und ihr auflodernder Zorn ließ ihn ein wenig in sich zusammensinken. *Gut.*

»Tut mir leid«, gab er ruhig zurück. »Selbstverständlich geht es dir nicht gut. Ich weiß einfach nicht, was ich sagen soll. Ich habe nicht erwartet, dich hier zu treffen.«

»Was dachtest du denn, wo ich sein würde?«, fragte sie schroff.

»Mir wurde gesagt, du arbeitest bis 16 Uhr.«

»Ich habe Urlaub.«

»Und den verbringst du in dieser kalten Stadt?«, fragte Patrick Grebe in dem zum Scheitern verurteilten Versuch, eine Unterhaltung zu beginnen. Im selben Moment schien er aber auch schon zu begreifen, dass es besser gewesen wäre, den Mund zu halten.

»Erwartest du, dass ich mich irgendwo in der Karibik amüsiere, während meine Frau daheim im Koma liegt? Eine leckere *Bahama Mama* hier und ein paar fangfrische Langusten dort, ein wenig die Füße in den Sand stecken, und dann wird es schon wieder, Gwenni! Hast du dir das so vorgestellt?«

»Nein, natürlich nicht«, gab Patrick Grebe sichtlich verunsichert zurück. Er rieb sich den Nacken und machte ein gequältes Gesicht. »Vielleicht sollte ich später nochmal wiederkommen.«

»Oder vielleicht fährst du auch einfach wieder nach Hause, weil ich dich nämlich nicht mit ihr alleine lassen werde.«

Patrick Grebe wusste nicht, was er sagen sollte, und Gwenn wusste nicht, was sie fühlen sollte. Einerseits machte ihr Herz einen freudigen Sprung, als sie ihren Vater dort stehen sah, andererseits war zu viel vorgefallen, um das Wiedersehen genießen zu können. Ihrem Vater ging es ganz offenbar kein Stück besser, denn er stand starr wie eine Säule bei der Tür und riskierte schließlich einen Blick auf die Frau, die reglos auf dem Bett lag, einen Beatmungsschlauch in der Luftröhre hatte und bleicher als je zuvor wirkte. Es war schwer zu sagen, welche Gedanken ihm dabei wohl durch den Kopf gingen. Seine Miene war eine steinerne Maske und seine Hände gruben sich tief in seine Hosentaschen.

»Wieso bist du hier, Pa?«

Patrick Grebe wich dem Blick seiner Tochter aus. *Alles wie immer.* Gwenn konnte sich schon gar nicht mehr daran erinnern, wann er ihr das letzte Mal wirklich in die Augen gesehen hatte. Sie erinnerte sich allerdings gut genug daran, wann sie sich das letzte Mal im selben Raum aufgehalten hatten. An jenem Tag, als er sie verstoßen hatte, weil er von ihrer Beziehung zu Preema erfahren und die Verbindung missbilligt hatte. Ein Moment, der das angeschlagene Verhältnis zwischen ihnen endgültig zerstört hatte. Seitdem waren drei kontaktlose Jahre vergangen und nicht einmal an dem Tag, als HALKRON ihr Leben bedroht hatte, hatte er mit Gwenn reden wollen. Sie war neugierig, weshalb ihr Vater jetzt hier im Zimmer stand, allerdings war sie auch verflucht wütend. War er gekommen, um Gwenn zu sehen? Ihr womöglich durch eine schwere Zeit zu helfen? Oder kam er nur, um herauszufinden, weshalb es so lange dauerte, bis Preema endlich starb und die Strafe bekam, die sie in seinen Augen verdiente?

Gwenn schämte sich dafür, ihrem Vater solch eine Boshaftigkeit zu unterstellen, doch es gab Gründe genug dafür, es zu tun. Es hatte eine Zeit gegeben, da war Preema wie eine Tochter für ihn gewesen, doch damit war es vorbei, seit man Nicoles Leiche aus dem Fluss gezogen hatte. Gute zwei Jahre lang hatte Patrick Grebe nun auch die Existenz seiner verbliebenen Tochter verleugnet, weil sie Preema liebte und seinen fehlgeleiteten Zorn nicht teilen konnte. Als Gwenn ihn vor ein paar Wochen völlig verzweifelt, am Ende ihrer Kräfte und in Tränen aufgelöst angerufen hatte und er den Anruf diesmal tatsächlich angenommen hatte, hatte sie ihm von Preemas Unfall berichtet, dem Koma und davon, dass ihre Frau vielleicht nie wieder aufwachen würde. Patrick hatte zunächst schweigsam zugehört und schließlich, ohne auch nur ein einziges Wort zu sagen, aufgelegt. Einfach so. Er hatte sie in einem der schlimmsten Momente ihres Lebens im Stich gelassen. Hatte sie zu viel von ihm verlangt? Vielleicht. Aber er war der einzige Vater, den sie hatte, der einzige Elternteil überhaupt, wenn man bedachte, dass ihre Mutter schon seit Jahren alkoholkrank und nur noch an den seltensten Tagen halbwegs nüchtern war. Gwenn hätte ihren Vater gebraucht und er war nicht für sie da gewesen. Sie verstand bis heute nicht, wie ihre Eltern den Verlust der einen Tochter so sehr betrauern konnten, während sie die andere einfach aus ihrem Leben strichen. Ihr ganzes Leben lang war es immer nur um Nicole gegangen.

Gwenn beobachtete, wie ihr Vater mit steifen Schritten und fest aufeinandergepressten Lippen näherkam. Seine Schuhe quietschten auf dem Krankenhausboden. Dann stand er vor ihr und noch immer schaute er sie nicht an.

»Es tut mir leid, Gwenn.«

Gwenn spürte eine Welle des Zorns in sich aufsteigen, und ehe sie sich versah, sprudelten Jahre unterdrückter Gefühle ungefiltert aus ihr heraus. »Was genau? Dass du mich vor acht Monaten im Stich gelassen hast, als dir das Krankenhaus mitteilte, dass ich in einen Unfall verwickelt worden war? Oder vor zweieinhalb Jahren, als du mich verstoßen hast? Oder vielleicht doch vor vierundzwanzig Jahren, als du vergessen hast, dass du zwei Töchter hattest und nicht bloß eine? Weißt du, Pa, da gibt es so verflucht viele Dinge, die dir leidtun könnten.« Gwenn war immer lauter geworden und schnaubte, schloss einen Moment lang die

Augen und atmete tief durch. Sie war nicht in der nötigen Verfassung für dieses unerwartete Wiedersehen mit ihrem Vater.

Patrick Grebe antwortete lange nicht. Stattdessen schaute er seine Tochter direkt an. Gwenn runzelte die Stirn, und bevor sie wusste, was geschah, beugte er sich vor, nahm sie in den Arm und drückte sie fest an sich. »Es tut mir leid«, flüsterte er ihr die Worte diesmal direkt ins Ohr. »Alles davon. Es tut mir wahnsinnig, wahnsinnig leid, Gwenn. Ich liebe dich.«

Für den Bruchteil einer Sekunde wollte Gwenn ihn von sich stoßen und schreien, doch dann machten sich ihre Arme selbstständig, legten sich um ihren Vater und mit einem Mal löste sich ihre Wut auf. Es war nicht plötzlich alles gut und vergessen, keine Umarmung besaß eine solche Zauberkraft, doch für den Moment war es genug und vielleicht der Anfang eines steinigen Pfades auf dem Weg zur Versöhnung.

Eine Weile standen sie beide einfach nur so da und hielten sich im Arm. Schließlich gingen sie wieder ein wenig auf Abstand zueinander und sie setzen sich gemeinsam an Preemas Seite.

»Du siehst erschöpft aus«, sagte Patrick Grebe.

»Das bin ich«, gestand Gwenn.

Patrick Grebe betrachtete nun auch Preema näher. Nach kurzem Zögern griff er nach der schlaffen Hand. Gwenn beobachtete ihn skeptisch. Was hatte er vor? Aber Patrick Grebe drehte bloß Preemas Handfläche nach oben, so dass er die Innenseite ihres Unterarms sehen und die Narbe darauf studieren konnte. Die Narbe war über die vielen Jahre hinweg flacher geworden und ein wenig blasser, hatte aber noch immer die Form einer langen Welle. Patrick Grebe erinnerte sich gut an den Tag, als sich Preema verletzt hatte. Er war es gewesen, der die Wunde damals mit einem Küchentuch abgedrückt hatte, während Zarah Anand das Auto zum Krankenhaus gelenkt hatte. Nicole hatte Preemas andere Hand fest gedrückt und die weinende Freundin getröstet. Das war eine Ewigkeit her und was hatte er sich nicht für Sorgen um das blutende Kind gemacht. Damals war das Leben noch einfacher gewesen. Er entließ die Luft aus seinen Lungen und seine ganze Körperhaltung fiel ein wenig mehr in sich zusammen. Sein Blick wanderte zurück zu Gwenn.

»Was ist mit ihr passiert?«, erkundigte er sich vorsichtig.

»Ein Unfall mit der Fähre.«

»Mit der Fähre?«, fragte er sichtlich verwirrt.

Gwenn nickte. »Es war am Tag nach HALKRONs Ankunft. Wir sind während des Ereignisses bei Preemas Eltern geblieben und haben uns am nächsten Morgen auf den Weg nach Keto City gemacht. Vielleicht hätten wir noch etwas warten sollen, aber wir wollten unbedingt nach Hause und Preema wollte Lady Lucifer – das ist unsere Katze – aus der Pension holen. Sie hasste es, Luci nicht um sich herum zu haben, und hatte Angst, dass sich die Betreiber der Pension im Angesicht der Beinaheauslöschung nicht gut um die Tiere kümmerten. Preema hatte ohnehin schon ein schlechtes Gewissen, dass sie Luci in Keto City hatte zurücklassen müssen.

Die Reise verlief auch unproblematisch. Alles war in Ordnung. Die Menschen waren glücklich und heiter. Es gab kaum Verspätungen, was schon unter normalen Umständen an ein Wunder grenzte. Aber wir nahmen es dankbar hin. Wir hatten überlebt und freuten uns auf unser Zuhause und die Zukunft, die plötzlich wieder offen vor uns lag. Im Hafen von Tessera angekommen stiegen wir auf die Fähre nach Keto und merkten bald, dass etwas nicht stimmte. Die Fähre fuhr zu schnell und lag ungewohnt unruhig auf dem Meer. Der Kapitän hatte wohl nicht damit gerechnet, den Tag nach HALKRON noch zu erleben, und hatte ein paar Muntermacher geschluckt, wie sich später herausstellte. Er steuerte die Fähre mit voller Kraft in Ketos Anlegekai. Der Aufprall war so heftig, dass die Menschen aus ihren Sitzen flogen. Ich hörte noch Preemas panische Warnung, kurz bevor es passierte, und dann brach Chaos aus. Ich sah, wie ihr Körper durch die Luft geschleudert wurde, hart gegen die Scheibe prallte und reglos auf dem Boden zusammenbrach. Überall waren Scherben von den zersprungenen Fenstern und Blut.« Gwenn wischte sich schnell die Tränen von den Wangen. »Sie war schon nicht mehr bei Bewusstsein, als ich sie erreichte, und ich habe mich nicht getraut, sie zu bewegen. Da steckte ein dicker Glassplitter in ihrem Kopf. Ich wusste nicht, dass so etwas möglich ist. Ich konnte nichts weiter tun, als ihre Hand zu halten und mit ihr zu reden, in der Hoffnung, dass sie mich hörte. Es war furchtbar. Es schien eine Ewigkeit zu dauern, bis die Rettungskräfte endlich eintrafen. In Wahrheit waren es nur wenige Minuten.«

Unfreiwillig sah Gwenn die Szene des Unfalls erneut vor sich und sofort schnürte es ihr die Brust zusammen. Sie hatte riesiges Glück gehabt, dass sie mit ein paar Schnittwunden und einer leichten Gehirnerschütterung davongekommen war. Andere dagegen hatten an diesem Tag ihr Leben verloren. Preema war dem Tod nur knapp entkommen. Oder vielleicht auch nicht, denn im Augenblick war sie mehr tot als lebendig. Ob Preema noch eine Weile bei Bewusstsein gewesen war, bevor Gwenn sie erreicht hatte? Ob sie noch hatte begreifen können, was mit ihr passiert war? Hatte sie in den Sekunden, die Gwenn gebraucht hatte, um sich wieder aufzurichten und Preema zu finden, alleine und von Schmerzen gequält auf dem kalten Boden der Fähre gelegen und sich gefragt, weshalb Gwenn nicht da war, um ihr beizustehen? Gwenn musste angestrengt schlucken, um die weinerlichen Laute für sich zu behalten, die nach draußen drängten.

»Und seitdem ist sie in diesem Zustand?«, erklang Patricks Stimme erneut.

Natürlich ist sie seitdem in diesem Zustand. Was ist denn das für eine bescheuerte Frage?, schoss es Gwenn giftig durch den Kopf. Sie bemühte sich, ruhig zu bleiben, ihrem Vater die Vergangenheit nicht vorzuwerfen, aber es gab so viele ungeklärte Dinge zwischen ihnen beiden, dass auch das kleinste falsche Wort zu einem tödlichen Geschoss wurde. Eine Umarmung konnte all das, was vorgefallen war, nicht einfach ungeschehen machen. Die Art, wie er es fast ihr ganzes Leben lang vermieden hatte, sie anzusehen, wie er um die Tochter, die tot war, trauerte und darüber die vergaß, die noch lebte. Wie er Preema zum Sündenbock gemacht hatte, statt sich einzugestehen, dass es Nicoles Entscheidung gewesen war, auf den Baum und den morschen Ast zu klettern. Hatte sie es verdient gehabt, zu sterben? Nein, sicher nicht. Aber ihr Tod war nicht Preemas Schuld. Es war ein Unfall, der sie alle getroffen und verändert hatte, nicht nur ihn.

»Preemas Kopfverletzung war schwierig. Die Glasscherbe ist durch den Knochen gegangen und hat ihr Gehirn verletzt. Die Ärzte haben sie in ein künstliches Koma versetzt, um den Heilungsprozess zu begünstigen.«

Patrick bemerkte die lange, gerade Narbe auf Preemas Kopfhaut, die inzwischen fast vollständig von dem nachgewachsenen Haar verdeckt wurde. Sein Blick verharrte dort einige Sekunden, ehe er sprach. »Wann werden die Ärzte sie wieder aufwecken?« Zum ersten Mal huschte ein Anflug von Traurigkeit über sein stoisches Antlitz.

»Das haben sie bereits vor einigen Monaten versucht, aber Preema wollte nicht aufwachen«, antwortete Gwenn unglücklich. »Bei Kopfverletzungen kommt so etwas vor, sagen die Ärzte. Die sichtbaren Wunden sind gut verheilt, die Hirnaktivitäten wirken gesund, aber Preema schläft einfach weiter. Ärzte und Pflegekräfte sagen mir immerzu, es sei nicht unmöglich, dass sie wieder aufwacht. Aber sie sagen auch, ich solle mir nicht zu viele Hoffnungen machen. Nach drei Monaten sinkt die Chance darauf, dass ein Komapatient wieder aufgewacht, mit jedem Tag, der vergeht. Sie können nichts tun. Es liegt alleine an Preema. Nur sie entscheidet, ob sie zurückkommt oder nicht.« Gwenn beobachtete, wie ihr Vater Preema nachdenklich ansah. »Entschuldige, Pa, aber warum interessiert es dich auf einmal, was mit Preema passiert ist? Warum bist du hergekommen?«

»Weil ihr richtiger Vater nicht hier sein kann«, antwortete Patrick ruhig.

»Tahir meldet sich jede Woche über die Videophonie und redet mit ihr«, sagte Gwenn.

»Ich weiß. Ich weiß auch von seiner Therapie, und dass er schon seit längerem wieder das Haus verlässt, aber in den Zug oder in ein Flugzeug zu steigen, um hierherzukommen, das ist noch zu viel für ihn. Er will hier sein, aber er schafft es nicht.«

»Hast du etwa mit ihm gesprochen?«

»Ich habe ihn vor ein paar Tagen an Nicoles Grab getroffen.«

»Du warst bei Nicole?«, fragte Gwenn überrascht. Ihre Eltern fuhren eigentlich nur an den besonderen Feiertagen in die alte Heimatstadt und zum Grab ihrer Tochter. Es kostete sie jedes Mal wahnsinnig viel Kraft, das zu tun.

»Vor ein paar Tagen erst. Da fand ich heraus, dass sich die Anands seit Jahren schon um das Grab kümmern. Wusstest du davon?«

Gwenn biss sich auf die Unterlippe. »Ja. Sie haben eine Absprache mit der Gärtnerei getroffen.«

»Und du hast mir nichts davon gesagt?« Das war nicht die eigentliche Frage, die er stellen wollte. Was Patrick Grebe wissen wollte, war *wieso* Gwenn es ihm nicht erzählt hatte.

»Du hättest ihnen verboten, je wieder in die Nähe des Grabes zu gehen.«

Patrick nickte. »Du hast recht. Früher hätte ich das getan.«

»Früher?«

»Früher«, wiederholte er.

»Was hat sich geändert?«

»Die Anands haben mich zum Nachdenken gebracht. Sie kümmern sich um Nicole, seit wir weggezogen sind. Besuchen sie mindestens einmal im Monat. Öfter als deine Mutter und ich. *Warum*, habe ich sie gefragt, und weißt du, was sie geantwortet haben? – *Sie war auch unsere Tochter*. Mir war nicht klar, wie viel Nicole den Anands bedeutet hat.« Patrick Grebe strich Preema sanft über die Stirn. »Aber es war manchmal wirklich schwer, sich daran zu erinnern, welches Kind zu wem gehörte.«

»Sie waren Schwestern. Echte Schwestern. Nicole und ich mögen dasselbe Blut gehabt haben, aber wir hatten nie das, was sie und Preema verband.«

Patrick Grebe klopfte Preema auf die Hand. »Was hat sie nur an sich, dass meine beiden Töchter nicht ohne sie sein konnten?«

Darauf wusste Gwenn eine Menge großer und kleiner Antworten, doch darum ging es ihrem Vater natürlich nicht.

»Ich bleibe bis Samstag in der Stadt. Bist du einverstanden, wenn ich morgen wiederkomme und euch beiden Gesellschaft leiste?«

»Sicher«, antworte Gwenn nach kurzem Zögern.

»Gut. Ich muss noch ins Hotel einchecken. Morgen bringe ich ein paar ordentliche Sandwiches mit. Du bestehst nur noch aus Haut und Knochen«, verkündete er, bevor er sich von dem Stuhl erhob, Gwenns Wange küsste, in den Flur entschwand und die Tür hinter ihm ins Schloss fiel.

»Sandwiches? Was ...?«, sprach Gwenn zu sich selbst und runzelte dabei die Stirn. War das gerade wirklich passiert? War es möglich, dass ihr Vater nach all der Zeit bereit war, Preema zu verzeihen und ihr eine Chance zu geben?

Gwenn küsste die Fingerspitzen ihrer Frau und strich ihr über die viel zu blasse Wange. »Ich muss schon sagen, Preema, ins Koma zu fallen, ist für meinen Geschmack eine etwas radikale Methode, um die Familie wieder zusammenzuführen, aber ich bin beeindruckt von deiner Weitsicht. Fast drei Jahre Funkstille, und nun hast du es doch geschafft, dass mein Vater uns besuchen kommt. Das ist eine Sensation, die gefeiert werden sollte, meinst du nicht? Wenn du mich fragst, ist das der perfekte Moment, um aus dem Koma aufzuwachen. Wie viel besser kann es nach dieser Entwicklung schon noch werden? Jetzt oder nie, mein Herz«, sagte Gwenn mit einer Spur Heiterkeit und nahm Preemas Hand wieder in ihre.

Aber Preemas Antwort blieb aus. So wie an jedem einzelnen der 247 Tage zuvor. Oder nicht?

Preemas Hand zuckte.

Gwenn versteifte sich.

Sie wartete.

Schisch-schusch. Piep. Pause.

Und wartete.

»Bitte mach das nochmal«, bat Gwenn leise. Sie traute sich nicht, zu viel Hoffnung aufkommen zu lassen. Womöglich hatte sie sich die Bewegung in Preemas Fingern nur eingebildet. Vielleicht war es bloß wieder einer dieser unkontrollierten elektrischen Impulse, die einen Körper ab und an dazu brachten, die Muskeln anzuspannen. Es wäre nicht das erste Mal, dass das passierte und Preemas Hand scheinbar die ihre drückte. Doch so sehr Gwenn die Hoffnungen auch in Zaum zu halten versuchte, ihr Herz klopfte heftig in der Brust und das Adrenalin schoss in die Höhe. Endlose Sekunden vergingen, in denen sie vor Aufregung zu schwitzen begann. Sekunden, in denen Gwenn bangte und Preemas Hand anstarrte, als könne ihr Wille allein die Muskeln zur Handlung zwingen.

Schisch-schusch. Piep. Pause.

Schisch- schu...

Ein schwacher, aber bestimmter Händedruck.

Gwenn schnappte laut nach Luft, sprang vom Stuhl auf, der scheppernd hintenüberkippte. Der Händedruck wiederholte sich, und als Gwenn schließlich in Preemas Gesicht schaute, blickte ein tiefdunkles, furchtbar müdes Augenpaar zurück und ein zaghaftes Lächeln legte sich auf die Lippen, die den Beatmungsschlauch einrahmten. Gwenn hatte sich geirrt. Zarahs Augen waren schön, aber die von Preema waren noch tausendmal schöner.

»Hi«, lachte Gwenn mit wild schlagendem Herzen und Tränen auf den Wangen.

Hi, antwortete Preema mit einem Blinzeln anstelle von Worten.

MEHR VON SAMEENA JEHANZEB

Winterhof

www.sameena-jehanzeb.de/winterhof

Sei vorsichtig mit deinen Wünschen, sie könnten in Erfüllung gehen.

Von klein auf liebt Kora den Schnee und den Winter. Seine eisige Umarmung gibt ihrem kranken Herzen das Gefühl, im richtigen Takt zu schlagen. Je älter Kora wird, desto weniger Schnee gibt es in ihrem Leben. Die Welt wird wärmer, die Umweltkatastrophen verheerender und schon bald muss Kora den Winter suchen. Schließlich findet sie ihn in einem kleinen Dorf, in dem der Legende nach die Schneekönigin wohnt. Als sie tatsächlich auf diese trifft, stellt die Königin des Winters sie vor eine Entscheidung, bei der Kora nur verlieren kann – ganz gleich, welche Wahl sie trifft.

BRÏN

www.sameena-jehanzeb.de/brin

Juno kämpft sich nach vielen Enttäuschungen durchs Leben. Bis zu dem Tag, als sie in eine Pfütze stolpert – und sich auf dem fremden Planeten Brïn wiederfindet ...
Im mittelalterlichen Frankreich gesteht die heranwachsende Jeanne ihrer Freundin Marie ihre Liebe. Sie ahnt nicht, welche Folgen das für sie hat ...
Die Führerin und magische Stimme des Planeten Brïn ist tot – der Planetenschild geschwächt, die Portale zu anderen Welten brechen zusammen ...
So weit diese Ereignisse auseinander zu liegen scheinen, sind sie doch auf phantastisch-skurrile Weise miteinander verwoben. Brïn ist ein Planet voller Mystik und Magie. Wächter beschützen ihn vor Angriffen bizarrer Kreaturen und ein bestialischer Mörder treibt sein Unwesen.
Wie ein roter Faden ziehen sich dabei die Schicksale zweier Frauen, die über Raum und Zeit miteinander verbunden sind, durch den Strudel der Ereignisse.

Die Teeräuber
Maike Claußnitzer
www.ardeija.de

Schmuggel, Teeraub und versuchter Mord - all das ist für Richterin Herrad leider nichts Ungewöhnliches. Diesmal allerdings sind die Hauptverdächtigen alte Bekannte ihres Mannes Wulfila. So droht bald die Vergangenheit die Gegenwart zu überschatten, während sich Gespenster in die Welt der Lebenden einmischen und immer mehr darauf hindeutet, dass vielleicht sogar Dämonen die Hörner im Spiel haben ...

Nur kurz leben
Catherine Strefford
autorin.catherine-strefford.de

Richie hat die Schnauze voll.
Immer hat er sich an die Regeln gehalten, das Leben gab ihm trotzdem nichts. Er beschließt, es selbst in die Hand zu nehmen und seinem Leben ein bisschen auf die Sprünge zu helfen: Er beklaut eine Tankstelle und flüchtet mit gut vierzehntausend Euro sowie einem geklauten Auto Richtung Süden.
Dumm nur, dass auf der Rückbank des Autos Leon schläft ...

Eine Geschichte über Selbstliebe und Freundschaft und darüber, dass es manchmal auch okay ist, wenn es nicht so läuft, wie man immer dachte, dass es laufen würde.

Der Geschmack von Blut und Schatten
Martin Gancarczyk

Mit Anlauf in den größten Haufen Scheiße – nichts könnte Grayson Huffs Leben besser beschreiben. In einer Welt, in der Menschen wie Nutztiere gehalten werden, versucht der 28-jährige, als eben dieser zu überleben. Was allerdings nur bedingt klappt bei seinem Pech, denn er stirbt und erwacht gleich darauf wieder aus dem Reich der Toten. Etwas, das als Mensch jedoch unmöglich ist – richtig?

Doch Grayson ist kein Mensch, zumindest wenn er dem Gestaltwandler Wayland glauben darf, der für den Geheimdienst MIA arbeitet und ihn in Mysterien einweiht, von denen Grayson nicht mal zu träumen gewagt hat. Bald schon verstrickt er sich immer tiefer in Machenschaften, die bis zum Anbeginn der Zeit zurückreichen. Und dann wären da noch die aufkommenden Gefühle zu Wayland, die das Chaos perfekt machen.

Nation Alpha
Christin Thomas
www.christin-thomas.de

Ich bin eine Omega. Wir werden als Sklaven für die Königsrasse der Alphas gezüchtet und haben keine Rechte, keinen Namen, kein Leben. Man behandelt uns nicht wie Menschen, sondern wie Ware. Nach dreihundertjährigem Martyrium wollen die Alphas uns auslöschen und durch Maschinen ersetzen. Meine Zeit ist abgelaufen, falls der verzweifelte Rettungsplan nicht gelingt. Doch wer würde darauf bauen, wenn die sogenannten Retter selbst Alphas sind? Kann ich ihnen vertrauen oder ist unser Untergang bereits besiegelt?